Marianne Fredriksson • de

MARIANNE FREDRIKSSON

*den som vandrar
om natten...*

Wahlström & Widstrand Stockholm

Av Marianne Fredriksson har utgivits:

Evas bok, 1980

Kains bok, 1981

Noreas saga, 1983

Simon och ekarna, 1985

Den som vandrar om natten, 1988

Gåtan, 1989

Syndafloden, 1990

Blindgång, 1992

Anna, Hanna och Johanna, 1994

enligt Maria Magdalena, 1997

Flyttfåglar, 1999

Kärlek, jämlikhet, äktenskap?, 1976

(tillsammans med Brita Hansson)

På Akacians villkor, 1993

(tillsammans med Bengt Warne

Om kvinnor vore kloka skulle världen stanna, 1993

De elva sammansvurna , 1995

(tillsammans med Ann Fredriksson)

Copyright © Marianne Fredriksson, 1988

Tryckt hos AIT Trondheim AS, 2000

ISBN 91-46-15705-0

Till Sven med tack för all hjälp

– Döden är slutet för bildmakaren, sade hon. Bara där, när vi inte längre kan göra oss några bilder av sorgen, kan medlidandet födas.

– Detta är de dödas hemlighet, sade hon, den som gör livet gåtfullt och lidandet ofrånkomligt. Därför är uppdraget alltid detsamma: att dö till sig själv.

Han kunde inte se hennes ögon, det tunga håret dolde dem bakom svarta slöjor. Ändå visste han att de var bottenlösa, att alla människors sorg fanns i dem – de som redan levat, de som ännu levde och de oföddas.

Men plötsligt slog hon bort håret, gesten var full av beslutsamhet, och han fick möta hennes blick och se, att endast där, i det outtömliga, kan allt finnas.

– Kom, sade hon och hennes kraft var sådan att han inte tvekade. Han gick på vattnet och slog sig ner bredvid henne, kände svalkan och visste i samma stund att dammen var bottenlös som hennes ögon.

Hans rädsla var kortare än blinkningen, ändå föll han genom vattenytan. I fallet mindes han, att kvinnan i dammen var portväkterskan mellan döden och livet och att han sett den tidigare, den gyllene näckrosen som hon höll i sin hand.

Han skulle gå till det liv som innebär glömska.

DEL 1

"Och de blinda skall jag leda
på en väg som de icke känna;
på stigar som de icke känna
skall jag föra dem.
Jag skall göra mörkret framför dem
till ljus
och det som är ojämnt till
jämn mark."
"Hören I döve;
I blinde, skåden och sen.
Vem är blind, om icke min tjänare,
och så döv som den budbärare jag sänder åstad?"

Jesaja

Hon skulle föda en son och bli fri.

Efteråt, renad, nästan okroppslig, skulle hon tränga in i Junos mysterium, så som hon drömt det i alla år.

Där hon satt i sin säng med händerna knutna över skötet var hon samlad och besluten. Fienden hade givit sig till känna, efter år av undflyenden. I god romersk anda skulle hon möta honom.

Cornelia hade sett många förlossningar och de hade alla påmint henne om kriget, om slagen på Daciens slätter, skriken, blodet, stanken.

Kroppsligheten vid livets båda gränser äcklade henne. Men hon var säker på segern, lika säker som hennes far, fältherren Lucius Cornelius Scipio, varit i Dacien. Dit hade hon kallats, knappt femton år gammal, och där hade han skänkt henne som hustru åt Marcus Salvius, en ung officer av tarvlig familj.

I hans tält hade våldtäkterna börjat, i blod de också. Med de stupades skrik i öronen hade hon underkastat sig.

Hon hade inte skrikit, hon hade varit stilla och sluten som en död.

Redan då hade hon hoppats på barnet som skulle ge henne fri. En son, en enda, och Salvius skulle aldrig mer lägra henne. Men de frön som såddes i hennes slutna sköte ville inte gro. Det hade gått femton år sedan Dacien men tidens flykt skrämde henne inte. I hennes ögon var det inte hon som åldrades utan världen.

Hennes oro gällde sonen, som undvek henne.

Men nu var han här, fångad i hennes kropp, dömd till helig romersk plikt.

Hon kunde höra hur staden vaknade ur middagssömnen i en kakofoni av oväsen som en människa som haft en ond dröm om döden och hastigt måste förvissa sig om att det fanns liv i varje lem.

Hundratusentals öden gick mot sin fullbordan därute, men Cornelia hade inte en tanke på dem. Hon besinnade sitt eget.

– Min spegel, sade hon för hon hade för avsikt att kontrollera ögonbrynens tillväxt och beslutsamheten i de tunga anletsdragen. Men när den grekiska slavinnan vände sig om såg Cornelia att också hon väntade barn, den mjuka rundningen i kroppens linje avtecknade sig tydligt mot ljuset från atriet.

Salvius, bocken har förlustat sig igen, tänkte Cornelia, och i första ögonblicket kände hon bara förvåning. Hon hade trott att hans smak för pojkar tagit överhanden. Huset var fullt av dem, rådjursskygga cimbrer med skogens mystik i sina rörelser, en finlemmad grek, två kelter med flammande rött hår och så de mer exotiska; en gudomlig indisk pojke med hy av honungsfärgad sammet och en upphetsande svart afrikan, vars ögon dröp av sötma.

Salvius älskade dem alla som han älskade sina tavlor och bronser, sina grekiska statyer och etruskiska urnor och Cornelia iakttog med trött förakt.

Nu studerade hon grekiskan som om hon sett henne för första gången.

Flickan var vacker på ett bondskt vis, tung som sädesfälten på Sicilien, blond, i vila hos sig själv, tålmodigt vänd inåt mot barnet hon bar.

En dräktig ko.

Men där fanns något annat också, en ljus förväntan över pannan och i händerna som räckte Cornelia spegeln. Som en hemlig lycka, tänkte Cornelia och hann känna bitterheten innan hon avvisade iakttagelsen och fann sitt praktiska förstånd.

12

Jag behöver en amma. Flickan är frisk som luften i de attiska bergen och brösten är stora som juver.

Slavbarnet skulle avrättas så som Cornelia gjort det förr med Salvius bastarder. Men inte omedelbart denna gång, om man tog ungen från honan kunde hon sina.

Cornelia tog spegeln från grekinnan för att studera sin bild. Men ögonen var inte så lugna som hon avsett och det fanns ett drag av vämjelse över munnen som om något orent rört vid henne och fått henne att skämmas.

Hon lade undan spegeln, drack mandelmjölken som slavinnan räckte henne och sade till om sin bärstol. I Junos tempel skulle renheten återställas. Hon valde den trotsiga röda tunikan och när hon satt i bärstolen och höll den parfymerade näsduken mot ansiktet, tänkte hon att så snart amningen avslutats skulle hon sälja flickan. Grekinnan var inte mer än sjutton år, än kunde man få ett gott pris för henne. Mjölkvit hy och tunga bröst var högt skattat i bordellerna.

Trots alla beslutsamma tankar fanns det en stor vrede i Cornelia. Riktigt medveten om den blev hon först när hon sjönk ner framför gudinnan i templet.

Den gällde inte Salvius, kände hon, nej den gällde barnet som slavflickan bar.

Det var denne, den ännu osynlige, som hade kränkt henne.

För första gången frågade sig Cornelia vem han var, han som växte i hennes eget liv och fick henne att kräkas om mornarna. Men frågan riktades inte inåt mot barnet utan till gudinnan, som försäkrade att sonen var välskapt och hade goda förståndsgåvor.

Det var tillräckligt för Cornelia.

Seleme, flickan från Bithyniens skogar, hade sett och förstått. Inte arten av Cornelias tankar, inte enskildheterna, men nog för att bli rädd. Hon kände hjärtat fladdra som en instängd fågel när hon ställde i ordning bädden i Cornelias rum och lade tillbaka de tunikor som härskarinnan ratat.

Den grekiska flickan hade aldrig lyssnat på det viskande skvallret i kök och trädgårdsland, slavarnas andlösa historier om Cornelias grymheter. Seleme trodde inte på ondskan, hon tyckte synd om de onda.

Hon var inte okänslig, hon hade känt kylan kring Cornelia och beklagat henne för hennes ensamhet och mörker. Någon gång hade en vag känsla av skuld plågat flickan, som om hon tagit Salvius kärlek ifrån Cornelia. Hon hade nämnt det för honom men han hade skrattat och försäkrat henne att han hatat sin hustru ända sedan bröllopet i Dacien.

Det var mycket i det stora huset i Rom som Seleme inte förstod och därför undvek att tänka på.

Utanför Cornelias rum mötte hon Esebus, den svarte pojken. Som alltid skrämde han henne, han dök upp ur intet, ljudlöst, och det vita leendet i hans mörka ansikte var alltid lika oroande.

— Det sägs att Cornelia egenhändigt brukar skära halsen av Salvius slavbarn, sade han. Leendet växte mot skratt och den röda tungan vältrade sig i den stora munnen. Selemes rädsla ökade, han är ett djur, tänkte hon, en galen hund.

I nästa stund påminde hon sig en lärdom från barndomen; hundar besegrar man med blicken. Hon borrade sina ögon in i

14

hans och trots att han inte gjorde något för att dölja skadeglädjen i den flacka blicken, tvingade hon honom att slå ner den.

Han försvann lika blixtsnabbt som han dykt upp och Seleme kunde fortsätta över atriet, genom peristylen där jasminerna blommade och bort mot Salvius rum. Hon gick över det konstfulla mosaikgolvet i hans bibliotek, genom sovrummet och ut i trädgården. Här växte en stor sykomor och gav skugga åt den enda platsen i det stora hemmet där ingen kunde se eller höra.

Hon slog sig ner på bänken under trädet och såg på de indiska trastarna som om hon ville återfinna sin styrka med burfåglarnas hjälp.

Fågelflickan hade hon kallats därhemma i den lilla grekiska staden vid Sakarias mynning. Redan när hon lärde sig gå på den öppna platsen mellan huset och muren, som skulle försvara bosättningen mot barbarerna, kom fåglarna i flockar från skogarna och slog sig ner runt barnet. De åt ur hennes händer och satte sig på hennes axlar som om de viskade sina hemligheter i barnets öron.

De vuxna hade förundrats, sett det som ett tecken.

Flickan hade jonernas höga panna och ljusblå blick. Det blonda håret hade också skilt ut henne här där det lätta grekiska blodet hade hunnit få en anstrykning av mörker. Orientens tungsinne föll som en skugga över folket i den grekiska kolonien.

Seleme förstod fåglarnas språk, inte sången men de budskap de utvecklade i tystnaden. Men hon berättade det aldrig för någon, kanske för att hon inte förstod att förmågan var sällsynt.

Flickan drogs till de stora skogarna, de höga ekarnas ljusa grönska och de raka furornas allvar. Hon strövade längs floden och drömde om att följa den in i storskogen och vidare uppåt mot källorna i de snöklädda bergen i söder.

Men hon var strängt förbjuden att gå längre än till vadstället.

De stora händelserna i Selemes liv var Artemis fester om

15

våren. Hon älskade eldarna som flammade mot skyn och den allvarsamma glädjen när hon delade offerlammets kött med gudinnan, som fyllde luften med sin närvaro och sin ömhet för de dödliga.

Det var vid vårfesterna som Selemes tillit hade grundlagts. Artemis sörjde för henne, fågelflickan, som denna natt fick sova vid elden omsluten av gudinnans tankar. En morgon efter festen beslöt hon sig för att äntligen ge efter för sin långa längtan och följa floden in i de stora bergen. De andra sov ännu, inga ängsliga ögon vaktade henne när hon gick över hällarna vid vadstället och började klättra, uppåt, uppåt.

Svetten skymde blicken för henne när hon överraskad fann ett lugnvatten där floden samlade sig innan den sökte sig ner mot låglandet och havet i norr.

Här i gryningsljuset badade flickan och vilade en stund innan hon fortsatte klättringen i ravinen, som blev allt brantare. Hon gick på skuggsidan och svalkan från badet fanns kvar i hennes kropp när hon hörde dånet och visste att hon närmade sig fallet. De blå bergen hade inte kommit närmare, tänkte hon, men den vita snön på deras toppar var gyllene nu i gryningen. Huttrande drog hon manteln runt axlarna och fortsatte mot forsen.

Aldrig hade hon kunnat föreställa sig att fallet var så storslaget, vattnet så väldigt, skummet så yrande tungt och vitt. Nästan i andakt stod hon där, tänkte att hon var den första människan som fått se detta, men mindes i nästa stund att hennes far brukade fånga lax här om vårarna. Han hade aldrig berättat om forsen, tänkte hon förvånat, om dånet och virvlarna, om kraften i vattnet.

Men hennes far var en enkel man som inte ägde grekens lust i de sköna orden.

Skummet stänkte över henne, men hon frös inte längre och hade få tankar. Och tidens gång upphörde med tankarna tills hon plötsligt blev medveten om att världen kring henne vitnat och att det fanns en stor tystnad i forsens dån.

I nästa stund såg Seleme gudinnan. Hon kom ur bergen, följd på avstånd av de dansande björnflickorna. Flickan och gudinnan bytte inga ord vid mötet, ändå var samtalet rikt och Seleme fick bekräftat att hon var omhändertagen, att Artemis beskyddade henne. Innan gudinnan sögs upp i ravinens gröna dunkel gjorde hon en bestämd gest mot den väg som flickan kommit. Och Seleme förstod att längre in i Artemis rike fick hon inte komma.

Hemma nämnde hon inte mötet, det var en dyrbarhet som kunde ta skada av ord och nyfikenhet.

Två gånger till denna sommar, då hon fyllde femton år, klättrade hon längs floden upp till forsen. Men Artemis mötte henne inte och Seleme insåg att hon begärde för mycket. Ändå drogs hon mot fallet och vid den tredje vandringen väntade barbarernas slavjägare henne på Artemis mötesplats.

Under hela den grymma resan med slavskeppet mot Rom bad flickan till gudinnan. När hon såg Salvius på slavmarknaden visste hon att hon blivit bönhörd och med den öppna blicken ur de blå ögonen tvingade hon honom till köpet.

Hon var ett barn, han hade mycket att lära henne om kärlekens njutningar.

Cornelia skymtade hon bara som en mörk skugga i det stora huset, där hon fick en skyddad ställning, slapp slitet och hölls undan. Till denna dag då Cornelias kammartjänare sändes i väg i onödigt ärende av kocken, som länge retat sig på grekflickans milda tillit.

Ganymedes, Salvius hovmästare, hann inte ingripa när Seleme sändes in till härskarinnan för att betjäna henne efter middagssömnen.

Seleme reste sig från bänken stärkt av bilderna från de stora skogarna, floden och gudinnan.

– Ingenting hände, sade hon högt till sig själv. Ingenting har hänt.

Hon lade sig på Salvius säng för att vänta på honom. Men han dröjde och hon somnade, sov länge och djupt.

Salvius tänkte sällan på Cornelia, han hade en tränad förmåga att undvika obehagliga tankar. När hon dök upp i hans erinringar hamnade han alltid i den återvändsgränd som Augustus äktenskapslagar skapat, de som stadgade att en man måste återlämna hemgiften till hustrun vid skilsmässan.

Många av Salvius vänner skilde sig, gifte om sig och skilde sig på nytt. Det fanns män som ingick äktenskap med frigivna slavinnor och Augustus själv hade separerat, både från Clodia och Sempronia för att äkta Livia, kvinnan som han älskade.

När Salvius hunnit så långt i sin återvändsgränd kände han sig alltid maktlös. Kejsaren hade inte behövt inteckna sin hustrus egendomar.

Nu var Cornelia med barn, Jupiter allena visste hur det var möjligt. Salvius tröstade sig en stund med tanken att han för all framtid var befriad från skyldigheten att en gång i månaden dela hennes säng, en plikt som genom åren tvingat honom att dricka sig avtrubbad men inte så berusad att han inte fick stånd.

Det var som att driva älskog med en död sedan rigor mortis redan knutit samman kroppen, tänkte Salvius och rös där han satt i sin bärstol på väg hem.

Den vettskrämda femtonåringen i tältet i Dacien hade han glömt för länge sedan.

– Hon är galen, sade han nästan högt och tanken drog vidare till hennes bröder och till det vanvett som var den gamla patricierfamiljens gissel. Cornelius hade dödat sina söner med

18

egna händer sedan den obotliga sinnessjukdomen fått dem i sitt våld. Nu satt han där i sin magnifika villa bland bergen vid Lacus Albanus, ensam, utan arvtagare, men rik som kejsaren själv och inte utan inflytande.

Troligen hade han säkra uppgifter om hur Salvius belånat Cornelias egendomar, gården på Sicilien och de stora jordegendomarna på slätten strax söder om Rubicon.

Salvius suckade och drev på sina bärare. Staden var svart som om den stoppats i en väldig säck men i skenet från slavarnas facklor kunde han se Saturnustemplets kolonner kasta fladdrande skuggor över Forum. Han såg länge på templet och besinnade den romerska skattkammaren under podiet.

Omätliga rikedomar.

Som vanligt hade han ätit för mycket och var däst efter den långa middagen hos Setonius. Han borde komma över sin svaghet för stekt flamingo med jäst makrillsås, han hade lång erfarenhet av att magen inte rätt förmådde ta hand om det sega köttet. Men vinet hade han varit sparsam med, kanske i en känsla att han skulle komma att behöva sitt sinnes klarhet denna kväll.

Det var sent, men som alltid var det mycket och högljutt folk i rörelse. Snart skulle gatorna skrika under hjulen på de fullastade kärrorna som under efternatten rullade in i gränderna för att förse staden med frukt och grönsaker, kött och fisk.

Rom sover aldrig numera, tänkte han men sedan var han mot sin vana tillbaka i det plågsamma grubblet.

Han kunde inte förneka att äktenskapet med Cornelia hade givit fördelar, befälet i Dacien, där han plötsligt hört till fältherrens närmaste, var bara en. Men ära hade han inte skördat, segern var Cornelius Scipios. Och mycket snart hade Salvius bristande smak för lägerlivets alla obekvämligheter tagit över. Med svärfaderns hjälp hade han fått en tjänst inom förvaltningen för stadens vattenförsörjning. Arbetet var föga betungande och sköttes utmärkt av en av Salvius grekiska slavar.

Salvius ägde en enda talang som i sig själv var sällsynt i Rom men gav föga utdelning: han älskade sig själv med en ren och nästan barnslig kärlek. Till hans hemligheter hörde också en dröm om passionen, om att en gång i livet få uppleva njutningens fruktansvärda makt.

Den drömmen hade drivit honom mot gossekärleken, länge hade han hoppats att de fulländade pojkkropparna skulle få hans blod att brinna och hans själ att glömma sig själv i utplåningens mysterium.

Han hade valt sina pojkar med yttersta omsorg och köpen hade givit honom samma lätta feber som förvärvet av en sällsynt antik vas. Men ruset hade uteblivit, i sängen hade pojkarna inte betytt mer för honom än slavflickorna som han köpt under åren för att öka behaget i vardagen.

Mindre rentav, en kvinna var trots allt det motsatta och det gåtfulla. Hennes kropp var mjuk där hans var hård och hennes väsen förblev hemlighetsfullt. Snart tråkade kärleksstunderna med pojkarna ut honom. De var förutsägbara. Och deras smidiga kroppar blev en plågsam påminnelse om den ungdom som förlorats för alltid i hans egen medelålders kropp.

Salvius hade nästan slutat hoppas på kärleken när det oväntade hände. En flicka, en morgon på slavmarknaden, en helt ung varelse, inte vackrare än andra, lite tung, lite bondsk, hade slagit sina ögon in i hans och luften mellan dem hade fyllts av trånad. Det betvingande hade drabbat Salvius.

Året som följde blev det rikaste i hans liv, centrum i hans universum flyttades ut från honom själv när lidelsen växte till kärlek. Som alltid när tillvaron får liv blir konturerna tydligare, ljuset skärpte skuggan och Cornelias makt över hans sinne ökade. Han ville inte minnas vad som hänt slavflickorna som han delat säng med genom åren.

Men rädslan växte.

Han höll Seleme i hushållets utkant och för första gången på länge gladde han sig åt de exotiska pojkarna. De var så uppseendeväckande att de skymde, det var svårt att se något annat än dem.

Och Cornelia var varken nyfiken eller seende.

Ganymedes, hans trogne hovmästare, förstod utan ord och såg till att grekiskan hölls i bakgrunden, smälte bort i vimlet av slavar.

Men nu? Båda med barn.

Han var rädd för det patetiska så han vred inte sina händer där han satt i sin bärstol och besinnade att han obevekligt drevs mot ett beslut. Men sedan sög han fast i tanken att Cornelia skulle dö i barnsäng, en tröstande föreställning som han ägnat sig åt i månader. Hur, sade han sig, skulle denna döda kropp uthärda att ge liv ifrån sig. Han hade sett samma fråga hos Cornelius Scipio, den gamle som rent ut sagt: Det viktiga är att pojken överlever.

Just så, tänkte Salvius, det viktiga är att barnet överlever. Son eller dotter kvittar lika, arvingen till Cornelius rikedomar skulle växa upp i hans hus som en försäkran om att ingenting av detta livets goda skulle fattas honom, Salvius.

Så var de framme vid den stora villan på Palatinens sluttning, den slutna fasaden som skyddade Salvius stolthet och ögonsten. Och när han steg ur bärstolen lyckades han glömma att även huset var en gåva från Cornelius.

Han togs emot av Ganymedes, såg genast den bekymrade rynkan över den gamles näsrot och förstod att något hänt. Salvius gav sig inte tid att stanna i peristylen och njuta av jasminernas dofter utan sprang mot sina rum. Där på soffan väntade Seleme honom och när han såg hur blek hon var försvann alla trösterika tankar och han kände återigen beslutet närma sig.

En stund senare hade han hört hennes historia och beslutat sig för att låta piska kocken som sänt bort Cornelias slavinna. Men det sade han inte till Seleme, han tröstade henne, älskade henne och snart sov hon medan han låg vaken och kämpade med det stora beslutet.

Redan nästa morgon, efter de många klientbesöken, skulle han föranstalta om Selemes frigivning. Byråkratin hade inte bråttom, det kunde ta en månad eller mer men sedan skulle flickan stå utanför Cornelias omedelbara makt.

Cornelias vrede skulle drabba honom men värst skulle den slå mot henne själv. Salvius njöt en stund av tanken på hur skymfen skulle slinta förbi Cornelias stenhjärta för att sätta sina klor i hennes mage och förvärra hennes eviga illamående. Hon skulle bli än sjukare, tänkte han, ta ännu ett steg mot döden vid barnafödandet.

Hon måste dö, för allas vår skull måste hon dö, tänkte han och önskade att han kunnat rikta sina böner mot någon välvillig gud. Men han kom inte på någon och snart befriade sömnen honom från ansträngningen.

Nästa morgon föreföll nattens tankar onödigt svarta. När han vaknade stod Seleme i trädgårdsdörren och kammade sitt långa hår, mer lik karyatiderna på Akropolis än någonsin. Som de föreföll hon stark nog att bära väldiga bördor på sitt huvud nu när sömnen skänkt henne tryggheten åter.

Han tyckte inte om det.

Hur stor, hur viktig var hennes underkastelse för hans kärlek? Hur mycket ökades lusten av att hon var helt och hållet hans, beroende av honom till liv och tanke? För denna enda människa var han den absolute härskaren, ägaren till hennes drömmar, tillfredsställelsen av hennes önskningar, givaren, skaparen.

För ett år sedan hade hon varit skygg och obildad. Hennes grekiska hade varit ordfattig och vanställd av en bred dialekt. Nu var den klar och vacker.

Och latinet, språket som han skänkt henne, var inte torftigt som de andra slavarnas, nej klangrikt och smidigt. Han tänkte på Setonius, morbrodern som han gästat i går kväll. Han hade älskat en slavinna med den gamle mannens sista uppblossande lust. Och frigivit henne. Nu var passionen död och den forna slavinnan härskade över den gamles dagar, hus och kassakista.

I nästa stund kastade Seleme huvudet tillbaka, gesten var full av stolthet och hon log när hon sade:

– Som du vet är jag en utvald.

Det var ett gammalt skämt mellan dem, men denna morgon uppskattade Salvius det inte. När han steg ur sängen hade han redan bestämt sig för att skjuta upp beslutet om frigivningen. Tills vidare.

De grälade aldrig. Ändå var han dödligt rädd för henne och fick samla modet innan han knackade på hennes dörr varje morgon. Besöken var korta men tiden stod stilla så han hann alltid bli huttrande kall.

– Jag hoppas att du är vid god hälsa.

Som vanligt hade han tagit två steg in i rummet och stannat där.

– Tack, jag mår bra.

Hon ljög, det var uppenbart att hon ljög, hennes ansiktsfärg skiftade i gult och ögonen brann som av feber och var onaturligt stora.

– Det gläder mig.

Han såg på henne utan att se som om han visste att något förskräckligt skulle hända om han tog in hennes bild.

Hon såg inte hans rädsla, bara hans förakt som var detsamma som faderns, blicken som gick rakt igenom henne som om hon inte fanns, aldrig funnits.

Just när han gick mot dörren sade hon:

– Du har gjort en slavinna med barn igen.

Han vände sig om mot henne, väntade med den oseende blicken som gjorde henne värdelös. Men han sade ingenting.

– Jag behöver en amma till min son, sade hon. Så den här gången får hon och barnet leva.

Han hoppades att ansiktet inte förrådde honom, att hon inte skulle bli varse vare sig den oerhörda lättnaden eller det glödande hatet när han bugade och vände på klacken. Men ännu en gång hejdade han sig i dörren:

– Jag trodde det var vår son, sade han. Men jag har kanske fel.

Han fick tillfredsställelsen att se hur Cornelia för ett ögonblick rycktes ur sin oberördhet.

Skymfen drabbade henne som ett piskrapp. Och rädslan, om Salvius förnekade barnet var det ute med henne. Hon låg kvar i sängen och kände magen knytas. Det gjorde ont men värre ändå var de röda dimmorna bakom ögonlocken.

Mer än något annat fruktade Cornelia detta flammande dis. Bortom det fanns utplåningen, det svarta vanvettet. Brodern som hon älskat hade ofta talat om de böljande röda dimmorna, som man måste stå emot för att inte förintas.

Han hade inte orkat, en dag hade han försvunnit.

Men Cornelia skulle hålla stånd, beslutsamt fäste hon blicken vid Junos bild. Ögonen sved av ansträngningen att hålla varje blinkning borta.

Lucius cornelius scipio var femtifem år, men såg sig själv som världen såg honom, som en gammal man.

Han tillhörde inte den gren av släkten som bekämpat Julius Caesar i Spanien och hans far hade fallit på rätt sida i slaget vid Filippi, där Brutus i enlighet med sina drömmar hade mött sin onda genius.

Cornelius satt alltså någorlunda trygg i sin villa i Albanerbergen och på sin plats i senaten. Inte utan beundran såg han Augustus förvandla den församling som erövrat och styrt världen till en bräkande fårahjord.

Själv hörde han till de tigande fåren. Han ville leva även om det hände att han frågade sig varför.

När han någon gång talade om sin barndom brukade han berätta hur han hört Julius Caesar betvinga myteristerna på Marsfältet med hälsningsordet Quirites, medborgare. Men det var ett minne av det slaget som man aldrig kan vara helt säker på. Historien om hur han suttit på sin fars arm och hört Caesar tala hade upprepats många gånger i hans barndom.

Hans vänner kunde också få honom att berätta om sammansvärjningen, alltid med tillägget att han inte sett någon staty i Rom gråta som förebud till mordet. Men något minne av hur den stora skräcken gick genom Roms hjärta när Caesars lik brändes på Forum hade han egentligen inte.

Tydlig var däremot minnesbilden av giraffen som Julius Caesar hade låtit visa på Circus Maximus.

Som fältherre med två legioner hade han pacificerat Dacien

25

och tryggat Roms gräns vid Donau. Han var en av Augustus stora generaler men fick aldrig någon triumf. Pompeius äktenskap med Metellus Scipios dotter stod i vägen. Och för övrigt hade kejsaren stängt Janustemplet och utropat den romerska freden.

Krigen mindes han i bilder som aldrig förlorade sin skärpa. De hade gjort hans liv enkelt.

Som mycket ung hade han äktat en kusin, tre barn hade hon fött honom men båda sönerna hade dukat under för sinnessjukdomen.

Dottern? Han hade varit hemma när hon kom till världen och han mindes att han tyckt illa om henne från första stund. Ett ont barn, nu en halvgammal kvinna på gränsen till vansinnet.

Han hade dödat sina söner. Hustrun hade dött för egen hand och flickan tagits om hand av Nadina, en frigiven slavinna och den enda kloka människan vid hans sida. Sjuk av mörka tankar hade han återvänt till Donau där han en kväll vågat öppna sitt hjärta för den gamle läkaren Coresus. Cornelius hade aldrig fruktat för sitt eget förstånd, men trott att det låg en förbannelse över släkten.

Men läkaren hade inte delat hans uppfattning utan skyllt på kusingiftet. Nog visste Cornelius som drivit avel med både hundar och hästar hur dåliga anlag slog ut i blom om man inte såg upp med inavel.

Läkarens ord hade skänkt tröst och visst hopp. Cornelius hade ju ändå en dotter och med rätt gifte ...

Det var vid den tiden han fäst sina ögon på Marcus Salvius, en officer som inte utmärkte sig för något annat än ett gott och bekymmersfritt sinne och en frisk, lite rund kropp. Hans far, en köpman från Antium, hade skapat sig en förmögenhet av sådan storlek att han kvalificerat sig för riddarvärdighet och fått en officersplats åt sin son i den romerska armén. Cornelius Scipio såg med lätt förakt hur svärsonen föll för guldet när han fick anbudet om äktenskap med fältherrens dotter.

Men avelshingsten blev en besvikelse, lättfärdig gjorde han av med Cornelias pengar och något barn blev det inte. Förrän nu, efter femton år. Vid budet om den väntade tilldragelsen hade Cornelius känt en glädje så ovanlig i hans liv att den förvånat honom. Över den gamle fältherrens mornar fanns äntligen en strimma av hopp och dagligen besökte han sin dotter för att förvissa sig om att hon mådde såpass bra som det var möjligt för henne att må.

Nu var hon i sjätte månaden, den överhängande risken för ett missfall var övervunnen och Cornelius beslöt sig för att göra en tacksägelseresa till Scipio Africanus villa för att betyga förfäderna sin vördnad. Det enkla huset av kvadersten i Liternums överväldigande grönska fyllde Cornelius med andakt. Hit hade mannen som kallats Karthagos skräck dragit sig undan när han förstått att hans närvaro i Rom hotade enheten och här hade han själv brukat jorden som en enkel bonde.

Efter niodagarsfesten i augusti kom hettan till staden vid Tibern. Tiggarna dog som flugor på gatorna, de rika flydde mot kusterna där det ännu fanns vind och skugga under stora träd. Rom stank. Lortgroparna, där de fattiga lade sin latrin, kokade i värmen. Svårast att uthärda var lukten utanför klädesvalkarnas hus där urinen jäste i tunnorna.

Flamen Dialis, Jupiters överstepräst, han som gestaltade guden och därför inte fick lämna staden, våndades i sitt palats. Kvar i staden var också Cornelia.

Hennes sinne hade ljusnat något sedan Salvius försvunnit med den grekiska slavinnan. Cornelia hade insett att flickan var mer än en nyck, att den gamle horbocken till slut hade råkat ut för en passion.

Han gjorde sig löjlig och det drabbade henne, Cornelia.

Nu var de borta, beslutsamt sköt hon dem båda ur sinnet. De röda dimmorna hemsökte henne fortfarande, men Flaminica som levde Junos heliga liv i sitt äktenskap med Flamen Dialis, hade försäkrat henne att de hörde samman med havandeskapet som alla slags egendomliga åkommor.

Cornelia ville tro och lyckades. När förlossningen var över skulle vanvettet vara utdrivet. Liksom barnet som växte i henne och som hon alltmer tänkte på som ett monster som drack hennes blod och gröpte kalken ur hennes ben.

Även Cornelius var kvar i Rom och en gång om dagen besökte han henne. Han kom för att övervaka hennes middagsmål, hon åt den stärkande vita gröten tvingad av hans obevekliga ögon. Någon gång kändes hon vid sin önskan att få beröm för bedriften, men hon visste ju att varje uppskattande ord skulle utebli och att han inte drevs av omsorg om henne.

Salvius ägde en liten gård vid kusten strax söder om Antium, han hade ärvt den av sin far och den var lätt förfallen. Men här hade Cornelia aldrig varit och här fanns inga spår av hennes pengar. Nu rustade han nödtorftigt upp den till Seleme, som älskade de små husen, vindarna från havet och den tunga doften från pinjerna i skymningen. Här väntade de gemensamt på sitt barn, omgivna bara av några få slavar.

Pojken kom i början av september efter en natt i smärta.

Mellan värkarna höll Seleme blicken fast riktad mot väggen, där hon rest ett altare åt Artemis och där Salvius ställt en antik statyett av gudinnan.

Så fick hon sin styrka genom den långa natten, kraft att öppna sig och driva på. Och när pojken släppte greppet om moderlivet tidigt i gryningen skrek Seleme av lycka.

De såg det samtidigt, barnet var likt sin far, långnäst och med fint tecknad, vällustig mun. Bara färgerna var moderns, honungsgult fjun över huvudet, vit hy och enträgna blå ögon.

Djupt allvarlig tog Salvius sitt barn i armarna och gick längs stranden i det första solljuset. Pojken sov, uttröttad av den hårda kampen och när Salvius såg hur hjälplöst barnet var ilade en skräck genom honom.

Ännu en gång upprepade han tanken som nu hade blivit en magisk formel: Cornelia måste dö.

Seleme blev kvar på gården när Salvius återvände till sina plikter i Rom. Han konstaterade att Cornelia magrat till ett skelett överdraget med grå hy och utrustat med en grotesk mage.

Värst var det med ögonen som ville tränga ut ur sina hålor.

I början av oktober kom Seleme med sin son till huset i staden och en tidig morgon i mitten av månaden började Cornelias värkar. Hon jämrade sig inte, men svetten som bröt fram på hennes panna blandades med tårar. Den stora magen gjorde häftiga sammandragningar, men Cornelia var mer sluten än någonsin och barnet kom inte ur fläcken.

Cornelius två läkare arbetade vid hennes bädd, bad, bevekte, skrek åt henne att ge efter, men förgäves. Hon hade förlorat riktningen, striden gällde inte längre att driva fostret ur kroppen utan att bekämpa dimmorna som hotade henne med utplåning.

Vid den tionde timmen stod den äldre av de båda läkarna inte ut längre, han slog henne med knytnäven i ansiktet med all sin kraft när han skrek: Ge efter människa.

Slaget räddade barnet till livet och Cornelia ur vanvettet. Den oerhörda vreden fann utlopp i krystvärkarna, barnet drev neråt och Cornelia var tillbaka i verkligheten i glödande hat.

– Det slaget skall kosta dig livet, sade hon till läkaren och rösten var egendomligt lugn. Hon blödde från kinden, där hans ring hade ristat ett sår.

Barnet togs emot av morfadern, som i djup tacksamhet såg att pojken var välskapad och i varje drag lik honom, lik scipionernas urgamla ätt.

Pojken badades av vana, opersonliga händer. För ett ögonblick kände han en frestelse att ge upp, att vända tillbaka och undfly den ensamhet som skulle bli hans. Men några minuter senare låg han vid Selemes bröst och drack sig till glömska.

Salvius som väntat genom förmiddagen på en bänk i atriet och knappt ägnat sin andre son en blick innan barnet lämnades till amman, hade bara en tanke i huvudet, en tung och besviken: Cornelia hade överlevt trots allt.

När han reste sig för att buga i dörren till hennes rum hörde han jublet från Forum, det var den femtonde och oktoberhästen hade just avrättats av Flamen Martialis.

Några timmar senare samma dag skrev kejsar Augustus under påbudet att skattskrivningen av världen nu skulle nå provinsen Judea.

Han fick som seden bjöd namn efter sin far, Marcus.

Ett fult barn. Men tålmodigt och tappert.

Så såg Seleme honom.

Hon kunde känna ömhet, stackarn som med livet i behåll tagit sig ut ur Cornelias kropp som om han trots allt ville leva. Och hon var omsorgsfull, Cornelias son kom först till bröstet, där han höll sig kvar i blind glupskhet, en enträgenhet som kunde få Seleme att avsky honom. Hon var rädd att han skulle ta allt, att det som blev kvar till det egna barnet inte skulle räcka.

Men Seleme lärde sig snart att hon kunde lita på sin kropp. Hur hungriga pojkarna än var räckte mjölken och blev över.

Marcus skrek ofta av magknip och ensamhet medan Seleme jollrade med det egna barnet. Ljudet nådde in till Cornelia som kände livmodern dra ihop sig och kom springande ut ur sitt rum, vettlös av ilska.

Selemes oro ökade till vild skräck, till vilket pris som helst måste Marcus förmås att hålla tyst. Så länge koliken varade gick hon genom nätterna med pojken i armarna tills han slutligen somnade och hon fick sjunka ihop några timmar.

För att väckas av den egna sonen, som livskraftigt skrek efter mat.

Salvius flydde hemmet, rumlade runt i staden och kom hem sent, nästan alltid berusad.

Ett enda stöd fick Seleme genom den svåra vintern, från oväntat håll, från mannen som hon lärt sig frukta nästan lika

31

mycket som Cornelia. Varje kväll kom Cornelius Scipio och satt där någon timma med Marcus i knät och spred lugn i Selemes värld. Han såg hennes trötthet och en dag talade han med henne om Nadina, en gammal kvinna i hans hus i Albanus.

Hon hade erfarenhet av spädbarn, sade han. Ville Seleme ha henne till hjälp?

Seleme kände stor lättnad men Salvius blev arg. Nog förstod hon att Nadina kom för att kontrollera henne och för att hävda Marcus rätt framför Eneides.

Men Salvius vågade inte gå emot svärfadern och Nadina flyttade in i huset på Palatinen, där hon från första stund blev till välsignelse.

– Kära barn, sade hon till Seleme. Du sinar om du inte får sova. Och så tog hon hand om barnen efter morgonmålet och Seleme fick äntligen vila.

Runt grekinnan och barnen skapades ordning. Nadina hade all den auktoritet som Seleme saknade och fick slavarna att lyda och visa respekt. Bäst av allt, hon förstod snart orsaken till Marcus magonda.

– Han får för mycket mat, sade hon. Han får inte ligga så länge vid bröstet.

– Men om han skriker?

– Vad sen, alla friska barn skriker.

– Om han skriker kommer Cornelia.

– Henne tar jag hand om, sade Nadina.

Och det gjorde hon. Nästa gång Cornelia kom utfarande ur sitt rum med de hemska orden forsande ur munnen stod Nadina där, stor och bastant med den skrikande Marcus i armarna:

– Se upp med vanvettet, Cornelia. Du vet vad Scipio gör med sina barn när de inte förmår stå emot.

Till sin oerhörda häpnad fick Seleme se hur Cornelia drog sig undan, tyst och tillintetgjord.

I mars, när solen åter värmde, for Seleme, Nadina och barnen till gården vid kusten. Där såg Marcus för första gången himlen och det väldiga havet, de mjuka gräsen och de stora hemlighetsfulla träden. Långsamt erövrade han en känsla av att jorden ändå var god och att gräsen och havet stod på hans sida.

Då hade han redan lärt att han inte förde glädje med sig och att Seleme, som var ljuset, hade sin fröjd i Eneides, brodern som var vackrare än alla andra barn i världen. Men han hade också en insikt om sitt eget värde, om att Cornelius skyddande makt på något sätt stod i samband med honom, Marcus, den lille fule.

I jublande stunder dansade Seleme runt med sin son vid stranden, han som väckte hennes glädje. Seleme ville förnya sitt förbund med fåglarna och få det att omfatta även Eneides. Någon gång lyckades hon, någon gång slog en trast eller rent av en mås ner på hennes axel och såg på barnet i hennes armar. Men oftast fick hon vänta förgäves. Kustens och havets fåglar hade annat kynne än skogsfåglarna i Bithynien, förstod hon.

Barnen växte som de skulle, den mörka skuggan tonade bort ur grekinnans liv och när hon tänkte på Cornelia var det i lugnare sinnesstämning. Nadina hade besegrat Cornelia en gång, hon skulle göra det igen om det blev nödvändigt.

I april när markerna blommade började Seleme kalla Nadina mor och den gamlas hjärta rördes. Till Cornelius som kom den långa vägen någon gång i veckan, sade hon:

– Du måste se till att Salvius friger Seleme.

Och Cornelius lovade att sätta in all sin kraft på att få Salvius att ta det avgörande steget.

Salvius blev ursinnig. Han vågade visserligen inte öppet trotsa svärfadern utan lovade till hälften med sinnet fullt av upproriska tankar.

Seleme och barnet hade varit hans enda stycke egen mark, erövrat i strid med Cornelia och hennes släkt. Vid Jupiter, vad han hatade dem, scipionerna, som köpt honom ung och sedan behärskade hans liv. Som en slav hade han hållits och när han sent i livet funnit kärleken inkräktade de igen med sina påbud.

Salvius hatade även den yngste scipionen, den som ständigt låg vid Selemes bröst.

Någon gång, ett kort ögonblick, såg han förnuftet i Cornelius ständiga påpekanden om att han borde frige Seleme och adoptera Eneides. Han hade ju själv tänkt det, närmat sig beslutet.

Men nu var det inte hans längre.

Som ett tjurigt barn återvände Salvius till vinkruset, till Bacchus tröst, den enda som återstod för honom nu sedan också Seleme övergivit honom.

CORNELIA ÅTERHÄMTADE SIG förvånansvärt fort. Hon åt ivrigt, fick tillbaka hullet, kroppen läkte, sinnet ljusnade. I Junos tempel möttes hon med ny respekt, för sonens skull.

Flamen Dialis tillhörde också de gamla ätterna, men till skillnad från scipionerna hade hela hans släkt lyckats hålla sig på rätt sida i inbördeskrigen. Det hade skänkt honom den högt ansedda tjänsten som Jupiters överstepräst.

Tillsammans med sin hustru förkroppsligade han nu Jupiters heliga äktenskap med Juno. Flaminica och Cornelia var barndomsvänner och bandet mellan dem hade hållit genom åren.

Flaminica hade ett stort hjärta.

Så ofta hon anständigtvis kunde besökte Cornelia Flamen Dialis hus på Capitolium. Hon hörde till de få i Rom som hade sett den heliga äkta sängen, vars fötter alltid måste stå i färsk lera. Dagens gud måste tillbringa natten i avlande förening med jorden.

Cornelia beundrade Flamen Dialis men var rädd för hans ögon.

Hon funderade mycket på mannen som omfattade hälften av universum, ljusets kosmos. Att hans hustru gestaltade den kvinnliga principen och Junos mörka himmel var ännu svårare att förstå.

Men hon trodde på Flaminica när hon sade, att varje kvinna som burit frukt kunde upprätta ett förbund med den mörka gudinnan och sin egen Juno. Föreningen skulle ge kvinnan magiska krafter och stärka gudinnans makt på jorden. Flaminica besökte ofta Junos grotta i Lanuvium, varifrån hon med den tama ormens hjälp härskade över människornas dolda sida.

Nu snart, återbördad till en frisk kropp, skulle Cornelia få följa med på färderna, som började i det innersta rummet i templet.

Cornelia rustade sig för resan med ett barns förväntningar, men de långa bönestunderna ledde henne inte ut ur kroppen.

– Du får ha tålamod, sade Flaminica.

Men trots att Cornelia deltog i kulten dagligen, ofta i timmar, öppnade sig aldrig mysteriet för henne. Och Flamen Dialis som hörde sin hustru berätta om Cornelias misslyckande såg det som ett tecken. Cornelia skulle missbruka Junos krafter om hon fick tillgång till dem.

En dag sade han det till henne och hon slog ner sina ögon och visade inte med en min hur djupt han kränkt henne. Men när hon for hem den dagen hotade vanvettet henne.

Det var tidig vår, Seleme och barnen hade lämnat staden, och Cornelia gick till sängs, skrämd av de röda dimmorna som åter flammade innanför de slutna ögonlocken. Hela det stora lidandet hade varit förgäves. Till och med mörkrets gudinna avvisade henne.

Kanske skulle hon denna gång inte haft kraft att stå emot vanvettet om inte en hand hade räckts henne. Den tillhörde Esebus, den svarta pojken som hade blivit kvar i huset sedan de andra sålts. Salvius hade sparat honom i väntan på köparen med den rätta exotiska smaken, han som skulle erbjuda ett pris som gjorde pojken till en god affär.

Det hade länge funnits ett samförstånd mellan Cornelia och pojken, blickar hade mötts och förstått. Men inte förrän i dag hade hon sjunkit så djupt att hon förmådde ta emot en slavs vänskap.

Nu satt han vid hennes sida och tröstade henne med elakt skvaller om Salvius och Seleme. Cornelia kände nästan fysiskt hur hennes stora besvikelse vändes till hat, ett ursinne riktat

36

mot grekiskan som tagit man och barn ifrån henne.

De röda dimmorna försvann när hon spände blicken i det svarta pojkansiktet bredvid sängen och sög i sig sötman i hans ögon.

Hon fattade hans hand och det var en oerhörd gärning.

– Du får inte tro att jag givit upp, sade hon. Jag väntar bara på rätt tillfälle.

Och han log mot henne.

Snabbt och hårt knöts bandet. Skamlöst visade sig Cornelia överallt i staden med den svarte slaven vid sin sida, han togs med på kapplöpningar och mottagningar och satte fart på skvallret. Scipios stolta dotter och en svart slav, vacker som en gud från det dunkla Afrika.

Man skrattade.

Ofta tog de sin tillflykt till de stora gladiatorspelen, där man kunde se dem skrika tillsammans när spänningen var som störst.

Till Juno Lucinas tempel på Capitolium återvände aldrig Cornelia.

PÅ EN HYLLA I Albanus berg hade Cornelius Scipio byggt sin villa, ett gott stycke väg bortom Ciceros Tusculum. Platsen var vald med omsorg, i fonden hade han de blånande bergen och framför sig de svala skogarna med ständigt gröna stenekar, stora bestånd av avenbok och korkek, lönn och lind i skiraste ljusgrönt.

Husen var stränga och sköna, en stor huvudbyggnad ansluten via en terrass med de byggnader som innehöll gästvåningar, festsalar och främst de stora biblioteken, ett latinskt och ett grekiskt.

Från terrassen kunde Cornelius skymta Lacus Albanus, den djupa kratersjön som gav svalka åt landskapet när sommaren var som hetast.

Mellan husen och stallarna, hundgårdarna och så småningom byn av bostäder för slavarna hade Cornelius anlagt en stor trädgård. I sin artrikedom kunde den väl mäta sig med Caesars berömda trädgårdar på andra sidan Tibern. Nu i vårens tid blommade snövita azaleor, röda pioner, blå hortensia och de första skära rosorna. Springvattnet lekte på terrassen och längs den långa muren gjorde den vilda våren sina angrepp med sylvass järnek, solgul hieracium och rosa vildtörne.

Men våren var också den vita månens tid och dimmornas. Och med dimmorna kom de döda på besök till Cornelius, de steg ur sjön och närmade sig i mjuka rörelser terrassen där han satt.

Så många döda, så många hemlösa.

Tusen och åter tusen från de många slagen, fallna som lämnats i Germaniens skogar och på stäpplandet bortom Donau. Men också de drunknade från sjöslagen vid grekernas kuster.

Utan ansikten och utan namn kom de tillbaka till sin gamle fältherre. Cornelius satt där på sin terrass och såg dem närma sig och vända åter till Lacus Albanus, där de ännu en gång förintades. I början försökte han ge dem namn och ansikte, han tyckte att han var skyldig dem det.

Men de var för många.

Hans liv hade varit fyllt till brädden av döden. Ändå visste han ingenting om den, hur den mötte ens blick i övergångens stund.

De skrämde honom inte, de döda. Men de fyllde honom med sorg, inte för det liv de offrat en gång utan mest för detta att han inte kunde göra något för dem.

Döden har inget fosterland hade han sagt, den grekiske filosofen vars föreläsning Cornelius hört i Rom. Det hade han känt igen som en sanning från slaget vid Filippi, där romarna dödat varandra i Antonius namn och Octavianus. För övrigt hade han inte fått mycket ut av det långa talet om döden, trots att filosofen var berömd. Han hade sagt att döden var ständigt närvarande i livet, att vi dör från det förflutna i varje stund.

Han hade talat om livet som ett avskedstagande och om döden som det enda vissa. Men Cornelius hade inte känt igen sig i den skildringen. Livet var för stort för att vara ett avsked, det var sig själv i glädje och smärta, segrar och förluster. Det var livet som var det enda vissa och de gåvor man kunde pressa ur det. Skönhet som kunde drömmas och förverkligas, vänskap som fordrade mer men var ljuvligare att vinna. Trohet.

Och så några stora känslor, större än man själv. Segerruset, makten, äran. Redan i ökenkriget vid Eufrat hade han erfarit den, känslan som växte till hänförelse och tog vettet från en. Där hade de döda haft sin roll som bekräftelse av allvaret i det stora spelet. Och dödandet, ja han kunde minnas att också det var ett rus, blodrött, övermäktigt i sin väldiga skönhet.

Den andra känslan större än människan var sorgen. Cornelius mindes det bittra äktenskapet, den vansinniga hustrun och sönerna som han dräpt. Och sin förtvivlan, den som sprängde kroppens gränser och steg mot himlen i ett skrik.

Det ropet borde ha rört vid gudarnas hjärtan, tänkte han, det borde ha fått de kalla stjärnorna att darra.

Men universum rördes inte av människornas plåga.

Några döda bröt sig ut ur leden nu, ryckte närmare, kom ända fram till muren på terrassen. Det var inte de ansiktslösa, det var Lucius, den äldste sonen. Och Gaius, den unge som haft en sådan stor nyfikenhet innan vanvettet slukade honom.

– Jag gjorde det enda möjliga.

Cornelius röst var skör, helst skulle han ha velat sätta händerna för ögonen för att slippa se.

Men de döda sönerna hörde honom inte, de log mot honom. De hade inte kommit för att ställa honom inför domen, de sökte sitt minne i det gamla hemmet, och kanske var det en trebent häst eller en docka utan ögon.

Nu rörde Mythekos, slaven, vid den gamle, sade med ömhet:

– Du somnade, herre, du hade en ond dröm.

Och Cornelius reste sig, stel i lederna, såg ut över skogarna och såg sjön glittra i månljuset. Han var tillbaka i livet.

Varsamt hjälpte Mythekos sin herre i säng. Men där svek honom sömnen. Mycket vaken, med blicken fäst i taket, försökte han tänka på de döda sönerna.

Återigen ville han minnas deras ansikten, drag för drag. Det är kanske det enda vi kan göra för de döda, att erinra oss dem, tänkte han. Men hans minne hade lite att fästa vid. Han hade varit hemma så sällan när barnen var små.

Först i gryningen kom sömnen och med den drömmarna. Och där kunde han se dem, pojkarna. Lucius som varit ett allvarligt barn och Gaius, den ivrige. Han kunde höra dem också, ljusa fågelröster. Men han uppfattade inte vad de sade.

Han hade aldrig lyssnat.

I drömmen såg han att Lucius var lik Marcus, barnet som

Cornelius äntligen vågade älska.

Han vaknade med den vanliga gnagande oron för Marcus.

I dag skall jag ta upp frågan om Selemes frigivning igen, tänkte han.

Eneides fortsatte att vara ett mycket vackert barn. Hans romerska ansikte med den raka näsan, den fasta hakan och den mjuka uttrycksfulla munnen stod i överraskande kontrast till det blonda håret, den nästan gyllene hyn och de blå ögonen.

Han var livlig och kvick, hade lätt till alla känslor, helt säker på att de skulle godtagas. Både ilskan som fick ögonen att blixtra och besvikelsen som hade tårar så stora att ingen mänsklig kunde motstå dem. Snar till ömhet var han också, stora kramar, stora blöta kyssar.

Och hans skratt var sådant att hela världen måste skratta med.

Naturligtvis utvecklades han fort, gick innan han fyllt året, sprang som en vind över ängarna innan han var två och pratade oavbrutet, det näpna barnspråket som får stenhjärtan att mjukna.

Det var lätt att älska Eneides, för lätt, tänkte Nadina och såg nog att tanken föresvävade också Seleme, som försökte hålla tillbaka glädjen och stoltheten.

Salvius hade inga hämningar alls, han dyrkade sin son, slavpojken som lindade sin ägare runt lillfingret. Det hände att Salvius i ljuset från pojken nyktrade till för en tid och alldeles på egen hand besinnade sitt ansvar: Han måste adoptera Eneides och frige Seleme.

Men det illvilliga spelet med Cornelia hade fått ny tjusning, en ny bricka hade satts in. Hon kunde inte dölja sitt beroende av den svärta slaven och i de korta, dagliga samtalen spelade de ut mot varandra. Inte öppet, men ingen av dem missförstod; minsta hot mot Seleme skulle följas av omedelbar försäljning av Esebus.

Kanske var det mänskligt, kanske kunde det förstås utifrån

Salvius långa underläge, tänkte Nadina som iakttog och lade sig i:

– Ditt överläge är mindre än du tror, kunde hon säga. Cornelias kärlek är bräcklig i jämförelse med hennes hat. En dag offrar hon afrikanen för hämnden.

När den första ilskan lagt sig kom Salvius till slutsatsen att den gamla hade rätt, en dag, i morgon skulle han uppsöka sin advokat. På det beslutet följde ångesten, en olust vars grund han aldrig fann och vars innehåll förblev dunkelt. Men den var så plågsam att den genast måste släckas i vin.

Så kom en ny rusets och glömskans tid. Spelet med Cornelia blev farligare, han visade för mycket, hotade för grovt och när han såg föraktet i hennes ögon måste han ha mer vin. Tills en morgon när pojken eller Seleme lyckades ta sig genom dimmorna och Salvius nyktrade till för några dagar och i stor ångest besinnade sitt ansvar.

I treårsåldern var Eneides vild som en livad hundvalp, hela det stora huset räckte inte till för hans upptäckarglädje. Som kvicksilver gled han ur Selemes armar ständigt på väg mot nya äventyr. Han deltog intresserat i kockens matlagning, slog sönder lerkärl, brände sig, skrek, blev omplåstrad. Han klättrade i träden i peristylen, plockade av alla blommor i trädgården och spred kronbladen i bassängen i atriet. Men ingen hade hjärta att bli arg och alla förebråelser kom av sig när de blå ögonen långsamt fylldes med tårar.

Eneides största beundrare och ständige följeslagare var Marcus, herresonen som följde slavpojken i stor ödmjukhet. Hans utveckling hade gått sämre, skedde långsamt, tveksamt som om han hela tiden misströstade om nästa steg.

När Eneides sprang kröp Marcus, när Eneides for i väg i långa meningar som de vuxna förstod trots allt, var Marcus ännu stum som en fisk. När Eneides skrek av ilska slöt sig Marcus i skräck, när Eneides klättrade i träden gick Marcus nedanför med försiktiga steg.

Han rör sig som en gubbe, tänkte Nadina förtvivlat. Men

42

vad kunde hon göra, inte ens hon kunde motstå Eneides eller sätta gräns för honom.

Marcus fick ändå belöning för sin undfallenhet, sin långsamhet och sin rädsla. Hans ödmjukhet väckte Selemes ömhet, den lille stackaren, som hon ständigt kallade honom, fick långt mer uppmärksamhet än han skulle ha fått om han utmanat hennes egen pojke.

Bara ibland trängde sanningen igenom vardagens verklighet, oftast när Cornelius kom på besök och det blev alldeles tydligt vem som var herresonen, rik och fri.

Och vem som var slavpojken som man visst kunde skratta åt men som aldrig tillmättes verkligt värde.

Men Marcus var föga mottaglig för den styrka som morfadern erbjöd, hans värld var Seleme och han lärde sig att hennes händer blev hårda och hennes ögon kalla efter Cornelius besök.

I tvåårsåldern bröt han sin tystnad och började tala, långa och rika meningar på felfritt latin. Det väckte Cornelius och Nadinas glädje, Selemes förtrytelse och Salvius harm. Ännu en gång visade de sin överlägsenhet, scipionerna.

Så Marcus talade allt mer sällan, egentligen bara när han blev ivrig.

Pojkarna var fem år fyllda när Salvius kom i onåd, hans dryckenskap hade gjort slut på det lilla anseende han hade. I fyllan och villan på någon fest hade han fällt ord om kejsarkulten, vilka kunde han inte minnas, men ryktet hävdade att de var dödligt farliga. Och rykten nådde snabbt Augustus öron.

Cornelius insåg faran och nu fick han sin svärson att lyssna. Tillsammans beslöt de att Salvius för några månader skulle dra sig tillbaka till gården på Sicilien. Pengar och beskydd så långt det gick skulle Cornelius erbjuda på ett villkor: att Salvius redan imorgon inför vittne dikterade frigivningen av Seleme och adoptionen av Eneides hos Scipios advokater.

Salvius nickade stumt, den här gången fanns ingen återvändo och han insåg det. Cornelius gick lättad från huset, så fort Salvius varit hos advokaterna skulle den gamle muta sig fram till pretorn som gav åtgärderna laga kraft.

Men väggarna i Salvius hus på Palatinens sluttning hade öron, svarta öron. En stund senare visste Cornelia allt och nickade till Esebus, nu, fort skulle den sedan länge finslipade planen verkställas.

Ondskan har ofta turen på sin sida. Narbo, gallern och slavhandlaren som specialiserat sig på att förse fjärran orientaliska furstar med exotiska slavar, var i staden. Vad bättre var, hans skepp var lastat, han skulle segla i gryningen.

Narbo var utomordentligt välklädd, nästan elegant. Hans uttal var perfekt, hans ord väl överlagda och det intelligenta ansiktet förrådde aldrig en känsla. Esebus visste var i Tiberns bassänger han skulle finna slavhandlaren och Cornelia hade redan träffat honom. Hennes önskemål var väl kända. En snabb överlåtelse av Seleme för ett i slavhandlarens ögon mycket rimligt pris. Formellt också ett köp av Esebus, för en summa som aldrig skulle betalas utan bara fästas på köpekontraktet.

Den svarta pojken skulle släppas fri redan i Ostia.

Esebus och Cornelia var amatörer, de hade båda mycket att lära av den etablerade ondskan. Slavhandlarens intresse för Seleme var svalt, hon var inte oäven i sin blonda fullmognad och hennes bildning en klar tillgång. Ändå, det fanns många som hon och kanske skulle hon aldrig komma längre än till en bordell i någon syrisk hamnstad.

Esebus däremot var ett fynd och honom skulle Narbo få gratis.

Hans ansikte avslöjade inte den förtjusning han kände när pojken fann honom vid en av kajerna i Emporium. Redan i eftermiddag, efter siestan, skulle han komma. Två man från stadens prefekt skulle vara närvarande för att kontrollera dokumenten.

Cornelia var torr i munnen och andades häftigt när hon smög sig upp under middagsvilan och fann slavkontrakten i den stora kistan i Salvius bibliotek. Genom den stängda sovrumsdörren hörde hon honom vänslas med grekinnan och hennes äckel kände inga gränser när hon tyst som en ande lämnade biblioteket, smög genom atriet och in i sitt eget rum.

Där låste hon dörren och satte sig att gå igenom dokumenten.

Det tog henne inte lång tid att hitta de handlingar som rörde Seleme och Esebus. När huset vaknade i sjätte timman stod hon beredd, i sitt rum, iklädd den solröda tunikan och med de viktiga dokumenten tryckta mot bröstet.

Narbo skulle inte komma förrän Salvius lämnat huset. Lättad såg Cornelia honom försvinna i bärstolen på väg till termerna och den avskedsfest som han i kväll skulle ge för sina vänner.

Sina supbröder, tänkte Cornelia.

Eneides och Marcus lekte vid bassängen när det klappade på porten. De uppfattade aldrig ordväxlingen mellan Ganymedes och slavhandlaren, hörde bara den gamle hovmästaren skrika innan Cornelia tystade honom med en örfil.

Hon lämnade dokumenten till den edil som med fjäderhjälmen på sitt huvud hade att tillse att lagarna följdes. Han läste, nickade och i nästa stund var Seleme infångad. Långt ute på gatan hörde de henne skrika på hjälp.

På Eneides skrek hon, den lilla pojken som ingenting förstod.

Marcus blev stående vid bassängens kant och när Seleme försvann ur hans åsyn blev det mörkt kring pojken, så svart att han inte kunde se Cornelias leende eller Nadinas ansikte, förvridet av ilska.

Den gamla hade bara en tanke i huvudet, att ögonblickligen få Eneides ut ur huset. När Cornelia, triumferande men trött, åter försvann till sitt rum, fångade hon in pojken.

– Du tiger, väste hon men hennes rädsla var obefogad för Eneides var förstenad och kunde inte få fram ett ljud. Med Marcus på armen och Eneides vid handen befallde hon fram vagnen, två kuskar, fyrspann. Och hon tvingade dem nerför branten mot Circus Maximus trots att vägen var livsfarlig.

Väl ute på Via Appia stannade hon vagnen och gav nya order till den yngste av kuskarna. Snabbt måste han finna Cornelius och berätta vad som hänt, fort, skynda dig. Han finns i Curian, jag är säker på det.

När vagnen rullade genom stadsporten släppte försteningen sitt grepp om Eneides, pojken skrek ut sin skräck och Nadina som tänkte att det var bäst att han fick hållas lade bara en tröstande arm runt hans axlar. Marcus var tyst där han satt i hennes knä.

När de långt framåt natten steg ur vagnen i Albanus hade Marcus ännu inte sagt ett ord, inte ens ett kvidande hade han lämnat ifrån sig. Men nu viskade han:

46

– Det är så mörkt, Nadina, jag ser inget.

Hon bar honom in i huset till den gamla barnkammaren som Cornelius låtit göra i ordning, lade honom i sängen och försökte få kontakt med de vidöppna stirrande ögonen. Men han såg henne inte, av någon obegriplig anledning såg han henne inte och till slut lade hon igen hans ögonlock och fann att han somnade omedelbart.

Trots de skärande skriken från Eneides, skriken som genom natten tilltog i styrka.

I Salvius hus slog den gamle Cornelia, slag efter slag föll, tunga som från en hammare och vettskrämda slavar höll andan när han skrek:

– Vad hette slavhandlaren?

Cornelia gav inte ett ljud ifrån sig och när hennes ansikte var blodigt, hejdade han sig. Hon skulle inte ge efter för tortyr, på det sättet hade hon inte vansläktats.

Förhören med Salvius husfolk gav honom ingenting, ingen hade känt igen den eleganta slavhandlaren. Till slut fick Cornelius inse att han inte skulle kunna göra någonting förrän magistraten öppnade nästa dag, den magistrat där slavhandlaren måste ha registrerat sina köpehandlingar.

I skymningen lämnade slavskeppet kajen, passerade Ostia i mörker och satte kurs söderut. Esebus hade försetts med fotboja. När han högljutt hävdade sin rätt att lämna skeppet innan de nådde det öppna havet fyllde slavhandlaren en bägare med en sömndryck som befriade afrikanen från dagens besvikelse.

Seleme fick det lättare, hon fick sova på övre däck och slapp bojor. När natten stod som mörkast lämnade hon skeppet, steg kattmjukt nerför lejdaren midskepps och försvann i havet.

Målmedvetet lät hon sig sjunka, ner mot Bithyniens skogar och gudinnan som väntade henne.

– Pojken blev blind när fostermodern försvann?

Cornelius ryckte till, så hade han inte velat se slavinnan. Men det var sant, han fick medge det.

– Det kan ju vara en sjukdom och ett egendomligt sammanträffande.

– Jag känner inte till någon sjukdom som ger blindhet från en dag till en annan.

– Nej, min läkare har sagt detsamma.

Cornelius tänkte på läkaren, en hederlig karl så långt man kan begära av en som har till yrke att ge förtvivlade besked.

Den unge kaldéern rynkade pannan. Cornelius kom inte underfund med vad han egentligen tyckte om främlingen från det fjärran och obesegrade partherriket.

– Jag är ju ingen läkare, sade han och Cornelius tänkte på allt han hört: filosof, matematiker, invigd i Eleusis och Heliopolis, lärare, astrolog.

En motsatsernas man, kall och varm, beräknande och tillgiven, öppen och hemlighetsfull, orientaliskt oberörd och grekiskt nyfiken. Obegriplig.

En mager.

Trollkarl? Knappast av vanligt slag men han har stark utstrålning, kände romaren. Alldeles säkert kan han slå trollringar runt yngre och svagare själar än min, tänkte Cornelius och försökte se bakom nyfikenheten i kaldéerns mörka ögon. Men magern märkte avsikten och fällde de tunga ögonlocken.

Han tillåter ingen närhet, tänkte Cornelius.

Men ett långt liv i makt och rikedom hade lärt den gamle fältherren att alla kan köpas till slut och han började fundera på mannens pris.

– Vad är det du hoppas av mig, romare?

– Att du skulle ha kraft att ...

– Att?

– Att nå in i pojkens mörker.

– I hans ensamhet, sade Anjalis.

Det blev tyst, länge.

– Inser du att om jag lyckas är jag bunden till barnet. Ett svek till ...

Cornelius nickade, ett svek till och det skulle inte längre finnas något hopp för Marcus.

– Om du lyckas, sade han, erbjuder jag dig allt som min makt och mina pengar kan ge dig för att förverkliga dina drömmar.

Anjalis hade inga drömmar, men en stor uppgift. För den erbjöd den inflytelserike patriciern skydd och utgångspunkt. Det hade han tänkt på vid upprepade tillfällen medan han lyssnat på den långa historien som slutade med att Cornelius folk mötte slavskeppet i Antiokia och fick veta att grekinnan drunknat.

– Jag vill tillbringa en vecka tillsammans med barnet, sedan skall jag ge besked, sade han.

Cornelius Scipio nickade, det var ett rimligt förslag. Men det fanns en nästan ödmjuk vädjan i hans röst när han sade:

– En sak till bör du veta. Det barn som Salvius fick med slavinnan är ett ovanligt barn, en pojke med en stark och ljus själ. Han har bott här sedan olyckan hände och ibland tror jag att det är på hans styrka som Marcus överlevt. Men nu kräver hans far pojken tillbaka och jag har ingenting att sätta emot.

Det blixtrade av ilska i magerns ögon:

– Har han inget hjärta i kroppen?

– Det har han nog, han älskar Eneides och behöver honom. Men hans kärlek är självisk som nästan all kärlek.

– Din också?

– Jag antar det.

I den stunden avskydde Cornelius trollkarlen som gick för nära utan att själv tillåta någon närhet.

– Det är en lång, lång man hos Cornelius, en kungason.

Eneides röst skälvde av iver, Marcus vred huvudet mot brodern, nyfiken:

– Hur vet du att det är en kungason?

– Han har en tung guldkedja runt halsen och hår som faller långt ner på axlarna. Och han är så vacker.

– Har han toga?

– Nej, nej, det är ingen romare. Han är klädd i en svart tunika av sammet och så har han en mantel med lysande lila foder. Av riktigt siden.

Nu hade Marcus sin bild klar och viskade:

– Tror du att det är en trollkarl?

Eneides röst steg mot skyn av upphetsning, ja, ja, en mager från Kaldéen.

– Tyst, sade Marcus, han kan höra oss. Och Eneides fortsatte viskande:

– De talar och talar och Cornelius ser så snäll och ledsen ut.

– Är magern gammal.

– Nej, nej han är ung. Och du, nu reser han sig, nu kommer han hitåt.

Så plötsligt tog någon med långa fasta fingrar Marcus båda händer i sina och en röst sade på mjuk klassisk grekiska:

– Jag heter Anjalis. Och det är du som är Marcus?

– Ja. Pojken kunde bara viska.

– Och du har något fel på dina ögon, har jag förstått.

– Nej, sade pojken. Jag bor i mörkret, jag tycker om det.

– Jag förstår, sade mannen och i nästa stund hade han släppt Marcus ena hand och lät sina fingrar undersöka pojkens ansikte, följa hårfästet, stryka över pannan för att nå ögonbrynen, mjukt röra över ögonens rundlar, stryka över näsan, följa munnens teckning och hakans form.

– Du är en vacker pojke.

– Ånej, sade Marcus, jag är väldigt ful.

– Det var konstigt, sade magern, jag brukar aldrig ta fel.

– Är du också blind?

– Nej, jag ser med både ögonen och fingrarna. Nu vill jag att du ser mig med dina händer.

Marcus gömde händerna bakom ryggen, skrämd.

– Jag är smutsig, sade han.

– Då tvättar vi dig först, sade magern och tog fram en näsduk, blötte den i springbrunnen och torkade omsorgsfullt av pojkhänderna.

– Så där, sade han. Titta nu.

Och han förde själv Marcus händer mot sitt ansikte och efter en stund glömde pojken rädslan för nyfikenheten när fingrarna följde den andres ansikte, drag för drag.

– Du, viskade han till slut, du är vacker som en gud.

– Tack, sade mannen. Skall du följa med mig på en promenad upp mot dammen? Jag vill så gärna visa dig näckrosorna.

– Men Eneides, du måste hälsa också på Eneides.

– Goddag Eneides, sade trollkarlen. Du får leka för dig själv nu en stund för Marcus och jag skall göra en utflykt.

Skräcken att skiljas från brodern pilade genom kroppen på Marcus, men innan han hann resa invändningar hade den långe främlingen lyft upp honom i famnen och börjat gå över ängarna. Det kändes som att flyga, högt uppe bland trädkronorna fanns Marcus omsluten av starka armar.

– Du är hemskt lång.

– Ja.

– Lika lång som träden.

– Nej, inte så lång. Bara huvudet högre än de flesta människor. Så just nu är du längre upp i skyn än Cornelius.

Marcus försökte föreställa sig det, hur han bars över huvudet på den väldiga morfadern och tanken gjorde honom glad.

Han skrattade och borrade skrämd av skrattet in huvudet i Anjalis halsgrop och kände hans doft, en sval doft, inte olik den som fanns i det stora Jupitertemplet i Rom. Nu skrattade även Anjalis, mjukt som sammeten i hans tunika.

Pojken ville fråga: Vad gör du här hos mig? Men han vågade inte ännu. Men nästa fråga kunde han inte hejda:

– Är du en mager?

– Mest är jag lärare, sade Anjalis och fortsatte som om han trots allt hade hört den första frågan:

– Din morfar bad mig komma för att undervisa dig.

– Vad svarade du?

– Jag gav inget besked. Du förstår, jag är en mycket bra lärare och en fri man. Så jag väljer mina elever med omsorg.

– Hur då?

– Jag stannar bara hos barn som jag tycker om.

Marcus kände hur flygkänslan försvann och Anjalis registrerade tyngdökningen.

Så här långt var det enkelt och vanligt, tänkte han, ett barn som ingen sett och helt utan värde i sin egen uppfattning. Rörande, javisst, men livet var fullt av rörande människoöden.

– Känner du vinden från bergen?

– Ja. Svaret kom för fort, för villigt.

– Sätt upp näsan mot vinden då.

Marcus lydde men i hjärtat hade han redan givit upp hoppet om Anjalis och visste att de snart skulle skiljas åt.

De gick mot den konstfullt anlagda dammen ovanför husen.

– Nu sitter vi här en stund på kanten och lyssnar på vattnet, sade Anjalis som såg allt som försiggick i pojken och var mer berörd än han tyckte om. Det fanns något hos barnet, ett löfte.

– Berätta för mig om ditt liv.

Nu blev det tomt i pojken, tyst och tomt.

– Det finns inget att berätta, sade han till slut.

Och då visste Anjalis vari löftet bestod. Marcus, snart sex år gammal, var ännu ofödd. Han hade försökt några år att förstå och vara med men nu hade han givit upp och återvänt till mörkret i moderlivet. Länken till livet hade varit slavinnan som åsatt honom andrahandsvärde. Fadern? Cornelius hade inte sagt mycket om Salvius, bara det nödvändigaste. Och modern galen.

– Du har rätt, sade han. Det finns inget att berätta. Ditt liv börjar i dag.

Marcus oseende ögon vidgades, han förstod inte. Men den flygande lättheten fanns där igen, som en hög ton från en flöjt.

Ännu en gång läste Anjalis hans tanke.

– Jag skall spela för dig, sade han. Jag har en flöjt av silver. Vill du känna på den?

Marcus fingrar följde tveksamt instrumentet och han viskade:

– Jag förstår att den är mycket vacker.

– Ja, sade Anjalis. Det är en månskensflöjt från Babylon och egentligen skall man bara spela på den när månen står i ny. Men vi prövar hur den låter redan i kvällssolen, tycker du inte?

Marcus ja var nästan ohörbart.

Sedan lirkade tonerna in honom i ljuset, ett silvrigt månljus fullt av äventyr lockade med honom på vandring. De gick en slingrande stig genom skogen, trädens stammar skimrade vita, de gick så långt att pojken blev rädd att komma vilse och tog ett fast tag i trollkarlens mantel. Då ökade Anjalis takten, skogen tog slut, de stod vid randen av ett hav, sandhavet, och Marcus förstod att han var i öknen, att de mjuka dynerna som bredde ut sig framför honom var den oöverskådliga öknen, som Cornelius berättat om.

Han frös och sade för sig själv:

– Jag trodde öknen var het som elden.

Anjalis tog flöjten från munnen ett ögonblick:

– Bara om dagen, inte i månskenet.

I nästa stund såg pojken stjärnhimlen så som han aldrig sett den förr, ett gnistrande regn av stjärnor, långt borta och mycket nära, klara, kalla stjärnor, tusen och åter tusen, såg ner på honom.

Rätt ovanför hans huvud flätade De Sju Systrarna sin slinga och den minsta av de sju blinkade i vänligt samförstånd mot honom.

– Hon ser mig, hon hälsar på mig, viskade han och Anjalis flöjt tonade ut medan pojken långsamt tog sig tillbaka till stranden där de satt.

Han kunde inte se det men uppfattade ändå att magern var djupt allvarlig när han rengjorde flöjten och lade den tillbaka i mantelns ficka.

Anjalis tänkte på att den sista stjärnan i Plejaderna var nästan osynlig här på himlarna över västerns länder. Grekerna kallade henne rent av för den försvunna systern och hade på grekers vis diktat en saga om henne.

Men hon var en stor stjärna och det måste finnas en stark ande i det försummade barnet, som fötts på fel plats på jorden. Anjalis hade bestämt sig, han skulle förlösa barnet.

– Näckrosen får vänta till en annan dag, sade han. Nu skall vi återvända, du och jag, och jag skall ge Cornelius besked att jag stannar hos dig som din lärare.

Glädjen var så stor att pojken måste avvisa den. Anjalis iakttog hur striden utkämpades i det lilla hårt knutna ansiktet. Så nära nu var gråten, men rädslan att ge efter för den var större.

Hans sorg är stor som floden, tänkte Anjalis. Men en dag tar den sig över fördämningarna och finner sitt utlopp.

Han lyfte upp pojken som inte längre hade några ord och återvände långsamt till Nadina.

– Se till att du äter mycket och sover gott, sade Anjalis. Jag hämtar dig i soluppgången.

Pojken nickade tyst och Nadina tänkte med fasa att nu hade han blivit stum också, och att Cornelius var galen som släppte trollkarlar på barn. Men när Marcus ätit upp sin gröt sköt han fram tallriken och sade högt och bestämt:

– Jag vill ha mer.

Och därmed hade Anjalis vunnit den gamlas förtroende.

Själv låg han till bords med Cornelius och sade:

– Vad är det för en ond tradition ni har, ni romare, som så tidigt överger era barn.

Cornelius kände sig drabbad i hjärtat. Men han hade hört Marcus skratta och det betydde mer än allt annat.

Anjalis tillbringade natten på villans tak i samtal med sin stjärna. Han var oroad av att ha fattat sitt beslut så fort, det var inte likt honom. Han hade begärt en veckas betänketid, varför hade han inte utnyttjat den?

Återigen gick han igenom fördelarna, Cornelius själv så nära maktens centrum, hans många och inflytelserika vänner, hans stora bibliotek.

Uppdraget intresserade honom. Att förlösa en människosjäl och forma den innebar makt och Anjalis tyckte om makten.

Han tyckte om pojken också, sade han, och Sirius log mot honom i mild vishet. Det var något mer, något större, sade hon och Anjalis gjorde klart för sig att det fanns en släktskap mellan hans väsen och pojkens, ett band knutet en gång i tidernas begynnelse och starkare än något förnuft.

Motvilligt fick han erkänna att han kände sympati också för Cornelius. Han var en typisk romare, en av dessa herrar som gjorde om världen efter sitt huvud med den kraft som bristen på inkännande skänker.

Riktad framåt, som alla romare. Men ett långt liv fullt av smärtor hade lärt honom något och Anjalis, som visste att mycket få lär av lidandet, kände respekt.

Det skulle ta lång tid att förlösa pojken, hade han sagt till Cornelius och den gamle hade förstått. Men Anjalis insåg att romaren var kortsiktigt inställd på resultat. För honom gällde det pojkens blindhet.

Den bekymrade Anjalis minst, eftersom han visste att mörkret var självvalt. Och att Marcus så småningom skulle vara villig att ompröva sitt beslut.

När han hämtade pojken nästa morgon och iakttog honom

medan Nadina klädde och tvättade honom blev han än säkrare. Marcus utvecklade inga av de sinnen som brukar kompensera den blinde, hans hörsel hade inte skärpts, han lärde sig inte använda händerna för att mäta avstånd eller följa tingens form så som de blinda alltid gjorde.

– Godmorgon Marcus, sade han.

Marcus ryckte till och det långsamma leendet, som växte inifrån och sällan hann ända fram till munnen, lyste upp pojkens ansikte.

– Åh, Anjalis, sade han. Jag trodde ...

– Vad trodde du?

– Det var så dumt men ett slag i natt trodde jag att jag hade drömt dig.

Anjalis satte sig på huk framför pojken och förde hans händer över sitt ansikte.

– Känn, sade han. Jag är lika verklig som Seleme. Men jag är fri och stark och jag lovar dig att leva i hundra år.

Marcus var mycket blek nu men orden gick in, gav stadga åt den sköra grund som lagts.

– Och du lovar att stanna hos mig.

– Ja.

– Ingenting är farligt för dig, sade han.

– Nej.

– Inte ens Cornelia?

Nu skrattade Anjalis högt samtidigt som han höll pojkens hand över sitt ansikte.

Marcus blev rädd, hon är hemskt, hemskt farlig, Anjalis, du måste akta dig.

– Inte, sade Anjalis. Hon är bara en tokig gammal kvinna. Vad skulle hon kunna göra mig? En dag skall vi fara och hälsa på henne.

– Anjalis, viskade pojken, du är inte klok.

– Jodå, sade Anjalis. Mycket klokare än alla de skrämda dårar som haft hand om dig. Nu skall vi gå och se på näckrosen.

Nadina som med händerna hårt knutna över magen hade lyssnat till samtalet, stod inte ut längre:

– Det finns inga näckrosor i dammen, hann hon säga innan Anjalis tystade henne med en blick som nästan slog henne till marken.

Det hade varit en arbetsam morgon för Nadina, som varit uppe med solen för att hjälpa Eneides att packa. Han skulle resa till Salvius gård vid kusten, det hade varit bestämt sedan länge och inneburit en stor rädsla för Marcus.

Nu kunde bröderna ta farväl utan tårar.

– Vi ses snart.

– Ja.

När Eneides packning burits ut i vagnen sade Anjalis till Marcus:

– Spring och hämta din mantel. Det är kallt ute.

Han fick hålla Nadina i ett fast grepp medan pojken trevade sig fram i rummet, kände på bordet, på soffan, klumpigt och tafatt. Till slut fann han manteln vid sängens fotända och lyckades kränga den över axlarna.

– Nu är jag färdig, sade han och rösten var hög och klar.

Marcus hade väntat sig att bli buren, att få flyga igen bland trädkronorna. Men Anjalis tog bara hans hand och gick med raska steg över kullarna. Pojken fick småspringa för att hänga med, han snubblade, någon gång var han nära att falla men den starka handen lyfte honom.

– Det är svårt att veta hur man skall sätta fötterna här inne i mörkret, sade Marcus.

– Då får du väl öppna ögonen mot ljuset igen, sade Anjalis.

– Du förstår inte, sade Marcus. Ljuset kom från Seleme, nu när hon är borta finns det inget.

Och sedan, stilla, kom gråten, äntligen grät Marcus, de stora oseende ögonen översvämmades och Anjalis log belåtet, satte sig på marken och tog pojken i famnen.

– Det är bra, Marcus, sade han, gråt du.

Pojken ville säga emot men klarade inte att svälja gråten.

Det gick en timma, pojken grät och torkades i ansiktet där tårar och snor kletade ner honom. Sedan, plötsligt, drog han djupt efter andan och sade:

– Jag skall inte göra det igen, Anjalis.

– Men nu gör du mig arg, sade trollkarlen, vi skall gråta ofta du och jag.

– Men det är farligt. Nu viskade han igen.

– Vem har sagt det, sade Anjalis och pojken hörde att trollkarlen var arg.

– Seleme, sade han. Jag fick aldrig gråta för då blev Seleme...

– Vad blev hon?

– Arg, sade pojken så tyst att det var svårt att höra. Och sedan lite högre: Och rädd.

I en blixt såg Anjalis det framför sig, den ängsliga slavflickan vars liv hängde på att härskarinnans son var osynlig och tyst.

– Fick Eneides gråta?

– Ja, sade Marcus, honom älskade hon ändå.

Anjalis stönade, hans ögon sköt blixtar och pojken som kände ilskan viskade:

– Varför blir du så arg?

– Marcus, hör på mig. Det är lika viktigt för barn att få gråta som det är med mat. Om du inte fick gråta begicks det en stor orätt mot dig.

– Anjalis, hon var så rädd.

– Jo, jag förstår det, Marcus. Men nu är hon död och du lever. Och du och jag skall skrika och gråta och skratta och dansa.

De började gå igen och jagade upp några skogsduvor, som med tunga vingslag försvann mot skogsbrynet.

– Hör du hur de kuttrar, sade Anjalis och började beskriva fåglarna, de glittriga grå halsarna, de nästan ljusblå vingarna och vingpennornas anade lila.

– Seleme älskade också fåglarna, sade Marcus och plötsligt kunde han berätta om fågelflickan från Bithyniens skogar, om den vilda floden och det stora vattenfallet där hon mött gudinnan.

– Det var dit Jason reste, sade Anjalis. Han for för att hämta det gyllene skinnet men blev förälskad i en prinsessa och förde henne hem till sitt land.

I nästa stund mindes Anjalis prinsessans namn och öde och tänkte som så många gånger förr att ingen grekisk saga är oskyldig och att det fanns andra länkar mellan Medea och Seleme än Bithynien. Men Marcus var lyckligtvis inte intresserad av prinsessan utan av det gyllene skinnet.

Så Anjalis berättade vältaligt om kungen av Kolchis som orättmätigt hade lagt beslag på den gyllene vädurens skinn och om alla de stordåd som Jason och hans argonauter måste utföra för att hämta det.

Marcus var hänförd men inte tillfreds. Vad var det gyllene skinnet, var kom det ifrån?

Och Anjalis tänkte på historien om de två barnen som skulle mördas av sin styvmor men räddades av den märkvärdiga väduren, suckade och sade:

– Jag minns inte riktigt, det var en hjort med skinn av guld som kunde flyga.

– Det måste vara ett märkvärdigt land. Jag tänkte alltid att jag skulle åka dit och se själv när jag blev stor, sade pojken.

– Det var en bra idé, sade Anjalis. Det gör vi en gång.

– Men du glömmer att jag inte kan se längre.

– Visst kan du se, sade trollkarlen. En dag ser du fåglarna igen. Du måste ju inse att mitt ljus är mycket starkare än Selemes. I längden kommer du aldrig att kunna motstå det.

Nu slöt sig pojken som en mussla, rädslan satte klorna i honom. Anjalis skulle bryta sig in i det skyddande mörkret.

– Jag vill inte, skrek han i full panik.

– En dag vill du, sade Anjalis lugnt. Och vi har inte bråttom.

Men Marcus stod inte att lugna, han slog undan Anjalis händer och fortsatte att skrika.

– Jag vill att du går din väg, att du försvinner bort till de höga bergen i Indien där trollkarlarna bor. Gå, gå nu.

– Jag stannar, Marcus.

– Jag skall tala med min morfar.

– Cornelius kan inte driva bort mig.

– Han är nästan lika mäktig som kejsaren.

– Inte ens Caesar själv kan driva bort mig.

Pojken som insåg att trollkarlen antagligen hade rätt försökte lugna det bankande hjärtat genom att trycka händerna mot bröstkorgen medan hans förtvivlan letade efter utvägar.

– Om jag ber dig det vackraste jag kan, sade han.

– Så hjälper det inte ändå, sade Anjalis lugnt. Kom nu skall vi se på näckrosen.

Så tog han pojken i armarna och fortsatte vandringen. De nådde dammen som fick friskt vatten från bergen och var ren och klar. Han tog av Marcus sandalerna, satte honom på en sten i strandkanten med fötterna i den våta sanden där vattnet långsamt sipprade in mellan tårna.

– Det kittlar, sade Marcus och rösten hade ljusnat en aning.

– Nu skall jag spela för dig.

Anjalis tog fram sin flöjt och började blåsa en melodi så full av ljus att det glittrade om den. Pojken flög och aldrig hade han trott att världen kunde vara så full av färger och former, gröna blad och lysande röda och gula blommor sträckte sig mot honom.

– Jag tror jag är en fjäril, sade pojken tyst som för att inte störa tonerna som i sirliga turer dansade över ängens blommor. När flöjten svirrade upp mot det blå i ännu en ljus slinga började han långsamt gråta igen.

Anjalis räckte honom sin näsduk och pojken grät i den, otröstligt.

Till slut vågade han sig ändå upp i Anjalis knä och trollkarlen gned de iskalla fötterna och vaggade pojken som ett spädbarn.

När gråten ebbat ut sade Anjalis:

– Rätt framför oss flyter det en väldig näckros på vattnet.

60

Nu skall jag beskriva den för dig och med ledning av mina ord skall du göra dig en bild av blomman. Bilden skall bli så tydlig att du kan ta fram den när helst du önskar, bara se utan att tänka på något annat.

Och han beskrev blomman, de tio kronbladen som gick om lott med varann, den ljusgröna kalken, de långa gyllene ståndarna – långsamt och omständligt ritade han av blomman i pojkens sinne tills varje detalj var rätt och på plats. Marcus kände sig lugnad av leken och hade till slut en mycket tydlig bild av sin näckros.

– Nu har du den i huvudet?
– Ja.
– Alldeles säkert?
– Ja.
– Så att du kan ta fram den när du vill.
– Jag tror det.
– Bra, Marcus. Nu kommer vi till det svåraste för nu skall du se länge på din blomma utan att tänka på något annat.

Pojken försökte men tankarna fladdrade som fjärilen förut – hit och dit, stora rädda tankar på Cornelia, små pirrande tankar på Eneides och hemska skrikande tankar på Seleme.

– Stoppa dem, sade Anjalis och pojken försökte och försökte igen.

Så för ett försvinnande kort ögonblick lyckades han och visste i samma stund att han sett blomman tidigare, att han hade känt igen den. Med den vissheten kom en stor frid till honom och när den långe trollkarlen bar honom nerför kullarna tillbaka till Nadina sov han, tungt och djupt.

– Låt honom sova. Och när han vaknat så skickar du honom till mig, ensam, utan hjälp.

Nadina nickade, hon började förstå.

Under de dagar som följde grät Marcus nästan oavbrutet, en skärande gråt som skar i hjärtat. Om kvällarna gick Cornelius fram och tillbaka på sin terrass och försökte tro det som Anja-

lis sagt honom, att det viktigaste just nu var att Marcus fick
sörja.

Nadina försökte trösta Cornelius.

– Eneides grät och skrek i dagar när Seleme försvunnit, sade
hon. Redan då tänkte jag att det var något fel på vår pojke, att
det var synd att han inte kunde gråta. I stället blev han blind.

Cornelius lyssnade och ville tro att när Marcus äntligen grå-
tit färdigt skulle han få synen tillbaka.

Men gråten tog slut och pojken var kvar i sitt mörker.

Vid middagstid den fjärde dagen upphörde gråten och Marcus
kröp ihop i fosterställning bredvid Anjalis. De sov en stund
tillsammans, när pojken vaknade låg han länge och såg på
blomman han fått av trollkarlen.

Den här gången gick det lättare att slippa undan tankarna
och när Anjalis vaknade kunde pojken le mot honom.

– I eftermiddag skall du och jag rida ner till Rom för att
hälsa på din mor, sade Anjalis.

– Cornelia. Pojken viskade.

– Ja.

– Jag vågar inte.

– Du behöver inte våga, du skall bara sitta på min arm
medan jag talar med henne.

Cornelius var i senaten och Eneides hade rest, så Marcus
hade ingen att vädja till när han plötsligt satt på hästryggen
framför Anjalis och red i god fart mot Salvius domus i den
myllrande staden. Marcus kände igen ljuden och dofterna, för-
säljarnas rop genom gränderna och stanken. Allt ökade hans
rädsla.

Ganymedes tog emot dem, han hade hört ryktena om den
kaldéiske trollkarlen som skulle bota Marcus från blindheten
men föreställt sig honom så mycket äldre och lömskare än den
unge mannen som plötsligt stod i hans dörr och sade:

– Goddag. Jag är Anjalis, Marcus lärare, och vi har kommit
för att hälsa på hans mor.

– Hon är sjuk och tar inte emot, sade Ganymedes men den långe trollkarlen svepte undan honom med en blick. Mitt inne i atriet hejdade han sig och luktade på hatet som fyllde de praktfulla rummen. Sedan gick han till Cornelias dörr, knackade och öppnade utan att vänta på svar.

Hon kröp ihop i sängen:

– Vem är du?

– Mitt namn är Anjalis, jag är Marcus lärare och tyckte att han borde hälsa på sin mor.

– Det har aldrig något tyckt förut, sade Cornelia och i hennes röst fanns en tomhet så stor att den trängde genom Marcus rädsla, inåt, neråt magen där det plötsligt gjorde ont.

Cornelia kämpade med de röda dimmorna, bort från vanvettet och fram till mannen som stod framför henne.

– Du är vacker som en gud, sade hon.

– Tack, sade Anjalis. Du är sjuk, jag kan se det.

Det blev tyst mellan dem en lång stund. Till slut sade Anjalis:

– Jag tycker synd om dig men jag har ingen hjälp att ge.

Cornelia slöt ögonen.

– Så gå då, sade hon.

Och Anjalis gick med pojken på armen. Men i atriet satte han sig på en av bänkarna och sade till pojken:

– Jag skall beskriva din mor för dig. Jag såg en kvinna, ensammare än någon annan människa. Hon är utlämnad till sin egen rädsla och den är så väldig att ögonen håller på att tränga ut ur sina hålor. Ingen har någonsin sett henne, ingen har varit glad för att hon har funnits. Nu är hon sjuk, mager och darrande. Har du bilden klar för dig?

– Ja. Marcus viskade.

Pojken sade inte ett ord på vägen hem men hans kropp var lättare i Anjalis armar. Och de oseende ögonen var fulla av förundran.

Den senaste veckan hade han fått sova i Anjalis bädd, hoprullad i trollkarlens armhåla. I kväll grät han inte, han var trött och fundersam.

– Hör på, Marcus. När Cornelia hamnade i den stora ensamheten valde hon hatet. På samma sätt som du valde mörkret. Förstår du?

– Jag tror det, sade pojken.

Men Anjalis tänkte att han inte sagt hela sanningen om Cornelia, om varför gudar och människor undvek henne. Att hon påmint honom om hans mörkaste hemligheter och om hatet som gick genom hans sinne när rädslan var som störst.

Och att hennes ensamhet skrämt även honom, den ensamme.

DEN NATTEN VÄCKTE Marcus Anjalis, strök honom över kinden och viskade:

– Det är fullmåne.

Anjalis skärpte varje sinne när han viskade tillbaka:

– Hur vet du det?

– Jag ser månljuset genom springorna.

– Vänta.

Anjalis kom ur sängen och slog upp fönsterluckorna, det kalla ljuset sipprade in i rummet.

– Åh, Anjalis, stå kvar där så att jag kan se dig. Du är ännu vackrare än jag trodde.

Trollkarlen tog pojken på armen och tillsammans stod de och såg ut över parken där månen strödde sitt silver.

Efter en stund sade Anjalis:

– Jag tänker på din morfar som är så förtvivlad för dina ögons skull. Tycker du att vi skall väcka honom?

– Ja.

Anjalis vissling skar genom natten och väckte slaven vid dörren. Marcus fnittrade förtjust.

– Gå och hämta Cornelius.

– Men han ...

– Gå.

Bara några minuter senare var den gamle där och Marcus talade ivrigt om allt han såg i parken. Cornelius ansikte stelnade i ansträngningen att hålla tårarna tillbaka.

Resten av natten satt Cornelius i trädgården med sitt barnbarn i knäet. Men när det första svaga ljuset skymtade bortom bergen i öster ville pojken in, rädd igen. Cornelius hade svårt att tygla sin besvikelse men trollkarlen sade:

– Det är bra, nu går vi alla till sängs.

Och Marcus skrattade.

De sov till långt in på morgonen och när pojken vaknade var han lika blind.

– Du har ändå fått bevis för att det inte är fel på hans ögon?

– Ja, vad gör vi nu?

– Väntar, sade Anjalis till romaren.

Det blev en underlig tid i huset på berget, nattens tid. Så fort mörkret föll vandrade trollkarlen och hans följeslagare genom skogarna och pojken såg allt mer trots att månljuset avtog för varje natt. De vände på stenar, de plockade sönder blommor, ända ner till sjön kom de. Seendet ökade, aldrig hade Marcus kunnat drömma om att världen var så innehållsrik.

Men när gryningen kom var de tillbaka i huset igen och när dagen stod ljus hade Marcus åter förlorat synen.

– Hur länge skall vi vänta?

– Jag vet inte, romare. Jag tänker.

Och Anjalis tänkte, knöt ihop trådarna. Den plötsliga förbättringen hade kommit efter mötet med modern, när den oerhörda rädslan för henne minskade.

Anjalis talade med Nadina, vad hände den dagen Seleme försvann? Om natten i skogen ställde han samma fråga till Marcus.

– Jag vill inte minnas.

– Du måste.

– Hon skrek, förstår du, hon skrek och skrek, men den där mannen lade handen över munnen på henne.

– Vad skrek hon?

66

Marcus hejdade sig och sade sedan, förvånad:

– Hon ropade på Eneides. Eneides skrek hon, hjälp mig.
Cornelia stod bredvid med några rullar i handen och Marcipor
försökte säga något men mannen bara tog rullarna och drog
Seleme ur huset. Där var soldater också.

– Och sedan?

– Sedan såg jag ingenting mer. Det var ju då jag blev blind.

– Om hon ropat på dig i stället?

– Då hade jag slagit mannen, sparkat, bitit honom.

– Du är säker på det?

– Ja.

Pojken var upprörd men säker. Han har mod i arv från
oräkneliga led av romerska soldater, tänkte kaldéern.

Anjalis tog fram silverflöjten och spelade en enkel melodi
medan de gick hemåt i natten.

Anjalis grubblade fortfarande på sin fråga vid nästa dags
samtal med Cornelius.

– Jag vill att du tar över ansvaret för pojken. Du måste
förmå Salvius och Cornelia att avstå från föräldraskapet.

– Jag har alltid velat adoptera honom.

– Men så gör det. Och se till att Salvius ger Eneides fri och
adopterar honom. Det är det minsta han kan göra för Selemes
barn.

– Jag skall säga honom det.

Vad Cornelius använde för maktspråk när han övertalade
Salvius fick ingen veta. Kanske krävdes det inte så stora ord.
Salvius var en bruten människa och Cornelius, som trott att
han hatade svärsonen, lovade att lösa inteckningarna i egendo-
men på Sicilien.

– Det kan leda till skilsmässa, sade den gamle när han kom
hem.

– Jag tror du har fel. De där två hålls samman av hatet.

Cornelius mutade sig fram till pretorn och bara fjorton dagar senare var de båda adoptionerna genomförda. Marcus glädje var rörande:

– Så nu är jag bara ditt barn?

– Ja.

På eftermiddagen när de lagt sig en stund för att vila medan de väntade på mörkret sade Anjalis till pojken:

– Jag har haft fel på en punkt. Minns du när du sade till mig att ditt mörker kom när Seleme rövades bort, att hon hade varit ditt ljus.

– Ja.

– Sedan blev du väldigt arg på mig när jag frågade vad du skulle göra med mitt ljus som var starkare än Selemes. Minns du?

– Ja, det var då jag ville driva bort dig. Rösten var ynklig.

– Du blev arg och det måste man få vara ibland. Det är inte det jag vill tala med dig om utan att vi hade fel, både du och jag.

Anjalis hejdade sig för ett ögonblick, men fortsatte sedan som han tänkt.

– Du förstår, ljuset kommer inte bara utifrån. Det kommer också inifrån en själv.

Marcus försökte förstå.

– Det måste vara fel, sade han. Inne i mig är det alldeles mörkt.

– Nej, sade Anjalis, ta fram din näckros och se på den. Se på öknen som du såg i månljuset den första dagen jag spelade för dig.

– Och blommorna, de röda blommorna som lyste i gräset när jag var en fjäril.

Marcus röst var ivrig.

– Just det, sade Anjalis långsamt som om han sökte efter orden. Jag har aldrig tänkt på det tidigare men det är nog så att vi har det ljus vi ser med inom oss själva.

– Men solen ... ?

68

– Ja, men för att se ljuset från solen måste vi ha vårt eget ljus. Det är det ljuset som gör seendet möjligt, det som du alltid har med dig och som gör dina visioner tydliga. Förstår du?

– Inte riktigt, sade Marcus och funderade länge innan han frågade:

– Om jag har ett sånt där ljus varför kan jag inte se om dagen?

– Ditt ljus kanske är så starkt att du inte vågar, sade trollkarlen och Marcus suckade:

– Det där förstod jag inte alls.

– Det gör inget, sade Anjalis. Nu sover vi en stund.

Men han somnade inte, han låg länge och tänkte på vad det var för en insikt som undsluppit honom när han börjat samtalet med Marcus.

Vad var det han sagt, vad var det Marcus svarat?

Sedan satte han sig upp i sängen och slog med knutna händer mot sin egen panna. Vid Babylons alla gudar, hur blind får en seende vara.

Nästa morgon sökte Anjalis upp Cornelius.

– Jag har en plan.

Den gamle lyssnade, häpen och motvillig. Men han hade inget val, han måste göra som trollkarlen föreslog.

Cornelius avskydde magi, i djupet av sitt romerska hjärta hade han alltid tagit avstånd från det obegripliga. Han mindes kelternas druider, prästerna som farit ut i vilda danser, tappat vett och förstånd, besökt underjordens gudar, dödat fiender på långt avstånd men också framkallat regn. Barbariskt.

De hade talat mycket om det otroliga han sett, han och hans gamle läkare. Ingen av dem tyckte om greker, men vid samtalen hade de kommit fram till, att det ändå var en välsignelse med den grekiska tanken, den som med romarnas hjälp nu erövrade världen och drev bort trolldom och vidskepelse.

Anjalis var ingen druid, han var en högt bildad man. Men

kaldéerna var folket som hållit de urgamla magiska krafterna levande och det fanns de i Rom som trodde att det var med den kunskapens hjälp som partherkungen motstod de romerska legionerna.

Nu skulle trolldom prövas för att få Marcus att se och han – Cornelius – skulle hjälpa till.

Nästa dag berättade Cornelius om vandringen de måste göra, han och Marcus ensamma. De skulle gå mot bergen och där på en avsats just vid middagstimman, skulle de offra till förfädernas andar, ett bröd och ett krus vin till de gamla scipionerna.

Cornelius röst var knapp och hans historia torr, utan inlevelse och utsmyckningar. Men det märkte inte Marcus som inte heller kunde se hur hans morfar rodnade.

Bara Anjalis hade svårt att dölja ett leende. Nadina var förfärad, hur skulle en så liten pojke orka gå en så lång väg. Och hon för sin del hade aldrig hört talas om en sådan cere ...

Men där hejdade Anjalis blick henne.

Marcus sade:

– Vi gör det om natten.

– När solen står som högst på himlen, sade Cornelius.

Marcus var lite blek. Men han tyckte att det var spännande och han förstod ju att det var viktigt, att han var viktig nu, som Cornelius ende son och den siste av den gamla ätten.

– Jag är ju lite rädd för ljuset, sade han.

Då ingrep Anjalis, tröstande. Han skulle göra i ordning en dryck, sade han, i en flaska av dyrbart grönt glas skulle han innesluta Marcus mörker.

– Lovar du att göra som jag säger?

– Jag svär, sade Marcus.

– Det räcker om du ger mig ditt hedersord som romare, sade Anjalis.

Och de skakade högtidligt hand.

Tidigt nästa morgon började vandringen, Cornelius hade brödet och vinet i en korg på ryggen och handen fri för att leda Marcus.

– Kom ihåg, i rask takt, sade Anjalis tyst till den gamle som nickade, var ovillig och kände sig löjlig. Till Marcus kom troll-karlen med flaskan av grönt glas:

– Hör på noga nu, Marcus. Du måste räkna dina steg hela tiden. Exakt vart tusende steg stannar du, tar korken ur flaskan och dricker tre klunkar. Inte mer, inte mindre. Har du uppfattat?

Marcus nickade och de båda började vandringen.

Ett, två tre, fyra. Vid tvåhundrafemtio var Marcus nära att tappa bort sig, men Cornelius hjälpte honom rätt och resten av vägen fick de räkna tillsammans. Det var tröttsamt.

Varmt blev det och resans alla dofter och fågelsången som kunde ha tröstat pojken fick ingen uppmärksamhet. Inte ens vinden kunde han känna, upptagen som han var av räknandet.

Värst var ändå drycken, de tre klunkarna av den feta oljan som fick Marcus att må illa.

Vid fjärde rasten kräktes han, men drack och fortsatte på darrande ben, blek och ynklig. Vid femte rasten måste han lägga sig en stund och vila men det hjälpte inte mycket för snart kräktes han igen som om magen vände ut och in på sig.

Det är tortyr, tänkte Cornelius men också han hade givit hedersord till Anjalis, vandringen skulle fortsätta.

När de stannade efter åtta tusen steg sade Cornelius:

– Här är en sten, vi sitter här och vilar en stund innan du måste dricka igen.

Det var något konstigt med den gamles röst, den var hård och Marcus hörde hur den dragit lugnet över en stor vrede. Cornelius var rasande.

När pojken drack och kväljningarna kom kunde Cornelius inte behärska sig längre.

– Den sjudubbelt förbannade Anjalis, sade han och en kraft kom till liv i kärnan av Marcus väsen, en röd kraft med en styrka som kunde flytta bergen. Den svepte undan allt för-

71

stånd, alla löften, alla andra känslor med sin väldiga renande makt.

Som elden var den, som vulkanen som sprutar glödande lava från jordens innandöme.

– Den sjufalt förbannade Anjalis, skrek pojken och i nästa stund hade han slängt flaskan i stenen så att glasskärvorna yrde och den feta oljan flöt ut över hans händer, ner från stenen, ner i gräset.

Han såg det, han såg oljan rinna mot marken men han tänkte inte på det, han hade nog med sin väldiga ilska, det röda hatet som brann i hans hjärta.

Men sedan kunde han inte hålla synerna borta och vreden försvann i den stora förvåningen när han såg ut över bergen och skogarna, blommorna, träden, sjön i dalen och såg alltsammans lysa i det välsignade solljuset.

Cornelius såg undret ske, men vågade inget säga, vågade knappast andas. Men sedan riktade Marcus sin blick på den gamle och såg att han grät, att det fårade ansiktet var blött som om han stått länge i regnet.

De talade inte med varandra men deras ögon och deras händer möttes, pojken såg in i den gamles ansikte och kunde för första gången ta emot den stora kärleken som fanns där.

Till slut sade han:

– Du får aldrig dö ifrån mig.

– Det lovar jag, sade Cornelius.

– Men du är hemskt gammal.

– Nej, inte så värst, sade Cornelius och sedan kunde de skratta, ett stort skratt som rullade nedför bergen.

– Jag är hungrig, sade Marcus.

– Vi äter upp brödet.

– Men förfäderna ...

– De får vänta till en annan dag.

Marcus fyllde magen med det nybakade brödet, förvånad över hur vitt det var och hur gott det smakade.

Efter måltiden sade Cornelius att nu skulle de vända hemåt

och Marcus ropade:

– Jag går före.

Och han sprang utför bergets sluttningar och halvvägs ner mötte han Anjalis och flög i hans famn, men ville snart bli fri igen.

– Vart springer du, ropade Anjalis efter honom.

– Till dammen och näckrosen.

– Marcus, det finns ingen näckros.

Pojken hejdade sig förvånad, sprang tillbaka till den långe trollkarlen och sade långsamt:

– Du hittade på den.

– Ja. Anjalis rodnade inte ens.

– Du luras, sade Marcus och såg förundrad glittret i trollkarlens svarta ögon när han svarade:

– Javisst, jag luras.

Pojkens skratt steg som lärksång mot skyn när han sprang mot dammen, på utflykt på egen hand för första gången i livet.

En stund senare när de två männen hunnit hämta sig vid en bägare vin, frågade Cornelius:

– Vad var det i flaskan?

– Gammal olja och sur ättika.

Cornelius såg lättad ut.

– Jag har svårt för magi, sade han.

Och Anjalis höll inne med vad han tänkte, att själar som går vilse följer samma logik som den magiska riten, att de alltid vänder åter till Eden och att boten är en upprepning av syndafallet.

Cornelius försökte ge uttryck åt sin tacksamhet. Det var svårt, han gav snart upp och gick in i sitt hus för att frambära tackoffer till larerna vid scipionernas förfädersaltare.

DEL 2

"Dragen ut från Babel,
flyn från kaldéernas land;
förkunnen det med fröjderop
och låten det bliva känt,
utbreden ryktet därom
till jordens ända;
sägen: "Herren har förlossat
sin tjänare Jakob."

"Hören på mig, I havsländer,
och akten härpå, I folk, som
bon i fjärran.
HERREN kallade mig, när jag ännu
var i moderlivet."

J ESAJA

Det var månprästernas kunskaper från det gamla Sumer de förvaltade. Under århundradenas lopp hade det hänt att de inte varit fler än något tiotal, kvinnor och män. I andra tider växte deras inflytande, och deras samfund omfattade långt fler än hundra.

De hade sett Akkad slå sönder sumerernas urgamla riken och bränna de sköna städerna. De hade överlevt Sargon, hans söner och sonsöner och sett Nineve födas och dö. I Babylons tid slog de följe med makten. Deras Äldste red in genom den största av stadens hundra kopparportar för att från det mångbesjungna tornets tak beräkna stjärnornas vandringar och bedöma deras inverkan på enskilda öden och på jordens.

Assyrerna tvingade dem tillbaka till platsen i skuggan, nära det gamla Ur, så nära att de kunde se ruinerna av zikkuraten som en hägring i väster vid solnedgången.

Där hade de byggt sitt samhälle vid en källa som de med okända metoder lyckades hålla saltfri även sedan sumerernas kanaler för länge sedan slammat igen. De förmådde palmer att växa, anlade åkrar och trädgårdsland.

Landskapet var vidöppet, öken och stora himlar, och här hade de sitt torn, sitt stora bibliotek, sina lärosalar och sina enkla bostäder. Det var en magisk plats, inte långt från den trakt där de första människorna en gång åt frukten från kunskapens träd.

Även i tider när de fick ta emot stora gåvor för sin visdom och sin urgamla konst att se in i framtiden odlade de marken

77

runt källan och höll sin boskap i gott stånd.

Världen kallade dem de kaldéiska magerna.

Själva kändes de inte vid magiska konster och övade aldrig trolldom. Men de drog nytta av namnet.

Genom årtusendena blev de allt skickligare i konsten att formulera sina budskap så att de inte sårade världens härskare. När Babylons drottning Nitokris besökte dem, hotad av de nya erövrarna, uppmuntrade de hennes plan att ändra Eufrats lopp för att slippa dela den kvinnoklädde Sardanapalus öde. Men de visste att det tunga arbetet med floden inte skulle rädda henne, att Babylons välde var slut och att Cyrus, persern, inte stod att hejda. Babylon skulle förvandlas till en spökstad som genom sekler skulle få besökarnas hjärtan att darra.

Och när Alexander, världens nye herre, besökte dem undvek de att tala om hans unga död och uppehöll sig med stor säkerhet vid de storverk han ännu hade kvar och vid de städer han skulle bygga.

Den unge makedoniern erövrade världen åt den fria tanken, sade de och han lämnade dem med stolthet och välsignade dem med rika gåvor.

Den grekiska tanken sysselsatte kaldéerna, ständigt spekulerade de kring den oerhörda, nästan svindlande fräckheten i den grekiska drömmen att allt skulle bli begripligt genom iakttagelse, kunskap fogad till kunskap i logisk följd.

Det var ett synsätt som tilltalade kaldéerna som genom årtusenden utvecklat sin matematiska precision och studerat hur allt hängde samman, livet och döden, jorden och stjärnhimlen.

Någon gång i den nya tidsåldern skulle en befruktning ske mellan saklighet och känsla, mellan grekisk tanke och orientalisk vishet, ansåg de. Ivrigt studerade de Platons skrifter och såg det anade mötet söka sin gestalt i hans filosofi.

För två tusen år sedan hade de sett jorden lämna Taurus stjärnbild och vetat att en ny tidsålder föddes, en eon styrd från stjärnbilden Aries.

I deras skrifter fanns berättelsen om Terah, som bröt upp

från Ur och drog västerut mot Haran med allt sitt folk, sina söner och sin tallösa boskap. Den tidens mager hade med matematisk säkerhet läst tecknen för Abraham, Terahs son, vars stjärna visade att han skulle möta Melkisedek och få den väldiges välsignelse för sin uppgift.

Abraham skulle bli stamfader åt ett nytt folk, det första på jorden som skulle veta att Gud var en.

Vid ingången till varje ny tidsålder tog Gud gestalt i en människa, ordet blev kött. När Taurus epok avlöstes av Aries föddes han som Melkisedek, konung av Kanaan.

Nu, tjugo århundraden senare, när parther och romare delade världen mellan sig och jorden skulle pånyttfödas i Pisces stjärnbild väntade de gamla kaldéerna på tecknet som skulle visa dem den nye konungens födelseort, han som skulle ta Guds gestalt vid ingången till Fiskarnas tidsålder.

De kunde blivit som bergen, stumma, grubblande på tusenåriga minnen. Men vetskapen om den stora uppgiften tvingade dem till möten och samröre. En gång vart år fick de besök av Egyptens vise, dessa som kom från solstaden och som kaldéerna kallade sina bröder.

Egyptens uppgift var det att bevara den hemliga kunskapen, kaldéernas att ge den spridning bland människorna.

De tvistade mycket om detta när de möttes. Hierofanten och hans präster hävdade att kunskapen skulle gå förlorad om den blev var mans egendom, att den skulle förvanskas till vidskepligheter och förvandlas till fanatism och grymhet mot oliktänkande. Och kaldéerna svarade att det fanns mycket som talade för att Egyptens vise hade rätt i sin åsikt, men att kunskap som var gömd i hemliga skattkammare inte kunde förändra människan och världen.

Trätan ledde aldrig till missämja. De fortsatte att sända sina söner till utbildning hos varandra. De bästa av de unga kaldéerna reste till Egyptens mysterieskola och många unga egyptier utvecklade sin matematiska snillrikhet hos kaldéerna.

De senaste femtio åren hade såväl egyptier som kaldéer ständigt dryftat frågan om konungens återkomst, om var den nya stjärnan skulle visa sig på himlen. I judarnas land, bland Abrahams folk, ansåg egyptierna. Och kaldéerna höll med om att mycket också i deras beräkningar talade för Judéen. Men många bland dem hoppades trots allt att stjärnan skulle visa sig över Grekland.

I DENNA VÄNTANS TID, när det endast var sexton år kvar till den nya tidsålderns gryning, föddes Anjalis. Han var yngste son till Balzar i dennes äktenskap med egyptiskan Me Rete.

Balzar var en man av stor exakthet, ett kyligt intellekt som inte alltid förmådde dölja den lidelse som brann i hans hjärta. Han visste att han var en av de utvalda som skulle få frambära gåvor till den nye konungen och vissheten gav glans åt hans väsen. Kanske var det denna hemlighetsfulla lyskraft Me Rete förälskat sig i en vit dag i Heliopolis, där den unge kaldéern studerade vid mysterieskolan.

Trots släktens motstånd och vännernas många varningar hade hon följt honom till samhället i öknen. Han hade förberett henne väl, inte sparat på orden när han berättade om det hårda livet i oasen som magerna med knapp nöd höll vid liv. Han hade noga beskrivit det tunga arbetet på de små odlingarna, de få träden och den brännande hettan i den röda öknen.

Kaldéerna höll inte slavar.

Balzar hade inte fäst sig vid egyptiskan för att hon var vacker, ovanligt vacker rentav. Han hade naturligtvis blivit smickrad av hennes intresse, bedårad av hennes munvinklar och sneda ögon men det avgörande hade varit den gåtfulla sorgen som kännetecknade flickan.

Då hade Me Rete ännu hoppats på befrielse från den skugga som höll hennes liv i dunkel. En mans kärlek, ett hårt och enkelt liv infogat i en stor uppgift skulle lugna hjärtat och skänka henne glädjen, hade hon tänkt. Hon hade inte förstått att hennes sorg var gammal som Egypten, att den inneslöt alla jordiska mödrars sorg för livet som föröddes, för kärleken som aldrig blev möjlig och för sönerna som krigen dödade.

Nej, hon hade trott att skuggan växte ur den egyptiska jorden, svart som sorgen när Nilen lämnade den tillbaka till människorna. Den fanns i luften också över det gamla landet, tänkte hon, som ett ständigt närvarande vemod. I ett annat land där jorden var röd, där minnena för länge sedan bränts sönder av solen och begravts i sanden skulle skuggan lämna henne.

Livet skulle bli enkelt.

Men naturligtvis blev det inte som Me Rete hoppats. Smärtan tog hon med sig, den fick bara annan färg här i öknen under den obarmhärtiga solen.

Och främlingskapet skärpte den ytterligare.

Egyptiskan, riktigt godtagen blev hon aldrig bland de andra kvinnorna trots att hon arbetade hårdare än de flesta, födde tre söner och två döttar och höll sitt hem, sina barn och sina åkrar i bättre skick än någon annan.

Kvinnors fiendskap är ofta osynlig och har dolda hullingar. Balzar såg den aldrig, Me Rete beklagade sig aldrig. Men den gåtfulla sorgen fick smak av bitterhet.

När det sista barnet började växa inom henne föddes hoppet om befrielse på nytt. Hon blev förvånad, för hon hade sedan länge trott, att den svarta tyngden hörde till livets villkor för hennes del.

Så plötsligt sköt glädjen upp inom henne att hon inte kunde handskas med den. Hon kunde stanna mitt i arbetet med händerna knäppta över skötet och låta sig fyllas av den ovanliga känslan.

Hon ville dansa. Men förstod ju att det skulle vara olämpligt. Hon ville sjunga men kunde inga sånger. Det hände att hon skrattade högt, till de andras förvåning, alla de som vant sig vid den högfärdiga egyptiskans tillbakadragenhet.

De äldre barnen såg ljuset kring modern och gladdes. Hon hade varit en god mor åt dem alla, omsorgsfull och seende. Till varje barn hade hon haft en allvarlig kärlek, vart och ett hade tillmätts värde.

Men hennes sorg blev deras och alla försökte de trösta henne.

För sönerna som tidigt sattes i skola i tornet gick det an, de fick ny inriktning, nytt hopp och roller i det drama som var de kaldeiska magernas.

Men för döttrarna var det svårare.

Till slut blev även Balzar medveten om att det ljusnade i hans hem och vid hans bord, att Me Rete var förväntansfull för första gången på många år. Då började han arbeta med ett horoskop för sitt ännu ofödda barn.

En öppen och mycket frimodig själ skulle födas, det var en pojke och hans kropp skulle bli ovanligt lång. Balzar tänkte på sin farfars far om vilken det påstods att han kunnat plocka dadlar direkt från palmkronorna, suckade och log. Den mannen hade haft huvudet fullt av drömmar, om honom berättades det att han aldrig riktigt såg det som fanns på jorden.

Med sonen som nu väntades skulle det bli alldeles tvärtom, såg Balzar. Han skulle bli en iakttagare.

Det som bekymrade Balzar, rent av skrämde honom var avstånden i horoskopet, en stor inlevelse men också en isande ensamhet. Ändå ingen klyvnad utan en hel människa med rika gåvor.

Balzar sökte länge efter ord för den kvalitet som särpräglade barnet men fann dem inte. Tveksamt gick han med sina många beräkningar till den Äldste och fann sig tålmodigt i de förebråelser som måste komma. Kaldéerna undvek att ställa horoskop för de ofödda, det kunde utmana himlen och påverka barnet i modersskötet.

Men sedan det sagts som måste sägas studerade den Äldste horoskopet under stigande förvåning och i stor tystnad. När han äntligen talade var det alldeles tydligt att han valde sina ord med omsorg.

Himlens gåva till det väntade barnet skulle bli ordet, sade han. Hans redskap skulle bli seendet, ett seende av ovanligt slag.

Han sade ingenting om den stora ensamheten, han talade om en sällsynt frihet. Om allt gick väl med födseln och barnet kom på utsatt tid så kommer hans öde att präglas av den nya tiden, sade den gamle. I den måste människorna lära att kärlek är något annat än det personliga bandet till dem som stod en nära i familj och stam.

– Vi vet så lite ännu om Konungens återkomst, sade han. Men jag tolkar din sons tecken så att hans öde är länkat till pånyttfödelsen.

Den Äldste förbjöd inte Balzar att tala med hustrun, att han för övrigt skulle hålla tyst om horoskopet var en självklarhet. På kvällen när han låg där i sängen bredvid Me Rete berättade han följaktligen om horoskopet och om hur den Äldste tolkat det.

Men hon var mindre intresserad än han väntat sig och inte förvånad. Hon sade det inte för hon var alltid solidarisk, men han förstod att hon tänkte att den kunskap som förmedlades av hennes kropp, i varje hjärtslag och med varje andetag var mycket sannare än stjärnornas.

Me Rete hade aldrig intresserat sig för hans arbete. Det var som om hon inte ville tro att de kalla stjärnorna i sin fjärran oberördhet hade något att göra med det varmblodiga och utsatta människolivet.

Men dagen därpå när hon arbetade i sitt trädgårdsland kom den Äldste förbi, stannade och hälsade:

– Det kanske är så, sade han, att den obundna människan bara kan födas ur den stora sorgen.

Och Me Rete log mot honom och tänkte att så, just så är det. Bara den som genom åren förmår bära sorgens börda kan ge liv åt den nya friheten.

Pojken kom på utsatt dag i rätt timma. Vad som omedelbart kunde sägas om honom var att han var ett mycket långt barn. Och snällt.

Som för att trösta modern sade barnmorskan:

– Han verkar att ha ett tålmodigt sinne.

Me Rete som inte behövde tröstas kände att kvinnan hade rätt, pojken som åt vid hennes bröst hade en uthållighet lika stor som den trögflytande Nilen.

Hon skulle många gånger under åren som följde tänka tillbaka på orden som fällts vid hans födelse. Barnet förvånade alla med sitt tålmodiga intresse för varje långsamt skeende. Allt studerade han, maskens väg över palmens blad, fåglarnas flykt, ljusbrytningen i de dyrbara vattendropparna från källan, de som måste fördelas över trädgårdarna i skymningen för att inte genast förtäras av solen. Mest uppmärksamhet fick människorna, han sög i sig varje ord i syskonens tal och varje känsla som den speglades i ansikten och rörelser när människor mötte varandra, utbytte hälsningar och kom i samtal.

Själv lät han sig sällan ryckas med, deltog mycket lite och tog aldrig parti. Han stod besynnerligt fri, också från modern.

Inte ens de mest oväntade händelser skrämde honom. Lugnt och på något vis glädjefullt gav han akt på vad som skedde, med öppet sinne och alltid förväntansfull.

Snart fick han modern att se som han och för första gången i livet blev Me Rete varse jordens skönhet och de lagar som håller samman livet hos växterna, djuren och människorna.

Jag har levt som en blind, kunde hon tänka.

Balzar såg glädjen som barnet skänkte hustrun. Men han bekymrade sig över pojkens ensamhet och oförmåga att deltaga i de andra barnens lekar och stridigheter.

Anjalis ställer sig vid sidan av livet, tänkte han.

En gång sade han det till henne och fick se Me Retes vrede för första och enda gången i deras långa liv tillsammans.

– Du har ju själv aldrig kunnat glädjas åt livet, sade hon med knapp röst och brinnande ögon. Jag förstår att det förvånar dig att se en människa som inte vistas bland stjärnorna utan på jorden, sade hon. Anjalis ser i det lilla, i det verkliga som sker.

– Nu, sade hon, inte för tusen år sedan och inte i en fjärran framtid.

– Här, sade hon. Inte i himlen.

Efter det samtalet bytte de två aldrig ord mer om yngste sonen.

Hennes sorg var inte övervunnen, den kom i vågor som slog in över henne och förvandlade jorden till aska. Alla de mysterier som pojken visat henne försvann från hennes ögon, blind och avstängd från iakttagandet utlämnades hon återigen åt skuggan. Pojken iakttog också sorgen, men till skillnad från de andra barnen tog han inte skuld för det som hände i moderns sinne.

Vad som för övrigt kan sägas om Anjalis uppväxt är att han förvånade alla med sin längd. Vid elva års ålder var han lika lång som de mest storvuxna bland kaldéerna, vid fjorton var han huvudet högre.

Sedan slutade han tvärt att växa.

Han genomgick samma skolning som alla kaldéernas söner och visade stor noggrannhet i sin matematik. Men lysande var han bara när undervisningen rörde de uråldriga legenderna, dikterna om människans vandring på jorden och hennes skiftande förhållande till sina gudar.

Vid tolv års ålder talade han sju språk och hade läst det väldiga bibliotekets alla bokrullar.

Även hos kaldéerna var detta ett under och det föll sig alldeles naturligt att han valdes för vidare utbildning i Egypten. Då var han fjorton år och hans mor, som inte på årtionden hade besökt sitt hemland, följde med honom.

Hushållet övertogs av yngsta dottern. Den äldsta var redan gift och hade två små barn som Anjalis älskade.

De red den gamla karavanvägen tvärs över den Stora Öknen, vidare genom Sinais bergskedjor, och såg platsen där Moses tagit emot lagens tavlor. Sedan fortsatte de över Tharu, genom Gosen och ner till den stad som grekerna kallade Heliopolis.

Som man kunnat förvänta var Anjalis besatt av resans alla syner. När de nådde staden med mysterieskolan, fick han feber och måste läggas till sängs.

Intrycken hade blivit för många.

– Jag hinner inte med, sade han till den egyptiske läkeprästen som besökte honom.

– Du får öka takten i ditt seende, sade läkaren.

Och Anjalis som förstod att egyptiern hade rätt insåg att också han måste vänja sig vid de hundra mötena, de tusen blommande mandelträden, virrvarret av oxar och kärror och ljuden, alla de många ljuden, som trängde genom huden och pockade på hans uppmärksamhet.

Efter några veckor hade han lärt, men det hände att han tänkte att han förlorat något sedan det långsamma närmandet till varje ting och varje händelse inte längre var möjligt.

Ändå älskade han Egypten. I nattens drömmar såg han landet som en skattkammare, fylld av glittrande guld, blixtrande diamanter och dunkla rubiner. Han visste att han skulle få tillträde till alla dessa rikedomar om hans styrka räckte och hans mod inte svek honom. Med en nästan lidelsefull iver trängde han in i de kunskaper som förmedlades i soltemplet. Hans intresse var så stort och hans sinne så öppet att de egyptiska prästerna häpnade.

Pojken var ingen vanlig kaldéer, enades de om. Mer lik en egyptier, sade de, i honom hade det egyptiska blodet, moderns blod, tagit överhanden.

Själv ville Anjalis helst se sig som grek.

Han hade alltid dragits till de grekiska tänkarna. Tidigt hade han läst Aristoteles och häpnat inför klarheten. När han mötte Sokrates i Platons skrifter hade han med klappande hjärta tänkt, att ingen större man funnits på jorden än den lille athenaren.

Pythagoréernas tro att talen är nyckeln till alltings väsen var gott i släkt med kaldéernas uppfattning, även om grekernas strävan efter absolut begriplighet förvånade Anjalis. Han hade tidigt fått lära sig att tillvarons stora insikter inte kunde uttryckas, att ordet som var i begynnelsen hade gått förlorat.

Men pythagoréernas väg till den mystiska enheten med Gud kunde Anjalis förstå. Att världen var en illusion, att själen var odödlig och återföddes i ständigt nya skepnader hade han hört av de buddistiska munkarna, männen från Indien som någon gång ibland besökte stjärntydarna i öknen.

Anjalis hade funnit det märkligt att två män vid samma tid men på var sin sida om jorden haft samma tankar om livet, döden och återfödelsen.

Stort intryck på honom hade även Xenofanes gjort, greken som beskrev den enda och oföränderliga världssjälen, "icke de dödliga lik till gestalt och icke till tanke, han som utan möda rör allt med sin tankes kraft". Xenofanes världssjäl tilltalade Anjalis mer än hebréernas fruktansvärde Jahve.

Också Herakleitos från Efesos och hans lära om motsatsernas förening, hade sysselsatt Anjalis. Men att gott och ont är ett och att allt är gott för den ende guden, var en tanke som han gjorde motstånd mot. Liksom Platon som Anjalis i långa stycken fann osympatisk. Men han älskade liknelsen om Grottan, som han läst så ofta att han kunde den utantill.

Efter några månader i templet i Heliopolis besökte Anjalis tillsammans med sin mor den stora pyramiden.

Han blev stum av förvåning. Först när de skulle gå från platsen påminde han sig att här hade Pythagoras stått en gång för fem hundra år sedan och begrundat de egyptiska arkitekternas förfarande med de rätvinkliga trianglarna, som i oändligt antal kan ritas upp på diametern av en cirkel.

Kanske hade den store greken fått kraft av pyramiden när han slutligen löste den rätvinkliga triangelns gåta, tänkte Anjalis.

Det var under ett egyptiskt mysteriespel som det gick upp för

Anjalis vilken som var den största, svåraste och enklaste av alla grekiska tankar.

I ett svindlande ögonblick fick han erfara att allt som levde hade gemensam kärna och visste att den dag han kände sig själv skulle verkligheten uppenbaras. Inte så att inte alla hade olika roller, skilda uppgifter i det stora dramat. Det fanns svärmare, räknare, återhållare och somliga var som fjärilar under solen, njutare som fann lust i varje blomma.

Andra var sörjare som hans mor, åter andra var klippor som inneslöt elden. Som hans far. Många, många var beställare, andra var beställsamma, andra åter undvikare. Somliga hade som barn besökt underjorden och präglats för alltid av minnena från den resan.

Men skillnaderna var bara livets lek vid ytan, dess ständiga försök att pröva nya uttryck, nya former. Verkligheten, som fanns långt under händelserna och spelet, var en och densamma, såsom människorna var en. Därför räckte det med kunskap om en enda, den enda man kunde veta något om med någon säkerhet.

Vem var han då, Anjalis, kaldéern från Ur?

Han hade mycket högfärd, den stolta egyptiskans älsklingsbarn. Nu började han studera hur högmodet fann sina utlopp, hur han ständigt drogs mot de suveräna rollerna, de lysande och utmanande. Han lärde sig iaktta hur kränkt han blev när någon annan hotade honom i rollen som den överlägsne och hur de tankar såg ut som ledde till upprättelse och hämnd.

Och det gavs många tillfällen i Heliopolis där det fanns ett lätt, nästan bara anat förakt för kaldéerna, bondfolket från öknarna. Ingen var känsligare för den ringaktningen än Anjalis som hörde sig själv nämna sin egyptiska mor mycket oftare än vad som var påkallat.

Vad såg han mer?

Han upptäckte sina avstånd och det var obehagligt. Han ägde en plötslig kyla, som han kunde lägga mellan sig och den människa som kom för nära. Nu såg han att han sårade, att han drog folk till sig för att sedan frysa ut dem.

Den tredje egenskapen var självtillräckligheten. Han funderade mycket på sitt starka behov av att stå fri och vara sig själv nog. Var det Me Retes sorg som tidigt lärt honom att inte låta sig erövras av andras behov?

Nu gjorde han beslutet medvetet, han skulle inte länka sitt öde till någon annans.

Han kunde se också konsekvenserna.

Ensamheten. Och dess släktskap med kylan.

Han var i den ålder man blir förälskad, men Anjalis fäste sig inte vid någon.

– Ingen annan skall bära bördan av mina drömmar, kunde han säga till Me Rete som väntade på sonhustrun. Hon förstod inte, men var hemligen nöjd. Han såg vad hon tänkte och log åt henne, utom ibland när han avskydde henne för den besvikelse hon berett fadern.

Med plötslig ömhet tänkte Anjalis på sin far, han som skulle dö med vetskapen att han aldrig räckt till för att ge den vackra egyptiskan glädjen. Men i nästa stund drabbade Anjalis vrede också fadern, så dumt att ta på sig ansvaret för en annans lycka.

Med de egyptiska prästernas välsignelse gick Anjalis till glädjehusen, levde ut sin lust, förvånades och iakttog så som han alltid gjorde. Av denna erfarenhet fick han stor respekt för kvinnan, för det underbara i det motsatta och för den storslagna kraften i det självutplånande.

Hororna stod mycket nära verkligheten, tänkte han.

NÄR ANJALIS I NÄRMARE ett år hade deltagit i undervisningen i Heliopolis var han redo för proven som skulle leda till initieringen. Alla som prövats hade avgivit heligt löfte att inte avslöja vad som skedde i de mörka kryptorna under det stora templet så någon förberedelse var inte möjlig.

Han hade med sin vanliga noggrannhet studerat de elever som vistats en kortare eller längre tid i kryptorna. Några hade stannat där länge och kommit tillbaka förkrossade, med intighet i ögonen. Andra hade endast varit borta några dagar och återvänt som segerherrar med lysande ögon och makt i ord och handling. Men de hade snart lämnat templet.

Han hade vågat en fråga till en av de yngre prästerna och fått ett svar som inte gjorde honom klokare:

– De valde en annan väg.

En ung grek som Anjalis beundrat på avstånd kom upp ur kryptorna med sol över pannan och en stor beslutsamhet i de blå ögonen. Kort tid efteråt förälskade han sig i en ung flicka, det var en kärlek så fylld av glädje att folk sade att de två lyste upp stadens gator om nätterna.

Me Rete såg dem en kväll när hon besökte sina släktingar och när hon kom hem kunde hon bekräfta:

– Det är sant, som de säger, Anjalis. De två är självlysande.

Och hon berättade för Anjalis, att när hon var ung i staden hade det gått rykten om hur Kleopatra fört Antonius ner i kryptan och därmed bundit honom till sig i oövervinnerlig kärlek.

Men också greken lämnade templet, inte som en invigd och präst utan som lycklig köpman, anställd i flickans fars handelshus med säte i Pelusium.

De kaldeiska ynglingarna som var Anjalis kamrater stannade i kryptan olika länge och kom tillbaka, trötta men med ny beslutsamhet i stegen. De blev alla invigda och gjorde tjänst som präster i templet i väntan på att bli fulltaliga inför hemresan.

När det äntligen blev Anjalis tur klädde han på sig den nya vita dräkt som Me Rete sytt till honom och vandrade den korta vägen till templet innan solen ännu gått upp.

Bara en av de gamla prästerna mötte honom, han var fåordig och påfallande vardaglig i sättet.

– Du måste börja med att tvätta dig i tempelkällan, sade han.

Anjalis tog av den nya dräkten och kröp ner i källan på templets inre gård. Det var mörkt ännu och vattnet var isande kallt. Han fick en gammal smutsig och illaluktande klädnad och följde den gamle genom den tunga porten ner i de vindlande gångarna in under templet.

De gick så länge att Anjalis hann fundera på om prästen inte lurade honom och ledde honom i cirklar. När han just tänkt den tanken stannade den gamle inför en låst dörr, öppnade den med en tung nyckel och förde in Anjalis i ett litet rum med en enda fattig oljelampa brinnande på den kala väggen.

– Till höger har du vatten och bröd, sade prästen. Och här i gången till vänster hittar du avträdet. Nu lämnar jag dig ensam. Och prästen gick, låste dörren och Anjalis var ensam i halvmörkret.

Här fanns ingenting att se, ingenting att iaktta och studera och han stålsatte sig för det ögonblick när oljan i hans lampa skulle ta slut och mörkret bli ogenomträngligt.

I början försökte han göra en skattning av tiden som rann bort och som mättes av dropparna från källan i rummets högra hörn. Det var ett vänligt droppande, tyckte han så länge han hade ambitionen att hålla någon slags räkning på tiden. Men sedan fick han ge upp, han visste inte längre om det var dag eller natt och droppandet gjorde honom nästan vansinnig.

Han åt lite av brödet, det var svart som nildeltats jord och smakade illa. Men det gav mättnad och efter ett tag hade han blivit så lugn att han kunde svepa in sig i manteln och falla i sömn på det hårda golvet.

Han hade hoppats på vänliga rådgivande drömmar men sömnen var lika svart och tom som rummet. När han vaknade var övergivenheten så väldig att han föll i gråt, han grät som ett barn och ropade på Me Rete. Men efter ett tag tog han sig samman, tvättade sig noga i vattnet från källan, drack sig otörstig och åt ytterligare ett stycke av det tunga brödet.

Sedan satte han sig mitt i rummet för att fundera.

Då plötsligt sköt en flamma av vrede genom honom och han insåg med skärpa att han var offer för ett spel, ett hycklande drama som de förbannade egyptiska prästerna satt i stånd. Inte var detta ett sätt att nå visdom, den fanns i dagens klara ljus, i mötet mellan människor och i utbytet av tankar.

Han hade knappast tänkt tanken till slut förrän den tog gestalt i en vänlig man som stod där vid hans sida. Anjalis såg in i ett ansikte som var mycket likt faderns och ville gråta igen, av lättnad den här gången.

Och mannen sade, att visst har du rätt i dina misstankar, nog har du hört att Heliopolis svarta prästerskap är känt för att lura och bedraga. Jag har nyckel ut, kom med mig så skall jag befria dig.

I den stunden begrep Anjalis och skrek sitt nej så det slog eko mot stenväggarna i rummet. Den vänlige försvann och Anjalis svepte ännu en gång in sig i manteln för att sova.

Denna gång vaknade han av att den gamle prästen, som låst in honom, skakade honom lätt och sade:

– Du är redo nu att lämna den här kammaren.

Det var natt där ute och aldrig hade stjärnorna synts Anjalis så vänliga som i denna stund vid brunnen där han åter fick bada, nya kläder och en måltid som bestod av fisk och frukt. Även en bägare vin fick han, den rusade blodet och tröstade sinnet.

Före gryningen förde den gamle återigen ner honom i kryptorna och han lade själv märke till att han inte längre hade misstankar om att han lurades runt i labyrinten.

Det andra provet höll på att bli Anjalis fall trots att han genast förstod vad det gick ut på. Denna gång fördes han rätt in i den egyptiska skattkammaren, som han sett i sina drömmar. Den var rikare än han mindes den, större. Ur varje hörn glänste guldet, det röda guldet som tycktes avge sitt eget ljus, för rummet var soligt som om det haft ett fönster mot söder.

Han fick ta vad han ville, sade mannen som vaktade skatterna och var nyfiken och vänlig med plirande ögon och en lustig vinkel vid ena mungipan.

Valde han ett smycke av guld skulle han gå ut i världen och bli rik, allt han tog i skulle förvandlas till guld.

Den frestelsen var inte svår att motstå, som alla kaldéer var Anjalis ointresserad av rikedomen och tillitsfullt övertygad om att han alltid skulle ha medel för ett gott liv.

Han tog upp en diamant och såg den gnistra i handen. Men han släppte den genast när mannen sade, att om han valde den skulle han få stor världslig makt. Anjalis ville ha makt, makt över människornas sinnen. Men han var rädd för härskarens ansvar, det som diamanten erbjöd.

Då höll den lille fram en rubin, slipad till en rosenknopp, lika stor men mer lysande än någon blomma.

– Välj den och du blir berömd, sade han.

Och Anjalis fick för första gången erfara hur väldig hans ärelystnad var, vilken kraft den ägde. I dagar och nätter kämpade han med lockelsen, såg sitt namn flyga över världen:

– En stor filosof, en berömd man.

Anjalis visste inte längre om det var hans egen röst eller den lille mannens. Men bilderna som målades upp inför hans ögon skapade han själv, bilder av hur han hälsades med vördnad vid all världens akademier.

Anjalis, den berömde kaldéern.

Det var ljuvligt, det gav honom frossa, aldrig, aldrig hade Anjalis åtrått något så hett som detta. Och han visste att de int̃ lurade honom, de egyptiska prästerna.

Han kunde, just såsom andra, välja rubinen och äran skulle tillfalla honom.

Vad skada skulle han göra, frågade mannen. Var inte kaldéernas vishet värd att föras ut över jorden, skulle inte den stora konsten att tyda stjärnornas språk bli till välsignelse, befrukta nya och häpnadsväckande tankar, ge lugn till de oroliga och hjälpa människorna att undvika de stora farorna, pesten, krigen?

Och var inte just han utvald att föra ut kunskapen, han med sina språkkunskaper, sin fantasi och sitt öppna sinne? Var det inte just för detta han fötts och fått sin ovanliga begåvning?

Anjalis kom aldrig underfund med om det var han själv eller den lille prästen som talade. Han lade sig att sova, även skattkammaren var kall och han frös under sömnen och plågades av det röda ljuset från rubinen som han höll hårt innesluten i handen.

Inte heller nu kom några drömmar till hans vägledning. När han vaknade skakade han av köld och hade ett brännsår i handen som kramat rubinen. Och återigen kom bilderna av den store Anjalis, hyllad av världen som en jämlike till Platon.

Lockade och sög.

Så höll han på, dygn efter dygn. Efter vad som tycktes honom som ett år började ändå bilderna att förlora sin tjuskraft, de bleknade och blev så småningom grå som aska. Och äntligen kunde han säga till den lille prästen att han avstod från alla goda gåvor.

När han lämnade tillbaka rubinen såg han till sin förvåning att såret i handen hade läkt.

Men när Anjalis fördes upp ur kryptan efter provet var han sjuk, frossan skakade honom och han förstod att han nu såg likadan ut som de ynkligaste bland de invigda, förkrossad och med intighet i ögonen.

Anjalis genomgick provet som bestod i att övervinna sin rädsla. Vid det fjärde provet fick han hand om ett sjukt barn och gick genom nätterna med barnet i sina armar – utan sömn. Med stor ömhet fick han barnet att överleva och han tyckte att denna var den lättaste av alla prövningar.

Ohyggligt mycket svårare blev det femte och sista provet trots att det rum han nu fördes till var ljust och behagligt. Här fanns ett bord dukat med frukter av alla de slag, sköna stolar, mjuka mattor.

På en soffa vid ena kortväggen, den som öppnade sig mot den blommande trädgården, satt en flicka och när hon vände sig om och fångade hans blick fick han hjärtklappning av lycka. Det fanns en innerlighet hos henne, ung, nästan ett barn var hon och håret var grekiskt blont och de stora ögonen mörkt blå som himlen i skymningen.

De kunde tala om allt och hon hade underbara ögonfransar. Och hans hjärta fästes med starka band vid hennes hjärta och han insåg att han var vild och galen av förälskelse.

Han hade aldrig varit så lycklig förr.

I nästa stund gick hon rakt i hans famn och kysste honom och han gav efter för ljuvligheten i mötet och visste inte längre vem han var. Men när han ville smeka hennes bröst blev hon rodnande blyg och sade: Sedan, sedan, Anjalis, när vi har ett hem och kan ta emot de barn som vi skall få.

I den stunden gick svärdet genom hans hjärta, han kände hur han klövs. Frestelsen var ohygglig, flickan var allt han kunde drömma om, oskuldsfull, trofast, klok och vacker.

Men allt detta var också hans mor.

Och han hade valt väg, öknens väg. Stammande försökte han säga henne att han var utvald att tjäna ett gudabarn och att hon inte fick binda sig vid honom.

Hon grät, en stor och äkta gråt.

Anjalis tänkte att detta överlever jag inte. Men han tog farväl och vände för att gå mot dörren och i samma stund såg han att hans mor också fanns i rummet och att hennes ögon var

96

svarta av övergivenhet.

Äntligen var den gamle där och låste upp dörren och Anjalis flydde förbi prästen mot glädjehuset, där han skrek ut sin förtvivlan i armarna på den mildögda horan som tidigare skänkt honom så mycken tröst.

Men han fick inte stånd och till sist kastade den mildögda ut honom i natten som var lika stor och kall som hans ensamhet. För första gången såg han att hans oberoende skulle kosta honom nästan allt som gjorde livet värt att leva. Och att det skulle såra andra som det alltid sårat hans mor.

Men han tog sig hem och togs emot av Me Rete som blev förfärad av hans blekhet, gav honom vin och en varm säng. När han vaknade långt in på dagen tänkte han, att han nu kunde se på Balzars och Me Retes äktenskap med större förståelse. Han hade fått en aning om hur tusentrådigt och fintvinnat det är, bandet som knyter samman en man och en kvinna.

Före initieringen fick Anjalis ett samtal med den äldste av de egyptiska hierofanterna, en man som enligt ryktena i tempelstaden var hundratjugo år gammal. Han var som en vit låga, genomskinlig och fladdrande, och Anjalis rörde sig varsamt och andades lätt som om han var rädd för att blåsa ut den gamle.

– Du har ingen rädsla för döden, sade prästen.

– Jag har nog inte börjat tänka på den ännu.

Den gamles leende började i de ljusbruna ögonen och spred sig genom tusen rynkor över hela ansiktet.

– Du har ett ovanligt långt stycke tid kvar, bekräftade han. Men kunskapen om döden är viktig för ett gott liv. Och nödvändig för renheten.

– För renheten?

– Ja. Döden är slutet för bildmakaren. Om du inte förstått det medan du ännu lever fortsätter du att göra bilder i gränslandet. De laddas med dödens kraft och söker sig till människorna på jorden, till de nyfödda som förlorar sin renhet.

Anjalis ansträngde sig att förstå.

– Det som finns efter döden kan man inte göra bilder av?

– Nej, just så, sade den gamle och log igen. Det som finns där är ständigt nytt, friskt, bortom tiden och föreställningarna – en insikt som sinnet aldrig kan röra vid.

– Jag tror att jag har haft en känsla av det, sade Anjalis och den gamle fortsatte:

– Den dagen du har full insikt upphör dina drömmar. Men du har kanske redan nu förstått att döden aldrig kan bli känd, bli ett minne som lagras, förändras och åldras.

Anjalis nickade, detta förstod han, här fanns en vetskap som han kände igen. Men hans tankar gick tillbaka till döden, till vad döden var.

– Det är svårt att begripa att något kan finnas där jaget inte finns, sade han.

– Ja. För att förstå det måste man våga överlämna sig åt sorgen.

– Åt sorgen!

Anjalis röst var upprörd, laddad av invändningar.

– Ja, sade den gamle. I gränslandet mellan liv och död finns den stora sorgen, summan av alla människors sorger. Och än mer, årtusendenas sorg för människans okunskap, hennes grymhet och kaos. Det är släktets samlade förtvivlan för sin oförmåga att ta sig ur fängelset.

Anjalis tänkte på Me Rete och tanken fyllde honom med vrede.

– Sorg leder ingen vart. Den bara förlamar.

– Den sorg du talar om är självmedlidandet, sade den gamle. Den stora sorgen är något annat. Först när du smakat den kan din medkänsla födas. Förstår du?

– Jag förstår ju orden.

– Försök minnas dem. En dag kan de förvandlas till vetskap och du kan öppna fängelseporten.

Det blev tyst länge i templet, unga ögon fyllda av trots mötte den gamla blicken. Till slut återtog hierofanten:

– Detta, sade han, är innebörden av att dö till sig själv. Så

länge du undviker den döden fortsätter du att göra bilder.
– Och bilderna bygger fängelset?
– Ja.
– Också de vackra?
– Särskilt de vackra för det är med deras hjälp vi gör fängelset uthärdligt i stället för att slå sönder porten.
– Jag har lång väg kvar, sade Anjalis.

Den slutliga invigningen skrämde inte Anjalis, han var så bortom alla känslor nu att han lugnt lät sig inneslutas i sarkofagen i templets heliga rum. Och nästan genast lämnade han sin kropp och flög över öknarna, bortom tiden. På Sions berg såg han Abraham göra sig redo för att slakta sin son och tänkte att människornas vanvett är större än kosmos.

Vid den högtidliga ceremonin då Anjalis och de andra fick ta emot de tunga guldkedjorna reciterade han de mångtusenåriga orden ur dödsboken, de ord med vilka den döde hälsar Osiris:

"Sanningens Herre, inför dig frambär jag sanningen ... Jag har icke dödat någon. Jag har aldrig vållat någons tårar. Jag har inte låtit någon hungra ... Jag har icke gjort någon rädd. Jag har aldrig talat med högmodig stämma. Jag har aldrig gjort mig döv för rättfärdighet och sanna ord. Jag har aldrig framhållit mitt namn för att få hedersbetygelse. Jag har aldrig avvisat Gud i hans uppenbarelser ..."

Några dagar senare började kaldéerna sin hemresa. Ingen av de unga talade om sina upplevelser i templet.

Men en kväll i solnedgången i Sinai sade en av Anjalis kamrater:
– Världen ser annorlunda ut sedan man övervunnit sin dödsskräck.

Då förstod Anjalis att proven var olika, att de valts med omsorg.

När anjalis såg kaldéernas samhälle resa sig mot sandhavets horisont kände han att han längtat hem. I oändlig frid låg det där, människotankens trotsiga utmaning, ett torn mot himlen, låga byggnader, grönska erövrad under möda från den obarmhärtiga öknen.

Sedan kom tiden av besvikelse, så liten den var och så trång den värld där han hörde hemma. Han behövde lång tid för att återfinna den långsamhet i seendet som platsen påbjöd.

Också mötet med fadern blev motsägelsefullt. Balzar var nu nästan febrigt besatt av sin väntan på stjärnan. Visst gladdes han åt hustruns och sonens hemkomst men någon helhjärtad uppmärksamhet kunde han inte skänka dem.

Kaldéerna visste att den nya stjärnan skulle födas natten till den 29 maj, då de båda väldiga planeterna Saturnus och Jupiter skulle mötas nära jorden och bara 0,21 grad från varandra. Det sällsamma dramat skulle utspelas i bågen mellan de båda Fiskarna.

Att Jupiter var livets himlakropp visste redan de gamla sumererna. Och Babylons vise hade hävdat att Saturnus var hemvist för den fallna ängeln och hela hans anhang.

Vid ingången till Fiskarnas tidsålder skulle ett möte mellan tillvarons motsatser äga rum.

I god tid före den utmätta tidpunkten kom de egyptiska prästerna till tornet i öknen. Hela samhället inneslöts i högtidlig förväntan, alla vanliga samtal avstannade, all vanlig jordisk glädje förlorade sin betydelse.

För att inte tala om bekymren som alla hade blivit futtiga.

Ingen som var med i öknen skulle någonsin glömma himlafenomenet och den nya stjärnan. Som en lysande diamant fanns den där plötsligt rakt västerut, över judarnas land som egyptierna alltid hade sagt.

De egyptiska prästerna log och en av dem sade till den Äldste:

– Ni hade glömt att Saturnus enligt urgammal tro är vistelseort också för judarnas ende gud.

De tre kaldéerna som utsetts för resan gjorde sig redo. Redan nästa morgon styrde de sina kameler västerut över Stora Öknen. De var lastade med gåvor till det nyfödda barnet, guld, myrra och rökelse. I packningen fanns också deras dyrbaraste dräkter, de svarta sammetstunikorna och de lilafodrade mantlarna som var magernas kännetecken.

De var borta i tjugosju dagar och hade besynnerligt lite att berätta när de kom tillbaka. Men de hade sett det gudomliga barnet och överlämnat sina gåvor. Och deras ögon hade den frid som endast mötet med Gud kan skänka.

Av skäl som låg bortom det mänskliga förståndets räckvidd skulle inkarnationen denna gång äga rum under anspråkslösa förhållanden, sade de. Barnet var fattigt och hotat till livet från första stund.

Stjärnan hade visat dem rakt mot Jerusalem. Men i moabiternas berg hade de mött en jude som påmint dem om Henochs bok, där det stod skrivet att konungen skulle födas i Davids stad, i Betlehem.

Och där hade de funnit barnet, sade Balzar, så fåordigt att de förstod, att han inte ville förminska sin upplevelse genom att tränga in den i orden.

Bara Me Rete vågade en fråga:

– Vem var hon, barnets mor?

– Hon ägde en stor oskuld, sade Balzar.

Anjalis var nästan motvilligt intagen av högtidligheten kring fadern. Nästa dag letade han i det stora biblioteket efter hebréernas skrifter.

Och snart fann han vad han sökte, Jesajas profetior om Messias födelse.

Förvånad stannade han till vid orden: "Han var sargad, han blev plågad; han öppnade icke sin mun."

Vad kunde det innebära?

En stund senare fann han dikten som han mindes från barndomen:

"Och skon som krigaren bar i stridslarmet
och manteln som sölades i blod
allt sådant skall brännas upp
och förtäras av eld.
Ty ett barn varder oss fött,
en son bliver oss given
och på hans skuldror
skall herradömet vila
och hans namn skall vara:
Underbar i nåd,
Väldig Gud,
Evig fader,
Fridsfurste ..."

När Anjalis lämnade biblioteket med de sköna orden från den gamla profetian ringande i öronen tänkte han med bävan på hur väldigt det var, det drama som nu skulle spelas på jorden.

Prästerna från Heliopolis stannade en tid. I tre dagar satt de i rådslag med männen som sett barnet och med kaldéernas äldste.

Gemensamt försökte de förstå.

Fattigdomen och utsattheten i barnets liv var Himlens vilja, så långt var de ense. En dag skulle de veta varför. Till dess?

Barnet fanns nu i Egypten, redan på flykt undan ondskan

102

som hotade inkarnationen. Och världens ondska var utan slut, en väldig kraft. Kanske var den så stark att Gud själv kunde lida nederlag?

Skulle de lämna barnet och föräldrarna åt sitt öde och våga tro att Himlen själv skulle ingripa för att skydda dem? Eller skulle de använda sitt inflytande för att spinna ett skyddande nät kring familjen?

Var moderns oändliga oskuldsfullhet barnets bästa skydd? Ville Himlen ha hjälp?

– Jorden är människans ansvar, sade kaldéernas äldste. Satan som är förgöraren av alla goda planer tvekar aldrig. Varför skulle vi tveka?

Hierofanterna från Egypten lyssnade noga och var beredda att ge honom rätt.

– Varför hade människorna fått en fri vilja om inte för att använda den, frågade de.

Men där fanns en egyptier som talade om det ofrivilligt onda, det som så lätt föddes ur de bästa avsikter.

Så länge de inte förstod avsikten med den anspråkslösa födelsen fanns risken att den goda viljan kunde vändas i sin motsats, menade han och frågade:

– Hurudan var fadern?

Återigen berättade Balzar om Josef som kommit till Davids stad för att skattskrivas enligt den romerske kejsarens påbud. Mannen var inte längre ung, han var försiktig och klok. En fri arbetare med goda händer, envis och trofast.

Balzar sökte ett ord, fann det till sist:

– Renhjärtad, sade han. Det är en allvarlig och renhjärtad man.

Omsorgsfull, det skulle inte förvåna Balzar om han var försiktig med pengar, rentav snål.

– En lycklig man?

Det var egyptiern som frågade och Balzar funderade länge på svaret:

– Nej, sade han slutligen. En tung man, redan böjd av ett

ansvar som han inte förstod.

– Det fanns en förvåning över honom, sade Balzar. Kanske med ett drag av misstänksamhet.

– Det låter rimligt, sade egyptiern och fortsatte att fråga:

– Han är olärd, förstås? Vidskeplig?

Balzar tvekade. Det är ju så med judarna att de kan sina skrifter och att även den fattigaste bland dem har en djup känsla av att vara utvald. Varje barn lär sig Lagen och varje enkel jude kan texterna ur den stora traditionen utantill.

Männen runt bordet i kaldéernas bibliotek nickade. En av dem sade:

– Tron på utvaldheten ger dem styrka. Men i den finns också en förbannelse.

De gamla männen skakade på sina huvuden när de tänkte på hur sammansatt det var, det utvalda folkets arv.

De kom inte till något beslut denna första dag och skildes åt med en önskan om rika och upplysande drömmar. I morgon skulle de läsa kaldéernas horoskop för barnet och ett brev från hundraåringen i soltemplet i Heliopolis. Han hade vakat i den stora pyramiden den natt som stjärnan visade sig.

När de samlades igen var de vid bättre mod. Men brevet från den allra äldste gjorde dem inte mycket klokare. Det var ordrikt och började med en lång och invecklad mening, där han beklagade att hans siargåva blivit dunkel med åren.

Det budskap han mottagit hade han tolkat så att de skulle sätta sin lit till fiskarna vid den blå sjön. I deras händer skulle utsädet läggas för att spridas över jorden med grekernas hjälp och enligt romarnas ordning.

Men riket var inte av denna världen.

De satt länge tysta runt bordet medan de besinnade orden och motvilligt gjorde klart för sig att deras tid bara var såddens.

Men vilka var fiskarna vid den blå sjön? Och var fanns sambandet mellan dem och Fiskarnas stjärnbild?

Efter en lång tystnad sade en av hierofanterna:

– Detta måste väl ändå tolkas som ett bud att inte ingripa.

De andra såg länge på honom, ovilligt fick de ge honom rätt. Och känslan av maktlöshet var svår att uthärda.

Det horoskop som beräknats av kaldéerna var lättare att förstå. Födelseplats och tidpunkt visade på ett kort liv, obemärkt fram till trettioårsåldern. Sedan väldiga kraftgärningar och en grym död.

På eftermiddagen, sedan de var och en sökt tröst för sin besvikelse under middagsvilan, var de redo att fatta beslut. Inga kontakter skulle tas med judiska präster, barnet skulle växa upp i den obemärkthet som horoskopet talade om.

Bara på en punkt blev det diskussion.

Via Grekland och Rom?

Grekland hade jordens bästa tänkare, deras idéer var klara som himlen och ägde blixtens förmåga att blända. Men deras tro var så långt borta från kunskapen om den ende guden som någonsin kunde tänkas. Eller var den inte? Hur skulle man tolka Platon? Hur skulle man förstå sambandet mellan Pythagoras talmystik och detta otroliga Pantheon, befolkat med ett myller av ytterst mänskliga gudar, småsinta och hånfulla?

Och romarna? Vad visste man om deras sinnelag och tro? Vad var deras roll i historien? De var stora statsbyggare, ordning följde i deras spår.

Och blod.

Ett slutet folk, utan hjärta. Järnets folk, maktens.

Som tänkare endast epigoner.

Orden föll tunga runt bordet.

Det var då en av egyptierna sade:

– Vi har dåliga kunskaper om vad som finns i folkets hjärta i de nya länderna i väster. Vi känner deras skrifter men vem av oss har mätt djupet i deras tro? Och vad vet vi om de bilder som styr deras drömmar?

Alla instämde och hierofanten fortsatte:

– Jag föreslår att vi sänder en man med gott huvud och utan fördomar för att på ort och ställe studera havsfolkens sinnelag.

Förslaget gav nytt liv åt rådslaget; något kunde man ändå göra. Om länderna i väster utsetts till verktyg för den nya tron så måste jordens gamla folk lära sig förstå hur de redskapen fungerade.

Hierofanten föreslog Anjalis för uppdraget. Han var väl insatt i den grekiska filosofin och dessutom mycket språkkunnig, sade prästen.

– Han är alltför ung, invände den Äldste.

– Hans ungdom är en fördel, sade egyptiern. Dessutom är han så lång att han ser äldre ut.

Kaldéerna förstod att hierofanten byggde på kunskaper om Anjalis från de hemliga proven i Heliopolis och samtyckte. Balzar hade svårt att dölja sin stolthet.

Så kallade man fram Anjalis, som tillsammans med de andra medlemmarna i kaldéernas brödraskap hade lyssnat till överläggningen.

HAVET.

I våg efter våg rullade det in mot stränderna vid Tyrus, den stad varifrån kung Hiram en gång sände byggkunnigt folk och libanesiska cedrar till Salomos tempelbygge i Jerusalem. Långa obesegrade dyningar sköljde in i Anjalis sinne och renade honom. Havets himmel var större än öknens, tänkte han, och havet själv var fritt. Utan historia, utan minnen och därför utan ångest.

Som barn hade han tyckt om att sitta vid källan i öknen och lyssna till vattnets samtal med sanden, med palmerna och stjärnorna. Där hade vattnets budskap att livet trots allt är större än döden varit lågmält, knappt hörbart. Här var det fullt av kraft, en storslagen försäkran om livets styrka.

Alla tankar tystnade inom Anjalis, där han stod på de gamla feniciernas strand. När han till slut sökte sig tillbaka till värdshuset, där han väntade på skeppslägenhet till Athen, kände han det som om Gud själv talat till honom.

I Heliopolis hade han sett romerska trupper, de dök upp och försvann som skuggor som gav spänning åt tillvaron. Men i templets värld ägde de inget inflytande.

Här fanns det romerska soldater på varje torg och i varenda gränd.

Stadens judar hade övat en färdighet att inte se dem, att alltid se rakt genom romarna som om de inte fanns. Kanske lyckades man på detta sätt förminska de läderkjolades makt, tänkte Anjalis. Men för honom, främlingen, blev soldaterna

107

ännu mer påtagliga.

När han väcktes nästa morgon av värden som meddelade att den romerska befälhavaren i staden önskade tala med den kaldeiske magern, blev Anjalis rädd. Den judiske värdshusvärdens ögon stod vidöppna av skräck och rädslan smittade.

Men medan Anjalis klädde sig tänkte han på de inbillade farorna i egyptiernas kryptor, och när han gick för att möta romaren var han sig själv igen.

Han fördes genom de stora salarna i stadens gamla borg och bugade så småningom för en äldre man med orörligt ansikte och ögon som tränats att aldrig avslöja en känsla. Att där fanns känslor, starka och lättrörliga, visste Anjalis från första stund. Gnaius Mancinius hade fem kohorter under sitt befäl i Tyrus, hans uppgift var att hålla sjö- och landvägar öppna genom judarnas land.

Lugn visade Anjalis sina dokument, stämplade i partherkonungens kansli i Ekbatana. På ett latin, som till en början var tvekande men vann i säkerhet medan samtalet fortsatte, förklarade han att han var på väg till Athen för att studera filosofi. Och att han så småningom tänkte sig vidare till Rom.

– Hade han mött partherkonungen?

– Nej, men stjärnforskarna i Ur stod enligt en tradition från Babylons tid under hans beskydd.

Anjalis hade ytterligare ett brev som skrivits av översteprästen i Heliopolis. Det gjorde intryck på romaren.

– Du har studerat vid mysterieskolan i Soltemplet?

– Ja.

– Och avlagt proven?

Anjalis nickade och såg till sin förvåning att romaren var imponerad.

– Har du varit i Jerusalem?

– Nej.

Mancinius såg länge på det unga ansiktet. Han var god människokännare, den långe kaldéern var med största säkerhet just vad han utgav sig för.

– Du är mager, sade han. Kanske du kan se i dina stjärnor hur vi skall få ett slut på de eviga judiska upproren.

Då såg Anjalis att det fanns en pinande osäkerhet i romarens ögon.

– Jag litar inte längre på mina egna präster och deras tecken, sade Mancinius, tveksamt som om han avslöjat en skamlighet.

– Kan jag få träffa dem?

– Javisst.

Hela förmiddagen tillbringade Anjalis tillsammans med de romerska prästerna, såg dem studera järtecknen i inälvorna hos ständigt nyslaktade offerdjur. Han sade inte mycket och hoppades att hans ansikte inte avslöjade hans förvåning. Så primitiva var de alltså, världens härskare.

På kvällen var han inbjuden till middag hos Mancinius. Försiktigt sade han att han inte ägde kunskap nog om Roms religion för att ta ställning till de riter han iakttagit. Mancinius log, Anjalis såg rakt in i de intelligenta ögonen och visste att han var genomskådad, att han inte förmått dölja sin avsmak för romprästernas vidskepligheter.

– Vad judarna beträffar, sade Anjalis men tvekade.

– Fortsätt.

– Min tro, sade Anjalis, är att segern alltid till slut tillfaller den som tålmodigt skaffar sig kunskap om sin fiende.

Mancinius nickade:

– Det ligger mycket i vad du säger. Vad vet du om judarna?

Anjalis berättade den långa historien om Abrahams utvandring från Ur, om pakten med den ende guden och om de stora profeterna som gång på gång ingrep i historien och manade judarna att upprätthålla förbundet som Guds egendomsfolk. Han fann ord också för utsattheten i deras läge, den blandning av stolthet och lidande som ödet tvingat dem till. Romaren lyssnade med stort intresse men sade till slut att det hela var svårt att förstå.

– Att Gud är mångfaldig vittnar ju hela skapelsen om, sade

Mancinius. Olika lagar gäller i öknen och på havet, i kvinnans värld och i mannens, i kriget och i freden. Och jag förstår religionen så att det är människans plikt att på varje plats och i varje skede verkställa den härskande gudens lagar.

– Vad som är rätt skiftar från plats till plats och från tid till tid, menar du?

– Ja, naturligtvis.

Anjalis häpnade. Att man skulle bistå Gud i hans strävan att forma livet visste han, men att villkoren var olika, att lagen var mångbottnad och att ont kunde bli gott såsom romaren menade hade han aldrig tänkt.

Han var tyst så länge att Mancinius frågade:

– Vad tänker du, mager?

Då sade Anjalis:

– På att det finns en djup klyfta mellan ditt skarpa förnuft och dina prästers . . .

Han hejdade sig, plötsligt medveten om risken. Men romaren hade förstått, hans leende var överseende och nästan hjärtligt när han sade:

– Det kanske är så att ingen av oss någonsin kan förstå ett annat folks religion. Du förstår inte oss, jag förstår inte judarna. Och då . . .

– Och då?

– Då kan aldrig den romerska drömmen om en enad värld i fred och ordning och med plats för alla gudar bli verklighet.

Han såg inte Anjalis förvåning, han var tillbaka i sin ungdoms värld, i krigen i Germanien. Och Anjalis fick lyssna till sällsamma berättelser om avlägsna, främmande folk.

– Där uppe i norr finns det väldiga skogar, gränslösa som havet. Vintern är lång, en mardröm av is och snö. Men germanerna är vana och de har mäktiga samhällen, starka härar och stridsdugliga hövdingar. De har många gruvliga seder och dyrkar jordgudinnan Nerthus som bor i en vagn i en helig lund och kräver människooffer.

– Många av dessa stammar tror att döden i krig är vägen till den himmel där deras gudar lever, sade Mancinius. Därför kan de aldrig besegras. Vi kommer inte att kunna flytta våra gränser så värst långt norr om Rhen.

– Det påminner om det judiska problemet.

– Ja, på ett sätt. Men här måste vi hålla våra ställningar, vi måste ha öppna vägar till Egypten och Östern. Mancinius var tillbaka i Tyrus, i dagens problem. Romarna hade just infångat och förhört ett antal judiska upprorsmän, sade han.

– Har du hört talas om seloterna?

– Nej, Anjalis var fullkomligt ärlig.

– Inte om Messias?

Anjalis hann inte dölja sin förvåning och visste det.

– Jo, sade han. De egyptiska prästerna talade om att judarna väntar på den ende gudens utsände, en helig man som skall skänka jorden frid.

Mancinius skakade på huvudet.

– Seloterna ser honom som judarnas befriare, en upprorsmakare som skall kasta romarna i havet.

Anjalis tänkte på Jesajas profetia, som han översatt till grekiska. Nu läste han den högt för romaren:

"och skon som krigaren bar ..."

– Det var sköna ord, sade Mancinius. Judarna har samma dröm som vi om fredsriket på jorden.

Han berättade om Janustemplet i Rom, om guden med det dubbla ansiktet vars tempel hade stängts av kejsaren, som utropat den hundraåriga freden och byggt ett ståtligt altare till den.

– En fred i skydd av vapnen, sade Anjalis.

– Ja, naturligtvis, någon annan fred finns inte så länge människan är ond.

– Ond är hon ju för att hon är rädd, sade Anjalis. Och ju mer vapen det finns desto räddare blir hon. Men när Mancinius nickade och sade att då står vi inför ett olösligt problem, kände sig Anjalis ung och mycket oerfaren.

När de skildes åt sade romaren vänligt att sköna drömmar

hör ungdomen till och att han unnade Anjalis att ha sina kvar ännu några år.

Han fick ännu ett brev med på resan, ett dokument med romerska stämplar.

– Det kan underlätta livet för dig, sade Mancinius och Anjalis tackade med stark känsla av sympati.

När han kom tillbaka till sitt värdshus gjorde han den obehagliga upptäckten att den judiske värden och hans sena gäster såg rakt igenom honom.

Han hade blivit en förrädare, en romarnas man.

Nästa dag på vägen från hamnen där han äntligen fått sin båtlägenhet, såg han romarna korsfästa de tolv seloterna. Det var trängsel på avrättningsplatsen, inte ens judarna i staden kunde motstå den djupa lockelsen av döden förvandlad till spektakel, njutningsfullt, skamligt och grymt.

Anjalis stod i utkanten av platsen men ändå så nära att han kunde höra de döendes rop om barmhärtighet och se deras tarmar tömmas. Luften stank av blod och avföring, av skräck och den yttersta förnedring.

I den stunden hotades den grund av förnuft och mening som Anjalis byggt livet på. Hans mage knöts, han kräktes, men när illamåendet var över flammade det röda hatet för hans ögon. Han mindes den gamle hierofantens ord:

"Du är inte rädd för döden?"

Nu var han det, förtvivlat rädd. Men värre ändå var hatet.

Dessa förbannade romare, folket utan hjärta. Denne älskvärde Mancinius som utan att tveka fällt domen över upprorsmännen. Allt i enlighet med någon okänd gud som vid detta tillfälle och på denna plats krävde denna himmelsskriande grymhet.

På skälvande ben gick Anjalis till värdshuset för att packa och betala för sig. Gud är en och odelbar, tänkte han. Och hans lagar gäller lika överallt och i alla tider.

Men tanken kunde inte trösta honom.

112

Anjalis hade glatt sig åt färden över havet, men hans sinnen var slutna och hans värld i förvirring. Inte ens de blånande vattenvidderna kunde utplåna hans skam och när han lade sig för natten på det öppna däcket hade han inga ögon för stjärnornas möte med havet. Korta stunder lyckades han sova men väcktes av vilda drömmar i vilka han ströp Mancinius och njöt när romarens ögon trängde ut ur sina hålor.

Först nästa dag när de seglade in i den grekiska arkipelagen blev han lugnare, hans vrede ebbade ut i förtvivlan och han tänkte på den sorg som den gamle i templet talat om. Den stora sorgen som följer i spåren av människans vandring på jorden.

Väldig som havet är den, tänkte han, omätligt djup och gränslös.

Andra natten ombord sov han inte alls. Han grät en del i skydd av mörkret, en tyst gråt som långsamt suddade ut konturerna av det han sett på avrättningsplatsen. Och i gryningen nästa morgon såg han Parthenon sväva som en hägring på Akropolis och greps av beundran för människan. Så stark hon ändå var i sin obetydlighet och sin säkra visshet om döden.

När de gled in mot kajen i Pireus kom han i samspråk med en grek, som sade att han inte fick vänta sig för mycket av Athen.

– Staden är sliten, gammal och trött, sade greken. Och förolämpad av romarna. Men vi osynliggör dem inte, som judarna. Vi överlever på vår kvickhet. Du kommer att få höra ständigt nya skämt om barbarerna.

Det lät bättre, tyckte Anjalis.

Pā den romerska magistraten i Pireus granskades Anjalis dokument under tystnad. En tydlig misstro utgick från tjänstemännen.

Men när de kom till Mancinius brev förändrades luften i rummet och ett leende bröt fram över den tjänstgörande officerens ansikte. I en stämning av ömsesidig respekt fick Anjalis sin stämpel och var fri att bosätta sig i Athen.

Som vanligt iakttog Anjalis också sig själv och när han lämnade kontoret var det med en pinande känsla av skam. Han hade varit rädd och hans rädsla stod i samklang med hatet som han känt när han sett seloterna korsfästas i Tyrus.

Den oinskränkta makten skrämde också honom till undergivenhet. Han hade bockat för djupt och han hade varit vänligare än hövligheten krävde.

En krypare.

Värst var ändå att han känt stolthet över bekantskapen med Mancinius, mördaren med det orörliga ansiktet.

Med dålig smak i munnen reste Anjalis från Pireus till Athen och fann ett värdshus, alltför trött för att gå på upptäcktsfärd i Sokrates stad. Det han hittills sett motsvarade inte hans drömmar men hans största besvikelse gällde ändå honom själv.

I besvikelsens spår följde modlösheten.

Hade han kraft och kunskaper nog att reda sig här i en främmande värld? I världen, ändrade han sig, plötsligt medveten om att han levt hela sitt liv i slutna system innanför skyddande fästen.

114

På sitt rum på värdshuset tvättade han sig med stor omsorg, det var varmt som i öknen, nej värre, tänkte Anjalis. I Athen var värmen tung av vatten och svår att andas.

Men han somnade och sömnen gjorde honom gott. Och den middag han åt i kvällens svalka återgav honom nyfikenheten. Den grekiska maten var inte sämre än sitt rykte och vinet fick sinnet att lyfta.

Nästa dag var mulen och överraskande kall. Han hyrde två rum av en änka som ägde ett hus på Aeropagens sluttning, inte långt från domstolen. Sedan priset överenskommits – han hade ingen uppfattning om det var högt satt eller rimligt – gick han till en penningväxlare och bytte partherrikets guldmynt mot drakmer. Det blev förbluffande många och Anjalis drog den förhastade slutsatsen att athenarna var hederligt folk. Han hade inte lärt sig ännu att han överallt blev bemött med den respekt som man för säkerhets skull måste visa en trollkarl.

Det skulle dröja innan Anjalis förstod vilket skydd legenderna om magerna från Kaldéen skänkte.

På eftermiddagen gick han den slingrande vägen upp mot Akropolis. Framför Parthenon kände han att de långa kolonnaderna ledde rakt in även till hans Gud. Aldrig tidigare hade han tänkt på att Gud uttrycker sig i skönheten. Nu i en blink tyckte han sig förstå vad Platon avsett med sin idévärld, med formerna som fanns på osynliga nivåer och bara i benådade ögonblick kunde fångas in och gestaltas av människan.

På vägen ner försökte han tänka på Sokrates, på att här hade han vandrat, barfota och med en lätthet som om han varit befriad från jordiska bördor. Men den rätta andakten ville inte infinna sig, det var naturligare att minnas Fidias som anfört sina bildhuggare här på bergets avsatser.

Anjalis måste erkänna att den väldiga Athenastatyn på berget hade en kraft som om gudomen hade infångats och blivit kvar i materien.

Grekerna hade tackat Fidias med en föraktad död i en fängelsehåla.

Det fanns en smärtsam svärta i det grekiska ljuset, tänkte Anjalis och funderade på om de själva begrep sin skugga, dessa greker som ville förstå allt.

Framför de offentliga byggnaderna på Agora stod de romerska soldaterna på vakt, stelnade som bildstoder såg de med oseende ögon ut över folkvimlet. Anjalis kände hur rädslan smög sig på honom bakifrån, böjde hans huvud och berövade hans rörelser all frimodighet. Snabbt vek han av i en gränd där han stötte ihop med två indier, klädda i blått siden och ljust gröna turbaner smyckade med ädla stenar. De stannade, såg förvånade på Anjalis, som bugade och bad om ursäkt och flydde in på första vinstuga.

Han kände sig febrig, mindes sin första tid i Heliopolis och tänkte att han måste vara mycket försiktig för att orka med alla intryck.

Det var ett stort rum, rent och vitkalkat luktade det gott av kryddor och nybakat bröd. Anjalis sökte sig längst in i rummet mot den varma muren och förstod efter en stund att krogen var sammanbyggd med kvarterets bagarstuga.

Han fick sitt vin, lutade sig mot den varma muren och blundade.

När han såg upp igen stod det en ung grek framför honom:

– Får jag slå mig ner?

– Gärna, sade Anjalis och hoppades att rösten inte skulle förråda glädjen.

– Jag heter Anaxagoras, sade mannen. Uppkallad efter den förste filosofen som ansåg att materien är besjälad. Själv studerar jag vid Akademien.

Anjalis skrattade men höll inne med frågan vad den unge greken själv ansåg om materien. Han presenterade sig och beställde in vin till sin gäst, alltsammans medan han funderade på var han sett Anaxagoras tidigare, det öppna ansiktet, den bestämda munnen och den raka blå blicken? Känslan av igenkännande var så påtaglig att han till slut måste fråga:

– Har vi mötts förut?

– Det har jag svårt att tro, sade greken. Du är ju inte en människotyp som man glömmer. Varför frågar du?

– Jag tycker att jag känner igen dig. Har du studerat i Heliopolis?

– Tyvärr, sade Anaxagoras. Jag är från Korint och Athen är mitt första möte med världen.

Trots grekens öppenhet var Anjalis känsla av återseende så stark att han hade svårt att tro på svaret. Han var också besynnerligt upprörd, slöt ögonen, tog en djup klunk vin och tänkte återigen att han måste öka takten i sin iakttagelse för att inte överrumplas av alla intryck.

– Jag såg dig nyss på Agora och beslöt att följa efter dig. Jag är intresserad av kaldéernas mystik.

– Det finns inget mystiskt med oss, sade Anjalis. Vi är skickliga astronomer, det är allt.

Anaxagoras log ett brett och skeptiskt leende men fortsatte.

– Varför blev du så illa berörd av de romerska vakterna?

Anjalis kände sig hotad, jag måste ha bättre kontroll över mig själv, tänkte han. Men den öppna blå blicken inbjöd till förtroende och plötsligt började han berätta om korsfästelsen i Tyrus, allt han känt vid avrättningen och lärt om sig själv, rädslan som kröp utefter ryggraden och som var släkt med det röda hatet.

Anaxagoras följde berättelsen med intensivt intresse och en bitterhet som han inte försökte dölja.

– Jag har ingen tröst att ge dig. Det enda jag kan säga dig är att man vänjer sig efter ett tag, man måste, sade han.

– Men vad är de för slags människor? Hur skall man förstå dem?

– De är barbarer, sade greken. Ett primitivt bondfolk.

Anjalis tänkte på de romerska prästerna i Tyrus och nickade. Men ögonblicket efteråt mindes han kommendanten, den älskvärde och bildade Mancinius. Anaxagoras som såg hans tvekan fortsatte:

– Av allt de kunde ha lärt av oss har de bara förmått omfatta en enda tanke, den om logiken. Men där har de blivit mästare.

Han hade sänkt rösten och såg sig försiktigt omkring. Han är rädd, han också, tänkte Anjalis och berättade om judarna i Tyrus, deras sätt att se på romarna som om de inte fanns.

– De är modigare än vi, sade Anaxagoras. Vi samarbetar, böjer oss och driver gäck med dem – på ryggen.

De åt middag tillsammans, när de skildes sent den kvällen visste båda att den nyfikna bekantskapen blivit vänskap.

Var tredje månad skulle en budbärare hämta ett brev hos Anjalis, en rapport som med iver skulle studeras av de egyptiska prästerna och av kaldéerna. Redan fjärde dagen i Athen började Anjalis oroa sig för skrivelsen.

Han förstod så lite och vad värre var: Ju mer han såg desto mindre begrep han.

Han gick från tempel till tempel i staden och såg athenarna frambära sina offer till Zeus och Athena, Apollo och Artemis, Poseidon och Hera och till som han tyckte oräkneliga andra gudar. I templen fanns en glädje av allvarligt slag. Och en naturlighet i mötet mellan gud och människa, fri från högtidlighet. Riterna var mycket mer än vana, det fanns så vitt Anjalis förstod ingen tvekan om att grekerna tog sin gudstjänst på allvar.

Han sökte länge efter rätt ord för dessa möten med gudarna och stannade till slut för delaktighet. Här fanns en gemenskap på nästan lika villkor mellan den människoliknande guden och den gudomliga människan.

Vördnad såg han lite av, fruktan inte alls.

Och så vitt Anjalis förstod saknades också mystiken, undret som var kärnan i hans egen religiösa erfarenhet.

Han började delta i gudstjänsterna som om han hoppats på att få en hjärtats insikt i kultens hemlighet. Men känslan var lika stum som förståndet.

118

Han sökte sig till filosoferna, Akademien, epikuréerna och stoikerna drev ännu egna skolor. Men det var som om Rom lagt sin tunga hand även över den grekiska tanken. Det som inte var upprepning av de gamles tankar var spetsfundigheter, Athens filosofer klöv hårstrån och ägnade timmar åt att dölja meningslösheten i sin framställning med retorik, tänkte Anjalis.

Till en början skämdes han för sin inställning. Och varje morgon tänkte han att i dag, om han rätt förstod att lyssna, skulle föreläsningen få vingar och lyfta.

Men varje dag blev den andra lik.

Anaxagoras såg Anjalis besvikelse under föreläsningarna och förstod den:

– Folk kommer hit från hela världen för att bli upplysta av den grekiska tanken, sade han. Men de har glömt att det är hundratals år sedan de stora tänkarna levde.

– Du själv då, varför studerar du här?

– Jag är ju också en av dessa dårar som söker sanningen, sade greken och skrattade.

Anjalis ville inte säga som det var, att han inte sökte sanningen utan förståelse av den grekiska själen.

Anaxagoras kände varje gud i den myllrande olympiska världen, han fann lämpliga citat från de stora skalderna för varje vardaglig händelse och han var rik av tusen sagor. Men ingenting av allt detta tillfredsställde hans behov.

En dag vågade Anjalis sin fråga, vad var det Anaxagoras sökte som inte hans gudar kunde ge honom?

Men greken förstod inte frågan. Hans gudar hörde livet till, de rörde sig i vardagen som människor, oberäkneliga och gäckande. De fyllde tillvaron med sina fester, sin vrede, sin glädje och sina oräkneliga äventyr.

De fanns där, så enkelt var det.

– Men livets mening? Själens längtan?

Anaxagoras såg så förvånad ut att han fick Anjalis att skratta.

– Olympierna har inte med de eviga frågorna att göra, sade han. Jag har ju sagt dig att de finns här, som vi. De kan hjälpa en dödlig ibland, om hans strävan sammanfaller med deras intressen.

– Och de påverkas av uppvaktning och smicker?

– Javisst.

Anjalis, som tillbringade kvällarna med att läsa de grekiska myterna och tyckte att gudarnas hånfulla skratt ekade genom världen, måste fråga:

– Varför är de så hjärtlösa?

Anaxagoras tänkte efter länge innan han svarade.

– De har ju en väldig makt. Och så är de odödliga. Kanske har man inget medlidande när man inte behöver vara rädd för döden.

Anjalis nickade och tänkte återigen på den gamle hierofantens ord, att döden var vägen till den stora sorgen och att först där, när man inte kan fly undan i nya föreställningar, kan medlidandet födas.

– Vad funderar du på?

Greken som sett Anjalis försvinna i tankar ställde sin fråga så öppet att Anjalis inte hann tänka sig för:

– Uppriktigt sagt förstår jag inte meningen med alla era gudar, sade han.

Plötsligt såg Anaxagoras rädd ut, hans ängsliga blickar sökte sig runt väggarna på värdshuset där de satt.

– Anjalis, sade han. Akta dig. De lever här i Grekland och de har långa öron.

– Ändå finns det många greker som haft samma funderingar som jag, sade Anjalis. Känner du till Xenofanes dikt om djuren?

Och han började läsa medan skrattet lekte i hans ögon:

"Hade de händer som vi, kunde oxar, hästar och lejon
göra med händer ett verk och måla och bilda som människan
just som vardera skepnaden är, den enes och andres.
Skulle de skapa sig gudar då och forma gestalter

120

hästarna hästlik sin och oxar sig självom en avbild"

Han ville diskutera bildmakarens roll i människolivet men han gick för långt och ångrade sig när han såg vännens reaktion.

Anaxagoras var illa berörd och för första gången skildes de åt i kyla och utan det vanliga: Vi ses i morgon.

Anjalis gick hemåt i kvällssvalkan, hem till sina anteckningar. Noga refererade han samtalet han haft.

Sedan blev han sittande.

Xenofanes världssjäl, som gjort så djupt intryck på honom hade ingen verklighet för grekerna, åtminstone inte för dem han mött hittills. Vad de talade om när de kom till det oundvikliga, vad de för övrigt ofta talade om, var ödet.

Ödestro.

Anjalis grep pennan igen och letade efter ett bättre ord för att ge rätt tyngd åt grekernas tro att allting styrdes av eviga oföränderliga lagar, människors och gudars liv, sådd och skörd, krig och fred.

Ödet, sade man. Eller ibland Nödvändigheten.

Denna djupa känsla för det lagbundna i naturen och livet är kanske källan till grekernas vetenskap, skrev han. Lagarna kan inte ändras men det är fullt möjligt att studera dem, lägga samman och dra slutsatser.

Han satt länge och funderade på den måttfullhet som grekernas alla skrifter talade om. Av den såg han inte mycket, tvärtom tyckte han att athenarna gick till överdrift i allt. Det fanns en våldsamhet, ett trots och ett uppror i den grekiska själen.

Men också en lätthet, en frihet från skuld och ångest.

Anjalis stönade när han såg alla motsägelser i sin rapport.

Nästa morgon före föreläsningen gick han fram till Anaxagoras och bad honom förlåta:

– Jag var taktlös.

Också greken såg skamsen ut när han frågade:

– Tycker du att jag är vidskeplig?

121

– Det är ett ord som vi mager hört så ofta att vi aldrig använder det själva, sade Anjalis och skrattade. Bara den som vet allt om allt har rätt att döma om andras sökande.

– Men du tror inte att våra gudar finns, sade Anaxagoras och sänkte återigen rösten.

– Ni har skapat dem som ni skapat era konstverk och dikter. Och de finns ju.

– Jag förstår inte.

– Det har ingen betydelse, sade Anjalis. Och för övrigt gällde min fråga något annat.

– Vad?

Nu sökte Anjalis med större omsorg efter orden:

– Andra folk tror att deras gudar skapat världen och har ett ansvar för den. Men era har bara tagit den i besittning. Och vad gör de? Bryr de sig om världen? Gynnar de bondens arbete på åkern eller hantverkarens i staden? Nej, de roar sig, ställer till fester, berusar sig, skrattar åt de dödligas lidanden, hånar, ljuger och rövar kvinnor. För att inte tala om hur de bedrar varandra och människorna. Du tycker det är självklart men du måste förstå att det kan väcka undran hos en främling.

Anaxagoras skakade på huvudet.

– De är ju som de är, sade han. De finns och är som de är.

– Men om en människa är fåfäng, opålitlig och elak brukar man ju fråga sig varför, sade Anjalis.

Anaxagoras skakade på huvudet men Anjalis vädjade:

– Nog vet du som jag att Gud är en och bortom alla mänskliga bilder.

Men Anaxagoras undvek hans blick när han svarade att den stora frågan om existensen var filosofins sak.

Efter föreläsningen som var lika meningslös som vanligt sade greken:

– Jag vill att du skall träffa min syster. Hon har samma tankar som du även om hon inte ger så nakna ord åt dem. Och hon är medlem av ett orfiskt sällskap.

Anjalis som hade dunkla begrepp om orfismen blev glad:

122

– Var kan jag träffa henne?
– Åh, hon är gift i Korint. Men när skolorna stänger i augusti kanske du vill följa med mig hem. Vi kunde ta vägen om Delfi och lyssna på oraklet.
Anjalis blev glad.
– Men vad säger dina föräldrar, sade han.
– De blir förtjusta. Jag har berättat om dig i mina brev.

Eftermiddagens föreläsning handlade om pythagoréernas talmystik. Den var dunklare och mer trevande än vanligt, men för första gången i Akademien var Anjalis intresserad. Efteråt ställde han frågor, snart var han och pythagoréen invecklad i långa diskussioner.

Luften fick skärpa, greker och romare fylldes av entusiasm. Många av replikerna flög långt över deras huvuden, greken i gemen var långtifrån så matematiskt kunnig som Anjalis hade trott. Men det blev flykt i debatten, tankar lyfte som fåglar mot skyn och eggade fantasin.

Redan samma kväll kom en förfrågan: Ville Anjalis hålla en serie föreläsningar där han jämförde pythagoréernas talmystik med kaldéernas astrologi?

Han bad att få fundera på saken och lämna besked om några dagar.

Kvällen tillbringade han tillsammans med den pythagoréiske filosofen. De lyckades gång på gång överraska varandra, inte minst när det gällde de irrationella talen som i århundraden oroat pythagoréerna.

Att talen inte bekymrade Anjalis som aldrig fått lära sig att allt skulle förstås, fick filosofen att häpna.

– Du ser inte livet som en utmaning för tanken?
– Inte i första hand, sade Anjalis lite trevande. Jag ser det kanske främst som en fråga för det sinne som ligger bortom tankarna. För mig är utmaningen att ha tillit utan att förstå.

Det var ett mål som han hade respekt för, sade pythagoréen. Men hur såg vägen dit ut och hur fann man den?

Anjalis blick försvann i fjärran.

– Jag tror inte det finns någon väg, sade han slutligen. Det rör sig om ett språng, ut i det okända. Och om mod att låta sig falla ner i de svindlande djupen.

Pythagoréen skakade på huvdet:

– Vi fick ju elden av Prometeus, sade han.

Anjalis förstod inte men tog tacksamt tillfället att komma in på den grekiska religionen.

– Jag är förbryllad, sade han. Det är svårt att se sambandet mellan den beundransvärda grekiska kulturen och denna nästan primitiva gudavärld.

Han försökte lägga orden så att de inte skulle såra men ansträngde sig i onödan. Greken log:

– Nog inser du att människor behöver bilder, sade han.

Anjalis tänkte återigen på hierofantens ord om döden som slutet för bildmakaren. Kanske har grekerna förstått det, tänkte han, kanske är det därför som deras gudar dansar på jorden mitt i livet.

Men pythagoréen avbröt hans funderingar.

– Vad du inte har förstått är att de grekiska gudarna är bärare av våra förbjudna känslor, avund, hämndlystnad, förtvivlan och hat.

Anjalis rätade på den långa ryggen och drog efter andan.

– Den enskilda människans privata känslor?

Filosofen skrattade åt hans förvåning:

– Det finns inga privata känslor, sade han. Det är de enskildas kärlek och hat, drömmar och föreställningar som utgör folkets själ.

Innan de skildes åt fick Anjalis ett råd:

– Det samband du söker finns mellan den grekiska mystiken och filosofin. Läs stoikerna. Sök dig till de orfiska sällskapen. Men börja med att förstå Prometeus.

Trots att han kom hem sent satt Anjalis länge vid sitt skrivbord, antecknade samtalet replik för replik. Han hade fått nya viktiga insikter.

Tidigt nästa morgon var han på benen, sökte och fann sagan om Prometeus.

Han hade läst den förr, utan att se eller förstå.

Nu slog den sig in i honom med all sin uråldriga kraft. Kanske var elden som Prometeus skänkte människorna en motsvarighet till frukten från kunskapens träd, tänkte han. I ena fallet en gåva, den fria tanken skänkt till människan. Och i det andra en förbannelse, ett utdrivande ur paradiset.

Men sedan stannade tanken vid det grymma straffet som drabbade Prometeus och i ett svindlande ögonblick såg han sambandet. Sagan var grekens tolkning av inkarnationen, en man hade kommit från gudarna för att skänka människan ljus och värme.

Han tänkte på det nyfödda barnet i Betlehem och horoskopet som visat mot en grym och tidig död.

Lammet som slaktas sedan världens begynnelse.

Längre fram på dagen gjorde han upp planer för sina föreläsningar, fastslog hållpunkter och drog långtgående linjer. Han skulle börja med Xenofanes, återge grekerna den gamles bild av världssjälen som fanns i allt skapat. Från den punkten skulle han leda dem vidare till stjärnhimlens budskap, kaldéernas astronomi och astrologi.

Han hade ofta häpnat när han sett hur tvivelaktiga astrologer gjorde stora pengar på slarvigt hoprafsade horoskop, som kunde köpas överallt i gathörnen i Athen. Hela den stora kunskapen hade förfuskats.

Men han skulle sluta sina föreläsningar med att rikta en stöt mot den grekiska ödestron genom att framhålla människans fria vilja, den med vilken hon oberoende av öde och stjärnor kunde förändra sig själv och världen.

Anjalis lärarverksamhet började som en lek men växte snart till hårt arbete mot betalning. Han fick inte tio talenter för en föreläsning som Herodotos från Halikarnassos en gång, men inkomster som gav honom god försörjning. Parthernas guldmynt kunde ligga oväxlade.

Han fick stor framgång.

– Det är athenarnas förtjusning i allt som är exotiskt, sade han till Anaxagoras, som skrattade men inte höll med.

– Det är något nytt, äntligen, sade han.

När sommaren klingade av var Anjalis upptagen av planerna för hösten och de två beslöt sig för att skjuta upp resan till nästa vår. Snart hade Anjalis egen skola i Athen och elever från hela världen, egyptier, romare, syrier men främst naturligtvis greker från fastlandet och kolonierna. Han var en känd man och det hände att han lite uppsluppen tänkte på hur han under stora kval avvisat ärelystnadens röda rubin i egyptiernas krypta.

Så kom hösten till staden. Med regnen. Och kylan. Anjalis blev oerhört överraskad. Och förtjust. Han kunde stå i hällregnet på Agora med ansiktet lyft mot det piskande vattnet, njuta av överflödet och av kölden som kröp genom de våta kläderna in mot skinn och ben.

Hur många dikter hade han läst i öknen med beskrivningar av vintern? Vad hade han sett, vilka bilder hade han gjort sig? Han mindes inte och det föreföll honom mycket gåtfullt.

Någon gång snöade det, inte så att staden blev vit men ändå såpass att han kunde samla en handfull av det duniga vattnet för att se det förintas av handens värme. Det blev is runt fönsterluckorna i hans rum och han frös om nätterna så att det blev svårt att sova. Värdinnan kom med extra täcken.

Men när Anjalis klagade över att han ändå frös skrattade hon åt honom och sade, att han inte var mycket till mager om han inte kunde trolla fram lite värme åt sig.

Anjalis tackade för rådet och köpte en stor pälsfodrad mantel.

Han hade alltid tyckt om barn och haft god hand med dem så det föll sig naturligt för honom att hans skola också skulle ta emot barn. Två eftermiddagar i veckan lärde han grekiska småpojkar matematik. Anaxagoras tyckte att det var upprörande, en filosof som undervisade ungar.

Men Anjalis fann snart att barnen hade mer att lära honom om den grekiska folksjälen än någon vuxen. Vad grekerna lärde av sina fäder var väl känt, det fanns skildrat i alla deras skrifter. Men vad de lärde av sina mödrar när de var små och som mest mottagliga, det var fördolt för världen.

Athens bästa familjer sände sina barn till hans skola, han var läraren på modet. Till en början kom pojkarna tillsammans med sina mödrar, som Anjalis hade långa och kloka samtal med. Han häpnade inför deras intresse för barnen, deras omsorg och kärlek.

Under tiden i Athen hade han ofta tänkt på att han inte kände någon grekisk kvinna, att kvinnan var mer osynlig här än till och med i Egypten.

Maktlös, egendomslös, utan talan.

Nu slog det honom att i samhällen där kvinnan saknar synlig plats ökar hennes osynliga makt över barnen. Dessa grekiska mödrars påverkan var tung, de spann sina nät kring sönerna så finmaskigt att männen genom hela livet fick kämpa för att ta sig ut. Näten knöts av hemliga minnen från den gyllene barndomen, då hon var alla goda gåvors givare.

Uppbrottet på tröskeln till vuxenlivet blev ofta hänsynslöst och brutaliserade pojken.

Också för sin frigörelse behöver han gudarna, tänkte Anjalis. Hjälten utan skugga är nödvändig, den tveklöse guden som sliter konflikten mellan känsla och handling med svärdet.

Av barnen lärde sig Anjalis hur påtagligt gudarna grep in i grekernas liv.

Han hade en åttaåring i sin grupp, en klent byggd och lite harig särling. Pojken hade börjat några veckor senare än de andra barnen och hade inga vänner.

Den grekiska kvickheten drabbade honom från början, hånets vassa pilar slog rakt in i köttet på pojken.

Anjalis såg det men tvekade. Att försöka tala barnen till rätta kunde göra ont värre, att ge pojken extra uppmärksamhet kunde öka hans utsatthet.

Men när barnen kom tillbaka nästa gång hade pojken själv röjt undan problemet. Han hade växt en tum och utstrålade triumf. Det var som om han dragit en osynlig rustning över hela den spinkiga lilla kroppen.

Han var osårbar och gav uttryck för denna sin nya egenskap med sådan säkerhet att ingen tvekan fanns. Det sköts en och annan pil mot honom, men de studsade alla mot rustningen

128

och föll till marken.

En enda yttre skillnad fanns, pojken hade stövlar med blanka beslag runt hälarna. Anjalis såg hur den kvickaste av angriparna lät blicken gå till stövlarna och insåg att han begrep.

Men vad?

När lektionen var slut bad Anjalis pojken med stövlarna att stanna kvar en stund. Det slog en glimt av rädsla i den bruna barnblicken men ögonblicket efter var han åter osårbar.

– Berätta för mig vad det är för en osynlig rustning som du har dragit på dig?

– Det är Akillevs, sade pojken. Nu är det bara i hälen som pilen kan fastna och därför har jag stövlar.

Anjalis häpnade.

– Såg alla dina kamrater att du är Akillevs?

– Javisst, sade pojken och frossade en lång stund i den gudomlige hjältens hämnd på Hektor, hur det usla liket släpades efter Akillevs vagn runt Trojas murar, till evig skam för Priamos kungaätt.

– Och Hektor, vem är det?

Namnet föll rakt ut med hämndens hela tyngd.

– Alkios naturligtvis.

Alkios var det ledande kvickhuvudet.

Under hela sin uppväxttid hade Anjalis studerat människornas reaktioner, det dolda spelet som skulle skydda dem mot oförrätter. Hans mor hade varit en god läromästare.

Som vanligt tänkte han på Me Rete med en blandning av ömhet och vrede. Modern som aldrig blev arg och aldrig lät sig såras men vars sorg växte för varje år. Han mindes hur snar hon var att förneka varje ond känsla så totalt att hon inte själv kändes vid den. Och han visste att de oförlösta känslorna växte i hennes sinne tills de skuggade hela hennes tillvaro.

Grekerna var världens mest vitala folk, alltid med kraft över för nya tankar, fulla av nyfikenhet och skaparglädje. De drogs sällan mot jorden av förnekade känslor.

129

De närmaste dagarna var hans uppmärksamhet skärpt. Vid en fest en kväll såg han en gift man som nästan skamlöst uppvaktade en ung flicka Hans hustru slöt sig som en mussla och försvann ut i trädgården med en väninna. När hon kom tillbaka och Anjalis såg hennes leende, den stolta nacken och den triumferande blicken kände han igen Hera.

Just som hon såg ut i sitt tempel i Athen, Zeus blixtrande svartsjuka hustru som alltid fick sin hämnd.

Den kvällen började Anjalis formulera sin teori. Den hemliga kunskap som de grekiska mödrarna gav sina barn gällde konsten att i kritiska lägen lämna den egna personligheten för att sammansmälta med en gud eller en hjälte, skrev han.

Sedan man iklätt sig gudens gestalt kunde känslan upplevas utan skam, dramat spelas, hämnden tas, vreden blixtra.

Man fick rening.

Några dagar senare när känslan tömts uppsökte man gudens tempel och frambar sitt tack. Inte för hjälpen, mer för att guden fanns där, redo att ge uttryck för människans mörka triumfer. Anjalis var så entusiastisk att han hade svårt att sova och svårt att vänta till nästa dag då han kunde lägga fram sin slutsats för Anaxagoras.

Greken lyssnade häpen, för honom var Anjalis insikt självklar men aldrig formulerad.

– Vid Satan, sade Anjalis. Detta kunde du ha sagt till mig för månader sedan.

- Nej, sade Anaxagoras. Det kunde jag inte för jag har aldrig någonsin tänkt på det.

Anjalis skrattade så tårarna rann och beställde in mer vin. När de höjde sina bägare talade Anaxagoras ännu en gång om sin syster.

– Dina tankar kommer att intressera henne, sade han.

Vintern var drömmarnas tid i Athen och våren löftets. Kort som en aning och full av längtan kom den, ljuset ökade och värmen smög in i den frusna marmorn i pelargångarna.

Anjalis hade aldrig förstått att återfödelsen är smärtsam.

Som ett instängt djur mätte han sina rum, steg för steg, medan han iakttog hur solen klättrade allt högre upp på himlen och hur skuggorna på Aeropagen blev allt kortare.

När magnoliaträdet utanför hans fönster slog ut i skyar av skärvit blom ökade hans svårmod till förtvivlan.

För att livet var så kort?

Eller för att skönheten var outhärdlig?

Han visste inte och det var också nytt.

I april skulle den bli av, resan norröver. De skulle färdas över Thessaliens slätter mot Olympos, inte för Zeus skull utan för snöns, som Anaxagoras sade. Sedan sydväst ut i en båge mot Delfi för att så småningom nå Korint.

Anjalis hade lärt sig rida under vintern. Det hade inte varit lätt och riktigt hade han inte kommit över sin rädsla för hästen, ett djur som var mycket mer oförutsägbart än de kameler han vuxit upp med. Till slut hade han ändå kunnat samsas med ett vänligt sto, lika långbent som han själv. Men det var en nervös vänskap som aldrig uteslöt överraskningar.

Hans tillgivenhet för hästen hade ökat sedan han köpt den för dyra pengar.

Anaxagoras led inte av vårens svårmod. När de red ut från Athen var han glad som lärkorna som drillade i skyn ovanför

131

deras huvuden.

Två av hans slavar följde dem på resan, på behörigt avstånd. Som vanligt gjorde de Anjalis osäker, han kunde aldrig lära sig hur man bemöter en människa som är en annans egendom och såg med förvåning hur Anaxagoras höll avstånd, inte ovänligt, men ändå med en nästan exakt kyla. Greken var omedveten om sitt förhållningssätt, det hade han lärt med modersmjölken.

När de rastade efter några timmars ritt måste även Anjalis medge att det var skönt att ha slavar som raskt reste soltältet och serverade mat, god mat värmd i hast över lägerelden.

Men han tackade slavarna för maten med överdriven vänlighet och såg med tillfredsställelse att det plågade Anaxagoras.

När han vaknade i eftermiddagssolen låg han länge och såg upp mot den grekiska himlen, i ständig förändring med vandrande vita moln.

Han borde ta sig ut ur missmodet så att han inte förstörde resans glädje för Anaxagoras och för sig själv. Men för att rå på oron i sitt inre måste han förstå den, känna dess namn och ursprung.

Den grekiska våren bjöd ut sig med tusentals blommor, som öppnade sina kalkar mot himlen och mot honom. När vinden gick över ängarna kunde han höra deras anspråkslösa glädje, var och en med egen stämma. Han såg anemonernas hemligheter avslöja sig i kalkarna, sotigt svart mot lysande blått eller rött och tänkte att han aldrig anat att skönheten kunde vara outhärdlig.

De hade tagit rast vid en bäck, porlande av liv. I brinken växte ett stort bestånd av vita narcisser och när han gick till bäcken för att tvätta ansikte och händer blev han stående, såg på blommorna och mindes den unge mannen som givit blomman sitt namn sedan han dött av kärlek till sig själv.

Men berättelsen tröstade honom inte. Den var så grekisk, så alltigenom grekisk och hans främlingskap var utan gräns. Och plötsligt kände han en oresonlig längtan efter öknen, efter det öde landet som var hans hem.

132

Känslan var så stark att han ville gråta när bilderna från barndomslandet steg upp ur hans inre, öknen, tidlös, utan försoning, naken som sanningen själv. Ett landskap utan krav på känslor, härjat av solen, bränt, utarmat.

Ett land utan minnen trots att det hade mer att minnas än något annat land på jorden, tänkte han. Men minnet gycklar och förgyller. Och öknen tål inte hyckleriet, där kan man inte låtsas.

Vid lägerelden om kvällen kunde han tala med Anaxagoras om det.

– Konstigt nog lider jag av hemlängtan, sade han.
– Varför är det konstigt?
– För att Grekland är mycket behagligare.
– Berätta om ditt land.

Han försökte, trevande. Det var svårt, öknen är okänt land även för den som känner den.

– Det är ett land som är övergivet av Gud och alla människor utom de kaldeiska astronomerna, sade han. Det har förgjort allt, lämnat allt efter sig. När man bor där lämnar man sig själv efter sig. Förstår du?
– På något vis. Du försöker beskriva en verklighet som är så naken att den lämnar sinnet fritt?

Anjalis var tacksam.

– Ja, sade han. I öknen är livet öppet för sin egen gåta.
– Det låter storslaget och enkelt, sade Anaxagoras.

Anjalis skrattade.

– Om det finns en förebråelse i dina ord förtjänar jag den, sade han men Anaxagoras skakade på huvudet.
– Som vanligt tänker du för fort för mig.

Efter några dagar gick de över floden Larissa och mötte skogarna på Olympens sluttningar, i sned eftermiddagssol. Anjalis som lyckats vara på gott humör efter samtalet om hemlandet, häpnade.

De red in i de gröna salarna, och suset i trädkronorna och

fågelsången hörde till tystnaden, en tystnad som var större och rymde mer än öknens.

Anaxagoras ville fortsätta men den äldste av slavarna hävdade att de skulle ta nattkvarter i skogsbrynet. Skogen var full av faror, här fanns varg och björn, sade han och teg om de rövarband som gärna plundrade resenärerna på väg till spelen.

Anjalis hörde samtalet utan att höra, han var uppfylld av skogsdoft och fågelsång. Men han uppfattade att Anaxagoras fick ge efter för den mer erfarne och han hjälpte till att finna en källa där de kunde förnya sitt vattenförråd.

Slaven som nu tog ledarens roll ville inte slå nattläger vid källan. Dit skulle djuren komma för att dricka, sade han.

Till slut fann man en glänta på en höjd som gav lite överblick.

– Vi måste gå eldvakt, sade slaven när de ätit kvällsmål och gjorde sig redo för nattvilan. Anaxagoras tog första vakten och Anjalis utvaldes för gryningsvakten.

– Hundvakten, sade slaven och grinade gott åt Anjalis förvåning.

I gryningen när han väcktes förstod han bättre. Han frös eländigt och fick kämpa mot sömnigheten. Men slaven gav honom en bägare het soppa när han kröp ihop bredvid elden och snart kändes det bättre.

Efter en stund var han rent av tacksam för uppgiften som gav honom tillfälle att se de första solstrålarna smyga in i det gröna dunklet och väcka fåglarna i de stora trädens kronor.

Aldrig förr hade han hört en sådan sång. Från tusen strupar kom den, en lovsång till skapelsen. Till slut kunde han inte motstå lusten att delta och smög handen till den hemliga fickan i manteln där han förvarade flöjten, den silverflöjt som följer varje kaldé genom livet som ett tecken på hans uppgift att hålla stjärnornas sång vid liv på jorden.

Så kom det sig att de tre andra i sällskapet vaknade till melodin som slingrade sina vita toner runt fåglarnas. De var hänförda, Anaxagoras nästan stum av förvåning.

134

– Jag visste inte att du var musiker, sade han till sist.

– Jag är ju rätt så oövad, sade Anjalis och tänkte, att varför har jag glömt flöjten denna långa vinter i Athen.

Efteråt var det alltid skogen Anjalis skulle minnas bäst från resan. Olympens svindlande berg gjorde intryck men Zeus tempel förmådde han inte ta in i sinnet. Och alldeles som Anaxagoras förutsagt var det snön som blev Anjalis starkaste minne från bergen.

I Thessaliens byar mötte de Dionysostågen, de dansande kvinnorna som rusiga av fröjd hälsade våren.

Det första tåget såg de på avstånd men i nästa by hade de större tur. Anaxagoras lämnade hästarna till slavarna och drog med sig Anjalis, som inte vågade lita på sina ögon.

Än mindre på sitt förnuft.

Hans skam var röd som blodet från de råa köttstyckena som kvinnorna slet sönder mellan sina tänder och han kände hjärtat dunka så hårt att han hade svårt att höra sången. Äcklet tog honom, knöt magen som pressade sitt sura innehåll mot halsen.

Han svalde och försökte tänka:

– Jag är nog inte så fördomsfri som egyptierna trodde, sade han.

Anaxagoras skrattade men hans ögon dröp av lust när han ropade:

– Det är till gudens ära, för det återväckta livets skull, för blommorna, Anjalis, för den mognande skörden och vinstocken som knoppas. Ge efter Anjalis, ge efter.

Då sjönk Anjalis genom sin skam, kände dess botten och där fanns en lust så röd och så våldsam att den hotade att spränga honom.

Han hade ett stånd så väldigt att det smärtade.

Han såg på Anaxagoras och mötte hans skamlöshet, drog efter andan och var fri från anständigheten, från allt han lärt, allt han kunnat, tänkt, haft åsikter om. Med ett vrål som steg

135

ur kroppens urgamla minnen förenade han sig med tåget och uppgick i dansen.

Nakna och galna drog kvinnorna männen med sig nerför bergets sluttningar, naken, snärjd i kvinnor, lår, bröst, sköten och hetsad av den allt vildare musiken försvann Anjalis i den stora utplåningens väldiga orgasm. Annorlunda än alla orgasmer han upplevt, evig, pånyttfödd, ständigt pånyttfödd i nya möten, full av djup och plågor, slag, bett och skrik vilda som måsarnas och så kraftfulla att de gick rätt in i gudens hjärta till glädje för den urgamle och evigt unge Dionysos.

Några dagar senare följde de vägen utmed Parnassos och fick så småningom se Pleisthos djupa dalgång mot havet och segelleden mot Italien. Det var inte orakeldag i Delfi och det gjorde Anjalis detsamma, han hade ingen fråga att ställa till Pythia som bejänade Apollo. Bergen, utsikten och de sköna templen var under nog, tänkte han där han stod och såg på jordens navel och återigen beundrade den grekiska skaparkraften.

Så red de in i Korint, en ny stad utan minnen. Ingen fanns, som kunde berätta om hur romaren Lucius Mummius plundrat, bränt och slutligen jämnat den gamla grekiska staden med marken. Korint myllrade av romerska trupper och som alltid kunde man känna hur de lade sitt tunga allvar över tillvaron. Överallt väckte Anjalis uppmärksamhet, men han hade vant sig och var inte längre besvärad.

Anaxagoras föräldrar var just som Anjalis föreställt sig, rika människor, breda och öppna. De hemvändande fick ett bad, en lätt måltid och bytte ord om resan, alltför trötta för långt samtal. Efter någon timma sov Anjalis i en sval säng.

Nästa dag skulle han få träffa Ariadne, Anaxagoras syster, som skulle visa honom orfismens väg inom den grekiska religionen.

Han kände genast igen henne och hans hjärta stannade.

När det började slå igen gjorde det ont i bröstet och han hade svårt att finna sig till rätta i rummet. Väggarna föll in mot honom och golvet reste sig, brant som bergen i Olympos.

Men han lyckades hålla sig samman också när flickan presenterades för honom och han insåg, att även hon kände igen och att hennes överraskning var större än hans.

Hon var tung av havandeskap men alldeles sig lik, flickan med de tillitsfulla blå ögonen, vars ljus han mött i hierofanternas krypta och som han älskade lika högt som sitt eget liv.

Hon förmådde säga:

– Ni får förlåta mig men jag mår inte bra.

Och sedan försvann hon följd av sin mor och två tjänarinnor.

Anaxagoras far ville hämta en läkare, men Ariadne lät hälsa att hon snart skulle vara sig själv igen och att de skulle ta för sig av förfriskningarna som dukats fram i trädgården.

Anjalis svepte en stor bägare vitt vin i ett enda drag. Hjärtat lugnade sig och några tankar tog plats i hans huvud.

Vreden mot egyptierna kom först, dessa förbannade präster som drev sin magi i templet och lekte med människornas längtan.

Två år sedan? Eller mer?

I obarmhärtig klarhet såg Anjalis roten till sitt svårmod. Hemlängtan, så löjligt! Greklands väsen hade plågat honom ända från första dagen, hennes land, hennes genius som han avstått från.

Och nu? Nej mötet var inte en ny prövning, han hade avstått för alltid. Hon var förlorad för honom. Hon bar en annan mans barn och vid den tanken kände Anjalis det som om någon vridit om en kniv i hans inälvor.

Han försökte skala ett päron men såg att händerna darrade så uppenbart att de genast skulle förråda honom. Lyckligtvis var det ingen som iakttog honom, en romersk officer som också inbjudits till måltiden gjorde just entré och hälsades med det vanliga beundrande föraktet.

Anjalis ville fly.

Men just då kom hon tillbaka, bad lugnt om ursäkt också för att hennes man var försenad. Med stor uppmärksamhet ägnade hon sig åt romaren, som var smickrad och förtjust.

En enda gång vågade hon en blick åt Anjalis håll och han såg frågan i hennes ögon, den nästan outhärdliga förvåningen som hon kände.

Så kom hennes man, en rund och fryntlig grek, betydligt äldre än hon och Anjalis mindes att han hört Anaxagoras tala om äktenskapet med beklagande.

På något sätt lyckades de båda ta sig igenom middagen med de många rätterna. Anjalis händer hade slutat skaka och han hörde sig själv delta i samtalet. Förvånad lyssnade han till sin egen röst och insåg att han var både klok och kvick.

När sällskapet äntligen bröt upp bad han att få promenera hem och när Anaxagoras ville slå följe sade han:

– Förlåt mig men jag måste få vara ensam.

Han sårade, han såg det. Men vad skulle han säga den andre?

Att din syster är min hustru inför Gud, att vi känt varandra genom eoner av tid, att vi alltid hört samman men att allt är förlorat nu för att jag valt en dröm om ett gudabarn framför en människas enkla liv tillsammans med den han älskar.

Att jag drogs till dig, Anaxagoras, för att du var lik henne, för att det fanns något i ditt väsen som påminde om henne. Att på det sättet blev också vår vänskap en lögn, som allt i mitt liv.

138

Det var en stjärnklar natt i Korint och Anjalis ögon letade på himlafästet efter Sirius, stjärnan som var hans sedan födelsen. Men hon log inte längre mot honom i hemligt samförstånd utan blinkade kallt i ett ofantligt fjärran.

För övrigt överglänstes hon i denna natt av Venus som lyste som en hånfull jättediamant på den grekiska himlen.

Hemma väntade Anaxagoras på sin vän med ett stort vinkrus.

– Jag vet inte vad som hänt dig, sade han, men du behöver dricka dig full.

– Du är mer än jag förtjänar, sade Anjalis och sedan drack de sig ihärdigt och målmedvetet berusade. De stöp i säng med kläderna på och när Anjalis vaknade, smutsig, orakad och helt utan kaldeisk värdighet var huvudvärken svårare än förtvivlan.

En förstående slav kom med iskall mjölk och Anjalis kunde forma dagens första tanke. Han skulle överleva dessa dagar i Korint utan att röja sig och utan att förråda henne. Med dunkande huvud badade han och klädde sig, elegant och blek gjorde han entré i det stora atriet.

Anaxagoras hade gått för att uppsöka gamla vänner, sade hans mor och Anjalis kände ännu en gång tacksamheten.

Modern hade huset fullt av gäster, kvinnor på förmiddagsvisit, och det var ingen tvekan om att Anjalis var föremålet som skulle visas upp.

Han gjorde sitt bästa för att motsvara alla förväntningar och tillbringade livets längsta timmar i det vackra rummet. Men även den mest älskvärda konversation har ett slut och när gästerna bröt upp, sade han:

– Jag tar en promenad.

Hans ben gick av sig själva till Ariadnes hus, hon tog emot honom utan förvåning och bjöd återigen på frukt i trädgården. Hon började i vanlig samtalston:

– Du får förlåta mig för uppståndelsen i går, men jag kände igen dig från en lång dröm som jag hade för några år sedan.

– För två år sedan, sade Anjalis.

– Du vet.

Hennes ögon vidgades, en blå blick mötte svarta ögon och såg den skärande smärtan i dem.

– Åh, Anjalis, sade hon. Varför ville du inte ha mig?

– För att jag var en idiot.

Det var brutalt och han såg hur blek hon blev.

– Då skulle allt detta vara ett misstag, viskade hon och händerna rörde sig i tafatta cirklar runt huset och trädgården för att stanna över magen där det nya barnet växte.

Det blev så tyst att Anjalis tyckte att sorlet från springbrunnen plågade hans öron. Men han hade inget svar att ge, bara sin nakna förtvivlan.

Jag var rädd för närhet, ville han skrika, rädd för band och ansvar. Men han teg.

– Du talade om ett gudabarn som skulle födas och att du var utvald att gå i hans tjänst?

Då mindes han den nya stjärnan, det klara ljuset över Betlehem som han ändå sett med egna ögon. Och Jesajas ord kom för honom, stora och sköna:

> Ett barn varder oss fött,
> en son bliver oss given
> och på hans skuldror skall herradömet vila
> Och hans namn skall vara:
> Väldig Gud,
> Fridsfurste ...

– Det är sant, sade han till Ariadne. Och nu får Gud förlåta mig men jag måste förråda Hans hemlighet.

Han började berätta om tidsåldrarna som de mättes av kaldéerna, om jorden som nu gick in i Fiskarnas stjärnbild. Och om inkarnationen, om barnet som fötts i fattigdom i Judéen och om den nya religionen som med greker och romare skulle föras ut över jorden.

Hon blev så lugn att hon hade ro att skänka honom.

– Jag visste ju, sade hon, att inget var förgäves, att allt har en avsikt i våra liv.

Och hon berättade om orfikerna, om deras djupa tro på sådd och skörd, död och återuppståndelse och deras hemliga sällskap runt hela det grekiska riket.

– I morgon får du veta mer, sade hon. Då skall du möta min präst.

– Inte ens han får veta, sade Anjalis plötsligt rädd.

– Nej, jag har förstått det och du kan vara alldeles lugn. Jag skall bevara din hemlighet, jag har ju känt den länge.

Nästa dag sammanförde Ariadne honom med Orestenes, Orfeus präst i Korint. Det var en man av stort lugn, ännu ung och inte olik de egyptiska prästerna.

Äntligen öppnades den hemliga huvudfåran i den grekiska religionen för Anjalis. Via Orestenes fick han kontakter med hela det rika nätet av sällskap som knöt samman de invigda och förlöste grekernas längtan.

Huset var inte stort men vackert, det skönaste hus som Anjalis sett där det mjukt och lågt kröp in i grönskan.

Och trädgården var stor som Edens lustgård och allt skulle växa där. De planterade rosor, blomma vid blomma. De satte lökar, lilja vid lilja.

Tillvaron fylldes av underbara problem. Aldrig hade Anjalis trott att det kunde bli så viktigt att finna exakt rätt ton i en färg på en vägg, just den nyans som gav skimmer och djup åt en tavla.

Målningen var stor, de hade köpt den gemensamt och efter långa överväganden. I den mötte havet öknen, de dånande vidderna de tysta, det svala det heta.

– Din och min värld som nu har förenats, sade Ariadne som alltid fann de rätta orden.

Bäst var ändå nätterna, de sov så tätt tillsammans att två halvor blev en form, fulländad. Och uppvaknandet när hans kropp togs emot av hennes och fick erfara barnet, det nya livet som uppstod ur den slutna tvåfalden.

Men stunden kom alltid när hon gick för att hämta ett redskap, en spade att gräva med eller en hammare att slå i en spik med. I början väntade han lugnt på hennes återkomst, på leendet i hennes ansikte och den blå blicken. Men sedan lärde han sig, oron satte klorna i honom så snart hon försvann och han sprang för att finna henne. Ur rum i rum.

Då förvandlades huset till en borg med tunga salar, belamrade med skräp och svepta i spindelväv. Här skulle inga barn leka, inga skratt slå mot taken.

Alla tavlor var borta och i trädgården hade blommorna dött. Utanför borgens fönster bredde öknen ut sig men han sprang ändå, hörde sina rop på henne eka mot de tomma väggarna och visste till slut att allt var förgäves, att hon lämnat huset.

I den sista av salarna mötte han den svarta katten, som han hatade men som ändå skulle befria honom ur drömmen och återföra honom till verkligheten.

Som var en smal säng i ett hyresrum i Athen.

Drömmen kom åter varje natt, tidigt i gryningen och han vågade aldrig somna om. Inte för saknadens skull, den var lika smärtsam i vakenlivet. Nej det var katten som skrämde honom, det tysta smidiga djuret.

Heligt i egyptiernas tempel.

Hur lever man sitt liv i tomma och ekande salar med en svart katt som enda sällskap? Anjalis fann aldrig annat svar än den enkla handlingen, att stiga upp och ta itu med dagens arbete. Han rutade in sina dagar så hårt att där blev liten plats att tänka på henne.

Anaxagoras hade tack och lov stannat i Korint. Anjalis hoppades att han skulle bli kvar där och möjlig att glömma, som hela den förbannade familjen.

Redan andra dagen i Athen reste han till en fiskeby utanför Pireus, till orfikernas församling vid havet. Med sig hade han ett brev från prästen i Korint.

Han fick vänta en stund sedan han lämnat skrivelsen, det var en stor hall i ett enkelt hus långt ute bland klipporna. Anjalis ställde sig i fönstret och såg ut över havet, hörde det slå mot berget, rytmiskt, regelbundet som ett väldigt hjärta. Det stillade sinnet.

Så sade en röst bakom honom:

— Du är mycket välkommen, Anjalis.

Mannen som hälsade honom var varken gammal eller ung, lång, nästan lika lång som Anjalis. Över hans smala ansikte gick ett överraskande ljust leende och hans ögon var mystikerns, djupa och fulla av insikt.

Anjalis hade mött sådana ögon förr och visste att de såg rätt igenom en människas alla murar och att prästen just sett hans förtvivlan men föredrog att taktfullt vända bort blicken innan han började tala.

– Jag heter Demetrios, sade han och jag leder den orfiska församlingen här.

De hade väntat länge på Anjalis, berättade han, de hade noga följt föreläsningarna i Athen och vetat att förr eller senare skulle den unge kaldeiske magern uppsöka dem.

– Så vitt vi förstår har du ett budskap till oss greker, sade han.

– I första hand har jag en uppgift här, sade Anjalis och berättade hur han sänts över havet av Egyptens präster och kaldéernas astronomer för att lära känna den grekiska själen.

När Demetrios såg förvånad ut fortsatte Anjalis:

– Det är viktigt att vi i den gamla världen lär oss förstå vad som är den innersta kärnan i det medvetande som grekerna sänder ut över jorden.

– Jag kan förstå det, sade Demetrios och Anjalis visste att mannen var väl medveten om att han bara fått en halv sanning.

– Jag har gått långa omvägar, sade Anjalis och berättade om all sin strävan att förstå de olympiska gudarna, hur han vandrat vilse bland de vuxna men funnit rätt väg hos barnen.

– Det var kanske en nödvändig omväg, sade prästen. Vill du berätta vad du kommit fram till?

Lite osäker drog Anjalis sina slutsatser, men greken nickade intresserad och så småningom allt mer instämmande.

– Så klart har jag aldrig sett det, sade han. Du vet ju att vi alla är hemmablinda. Bara på en punkt är vi av olika åsikt. Du tror att gudarna är bilder som människorna själva laddar med kraft. Men jag vet att de finns, så som din vän Anaxagoras hävdar. De följer dig som skuggor, din mörke broder, den unge hjälten, gudinnan som är själens syster, den svartsjuka Hera eller den blixtrande Athena.

144

Anjalis avstod från invändningar men Demetrios som såg hans skepsis fortsatte.

– Det gör en viss skillnad om du erkänner dem. Då förlorar de sin makt att styra och kan användas för sinnets rening, just som du beskrev det. Men får de leva sitt liv i dig utan att godkännas, ökar deras inflytande.

– Det förstår jag också, sade Anjalis.

– Människan måste lära känna sina gudar om hon någonsin skall lära känna Gud.

– Det är så du tolkar det grekiska budet om att känna sig själv, frågade kaldéern.

– Ja, sade prästen.

Det blev tyst länge i rummet, återigen hörde Anjalis vågornas slag mot klippan, blundade och tänkte på hur lite han kände sig själv, hur lång hans väg till gudomen var.

Ändå ägde han den stora hemligheten om att Gud just fötts på jorden.

Han tänkte också på att mannen framför honom med största säkerhet läste hans tankar och han sade:

– Det verkliga skälet till min resa får jag inte yppa. Jag är bunden av ett heligt löfte.

Demetrios log och svarade:

– Det jag funderade på nyss var inte ditt budskap utan din smärta.

Anjalis tänkte på proven i kryptorna, också de hemliga.

– Inte heller den kan jag tala om, sade han.

– Inget kan ändå hindra dig från att ta emot mitt medlidande.

Anjalis kunde inte göra någonting för att hejda tårarna som skymde blicken. Men han försökte le när han sade:

– Jag måste ju erkänna att det hade varit bra för mig just nu om jag hade tillgång till en grekisk gud som kunde ha gestaltat min sorg.

De åt en enkel måltid tillsammans, nygräddat bröd, färsk getost, oliver och ett lätt vin. Demetrios började berätta om orfismen, om den galne Pan som i tidernas morgon vandrat från barbarernas Trakien, dansat över gränsen till grekerna som redan var fångar i civilisationens krav.

– Han hade en kraft, vild som livet självt, otämjd. Och i flöjten som han spelade på fanns minnet av den stora tillvaron, oskuldens tid på jorden då tingen inte hade några hemligheter och Gud vandrade utan förklädnad bland människorna.

Hur Pan så småningom förenades med det gudomliga vansinnets Dionysos var höljt i historiens dunkel, sade Demetrios. Men Orfevs kom och var mer än den mytiske hjälten som gick till underjorden för att hämta sin älskade.

– Han var en religionsstiftare och en föregångare till Pythagoras. Mellan honom och Pan fanns en länk. Musiken.

– Det är ju musiken som kan förmedla insikten om livets storhet och Guds närvaro, sade Demetrius.

Plötsligt kom Anjalis att tänka på sin flöjt, oftast glömd men alltid med honom i mantelns ficka. Han följde sin impuls, tog fram sitt instrument och spelade för Demetrios, en långsam melodi full av vemod och tacksamhet.

Prästen satt tyst en god stund efter det att tonerna upphört.

Så skrattade han och sade:

– Så har också du en gud som kan ge gestalt åt din sorg och befria dig.

På eftermiddagen gick de båda en promenad längs stränderna och Demetrios fortsatte att berätta om orfikerna, som levde i sammanslutningar spridda över hela den grekiska världen.

Dessa församlingar vårdade de ursprungliga mysterierna och höll det enkla hoppet vid liv i den sofistikerade grekiska världen, sade han. Det var människor av alla slag, de levde i egendomsgemenskap och gav kvinnorna samma ställning som männen. Det var ett enkelt liv fyllt till brädden av en stor uppgift.

Anjalis såg genast att detta hade stor likhet med det kaldeiska samhälle där han växt upp. Om det kunde han berätta, om tornet och biblioteket i öknen.

Och Demetrios lyssnade med stort intresse.

När kvällssvalkan kom satt de åter i den stora hallen, åt grönsaker, drack iskallt vatten och fortsatte samtalet.

– Vi väntar på att Gud skall födas i världen, sade Demetrios och tycktes inte se Anjalis förvåning. Guds födelse är nödvändig, för ondskans och lidandets skull.

Så långt var Anjalis enig med honom.

Men när Demetrios hävdade att det i sista hand var Gud som var ansvarig även för ondskan, att han skapat den så som han skapat allt annat, blev Anjalis tyst.

– Den Gud som världen nu väntar kommer att bli en lidande människa, sade prästen. Hans liv blir fullt av smärta, han måste utstå den enkla människans öde när det är som grymmast.

Anjalis mindes samtalet i kaldéernas bibliotek, de gamla männens ansträngningar att förstå varför inkarnationen valt ett ringa och fattigt barn i det utsatta Judéen, ett land där det inte fanns några gränser för romarnas grymheter.

Demetrios som hela tiden fångade hans tankar började överraskande tala om judarna, de judiska församlingarna i snart sagt alla jordens städer.

Orfikerna hade kontakter med dem, öppna för hebréernas rika kunskaper om den ende guden. Men det var ett slutet folk, besatt av sin tro på den egna utvaldheten.

– De förvånar mig ofta, sade han. Det händer att de ber Gud förskona dem från lidandet. Hur skulle Gud kunna hjälpa människan mot Gud?

Anjalis var stum av förvåning, ett tal som detta hade han aldrig hört. Men Demetrios log mot honom och sade:

– Nog inser du att det onda gör ont mot sig självt liksom att helheten helar sig själv.

Anjalis skakade på huvudet men tänkte på Herakleitos ord om motsatsernas förening, att ont och gott är ett och allt är gott för den ende guden. Men i nästa stund mindes han de

147

korsfästa seloterna i Tyrus och vreden sköt upp som eld inom honom.

Prästen som såg honom rodna sade:

— Inget av detta kan förstås om man inte har kunskap om döden.

— Och vem har det, sade Anjalis. Inte ens er egen Orfevs hade annat att berätta än den hopplösa grekiska sagan om skuggvärlden. Och någon annan har så vitt jag vet inte kommit tillbaka och vittnat.

— Vi har alla kommit tillbaka, sade Demetrios.

— Utan minnen och utan att ha lärt någonting.

— Nog har du minnen, sade Demetrios. Inte hör du till de osaliga som dricker sig till glömska ur Lethes flod.

När Anjalis red hemåt i natten tänkte han åter på Ariadne, flickan som han kände som sin egen förlorade halva.

Demetrios och Anjalis träffades ofta efter detta första möte. Anjalis invigdes i mysterierna i det praktfulla Elevsis. Här fanns inte den självprövning som egyptierna krävde, men kärnan i upplevelsen var densamma. Och han lärde de sköna orden som efter inträdet i Hades skulle riktas till källan vid den vita cypressen:

"Se, jag är barn av jorden men också den stjärnströdda
    himlen,
och mot himlen jag trår, det veten i själva.
Se jag plågas av törst och förgås. Så given mig hastigt
kyliga drycken som flödar från minnenas sjöar."

Efter en tid med besök hos de olika orfiska församlingarna fattade Anjalis sitt beslut. Han fick plats på ett skepp till Alexandria och fortsatte mot Heliopolis, där han begärde tillstånd att berätta för de orfiska prästerna om barnet som fötts under den nya stjärnan vid ingången till Fiskarnas tidsålder.

Egyptierna ville inte ta ställning på egen hand utan reste tillsammans med Anjalis till kaldéernas boplats i öknen, där det blev stor glädje vid hans överraskande hemkomst.

Efter en veckas rådslag var man framme vid beslutet att Anjalis skulle återvända till Grekland och delge orfikerna hemligheten.

I ytterligare några år drev Anjalis sin skola i Athen men mesta tiden reste han med Demetrios till korintierna, galaterna, efesierna, filipperna, kolosserna och thessalonikerna. Överallt knöts förbindelser också med de judiska församlingarna och budet spreds att Messias var född i Judéen.

Under vintrarna i Athen studerade Anjalis vid stoikernas hemliga akademi och blev så intagen av deras filosofi att många av hans brev till Heliopolis kom att handla om dem. Där blev han för första gången vän med en romare, den unge och skarpsinnige Petronius Galba.

Efter nästan sex år i Grekland for Anjalis till Rom, inbjuden av Petronius att föreläsa för stoikerna vid Forum. Redan första dagen blev han tillsammans med sin vän bjuden på middag i ett av de största och rikaste husen. Dit kom till allmän förvåning Cornelius Scipio, fältherren och ädlingen, känd för sin vägran att deltaga i det romerska sällskapslivet.

– Jag har hört att du är en stor lärare, sade han. Jag har ett barn som måste få hjälp.

DEL 3

"Vem är det som mäter upp havens vatten i sin
hand
och märker ut himmelens vidd med sina utspän-
da fingrar?
Vem mäter upp stoftet på jorden med ett tre-
dingsmått?
Vem väger bergen på en våg
och höjderna på en viktskål?"

JESAJA

Fönsterluckorna stod öppna, solljuset föll över Marcus säng. Han vaknade långsamt, steg motvilligt upp ur dunklet mot den obarmhärtigt klara dagen.

Hela tiden visste han att något oerhört hänt honom, men först när han hörde fågelsången från trädgården mindes han att hans mörker hade gått förlorat. Den mjuka skugglösa världen utan motsättningar var inte hans längre.

Marcus skrynklade samman ansiktet i ansträngningen att blunda och få tid att tänka. Men ljuset trängde in, rött av blodet i ögonlocken. Han drog täcket över huvudet, men det var tunt och vitt och räddade inget mörker åt honom. Nu var han som andra, tvingad ut i verkligheten.

I går hade det varit roligt att springa över kullarna och se hur sinnrik och vacker världen var. Det hade överväldigat honom, han hade glömt att tänka.

Glömt priset.

Han hade blivit så trött att Anjalis hade måst bära honom från dammen och hem till sängen, där han återvänt till mörkret, som var hans hem.

Försiktigt öppnade han ögonen och såg på sin hand under täcket. Så liten den var, röd också den av det pulserande blodet. Han var smutsig, naglarna hade sorgkanter.

Det tröstade lite.

Men i mörkret hade hans kropp varit stor och ogenomtränglig. Nu var det uppenbart hur bräcklig den var, en mager pojknäve på en smal arm och det röda blodet som hölls samman bara av den tunna huden.

Han låg länge och såg på handen, knöt den så hårt att kno-
garna vitnade och vecklade ut den som en blomma som öppnar
sig mot solen.

Lika ömtålig som blomman men inte alls så vacker, tänkte
han och i nästa stund blev han nyfiken. Han ville se sig.

Han mindes hur Anjalis fingrar strukit över hans ansikte och
hur han sagt att Marcus var en vacker pojke. Men Anjalis
lurades, det hade han själv erkänt. Seleme lurades inte och hon
brukade säga om Marcus att han var så ful att han var rörande.

Det hade han inte förstått, det förstod han inte nu heller.
Rörande?

Eneides hade älskat att spegla sig och Marcus hade ofta stått
bakom honom och beundrat hans bild i spegeln. Bortom den
hade det funnits en annan pojke, en ful och krokig. Marcus
rodnade vid minnet och återigen kom det konstiga ordet för
honom. Rörande?

På bordet i hallen låg en handspegel av silver, han visste det
för Nadina brukade spegla sig i den ibland och stöna om ryn-
kor och gråa hår. Nu ville Marcus ha den, genast, innan någon
annan vaknat.

Han ville se sig.

Det var tyst i huset där han bodde tillsammans med Nadina,
tyst också i de stora rummen mot baksidan där Anjalis hade
sitt bibliotek och sitt sovrum. Det var konstigt och övergivet,
var fanns alla?

Men sedan tänkte han att det var bra att han var ensam.

Så var han ur sängen och i väg på tysta fötter mot hallen där
spegeln låg. Tillbaka i sängen gjorde han återigen ett tält av
täcket, låg länge med spegeln i handen och blundade. Han var
rädd.

Sedan tog han hjälp av ramsan: Ett, två, tre, på det fjärde
skall det ske, på det femte gäller det.

Bruna ögon sjönk in i bruna ögon, fann inget fäste, ingen
botten.

154

Detta var han, vem?

Om han var ful eller vacker förlorade sin betydelse. Ansiktet i spegeln skulle tala om vem han var, men det gjorde det inte. Det var ett litet ansikte, lika förbluffande litet som handen, smalt, dominerat av de stora ögonen med sina frågor. Hjärtat slog så hårt att Marcus hade svårt att tänka. Han blundade igen och kom till slutsatsen att när hjärtat lugnat sig skulle han ta ansiktet bit för bit och sammanföra delarna till en bild som måste ha ett svar.

Så efter en stund försökte han igen. Brunt lockigt hår, rakt hårfäste, hög panna och så de stora ögonen som han undvek. Rak näsa och en stor mun som tydligt avslöjade rädslan. Och till slut en kraftig haka med en grop i.

Vad sade bilden honom?

Ingenting, han fortsatte att vara ingen trots att han fått synen tillbaka.

Nej. Ögonen igen, blicken stadigt riktad in mot ögonen. Och den här gången var de inte bottenlösa. Det fanns någon långt inne i dem, någon som var rädd. Men också nyfiken.

Upptäckten gav honom mod att återvända till hallen. Där drog han en av de tunga pallarna ut på golvet framför den stora spegeln på väggen. Sedan stod han länge uppkliven på pallen och studerade sin kropp, fylld av besynnerliga känslor.

Han var så upptagen av att se att han inte hörde när Nadina kom. Och han var nära att falla när hon sade:

– Men Marcus, står du här naken i kylan. Du kan ju förkyla dig.

Han såg länge på henne, såg att det var sant allt talet om rynkorna och de grå håren. Men också att hon var glad, mycket gladare än han var rädd.

Anjalis famnade en kvinna i vild glädje och i orgasmens lustfyllda smärta visste han att hon var Ariadne men också något mer, hans själ.

Själv var han osynlig som en gud och han kunde se hennes

förvåning när hon smekte hans rygg och hans skuldror utan att se dem, hennes förvåning men även hennes rädsla. Han ville lugna henne men inte heller hans röst gick fram till henne, den hörde också till en annan tillvaro.

Efteråt satt han länge på hennes sängkant och såg på henne, osedd och bortom tiden. I några korta ögonblick rann månader förbi, han såg barnet växa i hennes sköte.

Och han älskade den ofödde.

Men barnet hade en jordisk far och vid den insikten blev hans förtvivlan så stor att den gjorde ont i hans kropp och han vaknade i ångest och kallsvett.

Först i badrummet där han sköljde bort svett och säd mindes han, att barnet som han sett växa i kvinnans sköte hade burit Marcus ansiktsdrag.

Marcus som fötts i går på hans, Anjalis, ansvar.

Om jag inte älskade pojken skulle uppdraget vara lättare, tänkte han medan han klädde sig.

Marcus satt vid frukostbordet, brödet växte i hans mun och ögonen var fulla av frågor.

– Han är trött i dag och har ingen aptit, sade Nadina men rösten var utan oro, full av förtröstan.

Som Cornelius kommer att vara, tänkte Anjalis och ville skrika: ser du då inte att han är nyfödd, att han skulle behöva en nappflaska.

Men i nästa stund svalde Marcus brödtuggan och Anjalis tänkte att vi måste vara rädda om hans värdighet.

– Anjalis, sade pojken, när reser du?

– Jag skall inte resa, jag tänker bo här i många år ännu.

För första gången tänkte Anjalis med tillfredsställelse på hur tidskrävande hans uppgift var. Han hade inte hunnit se mycket av Rom ännu, men det han sett hade gjort alldeles klart att hans arbete här skulle bli svårare än i Athen, att romaren var dunklare och mer mångbottnad än greken.

Lättnaden i Marcus leende var omedelbar, han hade fått svar

på den svåraste frågan.

– Marcus, sade Anjalis, det är nu vi börjar.

– Vad börjar vi med?

Det fanns en förväntan, en liten nyfikenhet.

– Vi börjar med att rita, sade Anjalis.

– Cornelius tar emot sina klienter i dag, ropade Nadina efter dem när de gick mot Anjalis bibliotek.

Tack store Gud för det, tänkte Anjalis.

Kolstift, stora mjuka penslar, små fasta. I snabb takt rev Anjalis färger, fyllde kopp efter kopp med gyllene rött, himmelskt blått, skogsgrönt, solgult.

– Jag vill att du börjar med näckrosen, sade han och pojken tog kolstiftet och drog med förbluffande säker hand upp blommans konturer, de fyra inre bladen, de sex yttre, den nästan kvadratiska kalken markerad av de gyllene ståndarna, den långa bräckliga stjälken och de stora bladen som flöt på vattenytan. Stjälk och blad har jag aldrig beskrivit för honom, tänkte Anjalis men den förvåningen var ändå liten i jämförelse med den nästan andlösa häpnad som Anjalis kände inför pojkens skicklighet. Han är en konstnär, tänkte Anjalis och slöt ögonen i tyst tacksamhet.

– Marcus, sade han. Den här näckrosen skall jag sätta upp på väggen ovanför min säng.

En stund senare hade Anjalis hämtat en spegel, en stor och klar spegel som han satte framför Marcus på bordet. Pojken ryckte till inför den egna bilden men han undvek den inte.

– Jag har redan speglat mig, sade han. Jag vet att det finns någon längst in i ögonen.

– Bra, sade Anjalis. Rita av honom.

Det var svårt, svårare än näckrosen. Marcus tvekade, ritade, suddade, suckade men till slut fann han de rätta linjerna, hakans förhållande till näsan och pannan.

Men ögonen var ett elände, hur han än bemödade sig fann han inte den botten han anat i morse.

– Ta munnen först, Marcus.

– Varför det?

– Munnen har ofta mer att säga om den känsla vi kan fånga. Ögon är mer outsägliga, förstår du.

– Mmm.

Marcus arbetade länge med munnen, så till slut med ett enda penseldrag fanns den där, rädslan i den, den uttrycksfulla överläppens fina båge.

– Jag är så hemskt rädd, sade han.

– Men det måste du vara, måste du få vara ett tag framöver.

– Anjalis, kan jag inte få öva mig på dig först.

– Jovisst, det var en bra idé.

De hade en del besvär med att få Anjalis långa kropp att komma i rätt höjd över bordet, ett besvär som de gemensamt kunde skratta åt. Sedan tecknade Marcus, en säker hand drog de karaktäristiska linjerna i trollkarlens ansikte, den stora gäckande munnen som nästan alltid såg ut som om den var full i skratt, den raka näsan, de sneda ögonen med ögonbrynen som fladdrade uppåt pannan i evig förvåning.

– Nu kommer det svåra, sade Marcus.

Men det dröjde inte lång stund innan ett belåtet leende smög över Marcus ansikte, han hade fångat blicken och fått den att fastna på papyrusen.

– Nu får du titta.

Anjalis drog djupt efter andan av förvåning när han såg in i sitt eget ansikte så som det aldrig mött honom i någon spegel.

– Men Marcus, du kan bli en stor konstnär.

– Skall du sätta den teckningen också över sängen?

– Ja, sade Anjalis, det skulle vara nyttigt för mig. Och han såg länge in i sin egen blick, den nyfikna, studerande blicken som lade ett tydligt avstånd mellan honom själv och den andre.

– Du ser hemlighetsfull ut, det gör du på riktigt också, sade Marcus.

– Jag tycker du har avslöjat min hemlighet.

– Kanske lite.

– Om du vågar avslöja mig så ...

158

– Så vågar jag med mig själv också …

– Ja. Du har ju mycket mindre att dölja, Marcus.

– Det är inte det som är det svåra, Anjalis. Det är ju att jag ingen är.

– Men det kan ju inte stämma, Marcus. Det kan ju inte vara ingen som gjort den här teckningen.

Anjalis höll porträttet av sig själv framför ansiktet och fick Marcus att skratta.

De höll på hela förmiddagen, bild efter bild av Marcus fångades och för var och en av dem växte mötet i blicken, det bottenlösa fann sin botten och det outsagda blev sagt.

Nadina kom och sade till om middagsgröten, men Marcus kunde inte sluta.

Igen och igen trängde han in i sin bild, gav den allt större fasthet.

Till sist var Marcus någotsånär nöjd, Nadina värmde maten och pojken åt, trött men mycket mindre rädd.

– Jag får sova middag hos dig?

– Javisst.

Marcus vaknade före Anjalis, låg och såg på honom.

– Du ser snällare ut när du sover, sade han när Anjalis slog upp ögonen och mötte hans blick.

– Det gör nog alla, tror du inte? När man är vaken sätter man på sig en mask.

– Varför det?

– Det måste ju vara för att skydda sig.

– Så alla är lite rädda då?

– Ja, de allra flesta.

– Morfar också?

Anjalis nickade. Marcus var oerhört förvånad, inte kunde Cornelius Scipio vara rädd.

– Jag är inte så säker på att han vet om det, sade Anjalis.

– Men då gör det ju inget, om man inte vet om det, menar jag.

– Jo, sade Anjalis. Jag tror tvärt om, jag, att det är då det blir farligt.

Han ångrade sig i samma stund, pojken måste få behålla sin tillit till den gamle. Men Marcus hade inte missförstått:

– Vi måste vara väldigt snälla mot morfar, sade han.

– Skall vi gå ner till floden och bada?

Det var Anjalis som frågade och Marcus som skakade på huvudet:

– Jag vill helst inte det.

Det blev tyst en stund, Anjalis väntade ut pojken som var räddare nu än i förmiddags. Till slut kom det.

– Det värsta är kroppen. Den är så smal att den kan gå av och så ...

– Och så?

– Och så krokig och så ful, så ful ...

Hans skrik slutade i gråt. Som vanligt fick han gråta färdigt innan Anjalis tog till orda.

– Det var konstigt, sade han. Jag tycker att du har en fin kropp.

– Du luras, du sade själv i går att du brukar luras.

Anjalis satte sig upp i sängen och tog pojken över knät så att de såg rakt på varandra.

– Hör på här, Marcus. Detta är svårt och jag begär inte att du skall förstå det ännu. Jag kommer aldrig att ljuga för dig. Jag sade att jag lurade dig med näckrosen men det var slarvigt uttryckt. För du vet lika väl som jag att vår näckros finns, den har funnits i ditt sinne och hjälpt dig i veckor nu. Och i dag finns den också i det som människorna kallar verkligheten, på din teckning.

Anjalis allvar gjorde intryck på pojken.

– Saker finns som inte finns. Det är svårt att förstå.

– Ja, sade Anjalis, det är svårt att förstå. Ändå vet du att näckrosen finns, att den har funnits hela tiden. Det finns en inre verklighet, Marcus, och den är lika viktig och lika sann.

– När du kom till mig sade du att jag var vacker. Är det

sant, jag menar är det yttre ... då ... eller det där som man inte kan se i verkligheten?

– Det var en svår fråga, sade Anjalis. Du vet, jag kom ju nästan genast att tycka om dig. Och det man tycker om är ju vackert för en. Så om du är vacker eller inte, ja hur skall jag kunna veta ... ?

– Blommor är vackra även om man tycker illa om dem, sade Marcus.

– Är de? Anjalis lät fundersam.

– Varför är du så tyst?

– Jag försöker minnas någon blomma som jag inte tycker om men jag kan inte komma på någon.

Nu funderade Marcus och kom till samma slutsats. Alla blommor var vackra och därför tyckte människorna om blommorna.

– Nej, jag tror inte det, sade Anjalis. Alla blommor har något att säga människan och därför älskar hon dem.

– Det här blir för invecklat för mig, Anjalis.

– Jag förstår det. Men vi prövar, vi går och tittar ordentligt på teckningarna du gjorde i morse, bilderna av Marcus. Så får du själv bestämma om du är ful eller vacker.

– De är ... lika mig.

– Ja, mycket lika.

Marcus fick sitta ensam med porträtten men alldeles som när han såg sig i spegeln i morse förlorade frågan om ful eller vacker sin giltighet. Detta var han, han var. Och det fanns inget skrämmande längre i den insikten.

Anjalis kom tillbaka med trädgårdsmästaren och portvakten, två stora karlar. Med deras hjälp lyfte trollkarlen ner den tunga spegeln i hallen och bar in den i biblioteket, där den försiktigt lutades mot väggen alltmedan Nadina stod bredvid och bad dem i Jupiters namn att akta den förgyllda ramen.

När alla lämnat rummet sade Anjalis:

– Nu Marcus skall vi rita självporträtt i helfigur.

161

Marcus hade iakttagit alltsammans med samma förvåning som Nadina. I Cornelius hus stod saker och ting där de alltid stått.

– Du är nog inte riktigt klok, sade han och fnittrade förtjust.

– Nej, inte med romerskt mått mätt, sade Anjalis och skrattade han också.

Skrattet gjorde det lättare för Marcus, snart var han i full gång med att rita av sig själv i helfigur. Det var svårt, svårare än ansiktet.

– Det är nog så för alla, sade Anjalis. Man känner sitt ansikte mycket bättre än sin kropp.

– Det är mera en själv?

– Ja, på något vis.

Teckning efter teckning förkastades.

– Du gör dig smalare och mindre än du är. Och krokigare. Du har lite dålig hållning men böjd så där till jorden är du inte. Försök igen och sträck på dig.

Marcus sträckte och sträckte:

– Snart är jag lika lång som du, sade han.

– Åja, du har en bit kvar.

De lyckades skratta igen, men alldeles äkta var inte glädjen och nästa teckning visade oföränderligt samma ömkliga gestalt, ödmjuk, vädjande.

– Marcus, använd dina ögon. Det finns ingen likhet mellan pojken i spegeln och pojken på teckningen.

Då slängde Marcus ritstift och papyrus och skrek:

– Jag vågar inte.

Och Anjalis tog pojken i famn och sade:

– Vi fortsätter i morgon. Nu går vi och badar.

De vandrade uppåt kullarna, det var augusti och mycket hett och svetten blötte kläderna innan de nådde näckrosdammen, där ingen näckros fanns. Marcus glömde att skämmas för sin kropp, slet av sig kläderna och sprang ut i vattnet.

Han sam som en fisk och jublade åt Anjalis som kom efter

162

mycket försiktigt.

– Du kan inte simma?

– Nej, sade Anjalis. Jag är öknens barn och vi hade aldrig vatten nog att simma i.

– Jag skall lära dig.

– Ja, så bra.

Marcus skrek som en centurion: För samman händerna och så bentag, sträck på dig, ihop och sträck, ihop och sträck. Men varje gång Marcus släppte taget om Anjalis haka sjönk magern som en sten och till slut måste de dra sig upp på land för att skratta färdigt.

– Du lär dig nog snart, sade Marcus, överlägset och tröstande när de gick hemåt.

– Vi får hoppas det, sade Anjalis. Men det var lite skrämmande när jag sjönk så fort.

– Äsch, sade Marcus. Du kunde hela tiden sätta ner benen på botten.

– Javisst ja, sade Anjalis. Så dumt att jag inte tänkte på det. Det var för att jag blev rädd.

Marcus saktade stegen, den glada överlägsenheten var som bortblåst. Anjalis, som gick några steg efter såg hur pojken sjönk ihop igen, hur den hopplösa hållningen tog över.

I biblioteket mötte de Cornelius som äntligen blivit av med hela långa raden av klienter och stod tyst vid det stora bordet och såg på Marcus alla ansikten i de många teckningarna.

– Det bor en konstnär i ditt barnbarn, sade Anjalis.

– Jag ser det, sade den gamle men hans ögon vandrade tillbaka i tiden och det fanns naken sorg i dem när han sade:

– En av mina söner var också en stor tecknare.

– Det finns i släkten, sade Anjalis.

– Ja, det som så mycket annat.

Marcus hörde inte tonläget mellan de vuxna, han måste plötsligt berätta om Anjalis som inte kunde simma och hur han, Marcus, höll på att lära trollkarlen.

– Du förstår att han är så rädd, han tror inte att han kan

och så sjunker han.

Rösten var ivrig och glad, Cornelius skrattade och de två var så upptagna av varandra att Anjalis fick tid att samla ihop de misslyckade helfigursbilderna och gömma undan dem.

– I morgon skall vi fortsätta att göra självporträtt av hela Marcus, sade han. Det är därför vi har flyttat in den stora spegeln.

– Jag förstår, sade Cornelius och såg länge på Anjalis innan han fortsatte:

– Vi skall äta tidig middag så att Marcus kan vara med vid bordet.

– Nadina också, sade Marcus.

– Javisst. Spring och hämta henne du.

De två männen blev ensamma en god stund för Nadina måste tvätta både sig och Marcus och hitta finkläder inför den oväntade äran att få ligga vid Cornelius bord i det stora huset.

– Du är en märkvärdig man, Anjalis. Jag antar att du kan simma.

– Nej, lyckligtvis kan jag inte det, sade Anjalis och båda skrattade.

– I kväll vill jag gärna ha ett samtal med dig.

Det var Anjalis och hans röst var ovanligt ödmjuk tyckte Cornelius som tänkte att nu kommer det: kravet, nu gäller det hans pris. Det var bra, Cornelius ville göra rätt för sig.

När de låg till bords berättade Anjalis om sitt hem i öknen, om vattendropparna ur källan som var viktiga som livet, om palmerna och grönsakerna de kunde odla trots allt och om fåren som överlevde på magrast tänkbara villkor.

Marcus var andlöst intresserad men Cornelius ville veta varför de envisades med att bo kvar. Så Anjalis fick berätta om de sumeriska månprästernas visdom, om den babyloniska matematiken och om astronomin som var beroende av att några människor tog på sig ansvaret för det ständiga studiet av himlakropparna och deras rörelser.

Stolt beskrev han det stora tornet med de många stjärnkikarna. Och biblioteket som innehöll all världens litteratur och tusenåriga observationer i noggranna anteckningar.

– Det låter ju inte alls mystiskt, sade Nadina och Anjalis log och sade att han aldrig ansett att det fanns något hemlighetsfullt eller underligt med de kaldeiska magerna.

– Det fick jag veta först när jag kom till Grekland, sade han och alla skrattade.

– Men nog gör ni en del förutsägelser, sade Cornelius försiktigt.

– Jo, stjärnorna har en del att berätta om människan och hennes öde. Men den kunskapen är ju inte märkvärdigare än de romerska prästernas studier i offerdjurens inälvor.

Cornelius såg det gäckande leendet över Anjalis ansikte.

– Antagligen är det mindre märkvärdigt, sade han och log han också.

Anjalis berättade om hur världens herrar genom århundradena ridit genom öknarna till kaldéerna för att få råd.

– En av de största var Alexander, sade han. När jag fick höra talas om hans besök letade jag fram rapporten i biblioteket och blev besviken.

– Varför det? Marcus röst var gäll av upphetsning.

– Det var en sådan skillnad mellan vad de gamle verkligen hade sett i hans öde och vad de vågat säga honom, sade Anjalis.

– De var fega, sade Marcus.

– Ja, sade Anjalis. Och de fick bra betalt för den lyckosamma spådomen.

Hans röst hade kvar bitterheten som upplevelsen skänkt honom och Cornelius måste dra på mun:

– Du kan ju inte sitta här, vuxna karln, och beklaga att livets villkor alltid och överallt gäller överlevnad, sade han.

– Ändå gör jag det, sade Anjalis. Jag är rätt barnslig, Cornelius Scipio.

– Det också, sade Cornelius.

Också denna kväll somnade Marcus med kläderna på och Nadina bar honom till sängs.

– Du ville tala med mig.

– Det känns inte så viktigt längre, sade Anjalis. Ett tag i dag var jag rädd för att du skulle uppfatta Marcus som en vanlig pojke nu när han fått synen tillbaka. Men jag inser att du har förstått att blindheten bara var ett symptom och att han har lång väg kvar innan ...

– Innan?

Anjalis ryckte till inför rädslan i den andres röst och ansikte.

– Cornelius Scipio, Marcus kommer inte att förlora sitt förstånd. Men han har ingen livsvilja.

Anjalis sökte efter orden.

– Det är som om bandet som håller honom kvar vid livet är skört som tunn tråd. Jag tänkte på det när du sade att livets villkor överallt och alltid gäller överlevnad. Det är inte så för Marcus, det är som om han ständigt tvekade, som om han inte riktigt vill vara kvar i världen.

Den gamle romaren tänkte på Cornelias plågsamma havandeskap och nickade.

– Jag kan förstå det, sade han.

– Vill du berätta?

Det blev tyst länge innan Cornelius fann orden. Han började med fälttåget i Dacien, hans gamle läkares ord om inavel och hur Cornelius letat fram Salvius och bedömt honom som lämplig förnyare av det scipioniska blodet.

– Jag tog fel och jag var en idiot, sade han. Salvius var en slarver och en drinkare och Cornelia hatade honom från första stund.

– Det var säkerligen bara för min skull, eller rättare sagt för arvets som de låg med varandra. När min dotter äntligen lyckades bli havande hatade hon det liv som växte i henne.

– Inte bara, sade Anjalis. Säkert såg hon också barnet som en befriare.

– Kanske, sade Cornelius. Båda behövde pojken, Salvius för

pengarnas skull. Men den son han älskade var Eneides, den andre avskydde han som han avskydde Cornelia.

– Det är inte orimligt, sade Anjalis, Marcus var ju ditt barn, tillkommet på din önskan.

– Nu efteråt har jag förstått att det inte handlade bara om en arvinge, om släktens fortlevnad.

Och Cornelius började berätta om de döda som besökte honom om kvällarna, de många döda som steg ur Lacus Albanus dimmor och sökte sig upp till terrassen där han satt.

– De är ansiktslösa, sade han. Även mina söner är ansiktslösa. Ändå vill de allesamman bli igenkända. Och ibland ... tycks det mig som om de alla bär Marcus drag ...

Anjalis visste inte för sitt liv vad han skulle säga, men han tänkte i stark upprördhet att han blivit delaktig i ett drama som var mer ödestyngt än han trott. Som alltid, tänkte han, som allt i livet.

Den här gången kunde han inte fly.

Men varför inte, tänkte han. Han älskade Marcus som han älskat Ariadne och henne hade han flytt från.

I nästa stund mindes han morgonens dröm, hur han sett barnet växa i den sovande kvinnans liv, hans barn som bar Marcus ansikte. Bortom allt förnuft hade också han ett ansvar.

Plötsligt hörde han sig själv berätta om drömmen och när han tystnat sade Cornelius:

– Det är drömmen om Eros och Psyke.

Anjalis drog djupt efter andan. Han mindes att han tänkt på kvinnan som sin egen själ.

– Jag såg det inte.

– Det barn som föddes ur det famntaget var en dotter som fick namnet Glädjen, sade Cornelius.

– Ja. Anjalis nästan ropade sitt ja. Ser du det inte, Cornelius, ser du inte hur mycket glädje han skänker oss. Cornelius svarade inte och det tog en stund innan Anjalis förstod varför.

– Jag har blivit så gråtmild på sistone, sade den gamle romaren.

Först när Anjalis lämnat honom kom han att tänka på att inte ett ord blivit sagt om Anjalis pris. Och när han gick till sängs sade han till sig själv som så många gånger förr de senaste veckorna:

– Det är något mystiskt med honom.

Innan Anjalis gick för att hämta Marcus nästa morgon hade han förberett sig. Med hjälp av portvakten som var händig och snickarkunnig hade han gjort ett staffli något större än pojken och på det hade han fäst en papyrus som var över metern högt. Överst hade han nålat fast ett av Marcus egna självporträtt från gårdagen.

– Jag tänkte att det skulle gå lättare om du kunde rita i naturlig storlek, sade han.

– Men jag kommer att förstöra hela det fina arket.

Rösten var ynklig men Anjalis låtsades inte om det.

– Använd bara kolstiftet i början, sade han. Så kan du sudda ...

– Men det blir från sidan, sade Marcus och tittade i spegeln.

– Lite. Men du kan ju vrida på kroppen.

– Mmm. Instämmandet var fullt av missmod.

När Marcus började teckna gick Anjalis till sina anteckningar vid det stora bordet i biblioteket. Han måste förbereda sig för de föreläsningar han skulle hålla i Rom i september. Det var inget krävande arbete, i stort skulle han bara översätta de athenska föredragen till latin.

Ändå gick det trögt, hans tankar vandrade gång på gång tillbaka till gårkvällens samtal med Cornelius.

Han försökte föreställa sig hur pojken växt till liv i Cornelias kropp, en snål och knuten kropp behärskad av ett sinne på gränsen till vanvettet. Också där i hennes sköte hade det gällt att inte ta för mycket plats, inte vara livlig och krävande.

169

En bitter gammal mans sista heta önskan var barnets enda drivkraft.

Kanske fordrar jag för mycket av honom, tänkte Anjalis men ville inte kännas vid att också han var rädd nu. Pojken ritade och suddade, ansträngde sig till det yttersta så som han en gång hade måst anstränga sig för att komma ut i världen. Nu som då ville han helst ge upp.

Men han gjorde det inte, tänkte Anjalis och upptäckte att han översatte, inte till latin, utan till egyptiska.

Han svor till och började sudda han också.

– Det verkar inte gå så bra för dig heller, sade Marcus.

– Nej jag är lite ovan. Men det gäller att inte ge tappt.

Marcus suck kom djupt inifrån.

– Får jag titta?

– Det är så dåligt, Anjalis.

Och det var det. Samma ödmjukt böjda kropp som i går stod i grotesk motsättning till det uttrycksfulla barnansiktet. Han hade försökt att få den kraftfullare genom att bredda axlar och mage, men det gjorde bara figuren egendomligt uppblåst.

– Du kanske inte skall bry dig om måtten så här i början, sade Anjalis. Försök i stället fånga hållningen.

– Men den är ju hopplös.

– Kan du minnas hur du kände dig i kroppen i går när du försökte lära mig simma. Då liknade du en fältherre i spetsen för en oövervinnelig legion.

Marcus försökte skratta men skrattet sprack i ansatsen. Och något kroppsminne från gårdagens triumf vid näckrosdammen hade han inte.

Han suddade bort hela figuren och skulle just till att försöka igen när han plötsligt lade undan kolet och sade:

– Får jag fråga dig en sak?

– Ja.

– Vad menas med att vara rörande?

Anjalis kände hur hela hans uppmärksamhet skärptes och ville vinna tid:

– Varför frågar du?

Marcus rodnade av skam men tvingade sig till svaret.

– Seleme sade alltid att jag var så ful att jag var rörande.

I nästa stund skyggade han för den blixtrande ilskan i troll-
karlens ögon och Anjalis, som såg hans reaktion, slog ner blic-
ken.

– Varför blir du så arg?

Marcus röst var mycket barnsligare än hans sex år och Anja-
lis som inte längre kunde lägga band på sitt ursinne skrek:

– Så när du var rörande var hon snäll mot dig, va? Ju öd-
mjukare du gjorde dig desto vänligare blev hon.

– Snälla Anjalis, pojken kröp ihop och vädjade. Men det
hjälpte honom inte, Anjalis fortsatte att skrika.

– Jag är inte snäll, hör du det. Och du är inte rörande.

I nästa stund hade Anjalis vrede tänt Marcus, också han
skrek:

– Du är orättvis. Jag vet ju inte ens vad det är, det där att
vara rörande.

– Jo du, min söte prins, sade Anjalis och rösten darrade. Det
vet du, hela din varelse vet det.

– Du är inte klok, skrek Marcus och Anjalis som insåg att
han måste lugna sig drog djupt efter andan och skulle just säga,
att vi får sätta oss och prata om det, när dörren slogs upp och
Cornelius steg över tröskeln.

– Jag knackade, sade han. Men ni skriker så ni hör inte.

Han var oroad såg Anjalis och sade:

– Det var bra att du kom. Vi har just kommit på något
viktigt och du kan hjälpa oss. Vill du förklara för Marcus vad
rörande är.

– Rörande?

– Ja, nämn något som du tycker är rörande.

Cornelius funderade, det var ingen lätt fråga för en romersk
officer:

– Hundvalpar, sade han till slut. Nyfödda hundvalpar.

– Men dom är ju söta, skrek Marcus.

171

– Ja, det är väl också därför de är så hjärteknipande, sade Cornelius tafatt.

Det blev tyst en god stund, det var lätt att se hur Marcus försökte tygla sin ilska för att kunna tänka.

– Jag vet något som är ännu mer rörande, sade Anjalis till slut och hans röst var plötsligt så lugn, så nästan högtidlig, att den fyllde rummet med förväntan. Det är nyfödda kattungar, helt hjälplösa. De är ganska fula också, Marcus, magra och eländiga. Dessutom, fortsatte han med betoning på varenda stavelse, dessutom är de blinda.

I nästa ögonblick flög Marcus på Anjalis, hårda pojknävar riktade slag efter slag mot trollkarlens ansikte. Men Anjalis som satt på golvet kom snabbt på benen och pojken fick nöja sig med att sparka och slå på benen och i magen.

När Anjalis höll fast pojkens armar bet han i trollkarlens hand, det gjorde såpass ont att Anjalis skrek och släppte taget. Marcus kunde fortsätta att slå.

Cornelius ville ingripa men Anjalis hejdade honom med en blick. Till sin förvåning såg romaren att kaldéern var nöjd, mycket belåten med situationen.

– Känn efter Marcus, skrek han, känn i din kropp på kraften du har. Och gå med den känslan tillbaka till din teckning, nu, hör du det.

Marcus hejdade sig mitt i en spark, stod blick stilla en lång stund. Sedan gick han mot staffliet och med händer som var ömma av slagen men hade kvar ilskan började han rita. Det gick fort, ingen i rummet sade något förrän Marcus ropade:

– Nu.

Och de båda männen såg att huvudet från gårdagen hade fått en kropp som passade, rak som en soldats och full av styrka.

Marcus stirrade länge på teckningen och på spegelbilden, på teckningen igen och i spegeln.

– Nu är jag trött, sade han och vände äntligen blicken mot Anjalis, plötsligt rädd när han upptäckte blodet som droppade

172

från trollkarlens hand.

– Anjalis, du blöder.

Anjalis skrattade så taket lyfte i biblioteket.

– Det var det värt, Marcus, sade han. Och vänd mot Cornelius fortsatte han:

– Nu, romare, är det dags för ett tacksamhetens offer till dina gamla larer.

När Marcus somnat den kvällen försökte Anjalis förklara vad som hänt för Cornelius och Nadina. Hon hade mycket att berätta om hur Marcus hållit sig tillbaka under de tidiga åren i huset i Rom.

– Det blev ju värre också för att Eneides var ett sådant kraftfullt och vackert barn, sade hon.

– Han blev det för att modern behövde det, sade Anjalis.

– Eneides fick stora gåvor redan vid födelsen, sade Cornelius.

– Det fick Marcus också.

– Jovisst. Cornelius sträckte på sig.

– Det finns mycket återhållen ilska i honom, sade Anjalis. Så vi kan få några besvärliga veckor.

– Men han kan ju inte få slå folk, sade Nadina, som förskräckt hade plåstrat om Anjalis hand.

– Om han slår dig så slå igen, sade Anjalis. Men försök att låta bli att vädja till hans samvete. Inga tårar och inga förebråelser, förstår du?

– Ja, sade Nadina. På något vis förstår jag faktiskt vad du gör med pojken.

– Jag tror att du har gjort det hela tiden, sade Anjalis. Cornelius har det svårare, han misstänker fortfarande magi.

– Jag är en gammal dumbom, sade Cornelius. Men just nu gör det detsamma för jag är nästan lycklig. Det är en konstig känsla, jag hade glömt den.

Han höjde bägaren mot Anjalis och fortsatte:

– I kväll, min bäste trollkarl, skall vi äntligen diskutera ditt

173

pris. Som det är nu är ditt överläge outhärdligt ur romersk synpunkt.

De skrattade men Cornelius ansikte fick tillbaka tyngden när Anjalis sade:

– Du kommer inte undan med pengar.

De satt på terrassen i den varma augustikvällen när Anjalis började berätta för Cornelius om sitt uppdrag, om hur kaldéernas äldste och de egyptiska hierofanterna sänt honom västerut för att studera grekers och romares gudar och tro. Han nämnde ingenting om Fiskarnas tidsålder eller den gudomliga inkarnationen, men talade mycket om drömmen att förena österns mystik med den logiska tanken i Athen och Rom.

Men han hann inte långt innan Cornelius avbröt:

– Vi går en promenad i parken.

Förvånad följde Anjalis honom, över den stora gräsmattan till bänken som ställts mitt på planen och som alltid förefallit Anjalis ensam och konstigt placerad.

– Även i mitt hus har väggarna öron, sade Cornelius.

Häpen satte sig Anjalis bredvid romaren på bänken:

– Menar du att du inte kan lita på ditt eget husfolk?

– Den första regel man måste lära sig i Rom är att inte lita på någon.

– Men mitt uppdrag är fullkomligt oskyldigt.

– Ditt uppdrag kan av vilken romersk domstol som helst bedömas som spioneri, sade Cornelius med ett torrt skratt. Så fortsatte han:

– Den andra regeln som man måste kunna för att klara sig i Rom är att ingenting är oskyldigt, åtminstone inte innan det godkänts av kejsaren.

Anjalis kände det som om han inte hade fast mark under fötterna. Han såg länge på Cornelius, på det beslutsamma ansiktet vars drag avtecknade sig tydligt i månskenet.

– Jag är säkert naiv, sade han. Men jag tror lika fullt att du ljuger. Du Cornelius Scipio är en man att lita på.

174

– Det är nog en av orsakerna till att jag är en misstänkt figur i Rom, sade Cornelius. Vår gudomlige kejsare har ingen aning om vad han skall ta sig till med en person som har några av de gamla romerska dygder som han pratar så mycket om.

Anjalis såg honom le, brett och säkert. Han kände sig som en idiot och sade det.

– Nej, dum är du inte. Men du har rätt i att du är naiv, det är en av dina besynnerliga motsatser. Du är lika kall som du är varm och lika vis som du är barnslig.

Det var en ny Cornelius som satt här på bänken, en mycket yngre, klarsyntare, kraftfullare.

– Låt oss nu återgå till ditt uppdrag, sade han. Du studerar religionerna i Grekland och Rom för att de gamle vise i Orienten skall förstå oss bättre. Varför vill de det?

– Intresset började väl med Platon, sade Anjalis. Hans skrifter sysselsätter ständigt Orientens lärde, från buddisterna långt bort i Indien och över till de egyptiska vishetslärarna. Kaldéerna är också mycket intresserade av den pythagoreiska traditionen.

– De är svärmare, sade Cornelius.

– Fullt så enkelt ser inte vi det.

– Förlåt mig, jag kan för lite. Men jag vill att du ger mig ditt hedersord på att dina studier inte rör sig om makt.

– Om makt? Förvåningen i den unga rösten var så uppenbar att Cornelius måste skratta.

– Grekerna erövrar folkens tankar och romarna erövrar världen. Personligen skulle det inte förvåna mig om österns folk söker information för att gå till motangrepp. Rom är fullt av judiska svärmare och deras ende gud har ett stort och växande inflytande. För att inte tala om Mithraskulten som inte längre går att hejda.

– Cornelius, hör på. Jag har en grekisk kopia av mina rapporter från Grekland. Det bästa vore om du läste den för att själv kunna ta ställning till om där kan finnas något ... Något som kan missbrukas.

– Det vill jag mycket gärna. Hur får du dina rapporter till Heliopolis?

– Det kommer en budbärare var tredje månad för att hämta ett avsnitt.

– Varenda brev som går härifrån kommer att öppnas och studeras noga.

– Vid Zeus, sade Anjalis och Cornelius skrattade igen:

– Här svär vi vid Jupiter. Men denna kväll är för kort för att jag skall hinna berätta för dig hur det blivit som det blivit i Rom och hur maktmissbruk och rädsla finns överallt och gör alla till pultroner. Även mig, där jag sitter i senaten och tiger.

– Tror du på fullt allvar att du har spioner bland ditt eget husfolk?

– Jag vet det och jag bryr mig inte så mycket om det längre.

– Har du bevis?

– Då och då fälls ett ord i Rom, ett citat av något jag sagt vid mitt middagsbord eller till min husslav någon kväll på terrassen. Ibland, inte alltför sällan, köper en slav sig fri för pengar som han inte kunnat tjäna på hederligt vis. Jag har länge sökt efter ett tillfälle att varna dig, men hittills har våra samtal mest rört Marcus.

– Du skrämmer mig, Cornelius. Och jag tycker illa om att vara rädd.

– Man vänjer sig, sade den gamle och reste sig. Vi skall inte sitta här längre för också det väcker misstankar. Du är här som Marcus lärare och eftersom du är berömd och skicklig får jag betala dig ett ordentligt arvode.

– Men jag behöver inga pengar, jag har mer än nog.

– Det skall finnas ett konto, hos mina advokater, sade Cornelius. Du måste börja vänja dig vid spelets regler. Var har du dina pengar?

– I ett skrin på mitt rum.

– Jag säger snart som Marcus, sade Cornelius och skrattade högt. Du är inte klok, Anjalis.

– Jag har växt upp i ett samfund där vi aldrig behövde veta

något om pengar och politik.

– Det låter som en lycklig uppväxt.

De gick genom den stora hallen i flygelbyggnaden till Anjalis rum. Han fann snart sina rapporter från Grekland, ett tiotal tunga bokrullar.

– Du behöver ju inte läsa allt, sade han.

– Det kan du lita på att jag skall.

– Vill du ta hand om mina pengar?

– Javisst. Mina advokater får placera dem så att du får god ränta.

Anjalis skakade på huvudet, i kväll hade han kommit till en ny värld. När han hämtat sitt olåsta skrin och öppnat det hörde han Cornelius dra efter andan av förvåning.

– Det är ju en förmögenhet.

– Jag fick ju en reskassa, sade Anjalis och pekade på parthernas guldmynt. Sedan behövde jag inte använda den för jag fick en god inkomst som föreläsare i Athen.

Cornelius såg på högarna av grekiska drakmer och frågade:

– Hur mycket är det?

– Tillräckligt, sade Anjalis och skrattade.

Men Cornelius bibehöll sitt allvar:

– I morgon räknar du dem och överlämnar dem till mig. Du får ett kvitto och säg nu inte att det inte behövs. För då har allt som jag ikväll har försökt lära dig om världen varit förgäves.

Anjalis log:

– Det minsta man kan säga om kvällen är att du återtagit ditt romerska överläge.

Då skrattade även Cornelius.

Han tog godnatt, men hejdade sig i dörren:

– Vad räknade du med för fördelar när vi möttes, när du satt på min terrass och hörde mig berätta om Marcus?

– Jag tänkte att det passade mig bra, att ditt namn och din ställning skulle ge mig de rätta kontakterna. Att jag skulle dra nytta av ditt inflytande.

– Jag förstår.

– Men sedan ...

– Ja ...

– Sedan träffade jag pojken och blev ... varmt fästad vid honom.

Cornelius såg förvånat hur smärtan fick det unga ansiktet att hårdna.

– Du är rädd för kärlek, sade han.

– Ja. Anjalis slog ner blicken. När hans ögon åter mötte Cornelius fanns det ett avstånd i dem:

– Du har just avslöjat en av mina hemligheter och jag tycker inte om det, sade han och försökte ta udden av sina ord med ett leende.

Cornelius skakade på huvudet:

– Du är en underlig människa, sade han. Nog måste du begripa att du aldrig skulle kunna ha gjort det du har för Marcus om du inte hade älskat honom.

Därmed gick han och Anjalis blev sittande länge på sin säng. Av allt det egendomliga han fått höra i kväll var detta sista det svåraste.

Men i nattens drömmar släpades han inför romerska domstolar, torterad och tillintetgjord. Trots alla plågor lyckades han bevara hemligheten om gudabarnet som fötts i Judéen och när han korsfästes i gryningen var lättnaden större än smärtan. Men när husslaven väckte honom med hett honungsvatten och doftande färskt bröd stirrade Anjalis på honom i vild skräck.

– Du har sovit mycket länge, herre, sade slaven. Cornelius önskar tala med dig.

Solen stod högt på himlen när Anjalis lämnade huset. I trädgården satt Nadina, log mot honom och sade:

– Marcus sprang ut och lekte när han tröttnat på att vänta på dig.

Allt var som vanligt, det fanns en vardaglig trivsel över den gamla där hon satt med sitt handarbete i skuggan av den stora lönnen på gården. Hon är inte rädd, tänkte Anjalis, hon känner sig inte iakttagen. Kan Cornelius ha fel, kan han inbilla sig?

Men när Anjalis gick gången fram med utsikt mot den stora gräsmattan och den ensamma bänken gjorde han klart för sig att Cornelius var en ovanligt förnuftig människa. Och när han togs emot av portvakten lade han för första gången märke till det nyfikna iakttagandet i mannens ögon.

– Cornelius väntar dig i biblioteket, sade mannen som var snickarkunnig och ända till detta ögonblick Anjalis vän.

Nu såg magern länge på det fryntliga ansiktet, så länge att han tvingade slaven att slå ner blicken. Han är rädd, tänkte Anjalis.

– Jag var nog tröttare efter gårkvällen än jag riktigt förstod, sade han till den gamle när de möttes.

– Unga människor behöver mycket sömn, sade Cornelius. Själv har jag varit uppe med solen och läst.

Han slog ut med handen över det stora bordet där Anjalis grekiska rapporter låg i travar.

– Jag har knappast hunnit halvvägs och ville egentligen bara säga dig att jag är imponerad. Det här är en lysande studie,

Anjalis. Jag ser mycket med nya ögon och får svar på frågor som jag ställt mig i många år.

Anjalis blev så glad att han hade svårt att dölja det, han var blossande röd av generad lycka och saknade kontroll över rösten när han försökte tacka för omdömet.

– Det finns mycket gott att säga om kaldéernas vise och Egyptens hierofanter, sade han till slut. Men något vidare uppmuntrande är de ju inte.

– Och någon annan har aldrig läst det?

– Nej.

– Jag börjar se en plan för det fortsatta arbetet, sade Cornelius. Vi går en promenad och diskuterar den.

Anjalis kände återigen den smygande rädslan och såg sig omkring i rummet, där det inte fanns en människa.

– Har du räknat dina pengar?

– Nej, det glömde jag.

Cornelius såg rädslan över Anjalis ansikte försvinna för att ge plats för gäckeri. Det glittrade i kaldéerns mörka ögon när han plötsligt sade, mycket högre än vad som var nödvändigt:

– Jag är inte fullt så vårdslös som du tror, Cornelius. Du förstår att folk stjäl inte från en kaldeisk mager, varken i Athen eller här.

– Jaså, och varför inte det?

– Alla vet ju, sade Anjalis som om det hade varit den naturligaste sak i världen, att en mager kan se rätt genom folk. Det är en gudagåva som vi får vid födseln och som vi tränar genom livet.

– Jo, jag har hört talas om det, sade Cornelius, motvilligt road, mindre road ändå än Anjalis räknat med. När de lämnade huset sade han mycket tyst:

– Utsätt dig inte för onödiga risker, Anjalis.

– Men vi kan ju inte bara finna oss i det.

Mer blev inte sagt för plötsligt var trädgårdsmästaren där, en frigiven grek med ett öppet och hederligt ansikte. I handen höll han Marcus, som var smutsig och blödde näsblod.

– Unge herrn har varit i slagsmål med barnen borta i tjänarnas område. Jag vet inte vem som började ...

– Det var jag, skrek Marcus.

– ... men jag vill att du ber honom hålla sig borta från våra hem och trädgårdar, sade greken som om han inte hört avbrottet.

– Det skall jag göra, sade Cornelius. Och jag ber dig ta emot och framföra mina ursäkter till alla berörda.

Trädgårdsmästaren försvann och Cornelius vände sig till Marcus, han var arg, tungt och allvarligt arg:

– Vi slåss inte med slavar, sade han. Detta, Marcus, får aldrig hända igen, har du förstått.

– Vi kastade sten och de var mycket bättre än jag, skrek Marcus.

Mitt i ilskan blev Cornelius rädd, såg lite hjälplöst på Anjalis som nickade nästan omärkligt.

– Nu går du och tvättar dig och byter kläder, sade Cornelius till pojken. Sedan skall vi gå en lång promenad, du och Anjalis och jag.

Marcus svalde gråten och försvann, från flygelbyggnaden kunde de höra Nadinas förskräckta vojanden när hon tvättade honom ren och satte på honom nya kläder.

– Jag har inte tänkt på det förut, sade Anjalis. Men det finns naturligtvis en risk för att Marcus ilska mot Eneides drabbar alla slavbarn.

– Vi skall väl på utflykt, morfar, det skall vi väl?

Med en enda blick uppfattade Cornelius rädslan hos pojken, ynkligheten, ödmjukheten. Lugnt tog han pojken i famn och kramade honom:

– Javisst, sade han. Säg till Nadina att hon packar en matsäck.

När han satte ner Marcus såg han att pojken grät. Cornelius lyfte upp honom igen, satte sig tungt på bänken med den lille i knät.

181

– Vi får be Anjalis tala med Nadina, sade han och tog fram sin näsduk.

Det blev inte mycket talat under den första delen av vandringen, Marcus gick som han gått när han ännu var blind och höll sin morfar hårt i handen.

De gick uppåt bergen, samma väg som Cornelius vandrat med barnet bara några dagar tidigare. Snart kom de till den plats där Marcus slagit sönder glasflaskan. Anjalis plockade ihop skärvorna, grävde en grop i marken och lade den sönderslagna flaskan där.

– Varför gör du så där?

– För att djuren inte skall skära sig.

– Vadå för djur, Anjalis?

– Här finns väl räv. Och kanske ett och annat bortsprunget får.

– Här finns till och med en och annan varg, sade Cornelius.

– Oj, sade Marcus. Jag önskar att det kom en varg nu.

– Vad skulle du göra då, frågade Anjalis.

– Jag skulle slå ihjäl den, så klart. Vad skulle du göra?

– Jag skulle blunda och be till gudarna att Cornelius inte bär sitt svärd förgäves.

– Då kan jag lova dig bönhörelse, sade Cornelius. Än så länge har jag krafter nog att döda vargen.

Alla skrattade, men när Anjalis packade upp matsäcken tänkte Cornelius att alla ord som sagts hade dubbel mening, en betydelse som han inte förstod.

– Du får mig ofta att känna mig dum, sade han till trollkarlen som log sitt gäckande leende och svarade:

– Det väger jämt, Cornelius. Så dum som jag kände mig i går har jag inte varit sedan jag prövades i kryptan under soltemplet i Heliopolis.

Det gick mörka skuggor över hans ansikte när han tillade:

– Det var inte riktigt sant. Det fanns en dag i Korint för några år sedan.

När pojken somnat på sin filt i skuggan återtog de båda männen samtalet som avbrutits på förmiddagen. Cornelius utvecklade sin plan. Anjalis grekiska rapporter skulle överlämnas till Jupiters överstepräst tillsammans med en begäran att få göra motsvarande studie i Rom. Allt skulle ske officiellt, öppenheten och insynen i arbetet skulle vara självklar.

– Det kommer att bli svårt för Flamen Dialis att avslå din begäran, sade han. Han kommer med säkerhet att bli lika imponerad som jag av din rapport.

– Kan han fatta beslut på egen hand?

– Det vet jag inte, det är möjligt att han talar med kejsaren. Men det är inte vår sak och Augustus har fullt förtroende för Flamen Dialis.

– Känner du honom?

– Ja vi är gamla vänner så långt man nu kan ha vänner i Rom. Med det menar jag att vi tycker om varandra men att han inte skulle lyfta ett finger för att hjälpa mig om det kunde skada honom själv.

Cornelius skrattade sitt torra skratt från gårkvällen.

– Flamen Dialis är mycket intelligent och beläst, en imponerande man på många sätt. Och på något vis är han djupt religiös och tar sin uppgift som Jupiters präst på stort allvar.

– Det här säger jag för att du skall förstå att du inte kan lura honom, inte ens du Anjalis med din snabba tunga och dina kvicka tankar. När du träffar honom så ljug inte, för då kommer han att se till att du trasslar in dig.

Det var tyst länge, Anjalis tänkte på gudabarnets födelse och Cornelius som såg hans tvekan sade:

– Måste du ljuga så gör dig själv medveten om lögnen, lägg varje ord som du inte får säga på minnet.

– Jag förstår.

När de gick hemåt i den sneda eftermiddagssolen frågade Anjalis:

– Det finns ingen annan väg? Jag menar att jag kan inte göra som i Athen, gå i templen, lyssna, se och prata med folk?

183

– Lova mig att du inte gör det.

Cornelius var så allvarlig att Anjalis mindes nattens drömmar:

– Jag lovar.

Marcus sprang före, Cornelius hejdade sig ett ögonblick när de från sista kullen fick syn på hans hus.

– Därinne, sade han, pågår just nu ett mångordigt och ängsligt kacklande föranlett av en viss mager som påstår sig se rätt genom folk. Det roar mig, det får jag erkänna. Men jag vill inte att du sätter mer skräck i dem. Resultatet kan bli att de här relativt enkla små spionerna byts mot andra, mer yrkesskickliga.

– VARFÖR VALDE DE DIG?
– Jag ansågs fördomsfri.
– Var du det?
– Nej, jag var mycket ung och romantisk. Jag svärmade för grekerna.
– Och såg romarna som ett primitivt bondfolk?
– Jag tror inte att jag hade någon bild alls av er. Jag kommer ihåg en diskussion där någon sade att den romerska tanken var en förenklad kopia av den grekiska. Men jag minns också att kaldéernas Äldste hävdade att Rom var något nytt, att romaren var den första målinriktade människan och därför skulle förändra världens medvetande.

Flamen Dialis leende var inte tolkningsbart och han lät sig inte lockas från ämnet:

– Mycket av den förvåning som finns i din rapport avspeglar din egen utgångspunkt, den som du inte kan se. Du är barn av en sluten tro och en världsbild med en sinnrik överbyggnad där allt skall passas in i Guds plan.

Han njöt ett ögonblick av Anjalis förvåning innan han fortsatte:

– Greker och romare har en kultreligion vars syfte är direkt upplevelse. Förstår du? Hos oss återskapas gudomen ständigt på nytt i riterna och har inget med intellektet att göra. Den överbyggnad som människorna trots allt skapar kan därför verka arkaisk och naiv.

Anjalis kände det som om Flamen rivit av honom kläderna,

185

som om han satt där skamligt naken i den tystnad som följde.

– Du har säkert rätt, sade han till slut.

Denna gång var Flamens leende bredare.

– Se inte så bedrövad ut, vi ser aldrig våra egna utgångs-punkter. Människan är inte fri att se bortom sin egen prägling. Och du har gjort en mycket intressant rapport.

Efter en kort paus gjorde han nästan motvilligt ett tillägg:

– Den har till och med givit mig en hel del att tänka på.

Men Anjalis ville inte tröstas och för första gången under samtalet vågade han en invändning.

– Menar du att sanningen finns på ett annat plan och att sökandet efter den är meningslöst?

– Ja. Människan är inte fri att söka.

Anjalis rodnade häftigt när han sade:

– Enligt min uppfattning är människan dömd att söka och dömd till frihet.

Det gick en skugga över Flamens ansikte när han svarade:

– Då är hon också dömd till olycka.

– Nej, men till kamp. Och till den oro som alltid följer när man skall fylla tomheten med sitt liv.

Flamen Dialis skakade på huvudet.

– Jag ser inte livet som en tomhet, sade han. För mig är det mer njutningsfullt, som en frukt som skall ätas med måttfull-het. En bit varje dag och var och en med sin speciella arom.

– Men även du har ansvar för att kärnorna slutligen plante-ras i god jord, sade Anjalis.

Cornelius hade med pedantisk noggrannhet förberett Anjalis på mötet med Jupiters överstepräst. Ändå överraskades han av allt, det stora palatset, hustrun, den högtidliga festen med gäs-ter i en procession utan början eller slut.

Huset som byggts i etager på Capitolium bakom Jupiters tempel var oöverblickbart med flera atrier, oräkneliga rum, gångar, trappor och ständigt nya inbyggda trädgårdar. Men storleken blev aldrig pompös, de väldiga gemaken hade samma

186

lätthet och ljus som en sommardag vid havet.

Här bor Dagens präst.

Tanken återkom gång på gång medan Anjalis fördes genom salarna, uppför trappor, genom nya hallar, förbi nya glittrande rena bassänger klädda med turkos mosaik, genom grönskande peristyler och in i en ny sal. Rummens storlek trollades bort med skärmar, lätta spaljéer, lackröda ibland, någon gång förgyllda, alltid blå i atrierna. Höga spegelglas på väggarna lekte med rummens former, men hade också den överraskande effekten att man gång på gång möttes av sin egen bild.

Anjalis var sällan besvärad av sin längd, men nu störde den honom som något oanständigt, en figur som förryckte skalan och rubbade de sköna proportionerna. Men sedan glömde han sin spegelbild för de utsökta väggmålningarna, de många porträtten som såg ner på honom i oföränderlig vishet. Han hade sett liknande målningar förut och redan då förvånats över denna romarnas egen konst, som med sin finstämda utstrålning talade till det gåtfulla i åskådarens väsen.

I dörren till husets största sal togs han emot av Flaminica, hustrun som gestaltade nattens mörka hemlighet i sitt äktenskap med Dagens präst. Men det fanns inget dunkel över hennes gestalt, tvärtom skänkte hon trygghet och värme.

Plötsligt och överraskande längtade han efter Me Rete. Men i nästa stund tänkte han på Cornelius ord: Se till att du inte blir bedårad.

De hade just nått fram till Flamen Dialis, som sade som ett eko av Anjalis egna tankar:

– Låt dig inte bedragas av Flaminicas ljusa väsen. Hon har som alla våra mödrar omedelbar erfarenhet av det mörker som allt vilar i.

Flamen själv satt på en rygglös stol på ett podium mitt i rummet. Ständigt nya gäster passerade förbi honom och välsignades med en avmätt och mycket bestämd gest med höger hand lyft i ansiktshöjd. Han var kortväxt och tjock och den obekväma hatten, Jupiterprästens apex, kunde ha gjort honom komisk.

Men det fanns inget löjligt över Caius Aurelius Cotta, kejsar Augustus förtrogne och son till Roms gamle pontifex. Och det berodde inte på titlarna och makten.

Anjalis såg in i ett ansikte som livet lagt i djupa veck, från ögonvinklarna ner mot mungiporna och från näsroten ner till hakan. Den smala munnens knappt anade leende var omöjligt att tyda – ironi eller medlidande? Blicken i de små ögonen var avståndstagande. Ansiktet var fullt av motsägelser, slugt och oskuldsfullt.

Bara en sak visste Anjalis med säkerhet sedan presentationen var över och han anvisats plats bakom översteprästen: Flamen Dialis var skrämmande intelligent. Cornelius hade sagt det, ändå hade Anjalis inte kunnat göra sig rätt bild.

Mer än intelligent tänkte han. Klok, ja. Vis? Han visste inte svaret, något av mystikerns oskyldiga vetskap fanns i mannens väsen.

Men...

Från sin plats bakom Flamens rygg blev Anjalis medveten om vilket uppseende han väckte. Det var som om hela rummet vibrerade av nyfikenhet.

Processionen pågick i oändlighet, tyckte Anjalis. Men till slut ändrade den karaktär, den långa raden av män med stela ansikten och vita togor byttes mot kvinnor i lysande färgrika tunikor, tyngda av dyra smycken.

I samma stund gav Flamen sin plats till hustrun, uppgiften att välsigna kvinnorna var tydligen hennes. Flamen försvann och efter några korta ögonblick hämtades Anjalis och fördes till hans arbetsrum.

Där satt de nu och mätte varandra.

– Vårt samtal hittills har egentligen bara bevisat vad jag sade från början, sade Flamen. Vi två har svårt att förstå varandra därför att vi har så skilda utgångspunkter.

– Kanske inte ändå, sade Anjalis. Även jag börjar motvilligt inse att vi inte befinner oss i verkligheten utan i en beskrivning av den. Och att våra svårigheter beror på att beskrivningen inte räcker för att handha vår erfarenhet.

Flamen Dialis ögonbryn flög så högt upp i pannan att fårorna i hans ansikte slätades ut. Sedan skrattade han, öppet och nästan glatt:

— Du förvånar mig ständigt, sade han. Du är alltså medveten om att det omanifesterade styr och att varje försök att förstå detta icke-vara leder oss till självbedrägerier. Hur ser din egen Gud ut?

— Den är nog inte så olik din, sade Anjalis. Min Gud har inga kvalitéer. Vi måste älska honom som han är, icke-Gud, icke-Ande, icke-person.

För första gången under det långa samtalet kände Anjalis värme strömma emot sig och det fanns personligt intresse i rösten när Flamen frågade:

— Men vad gäller då ditt sökande?

— Om tiden har ett mål, om det finns en okänd bestämmelse mot vilken all tid flödar.

— Och vad har du kommit fram till?

— Jag har ingen åsikt, bara en stark känsla av att varje dag och varje händelse har en avsikt, en mening som jag måste förstå och lära av.

— Att kvaliteten på kärnorna, de som vi skulle plantera med sådan omsorg, är beroende av hur vi så att säga äter fruktköttet.

— Ja, så kanske man kan uttrycka det.

— Det innebär moraliska krav. Och risk för skuldkänslor.

— Ja.

— Och få saker får frukt att ruttna så fort som skulden, sade Flamen och Anjalis tyckte för första gången att mannen mitt emot honom var berörd. Men Flamen slog ner blicken och fortsatte:

— Hur har du det med skulden?

Rösten var förledande faderlig och Anjalis hann inte stänga sig:

– Det är inte alltid så bra, sade han. Jag har en brist i min förmåga att älska.

Ögonblicket efteråt tänkte han, att varför i himlens namn sade jag det och åter hörde han Cornelius varningar som bland mycket annat gällt just Flamens förmåga att locka ur en människa hennes hemligheter.

Men Flamen Dialis endast nickade.

– Eftersom du har gjort en formell begäran om att få studera den romerska religionen måste jag göra en del närgångna frågor.

– Jag förstår det, sade Anjalis som hörde varningen i den andres röst och hann tänka att mannen var rimlig trots allt.

Flamen Dialis böjde sig över dokumenten på sitt bord, tog upp ett och sade:

– Den nittonde juni för sex år sedan åt du middag i Tyrus med Mancinius. Vid detta tillfälle visade du ett stort intresse för judarnas historia och religion.

Trots att Anjalis var förberedd kände han hur han rodnade av vrede och fruktan. Det är vansinne, tänkte han, de vet allt, samlar alla fakta. Vid Zeus, Cornelius har rätt.

– Som jag minns det bjöd Mancinius på den middagen för att i det närmaste korsförhöra mig om judisk tro. Han hade just gripit ett antal judiska upprorsmän som talat om hur de väntade på sin Messias. Mancinius visste ingenting om Messias men jag hade läst de gamla judiska profeterna.

Flamen nickade.

– Det låter mycket rimligt, sade han. Varför blir du så upprörd?

– Du skulle väl själv bli arg om ord som du fällt som mycket ung i ett privat sammanhang skulle dyka upp i en offentlig rapport många år senare.

Flamen Dialis skrattade men det fanns en tillrättavisning i hans röst när han sade:

– En romersk officer ger inga privata middagar. För oss är det fullkomligt naturligt att han skrev en redogörelse för sitt

190

samtal med dig och sände den till Rom. Det är ingen ofördelaktig rapport, och för övrigt stämmer hans bild av dig väl överens med den som jag håller på att göra mig. Du har nog förändrats mindre än du tror.

– Jag var otillåtet naiv, sade Anjalis och tänkte på de korsfästa seloterna.

– Du är fortfarande mycket naiv, sade Flamen.

Anjalis undvek att försvara sig och efter en stunds tystnad sade Flamen:

– Det är ett egendomligt folk, judarna. Jag har stor respekt för deras gud, som är notoriskt orättvis och grym. De vet åtminstone att Satan fanns i världen före människan och att vi inte hade mycket att sätta emot när han intog våra själar.

– Vilket stämmer med din åsikt att vi inte är ansvariga, sade Anjalis, hörde själv sarkasmen i sin röst och hann tänka, att gode Gud hjälp mig att hålla tungan i styr.

Men Flamen Dialis tog inte illa upp utan svarade med stort allvar:

– Vi måste naturligtvis göra så gott vi kan. Men även du får erkänna att det finns drag i den mänskliga naturen som är mycket obehagliga.

– Ja.

– Vad är det vi är oense om?

Anjalis blev så ivrig att han glömde all försiktighet när han böjde sig fram över bordet och sade:

– Som jag förstår dig menar du att människan är ond, evigt och oföränderligt. Men jag är övertygad om att hon kan förändras genom att bli medveten om sin egen ondska. Vi kan få upp våra dunkla drivkrafter i dagsljuset och oskadliggöra dem.

De två männens blickar befann sig i envig med varandra, ingen vek en tum och slutligen sade Anjalis:

– Vid något tillfälle skall jag berätta om Marcus för dig.

– Om Scipios pojke, ja det vill jag gärna höra. Men nu måste jag gå vidare med mina frågor. Tidigare samma år som du mötte Mancinius i Tyrus reste en stor delegation egyptiska präster från Heliopolis till kaldéerna i öknen. Varför?

Anjalis såg avgrunden öppna sig och blev egendomligt lugn.

– Det måste ha varit i samband med det sällsamma mötet mellan Saturnus och Jupiter, sade han. Jag minns att det var många egyptier hos oss då, från öknen kan man alltid studera himlafenomenen fullt tydligt.

– Det var den 29 maj, fortsatte han eftertänksamt. Saturnus var bara 0,21 grad från Jupiter, vilket hade stor symbolisk betydelse för kaldéerna, som alltid hävdat att den nya tidsåldern skulle inträda just denna vår.

Flamen Dialis ansikte förrådde ingenting annat än nyfikenhet och Anjalis fortsatte lugnt och övertygande:

– Saturnus är som du vet en svart planet, enligt urgammal tro en hemvist för djävulen och hans anhang av drakar och ormar. Jupiter däremot – ingen kan ju veta det säkrare än du – är ljusets stjärna, den livsbefrämjande kraften. Det var alltså en stor händelse ur astrologisk synpunkt när döden och livet mötte varandra så nära jorden, som stod på tröskeln till en ny tidsålder. Jag kommer mycket väl ihåg det, inte för de egyptiska prästernas skull, utan för att det var ett sådant lysande himlafenomen.

Anjalis röst var fullkomligt lugn, han log som åt ett vänligt minne.

Flamen Dialis gjorde anteckningar, Anjalis förstod att han skulle kontrollera uppgifterna och log ännu bredare när han visste att vilken astrolog som helst skulle bekräfta dem. Det var ur mötet mellan de två stora planeterna som Betlehems stjärna hade uppstått, och lyst över himlen i tolv nätter för att sedan försvinna.

– Jag är mycket mindre astrologiskt bevandrad än vad du tycks förutsätta, sade Flamen Dialis och Anjalis som misstänkte att han ljög tillät sig att se förvånad ut.

– Vad är en ny tidsålder?

– Den frågan kräver en lång och invecklad förklaring. Kanske det räcker om jag säger att österns astrologer sedan länge vetat att jorden nu är på väg in i en ny eon, i Fiskarnas tecken. Man är oense om den exakta tidpunkten, syriska astronomer räknar med en övergångsperiod på några hundra år medan kaldéerna hävdar att skiftet skedde exakt den här natten.

– Inga fler siffror, sade Flamen. Men vad innebär övergången till Fiskarnas tidsålder?

– Också om det råder det olika meningar, sade Anjalis. Tecknet ritas som två fiskar som biter varandra i stjärten. En del ser bilden vertikalt och menar att det stumma djuret ur de vattenfyllda djupen nu gör ett kast, ett väldigt hopp mot ljuset och dagen för att sedan falla tillbaka. Men kaldéerna ser symbolen horisontalt och menar att den nya tidsåldern innebär ett möte mellan öst och väst.

– Är detta bakgrunden till ditt uppdrag?

– Ja.

Flamen Dialis ansikte var outgrundligt, ändå hade Anjalis en känsla av att han var imponerad.

Efter en lång tystnad sade prästen:

– Nu vill jag veta varför Cornelius och du har så många och långa ensamma samtal på bänken ute i parken.

Anjalis lugn försvann, återigen blev han röd i ansiktet av vrede.

– Därför att Cornelius på fullt allvar tror att det finns spioner bland hans husfolk.

– Min fråga gällde inte det, jag vill veta vad ni talar om.

Anjalis tog sig för pannan.

– Jag berättade för Cornelius om mina studier, om hur jag tänkte gå runt här i Rom som jag gjort i Athen, lyssna och delta i gudstjänster, prata med människor, fråga ut präster och vanligt folk. Cornelius måste gång på gång förklara för mig att ... så gjorde man inte i Rom.

– Talade han om varför?

– Han berättade för mig om inbördeskriget, om den anda av misstänksamhet som spritt sig mellan människorna och om hur noga kejsaren måste vakta på att ... inga nya sammansvärjningar uppstår.

– Ingenting annat?

– Nej.

Anjalis såg att han inte blev trodd, hans vrede ökade, han böjde sig åter över bordet och sade med stor hetta:

– Cornelius och mina samtal rörde sig på ungefär den nivå som det vi har fört här i kväll. En obildad spion som dessutom får betalt efter graden av misstänkliggörande kunde mycket lätt missförstå ...

För första gången under hela den långa kvällen slog Flamen Dialis ner blicken och rodnade också han.

– Det här är en punkt där jag känner mig inte bara naiv utan kränkt och mycket illa berörd, sade Anjalis. Jag förstår inte vad han är misstänkt för, en oförvitlig gammal man som tjänat sitt land och sin kejsare med mycket större kraft än han haft för sitt privata liv.

Flamen Dialis svarade inte, lät ämnet falla.

– Bara en fråga till, sade han. Hur var det möjligt för dig att gå runt och ställa frågor och göra undersökningar i Grekland i hela sex år utan att någon blev misstänksam? Grekerna är enligt min mening inte så lite misstänksamma och rätt sluga. Men du fick alla överallt och ständigt att öppna sig.

Anjalis lutade sig bakåt i stolen och lät för första gången höra sitt stora skratt.

– Det är mycket enkelt, sade han. Även om det tog ett bra tag innan jag själv förstod det. Det är så att de kaldeiska magerna är legendariska hos folken här i väst. I legenden ingår att magern kan se tvärs genom en människa. Om hon döljer något kan magern ta hämnd för han är ju en trollkarl, som lille Marcus säger.

Flamen Dialis skrattade han också.

– Jag har också hört det där, sade han. Är det inte sant?

– Nej, sade Anjalis och fortsatte att skratta. Du har lyckats mycket väl genom kvällen att behålla alla dina hemligheter och har du ljugit vid något tillfälle – och det har du troligen – så vet inte jag när.

Mitt i Flamens skratt knackade det på dörren och Flaminica kom in:

– Så trevligt att ni har roligt, sade hon. Men ni borde vara hungriga så här dags och Anjalis kan få en alldeles felaktig bild av oss romare. Vi är ett gästvänligt folk och nu hoppas jag att du vill dela en enkel måltid med oss.

– Tack gärna, sade Anjalis.

– Vi var just färdiga, sade Flamen och Anjalis tänkte att hon kom vid lämplig tidpunkt.

Hon bjöd på läcker rökt fisk, svarta oliver, bröd, ost och vin. De talade om vädret, om hur sköna de svala kvällarna var efter de heta augustidagarna. Men Flaminica bytte snart ämne:

– Jag mötte Marcus barnsköterska i templet häromdagen, sade hon. Hon var där för att tacka gudarna för barnets bot och hade mycket att berätta om allt du gjort. Men jag måste säga att jag inte riktigt förstod.

– Åh, det är en lång historia och jag hoppas att du inte trodde henne om hon talade om magi.

– Men det gjorde hon inte, hon var tvärtom mycket angelägen om att framhålla att det inte rörde sig om magi utan om kunskaper som du har. Vad är det för kunskap?

Anjalis log lättad och sade:

– Det är svårt att formulera. Men jag vet en del om hur skrämmande och smärtsamma upplevelser i barndomen utesluts ur medvetandet. När det sker upprepas eller återskapas situationen utanför människan, som ett öde.

– Så det är ödet?

– Ja, det tror jag, sade Anjalis och fortsatte:

– Marcus måste för att överleva bli allt mindre seende. När slavflickan som var hans enda länk till livet försvann blev han blind.

Flaminica var mycket allvarlig när hon frågade:

– Så vad du gjorde var att få honom att minnas?

– Ja, men först sedan Cornelius, Nadina och jag nästan bäddat in honom i trygghet.

Till sin förvåning såg Anjalis att Flaminica hade tårar i ögonen.

– Förlåt mig, sade hon. Men jag hade en liten bror som blev förlamad över en natt.

– Om du tänker efter kan du säkert se vad som förlamade honom.

– Ja, sade hon.

Flamen Dialis och Flaminica följde själva Anjalis genom de många rummen till porten där bärstolen som skulle föra honom till Salvius hus väntade.

Att det var en oerhörd hedersbevisning begrep han inte.

Innan de skildes åt frågade Anjalis när han kunde få ett besked och Flamen svarade att han skulle träffa kejsaren inom två dagar för att ta upp saken.

– Så du fattar inte beslutet själv.

– Jag har ingen makt. Makten har ingen auktoritet och därför har jag avstått från den.

– Det låter ... bekvämt, sade Anjalis och Flamen log men Flaminica skrattade högt.

– Anjalis, sade hon, du måste bli en aning behagligare. I Rom kan man inte vara så där sanningsenlig.

– Jag lovar att försöka.

Marcus vaknade av att han sprang för livet, bort ur en mardröm, vars innehåll han inte kunde minnas men vars känsla blev kvar. Anjalis var i Rom, sade den första tanken.

Pojken ville inte vara vaken men han vågade inte somna om. Så han blev kvar i sängen, under täcket där händerna blev ljusröda av blodet under den tunna huden.

Ett slag försökte han gråta men det fanns ett lock i halsen på honom.

Han ville inte se. Han ville inte tillbaka in i mörkret heller för han visste att nu skulle det vara fullt av bilder. Som i drömmen.

När jag var blind drömde jag inte, tänkte han.

Det drog en lätt vind genom trädets krona utanför hans fönster, han kunde höra hur den viskade med löven. Det var en lind, hade Nadina sagt, han smakade på ordet, det var vackert. En hund skällde nere vid stallarna, en fågel skrek.

Jag vill dö, tänkte han.

Det var inte en sorgsen tanke, mer en lugn och övertygad.

Men svår att förstå.

Dö, död?

– Vad händer när man dör, sade han till Nadina när hon kom för att väcka honom.

Hon ryckte till, illa berörd. Men när hon såg på pojken fann hon att frågan var opersonlig.

Det är ju sådant som barn funderar på, tänkte hon när hon

slog upp fönsterluckorna och solljuset flödade in i rummet.

– Det finns olika uppfattningar om det, sade hon. De flesta tror att man kommer till dödsriket.

– Vadå?

– Jo, till en plats där de döda lever som skuggor.

Marcus var oerhört förvånad, hur lever en skugga?

– Ja, jag begriper det inte heller, sade Nadina. Du får fråga Cornelius.

– Så det är inte slut då, sade Marcus och oron kom tillbaka till Nadina för nu var pojken upprörd.

– Jag vet inte, sade hon olyckligt. Ibland har jag tänkt att det kanske är som att sova, man är borta men så plötsligt drömmer man.

– Drömmer, sade Marcus och rösten var så tunn att den försvann i rummet. Men han steg upp och åt sin frukost.

När Nadina en stund senare såg honom gå genom trädgården mot morfaderns hus var pojkens kropp hopfallen och hon tänkte som många gånger förr:

Han rör sig som en gubbe.

Inte kunde man fråga en man som Cornelius om döden, det stod alldeles klart för Marcus när han mötte den gamle i arbetsrummet.

Så orden blev fel i pojkens mun:

– Du får inte dö ifrån mig, sade han.

Och Cornelius svarade alldeles som han gjort tidigare:

– Jag lovar att leva tills jag blir hundra år.

Och så skrattade han och fortsatte:

– På villkor förstås att du växer upp och blir stor.

Han skulle inte ha sagt det, han menade det som ett skämt och han ville ha det osagt. För han kunde se hur orden slog ner i Marcus.

Men pojkens röst var stadig när han sade:

– Jag lovar.

Anjalis kom tidigare än beräknat, alldeles efter middagsvilan och Marcus sprang honom till mötes, flög nerför backen och fångades upp på hästryggen alltmedan Anjalis skrattade sitt stora skratt.

– Jag ser att det gick bra, sade Cornelius när slavarna tog hand om hästen och Anjalis fortsatte att skratta.

– Jag vet ju inte, men jag har en känsla av det. Beslutet dröjer en vecka för Flamen Dialis måste tala med kejsaren.

Cornelius leende var inte så öppet som Anjalis och det fanns en korthet i hans röst när han sade:

– Du får berätta senare.

När Anjalis gick för att bada, tänkte Cornelius att kaldéerns trollkonster nog räckte för att kollra bort även Flamen. Men sedan hutade han åt sig själv för bitterheten mot den unge som nu stod i porten till maktens alla hus i Rom.

– Vid Jupiter, sade han högt. Det var ju detta jag planerade.

Och en stund senare lyssnade han mycket belåten till Anjalis återgivande av det långa samtalet i Flamens palats. Först när berättelsen nådde fram till vad Anjalis sagt om spionerna i Cornelius hus reagerade han, for upp och sade pressat:

– Det skulle du inte ha sagt.

Anjalis såg förvånad på romaren, såg att han var rädd.

– Men Cornelius, sade han. Jag måste ju säga som jag tänker.

Cornelius stönade:

– Nej, inte här, inte i Rom. Jag trodde att jag hade lärt dig det.

– Anjalis, vad är döden?

Anjalis och pojken gick som de brukade mot dammen i skymningen före middagen hos Cornelius.

Trollkarlen stannade, ville vinna tid, såg på Marcus och sade:

– Varför frågar du?

– För jag vill veta så klart.

– Men det finns ingen som vet.

Marcus blev så förvånad att han nästan glömde döden. Det fanns något som de vuxna inte visste, inte Nadina, inte Anjalis.

– Cornelius ...?

– Nej, han ...

Anjalis hejdade sig, Cornelius möten med de döda i dimmiga vårnätter fick han själv berätta om.

Pojken stod stilla på stigen nu, slagen av sin förvåning.

– Ingen vet?

– Nej. Ingen har kommit tillbaka och berättat. Olika folk har olika tro. Somliga tror att vi har många liv, att vi föds och dör och föds igen.

– Anjalis, vad tror du?

Kaldéern var tyst länge och i den tystnaden kom Marcus nästa fråga:

– Nadina säger att man kommer till dödsriket och där lever man som en skugga. Men det förstår inte jag.

– Inte jag heller, sade Anjalis. Jag tror egentligen inte på döden, att den finns, menar jag.

– Men Anjalis, skrek Marcus. Seleme ...

– Ja, den här världen försvann från Seleme. Men jag tror nog att det finns andra världar.

De var framme vid dammen nu och satte sig som de brukade med fötterna över kajens kant. Anjalis lade armen om pojken och fortsatte som om han tänkte högt:

– När man studerar stjärnorna som mitt folk gjort i öknen ...

– I tusen år. Marcus var intresserad.

– Nej, i många tusen år, sade Anjalis. Och de har antecknat allt de sett och gjort oändligt många beräkningar.

– Ja ...

– När man studerar allt detta så fylls man av beundran för skapelsen, för hur sinnrik den är. Där uppe i de oändliga rymderna sker ingenting av en slump, Marcus. Allt styrs av bestämda lagar. Sedan kan man mycket tydligt se hur varje enskild människas liv och öde är sammanlänkat med stjärnornas

200

vandringar och då …

— Då? Marcus var ivrig.

— Ja, då kommer man ju till att tro att människorna är eviga som stjärnorna och att det finns en lag och en mening också för vår tillvaro.

Marcus såg länge på de första stjärnorna som blev synliga på den svartnande himlen.

— Det är svårt att förstå, Anjalis.

— Ja, frågan är om det alls går att förstå.

När de återvände till huset och den väntande middagen hade Marcus kropp återvunnit sin spänst.

Hans glädje räckte över kvällen, nästa morgon var han försvunnen innan Nadina och Anjalis vaknat. När han kom tillbaka var det tillsammans med hunduppfödaren, en gammal german som varit i Cornelius tjänst sedan fälttågen norr om Rhen.

— Den här lymmeln har skurit halsen av en hel kull valpar, sade han och det fanns ett raseri i hans röst när han tillade:

— De var fallna efter Belio, Cornelius bästa jakthund.

Och så fortsatte han med förtvivlan:

— Tiken ylar som en besatt.

Anjalis kände hur kropp och tanke stelnade och hörde sina egna ord komma långt bortifrån:

— Hade han en kniv?

— Nej, den låg på bordet i hundgården. Man räknar ju inte med att här skall finnas mördare.

— Jag tar hand om pojken, sade Anjalis och orden kom fortfarande ur fjärran. Du får gå till Cornelius och berätta vad som hänt.

Så satt de i biblioteket, pojken och hans lärare. Pojken var uppskrämd av Anjalis blekhet och gnydde:

— Anjalis, förlåt mig, hör du, förlåt mig.

— Jag kan inte förlåta dig, sade Anjalis och nu hörde även pojken att orden hade stora avstånd att ta sig över.

– Det kan bara valparnas mamma göra, sade Anjalis, hon som far runt och skriker efter sina ungar.

– Äsch, hon glömmer snart.

Nu stirrade Anjalis på pojken, långt bortifrån kom blicken, full av förvåning var den alldeles som om den aldrig sett pojken förr.

– Varför gjorde du det?

– De var äckliga. Svaret kom snabbt.

– Du ljuger. Varför gjorde du det?

– Det var ...

– Vad var det?

– Det var roligt.

– Roligt?

– Ja. Plötsligt var pojken full av liv, trotsigt liv.

Anjalis kände hjärtat slå mot bröstkorgen, han stod på okänd mark och fick knyta sina händer för att inte slå till och utplåna det njutningsfulla leendet kring pojkens mun.

I tystnaden kunde de höra tiken yla, hon for som en ond vind genom trädgårdarna på jakt efter sina förlorade valpar. Anjalis ögon drogs samman. Men Marcus missförstod och började gnälla igen.

– Anjalis, var inte så arg. Förlåt mig, jag ber dig om förlåtelse.

– Du vet inte vad det ordet betyder, Marcus. Om du förstod det skulle du veta att ingen utom Gud kan förlåta dig. Hundarna är döda, Marcus, inget som du gör kan göra detta ogjort.

I nästa stund vände Anjalis på klacken och försvann. På gården mötte han Nadina. Och Cornelius, röd av vrede.

– Det var en mycket värdefull kull, sade han. Var har du gjort av pojken?

Anjalis nickade mot biblioteket.

– Han ångrar sig inte, sade han och hans förvåning var så stor att den trängde igenom Cornelius ilska.

– Vi får lugna ner oss, sade han. Det är ju ändå bara ett pojkstreck.

– Han är så liten, sade Nadina. Han förstår inte.

Anjalis såg från den ene till den andre som om han sett dem för första gången.

– Jag rider ut en stund, sade han. Jag måste få lugn och tid att tänka.

Anjalis lät hästen välja väg och in under de stora lövkronorna bar det, på stigar som knappast kunde skönjas. De knotiga korkekarna vred sig efter marken som i stelnad plåga, häst och ryttare skrämde upp fåglar, en räv skrek. Plötsligt var hela den vackra skogen full av hot och ondska.

Som en stöt gick en hemlängtan genom Anjalis kropp, bort från denna värld med dess skönhet ville han, hem. Till öknen som utplånar lidandet och gör livet enkelt.

När de nådde Lacus Albanus stränder var båda trötta, Anjalis gled ur sadeln och fångade hästens ögon, en brun blick fylld av vild glädje efter ritten.

Men också hästen var obegriplig och Anjalis främlingskap ökade till förtvivlan. Han satte sig på ett klipputsprång ovanför sjön och lät hästen själv söka sig till vattnet för att dricka.

Marcus har inget hjärta, tänkte han.

Och han mindes den sympatiske Mancinius i Tyrus, den förste romaren som bjudit på middag. Och tillbringat en kväll i älskvärt samspråk med Anjalis, alltmedan hans soldater reste korsen på avrättningsplatsen.

De är obegripliga som ondskan, tänkte han.

Och i nästa stund: Jag lämnar Marcus.

Jag har ju fullgjort mitt uppdrag. Marcus har fått sin syn tillbaka och det var Cornelius mål. Att pojken skulle bli människa hade den gamle romaren aldrig avsett, att pojken inte hade möjlighet till det hade Anjalis inte förstått. Anjalis skulle flytta in till Rom, med Flamens hjälp skulle studien av romarnas förhållande till sina gudar snart vara färdig.

Och sedan – hem.

Middagshettan ökade. Anjalis hasade sig ner för klippan och gick fram till strandkanten, där han tvättade ansikte, hals och händer i det kalla vattnet.

Han hade blivit lugnare efter beslutet, långsamt började han återvända till sig själv. Han skulle glömma Marcus som han glömt Ariadne, också denna gång kunde han med lugnt samvete säga sig att hans liv var vikt för tjänsten hos guden som fötts i Judéen.

I nästa ögonblick prasslade det bland snåren ett stycke bort på stranden. Anjalis snurrade runt, såg hästen resa sig på bakbenen och bortom honom en svart katt, stor som en liten tiger. Hon fräste mot hästen som i vild skräck satte av uppåt stigen, tillbaka till stallet och tryggheten.

Anjalis blev stående och såg de gula ögonen gnistra innan det smidiga djuret förenade sig med lövverkets skuggor och försvann. Då drog han efter andan och kände att han var rädd.

För vad?

Inte för katten, han hade hört Cornelius folk tala om att det fanns gott om vildkatter i skogen.

I nästa stund stod bilderna från drömmarna i Athen framför honom, i full skärpa. Han såg huset som han och Ariadne inredde och hur hon försvann, hur han sprang genom rummen och sökte henne för att alltid, längst bort och längst in, finna katten, den svarta katten.

Anjalis stod kvar länge på stranden, lät bilderna från de gamla drömmarna komma och gå och kände sin sorg. Han brevväxlade ännu med Anaxagoras och visste orsaken, att han skrev för att få svar och för hoppet att Anaxagoras skulle nämna sin syster.

Ibland fick han också en glimt av hennes liv. Ariadne hade fött två söner och en dotter. När barnen vuxit upp skulle hon förena sig med orfikerna i Pireus.

Hon hade blivit fet, hade det stått i det senaste brevet. Anaxagoras hade beklagat henne, inte trettio år och redan en matrona. Men Anjalis hade känt en stor ömhet.

Plötsligt tänkte han på sin far och något han sagt efter återkomsten från Betlehem. Om kärlek, om den kärlek som gudabarnet skulle föra till jorden.

Men minnet slant undan, han fann inte Balzars ord.

När han blundade för att bättre koncentrera sig hamnade han mitt i strömmen av minnen från de senaste veckorna här bland bergen, minnen av pojken som sovit som en fågelunge i Anjalis armhåla och av nätternas vandringar, då när Marcus ännu bara kunde se i mörkret. Ett barn, hans barn.

Skadat från begynnelsen, ovälkommet, berövat sin livsvilja.

Kanske sådan skada aldrig läker, tänkte Anjalis och i nästa stund mindes han Balzars ord om det fattiga judiska barnet: Av honom skall vi lära att kärleken inte behöver förtjänas.

Långsamt började Anjalis vandringen uppför de branta stigarna, genom skogen där ljuset gulnade i eftermiddagssolen.

Därhemma satt pojken, framför brasan i Cornelius hus. Han var insvept i filtar, ändå frös han så att han skakade. Vit och tårlös försökte han förklara det han ensam insett, att Anjalis inte var arg som de andra, som Cornelius och hunduppfödaren.

Att Anjalis var ledsen.

Och att han hade gått sin väg.

Gång på gång sade pojken till Cornelius:

– Han kommer aldrig tillbaka.

Och varje gång svarade Cornelius:

– Han tog sig bara en ridtur.

Den heta middagstimmen kröp långsamt genom rummet men pojken frös. Cornelius började just fundera på att hämta den gamle läkaren när stallmästaren begärde företräde. Anjalis häst hade kommit hem utan ryttare, sade mannen.

– Jag visste det, skrek Marcus, jag visste det ju. Han gick sin väg och sände tillbaka hästen.

– Lugna dig, sade Cornelius. Så där bär Anjalis sig inte åt. Och för övrigt har han allt han äger kvar här.

– Anjalis bryr sig inte om saker, skrek Marcus så högt att det skar genom märg och ben på romaren som blev arg och röt:

– Nu är du tyst. Du ylar ju som hyndan som mist sina ungar.

Cornelius gick för att ordna med skallgång i skogen.

Men han behövde aldrig ge några order åt de skrämda tjänarna för i samma stund dök Anjalis upp i skogsbrynet.

– Hästen blev skrämd av en vildkatt och sprang ifrån mig, sade han.

Cornelius tog den långe kaldéern i famn:

– Just nu vet jag inte om jag skall skratta eller gråta.

– Skrämde jag dig?

– Det var pojken som skrämde mig. Han ylar som en galning om att du lämnat oss för alltid.

Anjalis hajade till, men hans röst röjde inte hans förvåning när han sade:

– Jag har en idé. Följ med mig till hundgårdarna så skall jag försöka förklara den för dig.

Medan de sneddade genom trädgårdarna fortsatte han att tala. De skulle ge Marcus en hundvalp, en liten och ynklig men ändå såpass livskraftig att den kunde överleva. Sedan gåvan överlämnats skulle Marcus inte få någon hjälp med skötseln, ensam skulle han ta ansvar för valpens liv.

– Det klarar han aldrig, sade Cornelius.

– Jodå, sade Anjalis.

I det stora huset satt Marcus, frös och skakade. Nadina kom med het mjölk, han drack lydigt och försökte nå fram till henne:

– Han kommer aldrig tillbaka.

– Dumheter, sade hon. Han är redan här, han är med Cornelius i hundgården.

Då satte pojken ner koppen, långsamt och försiktigt. Frossan gav vika, han kröp ihop och somnade tvärt.

Och trodde att han drömde när Anjalis väckte honom, stod där lika lång och vacker som alltid och med en hundvalp i famnen.

– Du skall få den här av mig Marcus. Och du skall sköta

den själv och ha hela ansvaret för att den överlever.

Marcus såg med stora ögon på den långhåriga valpen som Anjalis placerat i hans knä. Den var äcklig, den gnydde.

– Jag vill inte, viskade han.

– Du måste, sade Anjalis. Du får börja nu och ge honom av mjölken, försiktigt, sked för sked så att han inte sätter i halsen. Han är van att suga, förstår du.

Och sedan vände Anjalis på klacken och gick.

Den natten låg Marcus stel som en pinne i sängen, rädd och illa till mods. Valpen gnydde på hans arm, han avskydde den.

När han är ledsen skall du klappa honom, hade Anjalis sagt. Och varje gång Marcus förmådde dra handen över den svarta pälsen suckade hunden och somnade. Men bara några ögonblick, sedan var han vaken igen, bökade i Marcus armhåla, trevade runt med nosen, sökte. Gnällde.

– Jag kunde ligga ihjäl den, tänkte Marcus. Inte ens Anjalis skulle kunna förebrå mig för det.

Men i nästa stund visste han att det kunde Anjalis, det skulle han.

Marcus försökte vända sig på sidan med ryggen mot hunden men då tjöt han i högan sky och Nadina kom farande.

– Stackarn, sade hon. Han låter som ett övergivet barn.

Hon hade gjort i ordning en liten lerkruka med varm mjölk och kört ner en hårt rullad tygboll i krukhalsen.

– Så här gjorde vi på landet när en tacka dog och vi måste ta hand om lammen, sade hon. Försök att få honom att suga.

Det gick bra, valpen sög och Marcus såg hur den skära tungan slickade runt tygbollen när han äntligen blivit mätt och somnat.

– Nu kan du sova också, viskade Nadina.

– Varför har han inga ögon, sade Marcus så tyst han kunde.

– Det är klart att han har ögon, viskade Nadina. Han vill väl inte öppna dem ännu. Godnatt med dig, jag låter lampan brinna.

Oljelampans fladdrande ljus blev till tröst, pojken slumrade snart med hunden i famnen. I nattens mörkaste timme vaknade båda, det var blött i sängen och Marcus mådde illa. Återigen tjöt hunden och väckte Nadina, som kom tassande med ny varm mjölk.

– Han har kissat på mig, sade Marcus.

– Det får du stå ut med, sade den gamla medan hon fyllde krukan. Ge honom lite varm mjölk igen och sjung för honom.

Marcus kunde inga sånger, han matade hunden och försökte komma ihåg en melodi som Seleme brukat nynna. Långt bortifrån minnets allra mest avlägsna landskap kom den till slut, osäker och trevande. Och med sig hade den Seleme med det honungsfärgade håret och doften av varm, söt mjölk.

Plötsligt kunde han se hennes ögon, hur blå de var och hur fyllda med ömhet. Din lille stackare, nynnade hon, din lille stackare.

Melodin var lika enkel som orden och nu sjöng Marcus den för valpen: Din lille stackare.

Ljuset från oljelampan flackade och Marcus tänkte att oljan snart skulle ta slut. Han slutade sjunga och valpen gnällde.

– Om du slutar att låta så där skall jag öppna fönsterluckan, sade Marcus. Det är månsken ute.

Valpen tystnade. Det var så häpnadsväckande att Marcus stannade halvvägs mot fönstret och gick tillbaka till sängen.

– Du lyder mig, sade han och drog handen genom pälsen.

Den här gången var handen mjuk och utan rädsla, valpen kröp ihop som en boll, lugn och förtrolig.

Marcus blev sittande på sängkanten medan handen följde den lilla djurkroppen och kände hjärtat slå innanför den lockiga svarta pälsen. Han såg på hunden och på Seleme där långt borta i minnet.

Så började han frysa och kröp beslutsamt ner i sängen, drog med säker hand valpen till sig, borrade in näsan i pälsen och somnade tvärt.

I gryningen, när de första solstrålarna sipprade in mellan

ribborna i fönsterluckan vaknade han av att någon såg på honom. Förvånad tittade han upp och mötte blicken ur två stenkolssvarta ögon som iakttog honom.

Han var inte blind, han bara blundade, tänkte pojken.

Länge låg de där och såg på varandra, barnet och valpen.

Ett ögonblick av evigheten hann rinna ut innan hunden med en belåten suck borrade in nosen under Marcus haka och somnade om.

Marcus var lycklig och Nadina såg det när hon kom en stund senare för att väcka honom, att det fanns ett ljus över det magra pojkansiktet.

– Han kommer att överleva, Anjalis.

Trollkarlen sade bara:

– Det visste jag.

Nadina visade stolt på mjölkkrukan som hon gjort i ordning och Anjalis var full av beundran.

En stund senare hörde Anjalis hur Marcus sjöng: Din lille stackare, din lille stackare ...

– Det var en bedrövlig visa.

– Det är den enda jag kan. Och han är ju en stackare.

– Inte så värst länge till, sade Anjalis och skrattade.

Under dagarna som kom försökte Anjalis tala om de valpar som Marcus skurit halsen av. Pojken undvek inte ämnet, försökte ärligt förklara hur han stått där på tröskeln till hundhuset och sett på kniven på bordet.

– Jag har ju sagt dig att det var roligt på något sätt.

– Men tänkte du inte på att de var levande ... ?

– Nej, jag tänkte nog inte. Jo förresten, jag tänkte på att Cornelius sagt att hundvalpar var rörande.

Anjalis hajade till. Han mindes hur pojken hade frågat om döden.

– Du tänkte att det var bäst för den som är rörande att få dö?

– Nähä, sade Marcus. Jag tänkte inte.

Längre kom inte Anjalis och gåtan förblev olöst. Han kunde inte förstå att Marcus inte ens kände obehag inför vad han gjort.

– Om någon kom och skar halsen av din hund ... ?

– Då skulle jag slå ihjäl honom, sade Marcus med övertygelse.

En kväll lärde Anjalis honom en ny sång, en arameisk vaggvisa som handlade om en karavandrivare. Han gick från kamel till kamel och frågade dem varför de hade så sorgsna ögon. Alla hade de en tragisk historia att berätta.

– Det var väl en ännu bedrövligare visa, sade Marcus som lärde sig fort och tjusades av de främmande orden. Min hund har då inget att vara ledsen för.

En dag i solnedgången kom en budbärare från Flamen Dialis, som kallade Anjalis till Rom. Det var en officer vid Flamens livvakt och Anjalis blev generad när han såg hur nästan ödmjukt Cornelius tog emot mannen, bjöd på frukt och lät sätta fram husets äldsta vin.

När mannen lämnat dem sade Cornelius:

– Det var ett gott tecken. Flamen kunde ha sänt oss en slav med ett brev.

I gryningen nästa morgon red Anjalis ut från villan och ner genom skogarna, där det första solljuset letade sig fram längs marken. Som han brukade stannade han på utsiktsplatsen ovanför campanjan och såg ut över Rom, staden som hänsynslöst växte ut ur sina murar och slog sig fram längs Tibern mot Ostia och havet.

Men det var inte staden han beundrade utan de väldiga akvedukterna, valvbågarna som i språng efter språng kastade sig utför bergen, framåt i snörräta led mot Rom.

Han hade lärt sig känna igen dem, Aqua Marcia, Aqua Tepula, den nya Aqua Julia och den äldsta, Aqua Appia. Bara Aqua Marcia förde dagligen nära 200 000 ton vatten till Rom.

Anjalis försökte föreställa sig hur vattnet flödade där uppe under himlen, friskt vatten i överflöd på väg till brunnar och badhus inne i staden.

Men tanken svindlade.

Han hade sett pyramiderna, dessa slutna jättar som ruvade över de dödas hemligheter i Egypten. Och Parthenon, lyft mot himlen, Gud och ljuset.

Dessa romerska byggnadsverk var lika ofattbart storslagna men de gömde inga hemligheter och sjöng inga lovsånger till gudarna. De var i tjänst hos det enkla livet i människornas vardag.

När han red Via Appia mot Marstemplet vid stadsporten kände han en djup sympati för den romerska folksjälen.

I Salvius domus på Palatinen satt Cornelia och spelade bräde med en slavinna, ett spel med höga insatser. Flickan ville bli fri för att gifta sig med sonen till klädesvalkaren, syriern som förpestade luften längst ner i gränden.

Cornelia hade alltid hatat mannen och hans illaluktande butik och det ökade spänningen i spelet. Insatsen var slavinnan, förlorade hon skulle hon säljas till bordellerna nere vid Tibern, ett liv som inte varade länge ens för de yngsta och starkaste.

Om slavinnan gick segrande ur spelet skulle hon få sin frihet.

Cornelias ögon glänste av upphetsningen, de insjunkna kinderna hade färg. Slavinnan var dömd på förhand, hon hade svårt att andas, tänkte långsamt och räknade dåligt. Cornelias skratt markerade varje förlorat parti och huset höll andan.

När Anjalis stod i dörren såg Cornelia upp, störd. Helt kort mötte hon hans blick och tolkade hans förvåning som förakt.

– Javisst, sade hon. Jag har fått bud från Cornelius Scipio att du skall sova här i natt.

Sedan tillkallade hon Ganymedes, hovmästaren och sade utan att ägna Anjalis en blick:

– Gör i ordning en bädd hos kuskarna i slavkvarteret åt mannen.

211

Ganymedes bugade, Anjalis hann se att det fanns en glimt av skadeglädje i hans ögon men också känna sin egen vrede.

– Tack, sade han. Jag söker nattkvarter i staden.

Och han vände på klacken och lämnade huset. Väl ute i atriet hörde han Ganymedes ängsliga röst och Cornelias skrik, brädet som kastades över ända och slavinnan som grät.

Men han fortsatte lugnt mot porten.

Trängseln i gränden gjorde det svårt att ta sig fram, hästen som inte var van vid de många människorna skyggade och Anjalis fick sitta av och leda den nerför sluttningen förbi de larmande byggplatserna på Forum runt Capitolium och upp mot Aventinen, där han fann ett värdshus och ett rum på fjärde våningen i en insula. Det var ett stort rum, men lågt i tak, illa skött och smutsigt såg han när han slog upp vatten i tvättfaten.

I vinstugan bredvid butikerna på gatan fick han en enkel måltid, bröd, fisk och frukt.

Vin. Han såg länge på den mörkröda drycken i kruset och visste att det besynnerliga lugn som behärskade honom skulle fly med vinet. Så han väntade och fortsatte att iaktta sig själv.

Hans stolthet var gränslös, han kände den. Ändå förvånade det honom att en förolämpning från en galen kvinna kunde försätta honom i sådant förlamningstillstånd.

Till slut kunde han inte motstå vinet och sedan var den över honom i full kraft, kränkningen. Han, Anjalis, son av de mäktiga vise i öknen och med större bildning än någon i Rom, hade anvisats plats i slavkvarteret i den försupne Salvius hus.

Ilskan brände i honom.

Han drack inte mer än att han hela tiden kunde hålla avstånd till känslan och iaktta hur oresonlig den var. Och när han gick upp till sitt rum på den svajande utomhustrappan såg han återigen scenen framför sig, den upphetsade Cornelia och den spöklikt bleka slavflickan.

Vad gällde spelet? Vad var det som hände i huset? Vad fanns det för budskap i tystnaden och i Ganymedes ögon när han öppnade för Anjalis?

212

Roms ondska, tänkte han. Som alltid obegriplig.

Och i drömmen återkom Cornelias ansikte, de glänsande ögonen och det njutningsfulla leendet när slavflickan gjorde sina tafatta drag på brädet.

Just när han vaknade visste han att Cornelias leende påminde om Marcus; om det hemlighetsfulla draget kring pojkens mun när han talade om valparna som han skurit halsen av.

Nej.

Anjalis hade aldrig tidigare lagt ner så mycken möda på sitt utseende som nu. Han tvättade sig över hela kroppen, rakade sig noggrant och borstade det blåsvarta håret blankt.

Sedan drog han på sig den eleganta sammetstunikan som han haft med i sin packning och draperade med stor omsorg den korta manteln över axlarna, snävt om ryggen så att den tog ut vidden framtill och i varje rörelse avslöjade det gnistrande lila sidenfodret.

Till sist den tunga guldkedjan.

När han passerade butikerna mot gatan på väg mot Flamen Dialis palats lade han belåten märke till den uppmärksamhet han väckte.

Han hade gott om tid, nedanför Capitolium stannade han och såg upp mot Jupitertemplet, strängt, nästan slutet. En avlägsen rytm från trummor hördes och Anjalis tvekade bara ett ögonblick innan han följde sin impuls, klättrade uppför den branta trappan och gick in i templet.

Han ville inte väcka uppseende utan stannade strax innanför pelarraden och såg från sin plats i dunklet på prästerna som rörde sig i avmätta rytmer under gudens väldiga huvud. En nästan stelnad dans, så långsam att rörelsen var svår att uppfatta. Han såg inte trummorna, underligt nog verkade ljudet från dem mer avläget här inne.

Anjalis lutade sig mot en pelare och lade armarna i kors över bröstet medan ögonen långsamt vande sig vid mörkret. Som överallt i Rom var det trängsel av människor men här fanns en

213

tystnad bland de många, mörk och högtidlig. Trummorna minskade takten, nu var det långt mellan slagen och prästernas rörelser stod nästan stilla i luften. Ändå måste rörelsen finnas för scenen förändrades, stilla, omärkligt bytte männen ställning och plats.

När Anjalis såg Jupiters ansikte som flammade rött i fackelskenet tänkte han att nog kunde Gud finnas här också, i de tunga romerska anletsdragen.

Plötsligt ökade trummorna takten, steg mot valven i jubel och Anjalis gick in mot sin egen mitt, där allt är ljus och tystnad.

Hans andakt varade bara ett ögonblick – en kort död och en lätt återfödelse – men nog för att befria honom från Cornelias skymf och den rädsla som drömmen på värdshuset efterlämnat.

I den stora hallen i Flamen Dialis hus stod män i vita togor samlade i grupper, upptagna av livliga samtal så som romarna alltid och överallt tycktes vara. Men sorlet tystnade när Anjalis anlände och genast fördes förbi de väntande, genom det stora atriet och uppför den breda marmortrappan.

Det doftade från rosorna i peristylen och allt var lika skrämmande vackert som Anjalis mindes det. Han visades in i biblioteket, ett långsträckt rum med väggarna klädda av breda hyllor för de tusentals bokrullarna. En sekreterare väntade honom, bugade och bad honom hövligt att slå sig ner vid bordet i rummets mitt.

Det var ett stort bord på bastanta lejonfötter.

Flamen skulle dröja ännu någon timma, sade mannen. Men han ville att Anjalis skulle använda väntetiden till att studera de dokument som lagts fram på bordet. För övrigt hoppades Flamen att Anjalis ville deltaga i middagen senare i kväll.

Anjalis bugade. Sekreteraren bugade och försvann, oföränderligt hövlig och utan värme.

Långt borta spelade någon en melodi på harpa, runda väl-

214

fyllda klanger nådde Anjalis som för ett ögonblick tänkte på Flaminica och kände att tanken tröstade.

Så öppnade han det första dokumentet, signerat av Augustus själv och tyngt av det stora kejserliga sigillet. Redan av rubriken förstod han att målet nåtts: "Tillstånd" stod där i stora och fint snirklade bokstäver.

Under rubriken kunde han läsa att astrologen och vetenskapsmannen Anjalis, son av Balzar, medborgare i Partherriket, meddelats kejserligt tillstånd att bedriva studier av religionen i Rom. På nästa rad följde en uppmaning till präster och andra fria romerska medborgare att på allt sätt vara honom behjälplig. Undantag gjordes för uråldriga kultiska hemligheter och för uppgifter som kunde skada rikets anseende.

Trots att Anjalis varit rätt säker på ett positivt besked kände han lättnaden. De inskränkningar som fanns var rimliga, tyckte han, även om han insåg att paragrafen om skada för rikets anseende var oroväckande tänjbar.

Nästan hotfull.

När han lade tillståndet åt sidan och började läsa nästa dokument ökade känslan av hot. Varje rapport han skrev skulle underställas Flamen Dialis för godkännande och kopieras innan den på romerska skepp fördes till Heliopolis.

Privata budbärare från det egyptiska templet var inte tillåtna.

Orden var entydiga, massiva och lika omöjliga att rubba som pelarna i det romerska templet. Anjalis kände sig plötsligt ensam, avskuren från roten.

Nästan värre ändå var dokumentet som redogjorde för hur hans studier skulle bedrivas, tillrättalagda som ett schema för en skolpojke. Han skulle börja i månadsskiftet mellan september och oktober i Vestalernas hus, fortsätta i Jupitertemplet där han skulle få studera prästutbildningen. Augurernas järtecken fick avslöjas men hauruspices urgamla konst att avläsa framtiden i offerdjurens inälvor skulle förbli en romersk hemlighet.

Anjalis stora mun drogs ut i hån, tack, tänkte han, jag är inte nyfiken. Och i nästa stund: så lite de har begripit, så bokstavligt de ser.

Han fortsatte att läsa, dokument efter dokument, bunden i fulländat latin fanns hans framtid i skrivelserna. Detta var en plan med snörräta riktlinjer, målmedveten som akvedukternas marsch över campanjan.

Sedan log han: Över tanken rår ingen.

Och i nästa stund måste han skratta: Jag har ett gott minne. I tornet i öknen och i templet i Heliopolis var han rent av berömd för sitt minne.

När Flamen kom in i rummet och Anjalis reste sig fanns skrattet ännu kvar kring ögonen och Flamen sade:

– Jag ser att du är nöjd.

– Jag är mycket tacksam, sade Anjalis. Men också mycket förvånad. Så välplanerat och storslaget som här i dokumenten har jag själv aldrig sett på mitt uppdrag.

Flamen såg förbryllad ut, den grekiska rapporten hade ju varit systematisk och mycket detaljrik, sade han.

Anjalis nickade och kände sig plötsligt oresonligt glad för allt som rapporten inte innehöll, för den rapsodiska skildringen av orfikerna och utelämnandet av de judiska församlingarnas gudsgemenskap i de grekiska städerna.

Hade han haft föraningar när han uteslöt själva tyngdpunkten i den kopia han haft med till Rom? Eller hade en vänlig gud styrt hans händer vid kopieringen?

– Får jag fråga vad det är du tänker på med sådan glädje, sade Flamen Dialis och Anjalis svar kom rakt ur luften.

– Jag tänkte på Cornelius och hur glad han kommer att bli över kejsarens tillstånd.

Flamen log han också och sade:

– Jag vill att du framför en hälsning till Cornelius. Säg honom att nästa torsdag skall jag och min familj äta middag vid hans bord.

Orden hade klang av kungörelse och Anjalis såg förvånad ut

när han svarade:
– Det skall jag framföra.

Före middagen presenterades Anjalis för en man utan ålder, bruna gåtfulla ögon i ett finskuret ansikte och ett knappast anat leende. De kände ögonblickligen igen varandra utan att någonsin ha setts förut.

Mannens blick inneslöt Anjalis i ett stort lugn.

Han hette Oannes, var syrier, filosof och astrolog. När Flamen gick för att ta emot nya gäster sade Anjalis på arameiska:
– Osiris?
– Ja, sade mannen och visade mot fodret i sin toga, en lätt gest som angav var han förvarade sin flöjt.

I samma stund hörde Anjalis musiken från den stora resan ut ur sarkofagen i Heliopolis. Bara några toner, ljusa som en erinring av det land som ingen kan minnas.

Flamen presenterade nästa gäst, en grek som läst Anjalis rapport och inte hade ord för sin beundran.
– Ett mästerverk, sade han och talade länge om intelligenta sammanfattningar och frisk iakttagelse. Men Anjalis lyssnade dåligt, trots sin glädje vid smicker.

Han ville vara kvar i Oannes ro. Flamen, som såg det, log och påpekade:
– Vår syriske vän har samma uppfattning som du om den nya tidsåldern.
– Jag vet, sade Anjalis men såg varningen i Oannes ögon.
– Ni känner varandra?
– Nej, vi har aldrig setts tidigare.

Det kom fler gäster, Petronius, den unge ädlingen som följt Anjalis undervisning i Athen och inbjudit honom till Rom.
– Jag har just hört om kejsarens tillstånd för dina studier här, sade han. Det är mycket intressant men jag hoppas trots allt att du hinner hålla de avtalade föreläsningarna.
– Naturligtvis.

Till slut anmälde hovmästaren högtidligt Flamen Martialis

och alla reste sig. Mars överstepräst var en mager äldre man som vanpryddes svårt av den höga mössan. Han var lika misstänksam som någonsin Flamen Dialis men gjorde mindre för att dölja det.

– Jag avrådde kejsaren från att ge dig tillståndet, sade han till Anjalis sedan sällskapet lagt sig till bords.

– Får jag fråga varför?

– Gudarna är mätare av det värde som ett folk sätter på sig självt, sade Flamen Martialis. Därför bör deras kult förbli en hemlighet.

– Du menar att gudsbilderna bestämmer människovärdet?

Marsprästen undvek att svara men sade med tonvikt på varje ord:

– Roms gudar är grymma, av skäl som en främling aldrig kan begripa. Även du kommer att missförstå.

Det blev tyst runt bordet medan Anjalis och marsprästen mätte varandra med blickarna. Till slut sade Anjalis:

– Det är en intressant tanke men jag undrar om du har rätt. Den vanlige greken är faktiskt både hederligare och hyggligare än vad hans gudar är.

– Grekerna har skurit av sina rottrådar. För dem finns inget hopp.

Prästen hade avkunnat sin dom och sällskapet runt bordet verkade inte ens besvärat. Den grekiska gästen skrattade högt:

– Ett befriat folk, sade han.

Men Anjalis log inte:

– Av vad jag hittills hunnit se är romaren allvarligare än greken, sade han. Så här kanske din tes om gudsbild och människovärde stämmer. Och i så fall ...

– Vadå? Frågan kom som ett piskrapp.

– I så fall blir mitt uppdrag lättare.

– Varför?

– För att då finns det en gemensam grund för Roms religion och min egen, sade Anjalis. Vi österlänningar tar också Gud på allvar.

För första gången deltog Oannes i samtalet.

– Min åsikt är att Rom har skurit av rötterna på samma sätt som Athen, sade han. Allt fler i världens huvudstad är gudlösa.

Det blev tyst runt bordet, man hörde Flamen Dialis sucka:

– Jag frågar mig ständigt vad som händer med ett folk som förnekar den yttersta makten, sade han till slut.

– Det tappar sin anständighet, sade Flamen Martialis.

– Ja, sade Oannes. Om frågan om livets mening måste besvaras i det stora mörkret i varje enskild människa, blir hon offer för sin egen ondska.

Orden föll så tunga att samtalet avstannade. Men Flamen Dialis såg så småningom upp från sin tallrik:

– Då tar Gud gestalt i ödet. Det är så du menar, Anjalis?

– Ja. Anjalis var lågmäld och allvarlig och Flamen Dialis såg att även marsprästen var imponerad.

– Vill du förklara.

Anjalis sökte efter orden och hans ögon vädjade till Oannes.

– Människans inre motsatser, hennes hat och kärlek, högfärd och ödmjukhet ...

– Hennes vilja till det goda och lust till det onda, sade Oannes.

– Ja. Alla dessa motsättningar kan aldrig förenas på sin egen nivå inom den enskilde. För det behövs en tredje kraft, en gud och en myt som förmår att gestalta kampen och få upp ondskan i dagsljuset.

– Som gör Satan synlig, sade Oannes.

– Ja. Möjlig att ta ställning till.

– Om gudarna förnekas saknar människan redskap, menar du. Flamen Dialis röst var uppfordrande.

– Jag är rädd för det, sade Anjalis. I grunden finns ju alltid den moraliska konflikten och moraliska problem är metafysiska och kan inte lösas med förnuftet.

Men Petronius protesterade.

– Jag förstår er inte, sade han. Om gudarna förnekas blir ju människan äntligen herre i sitt eget hus.

Anjalis skrattade åt hans trosvisshet.

– Stjärnorna försvinner ju inte från himlen för att du vägrar att se dem, sade han. För att inte tala om den glödande lavan i vulkanens inre.

Alla deltog i skrattet men det var inte muntert.

När frukten serverades sade Flamen Dialis:

– Jag bad Oannes, som är kejsarens astrolog, att vara med här i kväll för att han tycks veta mer än du, Anjalis, om den nya tidsåldern.

Anjalis nickade och log när han tänkte att det borde Oannes, mannen som bar namn efter Babylons fiskgud.

Syriern började i lätt ton:

– Som Anjalis redan berättat har jorden just gått in i Fiskarnas tidsålder. Djuren i de stora djupen gör nu ett försök att nå dagens klara ljus.

Trots tonen blev det högtidligt tyst runt bordet, även slavarna stod orörliga, i andlös förväntan.

– Det innebär att det onämnbara skall få ord, det ovetbara skall bli vetbart, ta gestalt och bli synligt, fortsatte Oannes.

– Gud skall födas på jorden, sade Flamen Dialis.

– Det vet man inte, sade Oannes. Det kan innebära att Gud skall födas i varje människa, inte att Gud skall bli människa. Astrologerna tvistar om hur tecknen skall tydas. Vad vi med säkerhet vet är, att sedan den svarta planeten mötte ljusets himlakropp är tiden mogen. Men Fiskarnas eon skall vara i tvåtusen år och när undret skall fullbordas vet ingen.

Spänningen släppte, gästerna drog en suck av lättnad och slavarna rörde sig åter runt bordet.

– Judarna tror på Guds födelse som Messias, sade Flamen Martialis.

– Judarna är klena astrologer, sade Oannes med lätt men fullt hörbart förakt. Och för övrigt har deras messiasdröm blivit politisk. De väntar på folkhjälten som skall återupprätta Davids kungadöme.

För ett ögonblick mötte hans blick Anjalis.

Flamen Martialis ville inte lämna judarna:

– De väntar på David, men hatar Augustus och bekämpar kejsarkulten, sade han och rösten var full av harm när han tillade:

– Detta trots att Augustus låter offra två tjurar varje dag till Jahve i Jerusalems tempel.

– Judarna är ett sakligt folk, sade Oannes.

– Det var ett underligt yttrande. Ur romersk synpunkt är de fanatiker.

– Jag menar bara att deras messiasdröm är mycket praktisk, sade Oannes.

– Och vad anser ni båda om kejsarkulten? Marsprästen hade frost i stämman.

– Varje gudsbild är en ny aspekt av det gudomliga mysteriet, sade Anjalis skamlöst.

– Dessutom är varje kung en sinnebild för den kosmiska människan, sade Oannes.

Natten stod sotsvart över Rom när de tackade sin värd och bröt upp. Anjalis bad om sin hälsning till Flaminica och Flamen Dialis påminde ännu en gång om budet till Cornelius.

Oannes och Anjalis gjorde sällskap nerför den breda marmortrappan. Oannes sade i en ton lätt som sommarvinden:

– Vi är förföljda och avlyssnade.

Orden var egyptiskans och lät som en vänlig hälsning.

Innan de skildes utanför porten vågade Anjalis ändå en fråga:

– När får jag se dig igen?

– Jag stannar i Rom ett slag. Vi ses.

Och så sögs han upp av mörkret i gränden.

Aldrig hade Anjalis känt sig så trygg i Rom som när han tog sig nerför Capitolium och mot sitt värdshus. Han somnade så fort han lagt huvudet på kudden.

Men han väcktes i gryningen av en flicka som skrek i våningen ovanför. Huset var lyhört som om det byggts av stråmattor och

221

för ett ögonblick tänkte han på alla historier han hört om hur elden härjade i Roms insulas. Och om hur de rasade och begravde sina invånare i det nedstörtade teglet.

I nästa stund såg han att hans huvudkudde var blodfläckad och mindes gryningens drömmar om hur han slitit sitt hår och sina kläder som en sörjande judisk mor.

Hela hans långa hår var fullt av löss.

Han tvättade sig hastigt och kom snart i reskläderna, betalade den sömnige värden och fann sin häst. Upp mot Via Appia och rakt ut ur staden, hem till Nadina som säkert hade huskurer mot ohyran.

Den stora staden vaknade runt honom i en stank som var värre än han mindes den. Runt i gränderna drog renhållarna, överallt smög hyreshusens invånare med sina nattkärl till latrinhögarna. Alldeles innanför stadsmuren fanns en av de större, sopor och latrin rann i strömmar. Plötsligt höll Anjalis in hästen och gled ur sadeln, nästan förstenad av skräck.

Mitt i latrinen skrek ett barn, en nyfödd och välskapt flicka.

Men skriket räddade henne inte, inom några ögonblick gled hon ner i lortberget, och Anjalis kunde se hur latrinen långsamt täppte igen hennes ögon, munnen, näsan.

Sedan var barnet försvunnet.

Anjalis var mycket blek när han långsamt vände sig om och fann att han var iakttagen. En högdragen romare i vit toga stod bredvid honom med ett egendomligt drag av lust och nyfikenhet över det vackra ansiktet.

– Alla folk sätter ut sina oönskade barn, sade han.

– Men varför dödar man dem inte innan ...?

– Det händer ibland att någon barnlös matrona hämtar en unge här i gryningen, sade mannen.

Anjalis försökte skaka sig ur förstelningen.

– Ta det inte så allvarligt, sade mannen. Det är många i Rom som önskar livet olevt.

Anjalis nickade och sade överraskande även för sig själv:

– Jag tänkte egentligen på något helt annat. På fyra hundvalpar som en pojke skar halsen av.

Mannen såg förvånad ut men sade i beklagande ton:

– Människan är grym, inte sant.

I villan i Albanerbergen dröjde det inte länge förrän Anjalis låg i ett hett bad alltmedan Nadina gned hans hårbotten med svidande ättikssprit.

– Hur har du burit dig åt?

– Jag sov över på ett smutsigt värdshus på Aventinen.

– Varför det?

– Cornelia erbjöd mig en säng hos kuskarna i slavlängan. Och det anbudet var jag för stolt för att godta, sade Anjalis och skrattade när han tillade:

– Somliga straffar gudarna genast.

Nadina blev så upprörd att hon höll på att tappa hela ättikskruset i Anjalis huvud.

– Vid Jupiter, skrek hon. Anjalis, jag ber dig, berätta det inte för Cornelius.

– Varför inte?

Nadina nästan jämrade:

– Han skulle slå Cornelia sönder och samman om han fick veta.

I biblioteket i det stora huset satt Cornelius och läste alla Anjalis tillstånd. När kaldéern knackade på dörren log han som om segern varit hans.

– Jag gratulerar, sade han.

– Tack och tack för all hjälp, sade Anjalis med värme. Jag får berätta mer i kväll för nu måste jag ägna mig åt Marcus. Jag kom bara för att framföra ett bud från Flamen Dialis. Han lät meddela att han och hans familj kommer hit på middag nästa torsdag.

Anjalis hade inte förstått vad budskapet skulle betyda för Cornelius. Romaren växte inför hans ögon och rösten var ung och kraftfull när han sade:

– Tack Anjalis.

Och så reste han sig och gick mot altaret med de gamla scipionernas husgudar.

Marcus sov med valpen i famnen och hunden gav av sin flödande livslust till pojken.

Denna morgon vaknade pojken först, skakade valpen och sade:

– Vakna med dig, Anco. I dag skall vi resa till havet. Till Eneides, viskade han och lyfte det långa hundörat så att valpen alldeles säkert skulle höra och förstå.

– Det är min bror, förstår du. Han vet inget än.

Han vet inte att jag kan se.

Och inte att jag kan slåss. Och att jag nästan kan läsa. Och att jag har en hund.

Han kommer att bli avundsjuk, Anco. Men vi skall vara snälla mot honom.

Inte retas.

Men först skall jag slå honom på käften.

Och du får bita honom, men bara lite. I foten. Begriper du?

Anco slog sömnigt upp de gnistrande kolögonen och slickade instämmande Marcus i ansiktet.

Ögonblicket efter var pojken ur sängen och flög runt huset.

– Nadina, upp med dig, vi skall resa nu.

– Anjalis, vakna, så vakna då.

Hunden skällde som en galning när han och Marcus fortsatte över gården.

– Cornelius, morfar, vakna, vi skall resa.

Hela huset kom på fötter långt tidigare än tänkt och det var inte full sol när den stora vagnen rullade nerför berget på väg mot havet.

Två dagar tidigare hade Flamen Dialis och hela hans familj varit på besök och allt hade avlöpt väl. Bättre än Anjalis hade vågat hoppas sedan han häpet fått se hur huset vänts upp och ner, hur dyrbara tyger och märkvärdiga bronser dragits fram ur okända kistor, hur rosor skurits och speglar putsats, hur hela det stora huset smyckats som till en väldig fest.

Gästflygeln hade städats in i minsta skrymsle trots att det bara gällde en övernattning.

Flamen fick inte vara borta från Rom mer än en natt, hade Nadina förklarat. Dessutom fick han aldrig se något arbete utföras så allt måste vara färdigt, trädgården rensad, gångarna krattade och maten lagad innan han anlände.

När hon hämtade andan hade Anjalis fått in en fråga:

– Varför får han inte se folk arbeta?

Hon hade stannat till ett ögonblick mitt i all brådskan och allvarligt försökt att besvara hans fråga:

– Roms öde sammanhänger med Flamen Dialis.

– Jaha, sade Anjalis.

Cornelius hade suttit i långa överläggningar med kocken som hämtats från huset i Rom.

– Vad fick ni att äta på Flamens middag?

– Allt, alldeles för mycket.

– Vad menar du med allt?

Anjalis hade försökt minnas, ägg, rökt fisk, stekt fisk med sur sås, inkokt fisk, minst tre olika kötträtter som Anjalis skickligt undvikit, tårtor, frukter. Det var inte bra för magen, hade han sagt.

Åt detta hade Cornelius och kocken fnyst.

Vid det laget hade Anjalis begripit att Flamen Dialis besök innebar att Rom tog Lucius Cornelius Scipio till sig i nåd igen och förlät honom hans synder, vilka de än hade varit.

Vad Anjalis mindes mest av besöket var en lång promenad med Flaminica och barnen, tre döttrar som var häpnadsväckande frimodiga och fullt ut lika vilda som Marcus och valpen. De hade flugit runt och förbi de vuxna som fått god tid att tala ostört.

Sällskapet hade rastat vid dammen och Anjalis hade berättat om näckrosen, om Marcus hela utveckling under sommaren. Flaminica hade lyssnat med stor uppmärksamhet och ställt många frågor. Rätt frågor, just de som fick Anjalis att se sammanhang och bli säkrare.

Hon hade förstått hans oro inför händelsen med de dödade valparna. Men till slut hade hon sagt:

– Grymheten finns hos varenda en av oss. Hos dig också, Anjalis.

– I så fall känns jag dåligt vid den.

Ett slag hade hon försökt att beskriva Cornelia för honom, men fått ge upp.

– Jag har aldrig förstått henne. När vi var barn tyckte jag ofta synd om henne. Jag minns att jag sökte upp henne när modern dödat sig, men flickan skrattade, hon skrattade i dagar, Anjalis.

Men nu var de på väg genom Latiums lövskogar och innan solen nådde middagshöjden kunde de känna ett stråk av salt i luften. Salt och något mer, en fin doft från pinjerna i strandskogen.

Sedan, nästan dramatiskt, bytte skogen karaktär, de rullade ut ur det lövskogsljusa skimret och in bland de högtidliga pinjerna vid Tyrrhenska havet. Stolta och allvarsamma stod de där och när lövträden här och var lyckats tränga in i pinjeskogen hade också de fått rakare stammar och mörkare grönska.

Marken var översållad av purpurröd cyklamen.

Så nådde de kusten och sanden var vit som molnen och havet blåare än himlen och bränningarna sköljde i ändlös upprepning in över stranden för att falla samman i yrande skum.

Anjalis kände samma glädje som en gång i Tyrus, där han mötte de blå vidderna för första gången. De tog rast, åt medhavd matsäck och valpen och pojken badade, försvann i dyningarna och lät sig kastas tillbaka som drivved.

– Ser du, Anjalis, ropade han, ser du hur jorden andas.

Nadina skrattade åt honom men Anjalis nickade allvarligt:

– Ja, jag ser.

– Det var här Aeneas fartyg tog sig i land, sade Cornelius och läste ur minnet den sköna dikten om landet som öppnade sig för Trojas hjältar, det land som gudarna utvalt och som skulle växa till Rom, världens besegrare.

Den gamle romarens röst var stor och allvarlig, det var ingen tvekan om att orden kom rakt ur hans hjärta.

Men Marcus sade:

– Jag begriper inte. Kan du inte berätta med vanliga ord?

Men det kunde inte Cornelius, han tystnade generat och Anjalis tog vid.

Så kom det sig att Marcus i dånet från bränningarna fick höra om de besegrade hjältarnas färder till sjöss, om de tjugo skeppen som enligt gudarnas beslut och efter otaliga äventyr fann nytt land just här.

– Men fanns här inga människor?

– Jo. Anjalis berättade om latinarna som stod under gudinnan Junos beskydd och om hur hon, efter de stora striderna, måste böja sig för allfadern och bereda trojanerna plats i sitt rike. Ett villkor ställde hon, det nya folket skulle tala de gamla invånarnas språk, det klingande latinet.

– Sån tur, sade Marcus, jag hade då aldrig förstått trojanska.

– Jodå, sade Anjalis. Trojanerna talade grekiska. Men jag tycker som du att det var tur, för latinet är ett underbart språk.

– Världens vackraste, sade Marcus. Men hur gick det sedan?

Anjalis fortsatte, i stora bilder tog sagan gestalt i hela sin väldiga kraft, pojken var andlös och Cornelius rörd.

– Jag visste inte att du tagit Vergilius till ditt hjärta, sade han när de fortsatte resan söderut längs den vindomsusade stranden.

– Det finns kanske hopp för mig också, sade Anjalis och skrattade. Men någon riktig romare blir jag aldrig, jag kommer aldrig över min förvåning.

– Som så ofta förstår jag dig inte, sade Cornelius.

Han tänkte på samtalet några dagar före avresan, då när Nadina sökt upp honom sedan den siste klienten gått. Hon hade kommit för att berätta att Marcus kunde läsa.

– Det är inte möjligt, hade Cornelius sagt.

– Men kom då själv och hör.

Han hade smugit in i Anjalis bibliotek och stått där och sett på pojken som satt på golvet tillsammans med valpen och lade pussel med stora bokstäver som han själv ritat, formade ord för ord.

SNAT BITER ANCO (jag har för lite A, Anjalis!) JLIS I FOTE.

Anjalis hade inte ens sett upp från sitt arbete, bara sagt:

– Men så gör dig då några nya, Marcus.

Sedan hade båda fått syn på Cornelius:

– Vill du inte slå dig ner.

Cornelius hade satt sig, tungt, han behövde besinna sig. Runt i hans huvud for minnena från den egna skolgången, hur bokstäverna hade slagits in i hans huvud av en lärare som var lika upphetsad som en centurion i strid och slogs lika ivrigt, med rotting i stället för svärd.

Han kunde tydligt minnas hur obegripligt svårt det varit, att fatta, att gå från ljud till tecken och att sammanfoga från talat ord till skrivet.

– Anjalis, hade han sagt. Man kan väl inte lära barn att läsa på lek.

– Jag tycker det går väldigt bra jag.

Anjalis hade skrattat sitt väldiga skratt och försökt förklara:

– Har du någonsin tänkt på hur barn lär sig tala, Cornelius?

– Men det är ju en annan sak, det går av sig självt. De härmar.

– Ja.

På vägen ut ur rummet hade Cornelius hört hur Marcus skrek: Nu har jag fem A, men de är inte så värst fina.

På gården hade han stannat hos Nadina, som satt under den stora linden och sydde.

– Han är nog en trollkarl i alla fall, Nadina.

– Inte, hade Nadina svarat. Han är något mycket märkvärdigare, en människa som aldrig krånglar till saker och ting.

Kanske var detta hela den enkla sanningen om kaldéern, tänkte Cornelius när de for förbi de eleganta sommarvillorna i Antium och ut mot udden, där Salvius hus reste sig mot det blå havet.

Vagnen hann inte stanna innan Marcus var ur den, han for på näsan men var snart på benen igen, på väg över den solsvedda grässvålen.

– Eneides, Eneides ...

Ropen överröstade måsarna som häpet såg ner på den lille pojken som sprang med hunden i hälarna.

Så plötsligt kom Eneides, han sprang lika fort han, och mitt i backen möttes de och slogs ihop till en enda kropp med fyra ben och lika många armar. De rullade utför slänten under vilda tjut, de brottades som galningar, armarna gick som trumpinnar medan ropen steg mot skyn.

Till slut låg Eneides på rygg, besegrad, med Marcus sittande grensle över sig. Han skrattade så att han grät och Marcus skrek:

– Jag kan se, och jag kan slåss. Och jag har en hund.

– Jag ser, skrek Eneides och i nästa stund bet Anco honom i foten medan Marcus skrek: Låt bli, Anco, låt bli. Det är min bror, kan du inte se att det är min bror.

Hunden kröp ihop med svansen mellan benen och Eneides tog upp honom i famnen, och strök med mjuk hand över pälsen.

Anjalis hade iakttagit hela scenen med en stor uppmärksamhet. Han hade sett att Eneides låtit sig besegras av den mindre pojken, att det hade varit enkelt för honom att slå Marcus till marken. Och han hade sett händerna som tog emot och smekte valpen, ömheten i rörelserna.

När Eneides hälsade på Anjalis sade han:
– Jag har haft många drömmar om dig.
Anjalis nickade:
– Vi skildes lite för fort du och jag, sade han. Och sedan så lågt att bara Eneides kunde höra det:
– Det var synd. Jag förstod inte att jag hade en bundsförvant.
Pojken begrep ögonblickligen:
– Men han är bra nu, viskade han.
– Nästan. Men han är mycket skör.
– Det har han alltid varit.
I nästa stund var han försvunnen med Marcus på väg till havet:
– Det är varmt i vattnet, Marcus.
– Jag vet, jag har redan badat.
– Han är äldre än sina sju år, sade Anjalis till Nadina när de gick upp mot huset där Salvius väntade dem.
– Ja, sade Nadina, han har alltid varit tidig. Och ett märkvärdigt barn, älskvärt på något förunderligt vis.
– Han har fått stora gåvor, sade Cornelius som hade hört samtalet och också lagt märke till att Eneides frivilligt låtit sig besegras vid brottningen.

Redan för någon månad sedan hade de hört att Salvius syster flyttat till sin bror för att ta hand om Eneides och om hushållet. Hon hade nyligen blivit änka och hennes vuxna barn var bosatta på olika håll ute i provinsen. Nu hälsade de på henne, en medelålders, lite tung kvinna med bestämda drag och håret samlat i en knut i nacken. Anjalis såg genast att hon ägde ett lugn av det slaget som människan får kämpa sig till och att det fanns smärta i de fint ristade rynkorna kring ögonen. Men leendet var varmt och hälsningen full av värdighet när Salvius presenterade henne.
Han var nykter och mer sammanhållen än när Cornelius senast träffade honom.

Hans syster såg länge på Anjalis:

– Du får förlåta min nyfikenhet, sade hon, men Eneides talar ständigt om dig och jag har gjort mig så många bilder.

– Det låter hemskt, sade Anjalis. Bilder stämmer så sällan med verkligheten.

– Den här gången gjorde de det, sade Salvia och skrattade.

Hon anvisade dem rum på husets övervåning, enkla och mycket rena rum med utsikt över havet. De tvättade av sig resdammet och bytte kläder innan de gick till terrassen där de serverades frukt och svalkande drycker.

Inget vin, tänkte Cornelius.

– Det blir middag om några timmar, sade Salvia och Anjalis ursäktade sig, gick upp på sitt rum där han kastade sig raklång på sängen.

Länge låg han där och såg på ett gyllenbrunt pojkansikte med vakna, intensivt blå ögon. Allt skulle bli lättare, tänkte han.

Och allt hade varit så mycket svårare än han någonsin förstått.

Gång på gång återvände han till bilderna av hur de magra pojkhänderna hade smekt valpen.

Ljuset i rummet skiftade mot rött när han steg upp för att se solen gå ner i havet. Som alltid när västerns länder överväldigade honom med sin skönhet sved hans hjärta av hemlängtan.

Sedan hörde han ropet från gårdsplanen framför huset. Eneides röst: Anjalis, Anjalis.

Han kastade manteln över axlarna och sprang utför trappan mot pojken.

– Marcus vågar inte gå in.

Först i det ögonblicket påminde sig Anjalis något som han sett utan att se, att Marcus inte hälsat på Salvius.

Pojken satt vid backens fot, liten, hårt hoprullad. Bredvid satt Anco, lika tröstlöst ledsen. Anjalis fångade Marcus blick och sade:

– Kom så går vi.

Den lilla gestalten hade återtagit hopplösheten, axlarna sluttade och ryggen kutade när de långsamt började gå norrut längs stranden. Eneides stod bakom dem, tvekande, men Anjalis sade:

– Du också, Eneides.

Mörkret föll hastigt, de nådde en klippa som överraskande kastade sig ut i vattnet från den flacka stranden. Anjalis slog sig ner med en arm om vardera pojken.

– Berätta för mig om henne, sade han.

Då började Eneides gråta, en stillsam, hopplös gråt som väckte Marcus ur försteningen. Han drog djupt efter luft och sade:

– Seleme kunde tala med fåglarna.

– Ja. Eneides svalde och berättade mellan snyftningarna:

– Hon stod här på klippan varje morgon och de kom, förstår du, alla de stora fåglarna från havet kom och satte sig bredvid henne.

– Hon var så vacker, Anjalis. Lika vacker som Eneides.

– Jag förstår det, sade Anjalis. Och så hade hon goda händer.

– Ja, hur kunde du veta det?

Eneides blev så förvånad att gråten upphörde. De hörde de tunga dyningarna slå och kvällsvindens lek med pinjerna.

– Salvius var elak mot henne, sade Marcus plötsligt.

– Det kan jag nog tro.

– Hon brydde sig inte om det, sade Eneides. Hon brydde sig bara om oss och om fåglarna.

– Hon brydde sig mest om dig. Det fanns ingen hätskhet i Marcus röst, det var bara ett enkelt konstaterande. Ändå ville Eneides trösta:

– Hon brydde sig om dig också, Marcus.

Anjalis sade alldeles lugnt:

– Men dig älskade hon, Eneides.

– Ja. Marcus röst var tunn och liten.

Sedan kröp han in i Anjalis famn och började äntligen gråta, en gråt som inte hördes ens i tystnaden mellan bränningarna.

– Skall du inte trösta honom? Eneides var upprörd.

– Nej.

– Livet är långt, sade Eneides prövande. Och man får inte gräva ner sig. Det har Salvius lärt mig.

Han kunde se trollkarlen le i mörkret.

– Och då glömmer du?

Rösten var allvarligare än orden och Eneides suckade och sade:

– Åtminstone ... en stund i sänder. Det är därför det blir så hemskt ledsamt när det kommer tillbaka som i kväll när Marcus ...

Rösten bröts och Anjalis sade:

– Gråt pojke.

De tre satt länge på stranden och även Eneides lärde att det inte finns tröst i livet.

Till slut tog Anjalis fram flöjten:

– Ser du månen gå upp där borta över skogen, Marcus? Det är nymåne, just som flöjten vill ha det.

Och han spelade ännu en gång den gamla melodin som förde människan genom den silvervita skogen mot öknen, där allt utplånas och uthärdas.

Marcus höll en liten kallsvettig näve i Anjalis hand när de äntligen gick över tröskeln till huset.

– Här är ändrat, sade han.

– Ja, jag har låtit bygga om en del, sade Salvia, som hade ögon och förstod.

– Nu får ni skynda er att tvätta er, för middagen väntar.

Det fanns ingen förebråelse i hennes röst men Anjalis insåg att de kom mycket för sent till bordet och bad om ursäkt.

– Vi blev sittande på stranden för att tala om Seleme, sade han.

– Det var förbannat olämpligt, röt Salvius som inte var nykter längre. Och du skall vara lärare åt min son ...

Men Cornelius hejdade honom med en gest.

– Anjalis bestämmer ensam hur och när de här båda pojkar-

234

na lär sig saker och ting. Om han nu godtar Eneides som elev.

– Åh, Anjalis. Eneides flämtade.

Kaldéern log stort mot pojken.

– Men det är ju självklart, Eneides.

– Och jag har som vanligt ingenting att säga till om, sade Salvius.

– Nej, sade hans syster som enkelt konstaterande.

Det blev tyst runt bordet men bara ett ögonblick. För Salvius måste fråga:

– Vad sade ni om Seleme?

– Åh, sade Anjalis, vi talade om hur vacker hon var och hur snäll. Och Eneides berättade om hur hon kunde tala med fåglarna.

Då såg Marcus att också Salvius var ledsen.

Det hjälpte pojken över rädslan.

De åt flottyrstekt nyfångad fisk och Marcus sade:

– Det var väldigt gott, kan jag få mera.

När pojkarna låg i sina sängar i den gamla barnkammaren på husets östra gavel och Anco ränne som en galning mellan dem båda för att slutligen gå till ro hos Marcus så som han brukade, sade Eneides:

– Seleme älskade mig mest. Anjalis älskar dig mest.

Marcus kände hur lyckan slog sig ner i bröstet och stilla spred sig genom kroppen.

– Ja, viskade han.

– Det är rättvist, sade Eneides.

Och så somnade de båda, trötta av den långa dagens alla innehåll.

I DEN GRÅ TIMMEN före dagbräckningen drömde Anjalis Ikaros urgamla dröm om resan till solen, till ljuset som ingen dödlig får se.

Men Anjalis flög ändå på starka vingar rakt in i den bländande vitheten. Med öppna ögon fortsatte han mot utplåningen och smärtan tog andan ur honom när elden smälte vingarnas vax, svedde hud och ögon och han föll genom de svindlande djupen mot jorden där mörkret rådde över bergen.

Hans skräck var lika väldig som rymderna men han väcktes av örnens skri som slog eko mellan klipporna – alltid ögonblicket innan han skulle ha krossats mot klipporna.

Natt efter natt återkom drömmen och han vaknade alltid i den första dagern, den som är grå och utan hopp. När han satt i sin säng med kallsvetten rinnande över kroppen och den flämtande oljelampan tänd, kunde han återkalla bilderna och finna dem lätta att förstå.

Men i förståelsen fanns ingen befrielse.

Det var hans fjärde vinter i Rom och maran red honom.

Ännu en dröm återkom med samma envishet. Han var ett barn i en oskuldsfull värld vid den stora Tiberns strand när det plötsligt slog eldslågor ur hans hår. Lågorna antände allt i hans väg och skrämde alla på flykt undan barnet, som förgäves bad om hjälp mot sin plåga. Efter en stund slog lågorna ut också ur hans ögon, som förtärdes av elden.

När han vaknade mindes han sagan om Lavinia, flickan vars brinnande hår förebådade det förödande kriget mellan hennes

236

eget folk och erövrarna från Troja.

Hon blev inte blind men fick betala priset för freden genom att gå i brudsäng med Aeneas.

Också den drömmen gick att begripa. Ändå lämnade den hela sin övergivenhet kvar hos Anjalis.

Han erinrade sig ett samtal med Oannes:

– Själen livnär sig av drömmar. Men tyd dem inte, översätt inte det stora livets budskap till de döda språken.

– Men du säger ju själv att de har ett budskap.

– Ja. Vi har att lyda.

Nu försökte han pressa tröst ur Oannes ord och tro att de svåra drömmarna gav näring åt hans själ.

Växtvärk, sade han sig men leendet blev bara en grimas och frågan förblev obesvarad:

Hur lyder man ett budskap som inte får tydas?

Han var orolig för Marcus. Utan skäl kunde det tyckas, för pojken växte i styrka och kunskap, alltid tillgiven och ofta glad. Ändå lyckades Anjalis inte blåsa liv i barnets kärna där medlidandet finns och där kärleken skall växa.

Under vinterhalvåret bodde de på Palatinen, i huset som Salvius belånat och Cornelius återtagit genom att lösa inteckningarna. Han hade låtit bygga till det med en ny entré, ännu ett atrium och rum på övervåningen för sig själv, Anjalis, barnen och Nadina. Det gamla biblioteket hade inretts till skolsal för Anjalis, pojkarna och Flamen Dialis döttrar som på Flaminicas bön blivit Anjalis elever.

Det stora hushållet sköttes med takt och kompetens av Salvius syster. Själv deltog han inte i familjelivet men Cornelia skymtade ständigt som en skrämmande skugga i husets vardag. Hon hade besegrat de röda dimmorna och återtagit sin handlingskraft. Men hennes makt var bruten, svägerskan som höll husets alla trådar i sin hand behandlade Cornelia som ett sjukt barn och fick alla att se henne så.

Och Cornelia fann sig som om hon var tacksam för att

någon äntligen satte en gräns för hennes illvilja. Livet fyllde hon med ett lidelsefullt intresse för de stora spelen.

– Det skulle vara bäst för alla om hon var död, sade Marcus en dag när de såg Cornelia försvinna i sin bärstol på väg till kapplöpningarna. Anjalis såg länge på pojken, godtog hans allvar och förvånades över sakligheten i hans röst.

Eneides som var sysselsatt med att bygga en modell av en akvedukt för att visa Anjalis vilken lutning som var nödvändig, såg upp och ropade:

– Ja, det skulle vara härligt om hon dog.

Hans röst steg mot taket och hans ögon brann av hat, en känsla som Anjalis kunde förstå mycket bättre än Marcus saklighet.

I det yttre hade allt utvecklat sig väl för Anjalis såsom han var van. Hans föredrag hade blivit ryktbara och hans studier av den romerska kulten följde planläggningen.

I en av sina rapporter hade han skrivit att romaren ägde samma förmåga som greken att gå ut ur sin personlighet för att helt identifiera sig med en gud. Men att romaren inte gjorde det för att leva ut sina inre konflikter. I stället tog han ett steg framåt och sammansmälte med guden i handling.

På det sättet blir romarnas alla gudar drivkrafter, hade han skrivit. Gudarna träder in i världen i handlingar som alltid är riktade mot livet och som därför blir en ständig påminnelse om döden.

Den moraliska principen för gudarnas handlingar är att de skall vara rätta, klara och opersonliga.

På slagfältet är den romerske generalen Mars liksom han är Jupiter i den ärorika triumfen. Slaven på triumfvagnen, han som påminner om segrarens dödlighet, är inte en tradition utan en säkerhetsåtgärd för att fältherrens gränsöverskridande inte skall sluta i vanvett. På samma sätt är prästen i den noga utformade riten den gud han tjänar.

Riten är något som händer, myten är något som hände en

238

gång, hade Anjalis skrivit. Och tillagt:

Detta är, som jag ser det, förklaringen både till romarens kraftfullhet och till hans mytiska fattigdom. Myten utvecklas inte i människans sinne, den återskapas i krigen och de stora världsomspännande företagen.

Han hade trott att hela detta avsnitt skulle strykas och att han skulle bli kallad till Flamen Dialis och varnas. Men Flamen hade låtit kopiera rapporten och sänt den till Heliopolis.

Flera månader senare hade han gjort en kommentar:

– Kejsaren fann dina slutsatser intressanta.

Augustus själv hade tackat Anjalis för de nya utsiktspunkterna som han uttryckte det vid en mottagning i sitt palats.

Där hade kaldéern förvånats både över mannen själv, hans lugna auktoritet och hans illusionslösa intelligens, och över hans palats som höll på att erövra hela Palatinen.

Största intrycket hade ändå Livia gjort, kejsarinnan med sin tidlösa skönhet och sitt oerhörda lugn.

Anjalis tyckte sig aldrig tidigare ha mött en människa så sluten kring sin egen kärna och därmed så hemlighetsfull. Ond, ondskan själv?

Det sade i vart fall de viskande tungorna i Rom som anklagade henne för mord på tronarvingarna som stod i vägen för hennes egen son.

Hemlighetsfull som den romerska ondskan var hon i alla fall. Och också hon nästlade sig in i hans drömmar, mardrömmarna som växte sig rika om nätterna hela denna långa vinter.

Hans blekhet bekymrade husets kvinnor, det fanns en oro i Salvias ögon och Nadinas ständiga tjat om hans dåliga aptit. En dag orkade han inte med deras omsorger och sin egen ensamhet och berättade för dem om maran som red honom om natten.

Nadina blev lugnad, var det inte värre. I fortsättningen skulle hon väcka Anjalis mitt i natten, innan drömmen tog honom. Han skulle få en dryck bryggd på lugnande örter.

Hon hade flera gamla recept, de skulle pröva sig fram till den dryck som var bäst för Anjalis.

Men Salvia var oroad när hon sade:

– Det är Isis präster som satt onda ögat på dig. De tar hämnd för att du avlockar dem kultens hemligheter.

Anjalis log lite men han tog tacksamt emot ett halsband med en amulett som skulle skydda honom mot onda ögat. När han kom för sig själv tänkte han länge på sitt samtal med Isisprästen, på något den magre mannen med de brinnande ögonen sagt:

– Himlen och alla föreställningar om paradiset är meningslösa. Det är bara i helvetet som frö kan gro.

Antingen det berodde på Nadinas örter eller Salvias halsband fick Anjalis sova utan drömmar.

Sedan hände något som skrämde både honom och familjen.

Det var en vanlig kväll, pojkarna sov och Cornelius och Anjalis satt som så ofta i lågmält samspråk i biblioteket när världen försvann för kaldéern. Han gick rakt in i en mardröm, som inte var helt och hållet dröm. Han hade syner, fasansfulla syner av död, slakt på människor i tusental.

Det regnade, det blåste, där fanns en flod och en skog utan slut. Kråkor, hela skyar av kråkor. Han såg de stolta romerska fälttecknen trampas i gyttjan tillsammans med oräkneliga döda och lemlästade.

Men han hörde inte skriken och kunde inte känna lukten av blod och gyttja.

– Anjalis.

Det var Cornelius röst men han kunde inte se den gamles ansikte.

– Jag ser . . .

– Vad ser du?

Och Anjalis kunde återge bilderna i all deras ofattbara grymhet.

När han kom till sig själv igen var det morgon, han låg i sin säng och ville inte vakna och inte minnas.

Men Cornelius satt vid hans sida.

– Har du vakat här i natt?
– Ja. Du hade syner, Anjalis.
– Jag vet, jag vill inte höra.
– Skall jag be läkaren komma?
– Nej, be Nadina. Hon har en rogivande dryck.

Cornelius sade till barnen att Anjalis var sjuk men ryktet om vad som hänt gick genom huset och människorna drog sig samman i fruktan.

Några dagar senare nådde budet om de tre legionerna som utplånats i Teutoburgerskogen fram till Rom.

Staden vid Tibern höll andan när hon för första gången i mannaminne fick besinna att också hon, världens härskarinna, kunde hotas, att gränsen mot vildarna i norr var utan försvarare och att tjugotusen döda ropade på hämnd.

Men Cornelius Scipio slog sin tunga näve i bordet:
– Jag har alltid sagt det, jag kommer alltid att upprepa det. Rom skall dra sin gräns vid Rhen. Vi kan besegra civilisationer men de vilda stamfolken känner ingen överman.

Sedan borrade han blicken in i Anjalis ögon och sade:
– Så är du en trollkarl i alla fall.
– Jag är lika förvånad som du, sade kaldéern.

Efter massakern i Teutoburgerskogen upphörde Anjalis mardrömmar. Men han påminde sig att han mött och känt en stor ömhet för den veke Quintilus Varus, generalen som Rom förbannade.

Utan att många ord bytts om saken visste Anjalis att Oannes var förmedlaren mellan honom och de äldste i öknen. Redan några dagar efter det att Flamen Dialis meddelat kejsarens tillstånd för Anjalis studier hade han mött Oannes och sagt:
– Det är meningslöst, Oannes. Jag kan ju inte komma åt kärnan i romarnas själ när varenda steg jag tar är utmätt och kontrollerat.
– Låt det vara osagt, Anjalis. Ord är som sly, det mesta

241

växer igen av dem.

Anjalis hade skrattat men envisats.

– De gamla får veta mycket mer av dig som känner Rom utan och innan.

Han visste att Oannes hade hemliga möten med de judiska församlingarna i Rom.

Men syriern hade fortsatt att skratta:

– Ditt uppdrag har kanske annan mening.

– Vilken?

Men Anjalis visste att frågan var riktad till himlen och att inget svar skulle erhållas.

Oannes var den enda som hade invändningar mot Anjalis rapporter.

– Du underskattar de romerska myterna, hade han sagt.

Anjalis, som hade svårt att tåla kritik, hade genast gått emot:

– Det gör jag inte. Jag tillåter mig bara att le en aning åt dem.

– Därmed riskerar du att de blir dina egna en natt vid ett svart hav.

– Ibland är din visdom outhärdlig, hade Anjalis sagt men sedan hade han instämt i syrierns skratt.

Ännu hade de inte talat om barnet i vars tjänst de stod.

Anjalis lärde sig hitta i Rom, att skilja den ena gränden från den andra med hjälp av nästan osynliga kännetecken. Det kunde vara en balkong som överraskande målats gul, en butik med exotiska burfåglar eller ett gathörn med en frän doft av lök.

De sjaskiga husen var sig överallt lika med sina röda sår av blottat tegel, tätt sammanbyggda, höga och låga, andades de sin skämda luft in i varandra. Här och var såg ett hus ut att kantra och lutade sig mot grannen som snart förlorade känslan för sin egen mittpunkt.

Och i prången bakom de färgstarka butikerna och de många vinstugorna myllrade råttorna.

Det hände att han tänkte att fattigdomen var oskön och skämdes för tanken. Men det medlidande han känt den första tiden förbrukades snart av tiggarna, de druckna hororna, de eländiga barnen med sina ansikten täckta av flugor och de äldre kvinnorna med ögon, som sett allt och saknade hopp.

Och överallt stanken, sammansatt av urin, svett, surt vin, ruttnande grönsaker. Och rädslan.

De fattiga, de sörjande, de ödmjuka och de hungrande syntes honom omänskliga.

Men deras rädsla smittade.

Han lärde känna stadens rytm, inte bara den som dygnets timmar och årstidernas växlingar skänkte. För där fanns en annan, mäktig som ebb och flod. Den tog sin styrka ur spänningen i folkmassan, irritationen som stegrades dag för dag till sådan styrka att luften vibrerade. Ropen blev gällare, grälen

243

slog ut i slagsmål.

Så en dag när spänningen nått olidlighetens gräns tömdes butiker, vinstugor och gränder, i tallösa skaror drog människorna till spelen, där gladiatorerna förlöste dem. I timmar hörde man de väldiga skriken från arenan och när kvällen kom andades staden ut och folk sökte sig hemåt, renade, trötta, befriade.

En enda gång besökte Anjalis spelen och kom hem, tillintetgjord.

– Det är omänskligt, sade han till Cornelius. Jag kommer aldrig att förstå Rom och människorna här.

Cornelius som själv aldrig besökte spelen hade försökt förklara.

– Människor som bor i en myrstack och lever ett meningslöst liv behöver utlopp för sin ilska ...

– Men senatorerna, kejsaren själv ...

Cornelius hade hållit fast vid sin förklaring:

– Om vi inte hade spelen skulle vi få upplopp ...

Men när Anjalis gick genom gränderna med stängt hjärta men seende ögon och öppna öron gick hans tankar i annan riktning. Överallt hade livet en dramatisk laddning, grälen låg ständigt alldeles under ytan, skvallret var intensivt, skratten rev sönder varje samtal. Tusentals små dramer spelades hela tiden inne i det stora drama som var Roms.

Det skreks på jordens alls tungomål, av folk från jordens alla hörn.

Människor som inte längre har rotfäste i sin egen jord får kanske ett starkt behov av att ge varje vardaglig händelse betydelse, tänkte Anjalis. Här famlar miljoner avskurna rottrådar efter näring – i luften i stället för i jorden.

Om livet förlorar sin kontinuitet förvandlas det till spel, det spelas i stället för att levas, skrev Anjalis om kvällen i de privata anteckningar han förde vid sidan av den officiella rapporten.

Det rör sig om mycket mer än aggressivitet, skrev han, det

244

rör sig om den aldrig erkända förlusten av livets egen rytm, av släkten som följer i varandras spår, av meningsfulla samband och den djupa känslan av att vara en betydelsefull länk i en lång kedja.

Roms grymhet, skrev han. Män dömda till att inte behövas. Kvinnor ... Som alltid var kvinnorna mer utsatta men betydelsefullare. De behövdes, de behövdes här i varje ögonblick, i sin ständiga kamp mot eländet och smutsen. Och de slogs som de alltid gjort för ordning och sammanhang på den lilla plats där de ställde upp sina kokkärl, sitt kolbäcken, sina tvättgrytor och på något sätt tog fatt i arbetet för barnens överlevnad.

Han arbetade länge med anteckningarna men när han läste igenom dem nästa morgon skakade han på huvudet. Om Cornelius förklaring var platt var hans egen överspänd.

Roms grymhet kunde inte förklaras.

Sin största tillfredsställelse fick Anjalis i samvaron med barnen. Nästan dagligen överraskades han av Eneides för pojkens stora öppenhets skull och för all hans glädje och nyfikenhet.

Ett märkligt barn, just som Nadina sagt.

En dag kunde Anjalis inte motstå frestelsen att göra ett horoskop för Eneides. Han sökte upp Salvius, som var nykter men blev oerhört sentimental när han berättade om natten vid havet, den mjuka höstnatten när pojken föddes. Han fann ord även för den lycka han känt när han vandrat längs stranden i soluppgången med det nyfödda barnet i sina armar.

Anjalis blev förvånad och frågade trots att han inte ville det:

– Minns du också Marcus födelse?

Salvius ansikte slöt sig:

– Jag var så säker på att hon skulle dö, sade han. Gudarna själva hade lovat mig det och när läkarna slog henne i ansiktet för att få henne att släppa fram ungen var jag säker. Men ...

Sedan sade han överraskande:

– Ondskan är en väldig kraft. Och hennes unge har den. Tror du inte att han var tyst som en äkta Scipio när han föddes,

245

han skrek aldrig som normala barn gör.

Salvius ögon fick glans av hatet och Anjalis frågade hastigt som för att få bukt med sitt bankande hjärta:

– Tänker du aldrig på att du är far till Marcus?

– Jag har tänkt och kommit fram till att jag inte är det, sade Salvius långsamt.

– Tror du att Cornelia var otrogen?

– Jag tror att Cornelius själv betäckte henne, sade Salvius med ett leende som var lika slipprigt som Roms gränder i höstregnen.

– Du ljuger och du vet det. Ta en titt på dina händer och på din systers. Marcus har dem också som ett tydligt tecken på samhörighet med er släkt.

Salvius såg på händerna som var ovanligt korta och breda, suckade och sade:

– Har du tänkt på hur illa Marcus händer passar till hans kropp. De är ett misstag, som hela den förbannade pojken.

Anjalis ville slå till, rakt in i det pussiga ansiktet och hans röst hade ett onaturligt lugn när han svarade:

– Nej, det har jag inte. Men hur händerna än passar så utgör de säkra bevis för ditt faderskap.

Han gick, han orkade inte med mannen och sin egen vrede. Men i dörren hejdades han av den släpiga rösten:

– Han är en blodskamsunge, vad du än säger.

När Anjalis vände for Salvius ögon som vettvillingar runt rummet inför kaldéerns fruktansvärda ilska.

Jag slår ihjäl honom.

Men han klarade sig genom att lyfta Salvius rätt upp från golvet, slänga upp honom över ryggen, bära ut honom i atriet och kasta honom i bassängen.

Ganymedes, hovmästaren, skrek i högan sky och Cornelia skrattade som en galning när Anjalis gick upp på sitt rum för att börja det långdragna arbetet med Eneides horoskop.

Efter en stund stod Marcus i dörren med ett skrämt och lyckligt leende över ansiktet.

– Försvinn, sade Anjalis.

Efter en timma hörde han hur Cornelius kom hem och hur Marcus och slavarna talade i munnen på varandra.

När Cornelius knackade på Anjalis dörr fick han bita ihop för att inte be den gamle romaren dra åt helvete han också.

Men han lyckades säga:

– Jag behöver vara kvar i ilskan ännu ett slag.

– Jag skulle bara uttrycka min tillfredsställelse med det inträffade, sade Cornelius och sedan måste de skratta.

Vid middagen var allt som om ingenting någonsin hänt. Bara i Eneides ögon fanns en mörkblå sorg.

Strax före midnatt var Anjalis färdig med horoskopet som endast bekräftade hans kunskap om pojken. Eneides var född i ett av jordens lyckligaste ögonblick och hans liv skulle bli långt, ljust och till välsignelse för många.

Ännu ett barn drog Anjalis intresse till sig. Det var Marcia, Flamens äldsta och fulaste dotter.

De två andra systrarna var söta och vänliga, redan böjda under kvinnooket att behaga och stå till tjänst.

Men Marcia var obehagligt lång, mager och kantig. Hon hade för stora tänder, rött hår och ett virrvarr av fräknar över kinderna och den höga pannan. Till detta kom ett mycket bestämt och föga behagligt sinnelag.

Men hon var det mest begåvade barnet i gruppen, mer kvicktänkt till och med än Eneides och med större förmåga till slutsats och sammanhang.

– Hennes intelligens är en tragedi, hade Flaminica sagt när hon överlämnade barnen i Anjalis vård.

– Varför en tragedi?

– Men Anjalis, vet du då ingenting om kvinnolivet?

Han kom ofta att minnas samtalet under de år han såg Marcia utvecklas och det hände att han tänkte: Om hon varit en pojke ...

Hela den väldiga världen skulle legat öppen för Marcia om hon fötts till man. Hennes matematik var bländande, hennes astronomiska beräkningar öppnade nya perspektiv även för Anjalis.

– Snart har jag inte mer att lära dig.

– Åjo, Anjalis, än har jag inte kramat ur dig allt.

Hon hade humor, också det en egenskap som var en belastning för en flicka.

Hade hon varit pojke kunde det ha blivit svårigheter i gruppen. Som det nu var tog varken Marcus eller Eneides henne på allvar, hennes häpnadsväckande begåvning hotade dem inte.

De retades med henne, hon retades med Eneides, som hon kallade drömprinsen. Men mot Marcus visade hon en ömhet som hade drag av moderlighet och Anjalis såg med tillfredsställelse att det gjorde pojken gott.

Han behövde det, han var så uppenbart den långsammaste och gråaste i den lilla gruppen.

I början hade Anjalis visst besvär av Flamen Dialis:

– Barnen säger att de bara behöver lära sig det som de tycker är roligt.

– Javisst. Du har själv aldrig lärt dig något när du inte var intresserad.

Det var ett av de få tillfällena under åren i Rom som Anjalis fick översteprästen svarslös. Och snart upphörde Flamen att bekymra sig om barnens skola. Det var uppenbart att de hade mycket större kunskaper än andra barn.

ÄNTLIGEN, EN DAG tidigt om våren kom Oannes till Rom. Anjalis fick ett brev med en kejserlig slav, astrologen bad honom ordna ett möte i avskildhet.

För första gången på månader kände Anjalis sin gamla glädje. Han gick till Cornelius och bad att få låna två hästar för en dag i frihet tillsammans med en vän.

De red ut ur staden en solig morgon försedda med filtar och en stor korg med bröd, ost, frukt och vin. Via Appia, rakt söderut upp i bergen, in i skogen där vårens fåglar jublade. Med någon möda fann Anjalis stigen ner mot Lacus Albanus, vulkansjön vars vatten var lila av vårregnen.

De tog rast på den plats där Anjalis en gång sett vildkatten och plötsligt kunde han berätta om Marcus, om sin stora kärlek till det romerska barnet. Och om hundvalparna och oron för pojken, som saknade livsvilja och hade en sårbar okänslighet.

Oannes sade det självklara, att den tidiga barndomen aldrig kan drivas ur kroppen.

Men sedan satt han länge tyst, glömsk av brödet i sin hand och vinet i bägaren framför sig.

– Jag visste det inte, sade han.

Han var förvånad, han miste sin säkerhet.

– Jag förstår det inte, sade han. Vad betyder detta som jag aldrig vetat om.

Anjalis som aldrig tidigare sett honom trevande och ordlös kände det som om han själv, skogen och den djupa sjön höll andan.

249

– Han är jämngammal, sade Oannes till slut.

Det blev så tyst som om livet stannat, rörelsen upphört. Oannes ögon såg långt bortom skogen och bergen, bortom hav och öknar, genom himlarna mot Osiris stjärnbild. Men när blicken kom tillbaka till Anjalis var den utan svar och lika förvånad.

– Det finns något här som jag inte får kunskap om.

Det var slutgiltigt, ett konstaterande. Ändå kunde han inte bli fri från gåtan.

– Har du ställt hans horoskop?

– Nej, sade Anjalis. Jag vill inte det.

– Vill du ge mig hans födelsedatum.

– Nej.

Rösten var stark och klar och i samma stund återtog naturen sin rörelse, vinden drog som mjuka smekningar genom skogen, vågorna lekte med stranden och fåglarna lovsjöng sina gudar.

Oannes lade en fast hand på hans axel:

– Jag förstår.

Då vågade Anjalis berätta om vinterns drömmar. Oannes lyssnade uppmärksamt och var mycket mindre förvånad.

– Men lyd dem, sade han.

– Hur?

– De visar dig att du växer samman med Rom och gör stadens drömmar till dina egna. Snart är du romare, identifierad med den romerska myten.

Och sedan ivrigare:

– Jag har varnat dig tidigare, Anjalis. Du skrattade åt Roms myter och jag sade dig ...

– ... att de kunde bli mina, en natt vid ett svart hav. De satt länge tysta, Anjalis i den förvåning som en obehaglig sanning skänker.

– Res hem, Anjalis. Bryt upp.

– Men ...

– Pojken, ja jag ser. Hans blod genom ditt hjärta. Men ta honom med dig, res hem på besök och ta honom med dig.

250

Glädjen steg i kaldéern, en stor glädje, stark som vårens.

– Jag tror det är möjligt, även om han är gamle Scipios ögonsten.

– Jag skall ordna det, sade Oannes.

När de skildes åt i skymningen tänkte Anjalis på allt han glömt att fråga om. Det oroade honom men kunde inte förminska hans glädje.

Några veckor senare flyttade Cornelius med Anjalis, Nadina och Marcus till villan bland bergen.

– Det tar flera dagar innan man andats ut stadsluften, sade Nadina, och först här ute i solen såg Anjalis hur hårt den långa vintern tärt på ɑen gamla.

Marcus lärde sig rida, hans och Anjalis frihet var stor som livet självt.

När sommaren stod som hetast kom budet som Anjalis väntat, ett brev från hans mor. Han läste det högt för Cornelius och Marcus.

I vänliga men allvarliga ordalag bad Me Rete Anjalis komma hem på besök. Hans far var sjuk och även om döden lät vänta på sig ville han se sin yngste son.

Ta gärna den romerske pojken, som du fäst ditt hjärta vid, med dig, skrev Me Rete. Försäkra Cornelius Scipio att vi skall göra allt för att barnet skall få rika minnen med sig hem efter besöket hos oss.

Cornelius var stum av häpnad, på något sätt hade han alltid sett Anjalis som en man fri från band, släkt och sammanhang. Han fick inte heller någon tid att finna ord för sin förvåning för Marcus skrek, vild av glädje:

– Jag vill det, morfar, åh, jag vill rida genom öknarna med Anjalis till tornet under stjärnorna. Åh, morfar, säg att jag får.

När det blev tyst sade Cornelius till Anjalis:

– Jag är ledsen för detta med din far.

– Tack, sade Anjalis varm om hjärtat.

251

När Cornelius vände sig mot Marcus sade han:

– Du skall få mitt beslut i morgon. Först måste Anjalis och jag talas vid på tu man hand.

Men det ryckte i hans mungipor och både Anjalis och pojken visste att han var besegrad.

När de båda männen blev ensamma efter middagen var Cornelius tung till sinnes.

– Jag vill inte färdas med uppvaktning och slavar, sade Anjalis. Pojken får resa enkelt på det sätt jag brukar.

– Javisst, sade Cornelius Scipio. Det gör honom gott.

Men tyngden fanns kvar över romarens ansikte.

– Min mor är egyptiska av förnämsta börd. Och min far ...

– Anjalis. Cornelius avbröt honom med vrede: Jag är inte högfärdig.

– Förlåt mig. Men vad gäller ditt tungsinne?

Cornelius reste sig, gick ut på terrassen. Anjalis hörde honom sucka men gick ändå efter, ställde sig bredvid och såg ut över trädgård och skogar.

– Vill du ge mig ditt hedersord på att du kommer tillbaka med pojken.

Rösten var knapp, förödmjukad.

– Ja, sade Anjalis enkelt.

NÄR DE FÖRSTA HÖSTREGNEN svepte in från Tyrrhenska havet gick Anjalis och Marcus ombord på ett egyptiskt skepp i Ostias hamn. De såg Cornelius vinka från sin vagn men måste söka skydd mot regnen i den trånga hytten på akterdäck.

Utanför Italiens sydspets gick de rakt in i stormen, den första för året och en arg rackare, som den egyptiske kaptenen uttryckte det. De var sjöblöta i dygn, frös sig genom nätterna och åt skorpor som blötts av saltvattnet. Men Marcus blev inte sjösjuk och var inte rädd. Och han klagade aldrig och förvånade alla ombord med sin tålighet och sin förmåga att uthärda.

När de gled mot kajen i Alexandria i stiltje och glödande sol höll pojken hårt i Anjalis hand. Men när de gick i land i den myllrande staden med alla dess främmande dofter återtog han sin värdighet och gick rak som en soldat vid Anjalis sida.

De fortsatte i en flodbåt uppför Nilen.

Pojkens ögon vidgades till nästan onaturlig storlek när de mötte den stora pyramiden. Anjalis berättade om Pythagoras och trianglarna men Marcus hörde inte på. Till slut sade han:

– Mot detta är Forum Romanum bara småsaker.

– Ånej, sade Anjalis. Men nog är den märklig, världens största byggnad, rest som en hyllning åt döden.

– Åh, sade Marcus och rösten var så egendomlig att Anjalis måste se noga på det magra pojkansiktet.

Det snabba egyptiska mörkret föll men Marcus kunde inte ta sig ur fläcken.

– Vi måste söka nattkvarter, sade Anjalis och rösten var

grumlig.

Nästa dag fortsatte de mot Heliopolis där de gamla hierofanterna tog emot dem med nyfikenhet och värme, varma bad och rena kläder.

Ett mycket stort intresse ägnades det romerska barnet och Anjalis förstod att också de gamla egyptierna grubblade över gåtan om den främmande pojkens betydelse i det stora dramat.

I fyra dygn satt Anjalis i överläggningar med prästerna. Sedan fortsatte de med en kamelkaravan in mellan bergen i Sinai och vidare över Stora Öknen. De sov i svarta tält under dagens hetaste timmar och red under nattens stjärnor.

Marcus satt framför Anjalis på kamelen och sade egentligen bara en enda sak under hela den långa resan.

Men han sade det ofta:

– Alltsammans är som jag drömde det.

Så gick de över Eufrat en morgon i gryningen och Me Rete var nere vid floden och mötte, skön som en drottning i sina finaste kläder och vackraste smycken.

Anjalis lyfte upp sin mor och höll henne tätt intill sig och båda grät när han satte ner henne igen, försiktigt som om hon varit av glas.

Då först såg Me Rete pojken och i hennes ögon steg den gamla sorgen.

– Mitt barn, sade hon och skulle ha sagt välkommen men fick stanna vid detta.

Det fanns en lätt men fullt hörbar betoning på det första ordet och Marcus övervann sina avstånd och gick rakt in i hennes armar.

Så låg oasen där framför dem, grön, rik av blommor, fruktträd och palmer som inte nådde halvvägs ens upp till det gamla tornets topp. Det fanns en ro över bilden och en ordning, en oförstörbar ordning som gav hopp om människan.

Balzar satt stor och ståtlig i sitt hus och väntade på döden. Hans vackra ögon lyste av stolthet över Anjalis och glädje för den romerske pojken.

254

– Så har också du måst släppa in en annan människa i ditt hjärta, sade han till Anjalis som inte hann slå ner ögonlocken och dölja den häftiga smärtan.

Anjalis tillbringade större delen av dagen i hemliga samtal med sin far. Men på kvällen smög sig Marcus ensam in till den gamle:

– Är det sant att du skall dö?

– Ja, om någon tid.

– Är du ledsen för det?

– Nej. Gud kallar mig äntligen och jag får komma hem.

Marcus hade aldrig hört något så storslaget, så sant. Han kröp nära Balzar och viskade:

– Kan du inte ta mig med?

– Nej, Marcus. Först måste du liksom alla andra göra din tjänst på jorden.

Pojken nickade långsamt, han förstod äntligen. Och de månader som följde fanns det en lysande glädje över honom.

Me Rete ägnades en tillgivenhet som inget av de egna barnen eller barnbarnen någonsin skänkt henne, han dyrkade henne, följde henne överallt, hjälpte till med allt så gott han förmådde. Han kallade henne mamma, som Anjalis gjorde.

Hon kallade honom aldrig vid namn, alltid *mitt* barn.

Dag efter dag satt Anjalis i biblioteket i tornet och dikterade för skrivarna ur sina anteckningar om Roms gudar och människor, allt sådant som hans rapporter inte fick innehålla. Han såg så lite av Marcus att han efter någon månad blev förvånad över hur pojken växt, dragit iväg på längden och mognat.

Varje kväll till långt in på natten var de ändå tillsammans i tornet med de långa stjärnkikarna och de stora kartorna över himlavalvet. Och Marcus tyckte att de gnistrande stjärnorna över öknen blev hans vänner på samma sätt som alla de fridsamma människorna i oasen.

När Anjalis stoppade honom i säng en kväll sade pojken:

– Jag vill inte resa hem.

Anjalis blev stående blick stilla och med slutna ögon. Frestel-

sen var ohygglig. Men han såg Cornelius tunga ansikte framför
sig och sade:

– Du måste, Marcus. Vi måste båda återvända till Rom.

– Varför?

– För att var och en måste fylla den plats som han anvisats
på jorden.

– Men din plats är här.

– Ja. Vi har bara ett år kvar tillsammans, Marcus.

Marcus tecknade som aldrig förr, han gjorde ett stort porträtt
av Balzar, och alla i samhället kom för att se det och för att
tacka pojken för det. Sedan tog han itu med Me Rete, säkert
femtio skisser blev det innan han var nöjd.

Men en dag hade han fångat henne, hela den gåtfulla sorgen
över det vackra ansiktet.

– Hon är lik dig, sade han till Anjalis. Men hon är ...

– Vackrare?

– Nej, något annat, mer en människa.

Anjalis fick vända sig bort för att inte visa hur hårt orden
drabbade honom.

Karavaner kom och gick, ända från Indien kom de med
kryddor och siden till det rika Alexandria. Två brev skrev
Marcus till Cornelius, i båda fanns porträtt av Me Rete.

De kom inte tillbaka till Rom förrän vintern var över.

Cornelius glädje kände inga gränser när han såg på Marcus:

– Han har ju nästan blivit vuxen.

– Ja, han har haft det bra, sade Anjalis. Han kom att stå min
mor nära.

– Jag förstod det av hans brev. Om hans teckningar är por-
trättlika måste hon vara en av jordens skönaste kvinnor ...

– Kanske det, sade Anjalis och kunde inte dölja sin stolthet.

– Och din far?

– Jag tror att han har ytterligare något år kvar här på jor-
den.

Mycket mer blev inte sagt. Marcus hade ett brev med sig från Me Rete till Cornelius Scipio.

Men vad det stod där fick varken Anjalis eller Marcus veta.

Så blev det ännu en sommar. Och ännu en vinter i Rom innan den nya våren kom till skogarna i Albano.

– Det finns en mötesplats, Marcus, trots alla avstånd finns en mötesplats.

Genom Marcus förstening gick en insikt: Han är lika ledsen som jag. Men han hade stängt sig och var tacksam för muren runt kropp och själ.

– Jag förstår inte vad du menar.

Han visste att om han gav efter, om minsta spricka uppstod, skulle en ömklig sexåring skrika: Ta mig med.

Men han var inte sex år, han var tolv, han var inte kaldéer och skulle inte bli mager. Han var romare och måste bli soldat som hans fäder varit det i århundraden. Några år till och han skulle vara den som ödet bestämt honom för, en romersk officer, tapper och behärskad, i ädel kamp för fosterlandet. Anjalis var bara en fjant, rädd för våld och blod. Hör bara hur han låter.

Och Marcus lyssnade inte längre på orden, bara på vädjandet i rösten:

– Marcus hör på mig. Vi har ju ofta talat om att det finns en yttre verklighet och en inre. Minns du näckrosen när du var liten och blind?

Marcus ville hånskratta och säga: Så du skall leva som en näckros inom mig, va?

Men han kunde inte förnedra sig till att prata om drömmar och blommor.

Han såg länge på Anjalis med de nya stenögonen. Den känsla han dolde bakom masken var inte sorgen, det var hatet.

258

Jag hatar dig, din taskspelare, tänkte han.

Anjalis lät ämnet falla.

Han kände igen det förstenade ansiktet, han hade sett det ofta, första gången hos Mancinius i Tyrus. Och han hade själv önskat det, att Marcus skulle bli romare med fäste i den kultur som var hans av födsel.

Det gavs stunder när de kunde glömma avskedet, i böckerna, i ritterna genom skogarna och i leken med Anco, som trots att han nått stadgad ålder uppskattade brottningarna på den stora gräsmattan.

Oftast var det Cornelius som återförde dem till verkligheten. Han kom och gick, ständigt med en ny formulering av samma budskap:

– Om du råkar i svårigheter ...

Innebörden var alltid densamma, Anjalis skulle veta att Rom och släkten Scipio skulle sträcka ut sin hand när helst Anjalis behövde den.

Den oerhörda tafattheten i den gamles sorg var rörande. Och irriterande. Det hände att Anjalis fick bita ihop tänderna för att inte skrika att om jag råkar i svårigheter är det på grund av Rom.

Det hände också att Anjalis kunde se dem som sina fiender, Cornelius, Flamen Dialis, stoikerna vid Forum och att han tänkte: Det kan bli en stor fördel för mig att jag känner er så väl, den romerska själens alla sprickor.

I spåren av den tanken följde en skön känsla av sammanhang, äntligen skulle han slippa kluvenheten. Han skulle bli fri att bekämpa Rom med alla till buds stående medel.

Men barnet?

Tusen trådar band honom vid pojken. När Marcus tappade stenansiktet för ett ögonblick och hans leende återigen signalerade att du vet allt om mig som jag vet allt om dig, kunde Anjalis tänka att ingen Gud kunde kräva detta offer av honom.

– Om du är det minsta tveksam ... sade Cornelius.

Det var enda gången under det långa avskedets tid som Anjalis tappade all behärskning.

– Gode Gud, Cornelius, skrek han. Tig. Min tveksamhet är stor som himlen. Förstår du inte att jag ingenting hellre vill än att stanna? Men vad skulle det bli för liv?

– Men Anjalis, ett härligt liv, en stor filosofs liv i världens huvudstad, framgångar, vänner, kanske en hustru och egna barn.

– Som en dans på rosor för en man som svikit sin tro och sin heder. Jag har ju sagt dig att jag är underkastad samma heliga plikter som dina mot Rom.

Anjalis rusade ut ur rummet, Cornelius stod som fastvuxen vid golvet och tänkte som många gånger förr: Jag är en idiot, jag har alltid varit en idiot när det gällt människor.

Efter utbrottet blev det lugnare, det var som om de alla tre förmått att dra på sig stenmasken och lämna sorgen att leva sitt eget liv innanför de slutna ansiktena. Bara en enda gång till försökte Anjalis nå fram till Marcus:

– Du vill inte lyssna nu och jag förstår det. Ändå vill jag ha sagt att det vi har haft tillsammans aldrig kan förstöras. Våra minnen kommer att leva sitt eget liv i ett stort rum i ditt hjärta och i mitt. Vi kommer alltid att kunna gå tillbaka dit och hämta kraft. Begriper du mig?

– Nej, sade Marcus.

Till slut längtade de alla tre efter avresedagen och när den äntligen kom hade de svårt att dölja lättnaden för varandra. Cornelius största vagn lastades med Anjalis böcker och dokument, hans kläder och tavlor och hans dyrbara samling av teckningar. Det var Marcus teckningar från självporträtten vid sex års ålder och fram till det sista, som Anjalis fått till sin senaste födelsedag och som visade hans ansikte inneslutet i näckrosen.

Fyrspannet förde dem i munter takt mot Ostia. De lyckades byta några ord om vädret och rätt många om skeppsfart, om egyptiernas segelkonst och på vilket sätt den skilde sig från grekisk och romersk.

Men sedan var alla ämnen slut och de var dömda till tystnad och ensamhet.

Först när Marcus såg det stora romerska skeppet vid kajen, klart för avgång, brast stenansiktet.

– Det är inte sant, skrek han. Det får inte vara sant.

Anjalis lyfte upp pojkens ansikte och lät fingrarna löpa längs pannan och ögonbrynen, över munnen och hakan på samma vis som han gjort den gången de möttes. Men trollkarlens röst var sprucken när han sade:

– Jag har sagt dig, Marcus, att det inte är hela sanningen.

Det fanns inte mycket tid, det var det enda goda med denna onda dag. Cornelius och Marcus gick med ombord, men de hade bara några försvinnande korta ögonblick till förfogande. Pojken var vit som marmor, men Cornelius sade:

– Jag har en avskedsgåva.

Han tog av sig silverkedjan med den lilla läderpåsen, den som han burit varje dag så länge Anjalis känt honom och som ofta frestat hans nyfikenhet.

Så hängde han kedjan runt Anjalis hals:

– Den har följt min släkt i hundratals år och anses ge styrka åt sin bärare. Kanske kan den bli till nytta för dig.

Stumma skakade de båda männen hand för sista gången innan Cornelius lämnade skeppet tillsammans med tolvåringen, pojken som inte sagt farväl och inte vågade vända sig om.

Men när skeppet långsamt lade ut från kajen ropade Anjalis:

– Marcus.

Pojken stannade och lyfte det vita ansiktet upp mot Anjalis, som höjde handen och ropade:

– Vi ses, Marcus, vi ses i Jerusalem.

Sedan vände han tvärt och försvann i sin hytt, där han kastade sig raklång på den breda kojen och försökte gråta – för Ariadne och för Marcus, för de stora sveken i livet. Men försteningen höll, det fanns ingen enkel väg till befrielse.

Först långt ute till havs nästa morgon påminde han sig Cornelius avskedsgåva, avbröt sitt tomma stirrande över vattenvidderna och gick till sin hytt för att öppna läderpungen.

Sedan drog han djupt efter andan. I handen höll han rubinen från kryptan i Heliopolis, den som var formad som en rosenknopp och lika stor.

Han mindes hur han hade sovit med ädelstenen i handen, nästan galen av frestelsen, av löftet om berömmelse som stenen skulle infria. Om han tog emot den. Och att han vaknat på morgonen med ett brännsår i handflatan, just där livslinjen möter ödeslinjen.

Här stod han nu som ägare till den lysande röda stenen.

Tankarna virvlade runt i hans huvud när han knöt handen om rubinen och kände att den brändes ännu, att den var het som om den upphettats långsamt i glöden från en falnande brasa.

För ett ögonblick tänkte han på hundraåringen i Heliopolis, den ende som kanske skulle kunna hjälpa honom att förstå.

Men den gamle var död sedan många år och det kunde göra detsamma. Livets gåtor är personliga och varje människa måste lösa sina.

– Morfar, hörde du vad han ropade?
– Ja.
– Vad menade han? Och varför har han inte sagt det förut?
– Jag tror att det var en insikt han fick, så där som han kunde få ibland.
– Som när han visste om legionerna i Teutoburgerskogen?
– Ja.

Det var tyst länge i vagnen men slutligen sade Cornelius:
– Det får väl tolkas så att om ditt liv någon gång skulle bli outhärdligt så kommer han att veta det och resa till Jerusalem.
– Men det är det nu, morfar.
– Nej, Marcus, det är bara sorgligt.
– Vad skall man göra då?

Marcus grät nu och så mycket hade Cornelius lärt sig att han inte försökte trösta.

– Jag tror att Anjalis skulle ha sagt att man skall vara med sin sorg och inte springa ifrån den.

– Ja, sade Marcus. Det skulle han ha sagt.

Efter ännu en lång tystnad sade pojken:

– Han visste allt om mig. Och på något vis visste jag allt om honom.

– Ja, jag såg ju det, sade Cornelius. Jag tror att det är väldigt ovanligt. Det är något att vara tacksam för, Marcus.

– För minnet, menar du?

– Nej, för att någon har sett en just som man är, för att man har fått slippa att dölja sig.

– Döljer du dig?

– Ja, det tror jag nog. Om man aldrig har mött någon som sett så börjar man dölja saker och ting också för sig själv.

– Vi får göra så gott vi kan, sade den gamle och Marcus fann tröstens ord som han måste:

– Det skall nog gå bra.

Det var den första lögnen.

Men Cornelius tankar gick i annan riktning.

– Du visste allt om Anjalis, säger du. Men det fanns en stor hemlighet i hans liv.

– Ja, det var därför han måste resa.

– Så du vet …?

– Nej, inte så där i verkligheten. Men jag vet hur hans tankar gick och hur han kände.

För första gången slog det Marcus att han hade mycket mer än minnena från alla lyckliga dagar, att han kunde få mycket kraft från Anjalis ännu. Om han förmådde att hålla hjärtat öppet.

Det var det han menade med det hemliga rummet, tänkte pojken.

Våren stod kall över de blå öarna när de rundade Cythera på Greklands sydspets och vände nordost mot Efesos. Det var ett stort fartyg, ett i den långa raden som skeppade egyptiskt vete till Rom. På återresan tog man vad last som kunde fås och nu i den tidigare vårens tid skulle skeppet fyllas av judiska hemvändare på väg till Jerusalem och den stora påskhögtiden.

Anjalis hade mätt det övre däcket i långa steg genom nätterna, ensam med utkiken, stjärnorna och havet hade han gått sig trött och fri från tankar.

Nu var tomrummet hans.

Hård landvind mötte i inloppet, skeppet stampade i den krabba motsjön när de stora seglen halades och Anjalis hörde kommandorop och piskor. Vid middagstid hade galärslavarna besegrat vinden och skeppet förtöjde vid kaj.

Han såg Dianas tempel lysa mot de blånande bergen men hans nyfikenhet var försvunnen den också och han gick inte i land trots att det fanns gott om tid.

Han hade varit här tidigare. Och på något sätt utan att han tänkt det visste han att han hade evigheten på sig för att lära känna Efesos.

Nu stod han här uppe och såg på de judiska familjerna som myllrade ombord och tog hela undre däck i besittning, erövrade det bit för bit i ständig strid med de romerska styrmännen. Hela släkter redde sig sina hem därnere, markerade sina gränser med knyten, kokkärl, läderrenslar med mat, mantlar, bokrullar. Och barn.

264

De gamla människorna var vackra, tänkte Anjalis, lika vackra som barnen. Särskilt kanske de gamla männen som liknade profeterna i de judiska skrifterna.

Barnen hade samma värdighet, de judiska barnen som alla mottogs med stora förväntningar.

Messianska förväntningar.

Inget folk har en så stark myt som judarna, tänkte han men han orkade inte fullfölja sin tankegång och han ville inte se barn.

Så han gick till sin hytt, drog sig undan till den avskildhet som hans pengar köpt. Men han kunde inte utesluta ljuden, de fågellika ropen från de lekande barnen. Också dofterna letade sig in till honom, det luktade av fårhudar, ylle, torkat kött och brinnande fårspillning.

Det var en egendomlig, sammansatt doft som han med tiden skulle bli så van vid att han skulle mista förmågan att urskilja den. Men det visste han inte där han låg i sin hytt och försökte erövra några korta stunder av medvetslöshet.

Åt den riktiga sömnen vågade han inte överlämna sig, i den bodde drömmarna som skulle ge liv åt Marcus och Ariadne.

Tidigt nästa morgon väcktes han av barnskrik och han välsignade det för han hade varit på väg in mot drömmen där den obestämda skräcken fanns.

De hade medvind, de kalla vindarna från norr gav skeppet god fart mot Joppe, där de skulle bli av med packet på undre däck, som kaptenen sade vid frukostbordet.

Anjalis befann sig på milsvida avstånd från den fete romaren men orden nådde fram och fick fäste. Vid middagstid hade han bestämt sig, också han skulle lämna skeppet i den judiska hamnen, också han skulle vallfärda till Jerusalem.

Det tog inte lång stund att få kaptenen att gå med på uppgörelsen, inte sedan Anjalis låtit mynten tala. Hans dyrbara bibliotek och det mesta av hans packning skulle fortsätta med skeppet till Alexandria, där prästerna från Heliopolis skulle möta. Till dem skulle kaptenen också överlämna ett brev, där

Anjalis förklarade att han valt att färdas den sista sträckan genom judarnas land och att han skulle infinna sig i Heliopolis inom fjorton dagar.

Det plötsliga beslutet att deltaga i judarnas stora högtid i Jerusalem överraskade Anjalis men gav honom handlingskraft. Först på de branta vägarna från kusten upp mot staden ångrade han sig. Trängseln, tjattret, all gemenskap bland de många människorna som kom honom för nära, trosvissheten och den heliga glädjen, sångerna, psalmerna – allt berörde honom illa. Halvvägs mötte de en romersk trupp och när han såg avsmaken i centurionens ansikte tolkade den Anjalis egen känsla.

Vid Jupiter, han avskydde judarna.

Han avskydde Jerusalem också, en myllrande myrstack som på orientaliskt vis kröp upp och ner längs bergen, fattig, snuskig, en håla som fått storhetsvansinne och rest ett tempel till en gud som var större än alla andra gudar. Och följdriktigt krävde ett hus nästan lika stort som pyramiden.

Staden var överfull av folk, judar som kommit från världens alla hörn för att fira högtiden. Människor staplades i de små husen, rum som var avsedda för tre fick ge plats åt tjugo eller fler.

Men Anjalis var inte orolig, han litade på sin förmåga att här som överallt i världen kunna få vad han begärde, ett svalt och ensamt rum, en ren säng och god mat.

Och också i Jerusalem verkade den kaldeiska dräkten till hans fördel, han fann snart en värdshusvärd som sade:

– Gå över Kidrondalen och genom olivlunden i Getsemane. Fråga efter Joachim, det är mannen som har oljepressen. Han sparar alltid sitt bästa rum till den rike besökaren.

Det lades en lätt tonvikt vid rik och Anjalis förstod, betalade värdshusvärden med ett klingande silvermynt och sökte sig ut genom den stora porten i östra stadsmuren.

I Kidrondalen blommade anemonerna, trotsigt. Men på Olivbergets sluttning hade judarna slagit läger, rest tält vid tält.

Anjalis gick under de uråldriga träden med deras silvergrå lövkronor och fann snart oljepressarens hus. Här lät han återigen mynten tala och snart hade han ett stort rum för sig själv.

Han åt en lätt måltid, drack mer vin än han brukade och lyckades somna.

I drömmen såg han Marcus korsfästas i ett Jerusalem vars gator skrek av smärta. Själv flydde han undan judarna mot Getsemane och där under de stora träden mötte han en man, en judisk man, ännu ung och med ett ansikte så fullt av kärlek och sorg att Anjalis aldrig sett något liknande. Han låg på knä och bad.

Och till Anjalis sade han:

– Orkade du inte hålla dig vaken en enda timme? Vaka och bed att du inte utsetts för prövning.

Anjalis väcktes av sin egen hjärtklappning. Men drömmen hade ändå haft annan klang än de gamla mardrömmarna i Rom, förtvivlan mer än skräck.

Länge stod Anjalis i sitt fönster och såg solljuset söka sig upp bakom Olivberget. Återigen såg han Marcus korsfästas, sviken av Anjalis. Så långt var drömmen entydig. Men vem var mannen i Getsemane och vad betydde orden han uttalat:

Vaka och bed.

Han tänkte på Oannes, lyd dina drömmar. Här fanns ett bud att lyda.

Men vilken var prövningen?

När han gick utefter stadsmuren mot Sions berg erövrade smärtan hans tomhet.

Utanför den södra stadsmuren fann han vad han sökte, men det var långt lidet på förmiddagen innan han fått en uppgörelse med en syrisk karavanförare som nästa dag skulle söderut mot Ber Sheba och vidare ökenvägen till Egypten.

Efteråt kände han sig lugnare, staden blev lättare att uthärda sedan han säkrat sin flykt. Ännu en gång gick han mot templet, den enorma kolossen som sträckte sina förgyllda spiror och sina korintiska pelare mot skyn.

En stank av blod bar vittnesbörd om de ändlösa offren och Anjalis hejdade sig vid foten av trappan. Han ville inte se mer av Herodes skrytbygge.

Judendomens heliga hjärta.

I nästa stund såg han ett barn där på trappan, besynnerligt ensamt mitt i vimlet av människor. I det ögonblicket visste Anjalis varför han kommit, varför han tvingats ta omvägen om Jerusalem.

Pojken stod stilla, alldeles orörlig och i hans stillhet stillnade världen, den väldiga människoflocken stannade, tiden stannade. Avståndet var för stort för att Anjalis skulle se hans anletsdrag eller uttrycket i hans ögon.

När barnet lite dröjande tog ett steg neråt i den långa trappan fick scenen liv igen, ljuden steg mot himlen, rörelsen fortplantades genom staden, världen. Nu rörde han sig snabbare, slängigt, fyllde varje rörelse med den sprittande livslusten som är så typisk för tolvåringar.

Marcus.

Det fanns likheter.

Anjalis kände pulsen slå vid halslinningen. Med en kraftansträngning lyckades han dra in luft i lungorna och återta kontrollen. Och i nästa stund passerade barnet honom, hejdade sig ett ögonblick inför den långe trollkarlen, såg upp på honom, förvånad, nyfiken just så som alla barn brukade se på kaldéern.

Men i botten av hans ögon fanns ett sekundsnabbt igenkännande och en förvåning som var mycket större än den vanliga och som djupnade till smärta.

Pojken kämpade med gåtfullheten i det egna ödet och värjde sig mot mannen som kände gåtan.

I nästa stund var han försvunnen i vimlet.

Anjalis stod kvar länge, orörlig. Sedan gick han långsamt utför berget, ner i dalen och genom Getsemane där det doftade av timjan.

Hans förvåning passerade alla gränser när han äntligen kunde formulera sin upplevelse.

Han hade just mött blicken hos den enda seende människan i världen.

Ögon som såg.
De liknade, de påminde om ...
Långt senare vågade han kläda det i ord:
Dessa ögon hade stora likheter med Marcus när han var blind.

Tidigt i gryningen nästa morgon var han på benen och tog farväl av Joachim och hans hustru. När han gick mot Sions port med den lätta packningen kastad över axeln var tanken klarare än kvällen före.

Gudabarnet var också en människa, ett vanligt barn som ställde de vanliga frågorna och som så gott han förmådde sökte anpassa sig till den plats där han fötts. Han hade endast en dunkel och skrämmande känsla av gåtan i sitt liv och alls inga tankar om den väldiga uppgiften som var hans på jorden.

Anjalis kände en stor ömhet när han tog plats på sin kamel och började ritten söderöver. Vid gränsstationen i Ber Sheba dit de nådde nästa morgon kände vakthavande romerske officeren igen honom.

– Jag hörde dina föreläsningar på Forum, sade han och var full av beundran.

Anjalis log och tackade vänligt avböjande för erbjudandet om romersk eskort genom öknen.

Romaren stod länge och såg efter den reslige kaldéern, såg honom försvinna vid horisonten i den röda öknen. Och den synen var den sista som Rom fick av filosofen Anjalis.

DEL 4

"Men se, I alla som tänden upp en brand
och väpnen eder med glödande pilar,
I hemfallen själva åt lågorna från eder brand
och åt pilarna som I haven antänt."

JESAJA

– Hos nobenius finns en syra som han är rädd om som ögat. Om man får i sig en enda droppe av den så dör man.

Eneides som låg på golvet och läste såg upp, intresserad.

– Man blir blå i ansiktet och alla inälvorna fräts sönder och man skriker som en galning och sedan är man död, fortsatte Marcus.

– Vad använder han den till?

– Han ristar i brons.

– Jaså.

Nobenius var en av Roms berömda porträttmålare och det var i hans konstskola som Marcus gick. Men om vinterns alla lektioner hade han aldrig sagt ett ord och det här var första gången han nämnde konstnärens namn.

Eneides kisade med ögonen som alltid när han var engagerad:

– Det sägs att egyptiska sjömän säljer ett pulver som dödar folk, sade han. Det är mycket bättre för man ser inga spår av det. På liket menar jag.

Marcus slutade att rita sina meningslösa figurer på vaxtavlan och mötte broderns blick:

– Är det dyrt?

– Det skulle jag tro.

Det var sommarens sista dag i de blå bergen, den sneda eftermiddagssolen sökte sig genom lindarnas kronor och in genom de öppna fönsterluckorna. Nästa dag skulle de vara tillbaka i Rom.

– I september skall Salvia åka bort, sade Marcus. Hon skall hälsa på sina barn i Pompejus.

Mer blev inte sagt men redan den första eftermiddagen i staden tog pojkarna sig ner till hamnarna i Tibern.

Där fanns inget egyptiskt fartyg.

Eneides var lättad men Marcus blev besviken. Några dagar senare sade han:

– Vi gör en utflykt till Ostia.

Salvia tyckte att det var en god idé, hon ordnade med matsäck och hästar och talade länge och uppfordrande med slavarna som skulle följa med pojkarna.

Men inte heller i Ostia fanns något egyptiskt skepp.

Pojkarna gick i en ny skola som öppnats på Capitolium och hade namn om sig att vara Roms bästa. Men de hade inte mycket att lära och var ett bekymmer för de grekiska lärarna och för Cornelius.

De skulle fylla fjorton år den hösten, först nästa år skulle han sända dem till akademierna i Athen. Han ordnade lektioner i svärdfäktning och ridning på Marsfältet och gladde sig åt att Marcus var intresserad. Men Eneides följde helst sin lust att driva kring i hamnarna där han hade god nytta av de språk som Anjalis lärt honom.

De talade aldrig om kaldéern.

Så en dag gled en egyptisk tvådäckare in mot kajen i den stora bassängen i Emporium nedanför Aventinen. Hon var lastad med porfyr och rökelse från Orienten, kryddor och koraller från det fjärran Indien, papyrus från Egypten.

Men den dyraste lasten var sidenet. Det hade färdats längs ändlösa karavanvägar genom Asiens snötäckta bergskedjor över de stora öknarna mot hamnarna i Röda Havet där de egyptiska skeppen väntade.

Eneides var förtrollad av sidenet, dessa skimrande tyger, lockande som synden, oemotståndliga och ett ständigt problem

274

för den romerska statskassan. Han stod som fastnaglad på kajen när de stora balarna bars från skeppet och uppslukades av sidenhandlarnas vagnar.

Men Marcus glömde inte sitt ärende och när han fick syn på styrmannen som övervakade lossningen från kajen samlade han sitt mod och gick fram till mannen. Han använde sin bästa egyptiska men mannen skrattade ut honom och sade på bred grekiska att han aldrig hört talas om ett sådant gift.

Och att han tyckte att Marcus skulle gå hem till mamma i stället för att springa i vägen för vuxet folk som hade mycket att göra.

Marcus sjönk ihop av besvikelse och märkte inte att Enedies var spelande glad när de tog sig upp genom de smutsiga gränderna på Aventinen mot hemmet, där Salvia skulle bli orolig om de dröjde för länge. Men de hann bara några kvarter innan de gensköts av en sjöman, en nubier från skeppet.

– Jag hörde att du frågade efter den vita sömnen, sade han till Marcus. Nog kan jag sälja några uns till dig.

Eneides såg besvärad ut men Marcus fråga kom snabbt:

– Vad kostar det?

– Tvåhundra denarer. Och jag prutar inte.

Eneides tänkte att så mycket pengar skulle de aldrig kunna skaffa, men Marcus sade:

– Kan vi ses här i morgon vid samma tid?

– På vinstugan därborta, sade nubiern. Jag väntar i rummet in mot gården.

Marcus nickade men under den fortsatta vägen genom gränderna fick ju även han inse att det var hopplöst. De talade en del om att stjäla en vas ur Salvius samlingar men insåg att de aldrig skulle kunna sälja den utan att bli upptäckta.

När de kom hem hade Eneides glömt hela saken.

Men Marcus kunde inte somna den kvällen och plötsligt fick han en idé. Me Retes avskedsgåva.

Han hade den i sitt elfenbensskrin tillsammans med de andra minnena från resan, månstenar som han grävt fram ur sanden vid Eufrat, en stjärnkarta som en av kaldéerna ritat, en liten snidad kamel i trä vars doft kunde få honom att minnas hela den underbara resan.

På bara fötter smög han mot klädkistan i rummet och där, på botten, fann han sitt skrin.

Me Retes gåva var en halskedja av guld, inte särskilt tung men fint ciselerad. I kedjan hängde en berlock av silver och lapis lazuli, två fiskar som slog ur floden, den ena på väg uppåt mot skyn och den andra på återväg till djupen.

Den skyddar mot ondskan, hade hon sagt, Anjalis mor, när hon överlämnat sin gåva.

Och Marcus tänkte att det passade bra, att det stämde. Men mest tänkte han på hur mycket smycket kunde vara värt, om det skulle räcka.

På morgonen visade han halsbandet för Eneides, som genast sade:

– Du är inte klok, det är värt mycket mer än tvåhundra denarer.

– Det gör inget, sade Marcus.

På utsatt tid mötte de nubiern på vinstugan. Hans ögon blänkte till av förtjusning när han fick se smycket och han var angelägen om att affären skulle gå fort.

Halssmycket byttes mot en liten läderpung med ett knappt skedblad av vitt pulver i botten.

– Räcker det?

– Det räcker att ta död på en häst, sade nubiern och i nästa stund var han försvunnen i myllret av människor i gränden.

– Såg du inte hur förvånad han blev, halsbandet var värt mycket mer, sade Eneides. Du kan inte lita på honom, det kan vara salt eller sand, det där pulvret. Du skulle inte ha gjort det.

Eneides upprepade Marcus sina invändningar under hela hemvägen. Men det störde inte Marcus, som var lugn och säker.

– Vi får väl se, sade han.

I mitten av september reste Salvia som uppgjort var. Nadina oroade inte Marcus, hon var så gammal nu att hon såg dåligt och sov sig genom dagarna.

– Du behöver bara hjälpa mig med att få undan Ganymedes och slavarna, sade Marcus och Eneides nickade.

Pojkarna valde en dag när Cornelius gick tidigt till curian där han skulle vara sysselsatt till långt fram på eftermiddagen. De deltog i lektionerna hos grekerna några förmiddagstimmar. På eftermiddagen skulle de ha kappridning på Marsfältet. Allt var som vanligt.

När de kom hem mitt på dagen dåsade huset i middagsvilan. Marcus gick rakt upp på sitt rum där han blandade det vita pulvret med vatten i en bägare. Sedan stod han innanför sin dörr och väntade tills han hörde Eneides ropa:

– Ganymedes, det är tjuvar hos Cornelius.

Han hörde hur Ganymedes och de andra slavarna sprang genom atriet och hur de fortsatte mot Cornelius hall där upprörda röster skrek att låset hade brutits sönder.

I nästa stund var Marcus i Cornelias rum, hon sov redan. Men Marcus tog ett fast tag om hennes huvud, reste det från kudden och sade.

– Drick nu, mamma lilla, drick.

Hon öppnade inte ögonen, men hon lydde honom och drack bägaren i botten. Sedan grinade hon illa men när Marcus torkade hennes läppar rena hade hon redan sjunkit tillbaka in i sömnen.

Det var över på ett ögonblick och när Ganymedes, slavarna och Eneides vände tillbaka, kom Marcus gående nerför trappan från sitt rum och sade:

– Men vi måste skynda oss, Eneides. Vi skall vara på Marsfältet om en kort stund.

Pojkarna lämnade huset i bärstol när det ännu var en dryg timma kvar av Cornelias middagssömn. När stadens alla ljud slog in över bärstolen viskade Marcus:

– Det var så lätt, Eneides. Hon bara drack och sedan somnade hon.

Eneides stönade och först då såg Marcus att brodern var blek som marmor och såg ut att må illa.

– Ingen kan komma på oss, sade han lugnande. Du vet vad vi har gjort upp.

Eneides tänkte på allt som sagts om vad de skulle säga och såg nog att planen var säker. Men det hjälpte inte, innan de nådde Marsfältet måste han ut ur bärstolen för att kräkas.

– Det var ju bara en lek, Marcus, sade han. Bara en lek.

– Javisst, sade Marcus och log ett stort varmt leende mot sin bror. Och efter en stund:

– Tänk på Seleme, Eneides.

Det fick färgen att återvända till Eneides ansikte och en stund senare satt de på var sin häst. Marcus red som aldrig förr, han var som vinden, omöjlig att besegra, och log lyckligt mot ridläraren när denne sade:

– Det tycks vara din dag i dag, Scipio.

Först när den sena eftermiddagen svalkade staden fick de syn på Cornelius bland åskådarna och båda förstod genast vad det betydde.

– Jag har något ... tråkigt att berätta, Marcus, sade den gamle. Din mor är död.

I Marcus ansikte rördes inte en muskel, men han slog ner blicken om de känslor som inte kunde döljas. Eneides däremot började helt överraskande att gråta.

Cornelius lade sin arm om pojken och sade lugnande:

– Det var en lätt död, hon dog i sömnen. Och hon hade ju inte någon glädje av livet.

Eneides slappnade av och Marcus upprepade orden:

– Hon hade ingen glädje av livet.

Det fanns en rynka vid läkarens näsrot, Marcus såg den i samma stund han kom in i Cornelias rum. Men mandelmjöl-ken som hon brukade dricka när hon vaknade ur middagssöm-nen var orörd. Ganymedes teg om inbrottsförsöket, han hade lagat låset hos Cornelius och svor på att han uppehållit sig i

278

atriet hela dagen med god utsikt över Cornelias sovrumsdörr.

– Du är säker på att ingen besökte henne?

– Helt säker.

Läkaren som såg att Cornelius plågades av frågorna ryckte på axlarna.

– Då var det väl hjärtslag då, sade han och så upprepade han vad Cornelius sagt och vad som skulle sägas ofta de närmaste veckorna: Hon hade ju ingen glädje av livet.

Den enda som aldrig sade det och som gav uttryck för en stor och oväntad sorg var Salvius, som man långt om länge fann i termerna. Han föll ihop över den döda och grät som ett barn. Han är full, tänkte Cornelius med avsmak.

Flaminica var den enda utomstående som hedrade Cornelias begravning med sin närvaro. Staden hade knappast lagt märke till hennes död, den sörjde den store Augustus och riktade sina ögon i skräck mot Tiberius, arvtagaren.

Och tungorna löpte med budet om mordet på Agrippa Postumus, den landsförvisade ynglingen som Augustus trots allt älskat.

Efter begravningen blev det egendomligt tyst i huset på Palatinen, stumt och på något sätt skugglöst. Salvia kunde rent av säga någon gång:

– Det är konstigt men jag kan komma på mig med att sakna henne.

I oktober skulle Marcus återuppta sina teckningslektioner hos Nobenius. Men han vägrade och stod på sig i ett upprört gräl med Cornelius.

– Jag lovade Anjalis, sade den gamle.

– Jag tänker inte gå i Anjalis ledband, skrek Marcus. Det var hans dröm att jag skulle bli konstnär, inte min. Och han är borta. Jag tänker leva mitt eget liv.

Cornelius såg på pojken, inte utan respekt. Han håller på att bli vuxen, tänkte han och fick motvilligt ge med sig. Men han sade:

– Jag undrar varför Anjalis var så envis?

– Han ville att jag skulle bli en sillmjölke som han själv, skrek Marcus.

Men då skrek även Cornelius:

– Någon sillmjölke var han inte och nu håller du käften.

Cornelius gick själv till porträttmålaren för att betala för den plats bland eleverna som Marcus inte skulle utnyttja.

– Det var synd, han var på väg, sade konstnären. Och tillade gåtfullt:

– Jag vet ju att det var tungt för honom.

– Men han är ju så skicklig, sade Cornelius förvånad.

– Ja, det var det det handlade om, sade Nobenius.

Under vintern som kom blev Salvius sjuk, sjukare för var dag. Han fick inte behålla någon mat och hade svåra plågor.

Den gamle läkaren kom, klämde på Salvius mage och skakade på huvudet. Till Salvia sade han:

– Det är kräftan, han har inte långt kvar.

På själva vårdagjämningen, tidigt om morgonen, slapp Salvius äntligen ifrån sina plågor. Eneides vakade hos honom när livet flyktade och han tänkte som de andra tänkt när det gällde Cornelia:

– Han hade ingen glädje av livet han heller.

Men Cornelius tankar gick i annan riktning när han kom ner på morgonen för att säga farväl till svärsonen. Mycket tydligt mindes han Anjalis ord en gång för länge sedan:

De där två lever av sitt hat mot varandra.

Kort tid efteråt lämnade också Nadina sin värld och gick in i den stora sömnen. Eneides grät sig genom dagar och nätter, han sörjde den gamla mer än han sörjde sin far.

Bara Marcus rörde sig genom vinterns alla dagar utan att gråta, hans stenansikte höll. Både Cornelius och Salvia såg det med förvåning:

Han är hård som flinta, tänkte hon.

280

Men Cornelius mindes Selemes död och barnet som blev blint och försökte att inte oroa sig.

En marsdag med kall sol satt de alla hos advokaterna. Eneides hade anat det värsta, ändå kände han hur missmodet tog honom när de torra rösterna redogjorde för Salvius kvarlåtenskap.

Allt Salvius ägt var belånat, inte bara huset utan hela samlingen av dyrbara antikviteter, konst och smycken. Och inteckningarna hade diskret lösts av Cornelius, år efter år.

Bara strandhuset i Antium fanns kvar i arv till Eneides.

– I mitt hus kommer du alltid att vara Marcus bror och mitt fosterbarn, sade Cornelius och Eneides slog ner blicken.

Nådehjon, slavinnefödd.

Och han hatade dem och han tänkte att en dag, en dag skulle ...

Så plötsligt sade den yngre advokaten:

– Vi har också ett gåvobrev till Salvius Eneides, utfärdat av parthiske medborgaren Anjalis, son av Balzar.

Det blev så tyst i rummet att ropen från gatan trängde in genom murarna. Eneides hade svårt att följa med när advokaten läste brevet där Anjalis alla inkomster från åren i Athen och Rom överfördes som gåva till honom, att disponeras fritt sedan han fyllt sjutton år.

Det var ingen föraktlig förmögenhet.

Till slut viskade Eneides:

– Finns det något skäl i brevet, jag menar, varför han gjorde det?

Det finns ett personligt brev, sade advokaten och Eneides tog emot det, bröt det och hann tänka: Det är förknippat med något hemskt villkor.

Men brevet var mycket kort och sade bara att givaren visste att hans pengar skulle komma i goda händer och bli till välsignelse.

Eneides hade växt flera tum när de lämnade advokaternas kontor.

Salvia följde dem till Athen. Tillsammans med sex av Cornelius slavar inrättade hon ett hem åt dem i en romersk villa i stadens gröna utkant, inte långt från den stora landsvägen till Pireus.

Eneides och Marcus skrevs in vid Akademien och i epikuréernas skola.

De tyckte om staden, fann den lätt att förstå. Den var öppnare, inte skrämmande och oberäknelig som Rom. Athen hade en stor himmel och tycktes sakna hemligheter.

Men allt var mindre än de föreställt sig. De hade växt upp med de stora grekiska diktarna och besökte platserna som skalderna besjungit. Överallt blev de förvånade över hur litet det var, hur enkelt, nästan lantligt. Ingenstans liknade landet det de sett i sina drömmar.

Utom Akropolis som överträffade fantasierna. De tillbringade många dagar på den urgamla klippan och lärde vad konst är och vad den kan göra med en människa. Marcus hade motvilligt anat det under lektionerna hos målaren Nobenius och kunde inte helhjärtat instämma med Eneides som sade:

– Jag begriper vad grekerna menar när de säger att vi bara apar efter och att våra konstverk saknar själ.

Eneides förstår inte hur mycket mod som krävs, tänkte Marcus.

Han stannade i timmar framför Fidias Athena, som stod där, nästan tolv meter hög och blickade ut mot havet. Det var hennes vemod som trollband honom, den nästan bara anade sorgen där hon stod och såg tillbaka genom seklerna och be-

282

grundade allt som gått förlorat och aldrig skulle återfås.

Nu var det bara havet, de gröna kullarna och hennes leende, som vittnade om vad människan gått miste om när hon berövades sin oskuld.

Den som länge såg in i Athena Parthenons ansikte tvivlade inte på godheten, den stora moderns godhet som förlät allt.

– Hon är lik Me Rete, viskade Marcus men måste genast skaka på huvudet. Athena var inte lik egyptiskan med det lustiga trekantiga ansiktet och den sorgsna munnen.

Men Eneides förstod vad Marcus menade, för han hade tänkt att gudinnan liknade Seleme. Det kunde han inte säga, han förmådde inte tala om sin mor. Och han förstod ju att de bilder som han hade av Seleme var gjorda av hans drömmar.

På torgen och på gatorna mötte de kylan, den kyla som Cornelius förberett dem på. Den drabbade romaren överallt i imperiet, hade han sagt. Och den skulle uthärdas utan att man någonsin visade att man känt den eller förstått innebörden.

De talade mycket om detta på kvällarna.

– Vi har ju ändå skapat ordning och fred, sade Marcus som var mer kränkt än han ville erkänna.

– Du är inte klok, sade Eneides. Vi har bränt staden, plundrat den och stulit konstverken. Varför tror du här verkar så fattigt och slitet? Vi håller på än med våra hemska skatter. Och vi tar slavar, jag talade med en man som berättade att nästan varenda familj här har en medlem som sålts som slav i Rom.

Marcus teg.

– Men du måste ju inse ...

Marcus ville inte inse, han ville att grekernas stora älskvärdhet skulle omfatta också honom. Men han kunde inte komma på något att säga.

– Sulla ..., sade Eneides men Marcus avbröt honom.

– Kan du inte hålla tyst.

– Sulla, envisades Eneides, bar sig åt som ett svin i Athen, härjade och brände. Och det är inte så länge sedan.

– Du är inte stolt över att vara romare?

– Nej, jag skulle gärna ha varit grek som min mor.

Det öppnades en klyfta mellan dem och Eneides skämdes när Marcus sade:

– Man väljer ju inte, man får ju inte välja … sin mor, menar jag.

– Inte sin far heller, inte ätt och inte fosterland, sade Eneides.

En kväll kunde de tala om vad som hänt dem, vad de kunde komma ihåg från de första åren i livet. Men minnena var få och gjorde dem oändligt sorgsna.

Då började de för första gången tala om Anjalis och nu hade de en stor och rik väv av minnen. Marcus berättade om vandringen i bergen, då, när han återfått synen.

– Tror du han trollade? Eneides var storögd av förvåning.

– Han sade alltid att han inte använde magi. Men du vet, han skrattade när han sade det.

De mindes båda Anjalis skratt, leendet som liknade faunernas och var lika svårt att tolka.

Eneides började plötsligt tala om den gången de suttit på stranden vid Tyrrhenska havet och talat om ⁚ ⁚ ...e, fågelflickan.

– Han tröstade aldrig, sade han.

– Nej, det finns ju ingen tröst, sade Marcus. Alla som försöker trösta ljuger.

– Det tror inte jag, sade Eneides.

Sedan erinrade de sig den gången när Marcus var blind och Eneides såg trollkarlen första gången.

– Jag trodde det var en kungason.

– De är nog någon slags gamla kungar alla de där kaldéerna i öknen.

Marcus kunde berätta om astrologernas torn, om de väldiga stjärnkikarna och om biblioteket som var större än det största i Rom.

– Jag hade aldrig kunnat föreställa mig att det fanns så många böcker, sade han. De äldsta, som var många tusen år gamla, var ristade i bränd lera, konstiga tecken som alla där kunde läsa.

– Som egypternas gamla hieroglyfer? Eneides var andlöst intresserad.

– Nej, inte riktigt, jag vet för jag jämförde. Det fanns gamla egyptiska stentavlor också.

Eneides var irriterad av Marcus ordfattigdom men bytte ämne.

– Jag skulle gärna vilja skriva till honom.

– Om vad då?

– Om allt, hur det går för oss och så där.

– Han bryr sig inte om oss längre.

– Det tror jag. Och jag ville tacka för gåvan han gav mig.

Marcus hade svårt att somna den kvällen, hans tankar for runt men stannade vid minnet av hur han givit Cornelia dödsdrycken. Inte ett ögonblick hade han ångrat handlingen, varje dag var han hemligen stolt över den.

Men det kunde han inte berätta för Eneides som plågades av mardrömmar om Cornelia.

Och som konstigt nog sörjde Salvius.

Nästa dag, mitt på Agora, mötte de en kaldeisk mager. Han kom emot dem som en uppenbarelse, hans gyllene halskedja glänste i höstsolen och den korta lilafodrade manteln fladdrade i vinden.

De stannade, de stod som förstenade. I nästa ögonblick svepte magern förbi dem, så nära att de kunde ha sträckt ut en hand och fattat tag i manteln. Men det vågade de inte.

Han vek av i en gränd, gick in på en vinstuga och de tog sig ur förstenningen och följde efter. Eneides samlade allt sitt mod och gick fram till kaldéerns bord. Han var kortare än Anjalis och inte så vacker. Men där fanns en likhet, en släktskap.

– Får vi slå oss ner?

Kaldéern såg förvånad på romarna, två pojkar, nästan vuxna.

– Var så god, men jag har inga trollkonster till salu, sade han och skrattade, ett skratt som pojkarna kände igen.

– Det handlar inte om det, viskade Marcus. Jag, vi ... vi kände Anjalis.

Mannen blev allvarlig och tyst. Till slut nickade han, såg på Marcus och sade:

– Jaha, den romerske pojken ...

– Du känner igen mig?

– Nej, jag var inte i Ur när du besökte oss. Men ...

Han fullföljde inte meningen, han slöt sig, blundade och tänkte på allt det myckna talet bland de äldste om det romerska barnet, som Anjalis älskat och avstått från. Han hade hört dem viska om gudabarnets skugga.

Men det fanns ingen svärta hos pojken som satt där vid hans bord, bara en sorg stor som oceanen.

I nästa stund tog han sig samman, han måste hålla stånd mot den ömhet som pojken ingav. Och han sade det som man enats om att säga, om romarna skulle göra efterforskningar:

– Anjalis är i Indien. Han fortsätter sina undersökningar av jordens olika religioner och studerar buddismen.

– Åh ...

Det fanns en hopplöshet i pojkens röst när han viskade:

– Det var alltså det han skulle göra.

Kaldéern ville trösta:

– Han måste. Vi måste lyda order på samma sätt som de romerska soldaterna.

Det hjälpte pojken lite, han försökte ta sig samman. Men hopplösheten fanns kvar i hans ögon och hans kropp var egendomligt hopsjunken.

Detta kan jag aldrig berätta för Anjalis, tänkte kaldéern. Den andra pojken, den ljuse och livligare, ställde en fråga:

– Jag skulle så gärna vilja skriva till Anjalis ... det kan väl ändå inte vara förbjudet?

– Och vem är du?

– Jag heter Eneides och är Marcus halvbror.

Kaldéern nickade, tänkte efter men sade till slut:

– Skriv du så tar jag brevet med mig och lämnar det till hans mor. Det får vänta hos henne tills Anjalis kommer hem på besök.

– Vill du hälsa Me Rete från mig, sade Marcus med ord som satt långt inne och egentligen inte ville ut.

– Det skall jag göra. Är det något särskilt du vill ha framfört?

– Nej.

Han var tyst en stund men så kom nästa fråga, lika ovillig.

– Är Balzar död?

– Ja. Kaldéern log lyckligt mot dem.

– Var kan jag lämna brevet? frågade Eneides.

– Vi kan mötas här i morgon, låt mig se ... Kan du komma så tidigt som i fjärde timman för jag seglar från Pireus vid middagstid.

– Jag kommer, sade Eneides. Och jag är väldigt tacksam.

Sedan fanns det inte mer att säga, de reste sig tafatt, bugade hövligt och gick.

Kaldéern såg länge efter Marcus och tänkte att pojken rörde sig som en gammal människa.

Eneides arbetade hela natten med brevet, skrev, ändrade, skrev om. Men när Marcus vaknade i gryningen var han färdig.

– Vill du läsa?

– Nej.

– Skall jag hälsa från dig?

– Nej.

Marcus hade aldrig hatat någon så som han hatade Anjalis. Inte ens Cornelia.

FÖRELÄSNINGARNA PÅ AKADEMIEN var nästan lika tråkiga som de mördande studierna i retorik i Rom. Men hos epikuréerna fann de en lärare som var en stor kännare av filosofen Poseidonios, en man som sett på historien ur andra synvinklar än maktens.

Hans skrifter beskrev folken, deras gudar och kultur, seder och tankar och hur allt detta ägde samband med landets natur, läge och klimat.

Fascinerade fick de höra om kelternas präster, och Eneides tänkte att detta skulle ha intresserat Anjalis. Flera veckor ägnades åt allt som Poseidonios haft att berätta om germanerna.

– De unga folken i norr skall en gång bli Roms undergång, sade läraren och såg utmanande på romarna i gruppen. Och Marcus tänkte på Teutoburgerskogen och allt han hört om cimbrer och sveber, longobarder och helvetier, markomanner, kvader och goter. Och om de sagoomspunna svionerna, som hade land längst i norr, där havet stelnat till orörlighet och där solen aldrig gick ner.

De följde med Poseidonios in i hemlighetsfulla lundar där gåtfulla gudinnor dyrkades, de lärde om enkla seder, trofasthet och krigisk ära. De försökte föreställa sig hövdingen och hans hird, de unga männen som stred och dog för sin hövding eftersom han ensam stred och dog för folket.

Men när läraren började tala om hur högresta och vackra människorna var i Germaniens skogar, suckade de av lättnad. De hade sett germanska fångar i Rom. Barbarer.

Och Marcus tänkte på Cornelius hunduppfödare, karlen

288

med det smutsiga skägget och ögonen som Marcus avskydde.

En dag smet pojkarna från de dammiga föreläsningssalarna. De tog sig ut till Pireus och gick som de brukat i Rom längs kajerna och såg på skeppen. Här tedde sig de romerska vete-skeppen som klumpiga baljor, med sina ödlelika stävar och sitt löjliga försegel.

– Det där seglet har de bara för att underlätta styrningen, sade Eneides och fnös. Marcus begrep inte varför det var för-aktligt att ha ett segel att styra med, men han tyckte att de grekiska diererna var vackrare med sina lysande färger och de stora ögonen målade i förstäven.

Där låg en romersk treroddare också, större än andra fartyg. Men inte heller hon fann nåd i Eneides ögon.

– Hon är klumpig och svårmanövrerad, sade han.

Helt överraskande blandade sig en grek i samtalet:

– Du tycks förstå dig på båtar.

Både Marcus och Eneides rodnade av glädje när de snurrade runt och mötte mannens blick. Ingen grek hade hittills frivilligt öppnat ett samtal med dem.

– Jag kan inte så mycket egentligen, sade Eneides. Men jag är intresserad.

Greken var en man runt de fyrtio, med krusigt brunt skägg och en krans av lockar runt en blank flint. Men det var ögonen som överraskade, mörka, roade och intelligenta. Han var väl-klädd, med grekernas långa mantel elegant kastad över axeln.

– Du ser inte alltför romersk ut, sade han till Eneides.

– Min mor var grekiska, från de grekiska kolonierna i Bi-thynien.

– Där gör de fina master, sade mannen.

– Det visste jag inte.

– Jo, vi tog alltid mastvirket från Bithynien när vi ännu kunde bygga stora skepp här i Pireus ...

Båda pojkarna kände det som om det gått ett moln över solen när de tänkte på de berömda skeppsvarven i Pireus som

Sulla bränt.

– Vi har byggt upp en del, sade mannen som om han hade hört deras tankar. Kom med mig får ni se.

De gick längs stranden, det var ett gott stycke väg förbi fiskehamnen och ut mot inloppet där en välbyggd pir tjänade som vågbrytare. Av Sullas bränder fanns inga spår, men de nya skeppsvarven som mödosamt rest sig ur askan var små.

– Numera saknar vi alltid pengar, sade greken men Eneides hörde inte på för han blev betagen av ett nybygge på en av bäddarna och hans frågor kom slag i slag.

Främst var det rodret som intresserade honom.

Snart klättrade de alla tre längs bordläggningen på skeppet, greken förklarade, Eneides frågade och Marcus sökte förstå. Det var en helt ny konstruktion, ett roder som skulle kunna hanteras med ett pekfinger.

– Jag trodde nog att det skulle intressera dig när jag hörde dig tala om romarnas styrsegel, sade greken. Jag är konstruktör och skeppsbyggare, kanske vill ni se min verkstad.

Om de ville.

Greken presenterade sig, han hette Origenes och berättade att hans släkt byggt skepp i Pireus i århundraden. Marcus sade, så tyst han kunde: Scipio. Men Eneides log med hela ansiktet när han förklarade:

– Jag heter Salvius Eneides.

Verkstaden var stor som en kasern, över golvet marscherade delar av modeller lösryckta ur sitt sammanhang och obegripliga för Marcus. Men han tyckte om rummet med sitt spelande ljus från solglittret i vattnet utanför.

Det tog en stund innan pojkarna förstod att de befann sig ovanför havsytan, att huset till stor del vilade på pålar i vattnet. Marcus tyckte att det var häpnadsväckande och lite skrämmande. Han letade efter springor i golvet men det var tätt drevat och Origenes sade:

– Du behöver inte vara rädd, Scipio. Pålarna är fästa vid klippan med romerskt järn.

Det ryckte kring hans mungipor men Marcus såg det inte utan tänkte att greken hört namnet ändå, det utmanande romerska krigarnamnet.

Längst bort i verkstaden ut mot havet hade greken sin ateljé och där var väggarna klädda med ritningar, papyros vid papyros med otroliga mängder av detaljer, kölar, roder, stävar, riggar.

Runt varje ritning fanns en krans av siffror.

Eneides var lycklig.

På ett stort bord i mitten av rummet var linjerna dragna till ännu ett skepp och till och med Marcus begrep att det var stort, att det skulle bli större än något fartyg världen skådat.

– Kan en så stor båt flyta, sade han men de hörde honom inte för Eneides hade fullt av frågor om deplacement, lastförmåga, segelyta och beräknad fart.

Han hade ögonblickligen förstått skeppets enorma möjligheter.

– Om jag hade råd att bygga henne skulle hon förse en stor stad med vete för ett helt år på en enda last, sade Origenes. Men det vill mycket till, ett nytt varv för att bara nämna en detalj.

Det fanns ingen bitterhet i hans skratt.

– Har du räknat på vad det skulle kosta med varv och allt?

Origenes nämnde en siffra i grekiska drakmer och Eneides som var snabb som blixten när det gällde huvudräkning hann tänka: Vid alla gudar, mina pengar skulle räcka.

Men han var klok nog att tiga och trodde inte att greken uppfattat glimten i hans öga.

Origenes sade till om ost, bröd och vin och de satt i den stora verkstaden och åt, var och en upptagen av drömmar. Eneides och grekens samstämde, bara Marcus tänkte att han bra gärna skulle vilja dyka från husets fönster och rakt ut i det blå havet. Om det inte varit så sent på året och så kallt.

På hemvägen berättade Eneides för Marcus om Anjalis pengar som skulle räcka. Marcus ögon blev runda av förvåning, han tyckte att han borde säga något varnande men kom inte på vad det skulle vara. Och efter en stund hade han smittats av Eneides iver.

De kom att tillbringa många eftermiddagar i huset ovan vattnet. Marcus tecknade, Eneides blev alltmer insatt i det stora projektet.

– Jag kan kanske skaffa pengar, sade han försiktigt en dag.

Men han blev utskrattad.

– Du är en drömmare, sade Origenes. Du måste fatta att det rör sig om en förmögenhet och att det inte finns några garantier för pengarna.

– Han kan ju vara en skurk, sade Eneides på hemvägen.

– Nej, det tror inte jag. Han är hederlig.

– Greker är listigare än vad vi riktigt fattar, sade Eneides.

En dag berättade de om sina eftermiddagar och Eneides planer för Salvia, som tog det med större lugn än de förväntat.

– Du kan inte röra dina pengar innan du anlagt togan. Cornelius är din förmyndare och honom pratar inte ens du omkull.

Eneides hade ett år kvar till myndighetsdagen, han hade redan tänkt på det.

– Jag reser till Rom för att tala med Cornelius, sade han.

Då insåg Salvia att han inte stod att hejda och gick motvilligt med på förslaget. Marcus skulle vara kvar i Athen och fortsätta sina studier, sade hon. Och Eneides fick inte åka ensam, han skulle ha husets två äldsta slavar med.

Hon krävde att han skulle vara tillbaka inom en månad.

– Jag svär vid min heder, dyra faster, sade Eneides som var så glad att det glittrade om honom.

– Det var inte mycket värt, sade Salvia. Ungdomar som skolkar från skolan skall inte använda stora ord om sin heder.

Men hon log, inte ens hon hade någonsin kunnat stå emot Eneides.

– Du får resa ut till varvet och säga till Origenes att jag åkt till Rom för att försöka ordna pengar.

– Jag, sade Marcus. Vad ... hur mycket får jag säga?

– Så lite som möjligt.

Scipio är säkrare när brodern inte är med, tänkte greken när Marcus nästa dag steg in i hans ateljé. Och det var han, lugnt och vuxet berättade han om Eneides planer.

Greken blev stum av förvåning:

– Har han verkligen pengar?

– Ja, men han disponerar dem inte förrän nästa år. Min morfar är hans förmyndare.

– Jag drömde aldrig om, jag trodde ju att han fantiserade ...

Greken var upprörd och Marcus tänkte att om han lurades så var han Greklands bäste skådespelare.

Det var tyst en lång stund medan Origenes ögon sökte sig ut över de blå viddorna. Sedan tog han sig tillbaka till verkstaden och Marcus och sade:

– Vill du berätta för mig om din morfar.

– Han är en gammal romersk fältherre och han låter inte lura sig.

– Det är bra. Jag vill inte lura ... ett barn.

– Vi är inga barn, sade Marcus kränkt men sedan hejdade han sig, plötsligt uppmärksam på det viktiga ordet:

– Vad menar du med att lura?

– Men du måste ju begripa att det kan gå galet. Det är ett vågspel, Scipio.

– Du menar att båten blir för stor och sjunker?

Men då skrattade Origenes så att han fick tårar i ögonen.

– Någon sjöman blir du aldrig, Scipio. Men du borde bli konstnär.

– Jag har ju sagt dig att jag skall bli soldat.

Greken hade med stort intresse studerat de teckningar som Marcus gjort under de långa eftermiddagarna när han och Eneides arbetat med de många beräkningarna på skeppet.

– Du är skicklig, hade han sagt.

– Ja, men det är något som fattas.

– Det kommer om man övar.

– Bara om man är modig nog.

– Om du saknar mod kan du väl inte bli soldat.

– Äsch, hade Marcus svarat. Det är inte sådant mod det gäller, det är något mycket värre.

Eneides lyckades inte undvika att skrämma Cornelius när han dök upp i huset på Palatinen. Men han skyndade sig att säga:

– Det är bra med oss, det är bra med Marcus.

– Men ...

– Hör på, sade Eneides.

Och det kom att dröja timmar innan Cornelius fick ett ord med i laget. Eneides ritade, räknade, talade, övertalade och slutade så småningom, rätt så trött, med att lägga fram en kalkyl, byggd på fraktläget för vete från Afrika till Rom.

– Antingen är du galen eller också är du ett geni, sade Cornelius till slut. Sedan drog han på mun och tillade:

– Jag är benägen att hålla en häst på det senare.

Eneides suckade av lättnad:

– Då ger du mig rätt att använda pengarna?

– Nej, sade Cornelius. Först vill jag veta allt som finns att veta om din grek. Sedan skall jag resa med dig till Athen och själv bilda mig en uppfattning om mannen och hans varv. Om vi sedan kan enas, du och jag, skall jag satsa hälften av det kapital som behövs.

– Varför det?

– För att jag inte vill se dig utfattig en gång till. Jag begrep ju vid arvsskiftet att du aldrig kommer att be mig om pengar.

Det fanns en bitterhet i tonen.

När Eneides gick till sängs den kvällen tänkte han att Cornelius såg mer än han låtsades se.

Nästa morgon knackade han på Cornelius dörr innan den

gamle romaren ännu stigit ur sängen.

– Jag var så upprörd den där gången när testamentet gicks igenom sade han. För pappa och hans död ... och för att det blev så uppenbart allting.

Och så i plötslig vrede:

– Det är ju inte bara Marcus som haft ett underläge.

Cornelius såg förvånad ut och måste fråga:

– Vad är det du vill ha sagt?

Eneides blev blossande röd när han svarade:

– Att du alltid varit ... att jag är tacksam för ... din trofasthet. Och att jag vet att du var den ende som försökte ... rädda mamma.

Sedan rusade han ut ur rummet, Cornelius steg ur sängen och förbannade pojken som var så farlig för hans hjärta.

Han hade klientbesök på förmiddagen men han sände bud till sina advokater och bad dem göra undersökningar om en viss Origenes i Pireus. Ändå hade han inte stort hopp och sade till Eneides att de troligen fick göra sina efterforskningar i Athen.

– Vill du ordna med skeppslägenhet från Brundisium.

– Ja. Eneides var full av tillförsikt.

Men redan samma eftermiddag var advokaterna i huset på Palatinen försedda med uppgifter om Origenes. Släkten var gammal och väl känd, i hundratals år hade de byggt fartyg i Pireus. De hade förlorat hela sin förmögenhet när Sulla brände varven, just som greken uppgivit.

I Roms annaler fanns ingenting ofördelaktigt om Origenes, han hade betalat sina skatter som han skulle och inte fört några processer om skadestånd som andra greker. Han var gift, hade två vuxna döttrar men ingen son.

I huset i Athen blev överraskningen stor när Cornelius själv anlände tillsammans med Eneides.

– Jag hoppas att du har talat förstånd med pojken, sade Salvia.

– Först skall jag bilda mig en egen uppfattning.

Marcus fick noga redogöra för sitt samtal med Origenes och svor på att greken var hederlig.

Redan nästa morgon for Cornelius, Eneides och Marcus i hyrd vagn till Pireus.

Romaren och greken mätte varandra med blickarna, längd, bredd, fasthet och innehåll. Båda blev imponerade och lyckades dölja det.

– Det var inte min avsikt att övertala Eneides till något som helst beslut, sade Origenes.

– Det har jag inte misstänkt, svarade Cornelius Scipio. Och han är inte så lättlurad som han kanske ser ut.

I dagar gick de igenom kalkylerna.

– Jag vill inte dölja att vi kan misslyckas, sade greken.

– Alla fälttåg kan misslyckas, sade Cornelius. I morgon kommer vi tillbaka med våra advokater och skriver avtal. Du satsar din kompetens och marken här, Eneides går in som ägare till skeppet. När fartyget är färdigt betalar Eneides det och varvet är åter ditt. Av det kapital som behövs nu satsar jag hälften och Eneides hälften. Vinsten delas mellan er två.

– Skall du bli lottlös, sade greken förvånad.

– Jag, sade romaren, har som enda uppgift att stödja min fosterson.

Och med de orden bjöd han farväl och lämnade verkstaden.

– Det var så romerskt, sade Origenes när han berättade det för sin hustru. Du skulle hört honom, högdragen, sentimental och magnifik.

– Det är ett förmånligt avtal, sade hon. Och du har inte varit så lycklig på många år.

Så kom det sig att Eneides blev kvar i Grekland. Fyra år senare löpte det största fartyg som världen skådat av stapeln på det nya varvet i Pireus. Det sågs av tusentals människor, en av dem var diktaren Lukianos som skrev:

"Vilket väldigt skepp det var. 180 fot långt, sade mig skeppets timmerman, och bredden mera än en fjärdedel därav, och 44 fot från däcket ner till det djupaste stället i lastrummet! Och mastens höjd, och vilken rå den uppbar, och vilket förstag man måste ha som höll den upprätt! Och huru aktern reste sig i en långsam kurva slutande i ett förgyllt gåshuvud, i harmoni med förskeppets utjämnade båge och stäven med sin bild av Isis, gudinnan som givit skeppet dess namn! Allt var otroligt, den övriga dekoreringen, målningarna, de röda toppseglen, ankarna med sina taljor och spel och hytterna i aktern.

Besättningen var som en armé. Man talade om för mig att hon lastade tillräckligt med vete för att mätta varje mun i Athen under ett helt år. Och hela skeppets väl och ve är i händerna på en liten gammal man som vrider de stora rodren med en rorkult inte tjockare än en käpp. De pekade ut honom för mig; en liten vithårig, nästan skallig gynnare – jag tror han hette Heron."

När skeppet nådde Ostia med sin första last väckte hon stor uppståndelse. Men då hade redan systerfartyget kölsträckts på varvet i Pireus. Och Eneides hade mångdubblat sin förmögenhet.

Hon ville ha Marcus.

Hon var ärlig nog att erkänna att där fanns lämpligheter, att Cornelius Scipio inte stått väl i gunst hos Augustus och därför var föga misstänkt i Tiberius ögon, att han var godhjärtad och hederlig och modig nog att ta henne och hennes mor under sitt beskydd.

Det fanns annat också, som hennes mor sagt en gång när hon sett glimten i Marcias ögon på en fest där Marcus överraskat dem med sin längd, sin styrka och sitt lugn.

– Släkten är äldre än vår. Och de är mycket förmögna.

Modern såg inte tecknen i skyn och naturligtvis nådde de smygande ryktena i Rom aldrig henne. Bara Marcia såg, lyssnade och lade tillsammans. Där fanns ångesten i faderns ögon vid middagsbordet, där fanns gästerna som uteblev från Flamen Dialis bjudningar, där fanns de många samtalen som tystnade när någon medlem av Flamens familj närmade sig. Och den egendomliga oroliga tonen i systrarnas brev, båda gifta sedan länge med män i tjänst hos imperiet – en i Syrien och den andre i Gallien.

Mor är blind som en höna, tänkte Marcia full av ömhet.

Marcia hade alltid varit ett bekymmer för modern. När hon var sex år hade fadern med Augustus hjälp velat överlämna henne till Vestas tempel, där hon skulle få ett liv i dygd och ära. Än i dag kunde hon minnas sin skräck och moderns låga övertalande röst genom nätterna, en röst som arbetade sig upp till raseri och hot innan Flamen ändrade sitt beslut.

Marcia hade inte glömt, hon glömde överhuvudtaget aldrig. Inte minst slutorden i den långa överläggningen mellan föräldrarna satt som ristad i hennes huvud:

– Från och med nu får du ensam ta ansvar för flickan.

Snart, tänkte Marcia, får jag ensam ta ansvar för mamma.

Ändå skulle hon aldrig ha förberett sig så väl och varit så beslutsam om hon inte velat ha Marcus.

Kärlek, folk talade om kärlek. Och kanske var det vad hon kände för Marcus.

Ömhet fanns det, hade det alltid funnits mellan henne och Scipios dotterson. Och en lockelse, något gåtfullt.

Anjalis älskade honom, tänkte Marcia.

Modern var mindre bekymrad nu än tidigare. Marcia var snart tjugo år och borde förstås ha gift sig för länge sedan. Men det uteblivna äktenskapet berodde inte på de egenskaper hos flickan som Flaminica fruktat och sörjt genom åren.

Marcia hade blivit vacker, lång och graciös, hon hade växt i sina tänder och det flammande röda håret var som en gyllene krona på huvudet. Och bäst av allt, hon var klok nog att dölja sin intelligens. Hon lät de unga männen undervisa sig och bara den som kände henne väl kunde ana det spefulla leendet i mungiporna.

Marcus var under fältutbildning och Marcia visste att han visat ett mod och en uthållighet som imponerat även på andra legionens ärrade centurioner. Dessutom köpte den unge tribunen nya soldater till legionen.

Hon ville ha honom. Hon ville det än mer när hon mötte honom på en familjemiddag, brunbränd och stilig i tribunens rödkantade tunika och gyllene hjälm med vita fjädrar. Flaminica hade talat om hur ståtlig han var.

En man, hade hon sagt. En riktig karl.

Flamen hade inte svarat, han lyssnade allt mindre.

Redan nästa dag gick Flaminica och hennes dotter på visit till

Cornelius. Marcia var bländande vacker i guldfärgat siden och blågrönt pannband som fick hennes ögon att verka grönare än de var. Hon och Marcus satt i det gamla biblioteket där Anjalis undervisat dem, men han sade inte mycket och hon förstod snart att kaldéern inte var lämplig som samtalsämne.

– Han har alltid varit trög, tänkte flickan och reste sig irriterad. Han kom snabbt på benen och där stod de och såg på varandra.

Det ryckte kring hans mun, skrattar han åt mig slår jag honom i ansiktet, tänkte hon och tog ett steg rakt in i armarna på honom och kysste honom hårt på munnen.

Marcus tänkte mest på att han inte fick visa hur förvånad han blev men sedan glömde han det, för kyssen var ljuvlig och upphetsande:

– Vad vill du mig, sade han.

Då borrade hon in ansiktet mot hans hals och viskade:

– Jag vill ha dig.

Men Marcus sköt henne ifrån sig:

– Det är inte möjligt, jag, jag, ja du vet ...

– Vad vet jag?

– Det är något fel på mig, Marcia.

Hon sade allt hon måste säga, att hon alltid älskat honom, att det var för hans skull hon avvisat så många friare.

Marcus var stum av häpnad och av något annat, av tacksamhet och en lågmäld men tydlig glädje.

– Jag hade inte vågat drömma om ...

Men när de gick in till Cornelius och Flaminica för att berätta om förlovningen tänkte hon mest på det han sagt om att det var något fel ...

Naturligtvis blev det stor glädje, husets bästa vin kom på bordet och Salvia kallades in för att deltaga i den högtidliga skålen för de nyförlovade.

Ändå var Marcia inte lugn och efter någon timma sade hon:

– Jag vill att du åker hem ensam, mamma. Du behöver få tala med far i enrum och jag vill tala mer med Marcus.

300

Flaminica såg ingenting märkvärdigt i förslaget, hon kramade dottern, kysste Cornelius och klappade Marcus på båda kinderna innan hon försvann.

– Jag sänder tillbaka bärstolen om en timma, sade hon.

– Jag skall använda tiden väl, svarade Marcia.

Och det gjorde hon. I Cornelius avskilda arbetsrum berättade hon om Tiberius och Flamen, redovisade tecken för tecken på att fadern var i onåd. Hon var saklig men rädslan fladdrade runt hennes näsvingar.

– Jag vill att ni skall veta, sade hon. Vill det sig illa kan jag dra in er i familjen Cottas olycka.

Marcus kunde inte tro det, under hela hans uppväxt hade Flamens familj tillhört de utvalda, trygga som kejsaren själv och på samma ointagliga höjd.

– Du måste inbilla dig, Marcia, sade han.

Men Cornelius var inte ens förvånad, han hade hört ryktena och sett hotet som närmade sig alla Augustus förtrogna.

– Du visste det? Marcias röst var rädd.

– Ja, sade den gamle tungt. Och det förändrar ingenting, Marcia. Jag har varit i onåd förr, jag är van. Och så länge jag är i livet skall din mor och du ha skydd i villan vid Albanus, oberoende av om du gifter dig med Marcus eller inte.

Det sista var mycket tydligt, med tonvikt på varje stavelse.

Då började Marcia gråta:

– Min far lyfte aldrig ett finger för din skull.

– Det var hans sak, sade Cornelius. Detta är min och jag är inte så ärelysten.

Marcia grät, nu mot Marcus axel.

– Mamma förstår ingenting, vet inget, ser inget ...

Cornelius stönade, han tyckte mycket om Flaminica, hade alltid gjort det. Men inte heller han vågade tala med henne utan sade:

– Det är kanske bäst så, Marcia. Låt henne vara glad så länge som möjligt.

Nu knackade Salvia på dörren och meddelade att Marcias

bärstol väntade. Flickan torkade sina tårar och gick fram till Cornelius för att ta farväl:

– En sak vill jag veta, sade den gamle romaren. Jag vill till och med att du svär på den Marcia. Älskar du Marcus?

Marcia höjde sin hand, rätade på den långa halsen och såg Cornelius rakt in i ögonen när hon svor:

– Vid alla gudar och allt heligt svär jag att jag har älskat Marcus sedan han var en liten pojke och vi satt bredvid varandra i Anjalis skola.

Cornelius blev rörd, Marcus oerhört generad. Han själv, vad hade han känt? Han kom ihåg en lustig flicka, ful och duktigare i huvudet än någon annan.

Hon hade varit snäll mot honom, det kunde han minnas.

Den natten sov Marcus dåligt; när han vaknade i en svårfångad dröm framåt morgonen och inte kunde somna om gick han ner i atriet, gick fram och tillbaka framför Cornelias sovrumsdörr och tänkte. På att alla beslut fattats över hans huvud, på att han var en bricka i händerna på förfarna spelare. Sedan tänkte han på Cornelia som lugnt tagit emot giftdrycken och på att det varit första gången i livet som han rört vid henne.

Marcia hade också svårt att sova. Hon hade kommit hem och funnit sin mor förminskad, förvandlad till en skugga utan förmåga att lyssna eller förstå. Flamen hade äntligen vågat tala med sin hustru. Marcia kunde lätt föreställa sig hur det gått till, hur Flaminica kommit inspringande till honom, varm, ivrig, uppfylld av den goda nyheten om förlovningen.

Och hur han suckat av lättnad och välsignat Cornelius och hans gamla trofasta hjärta. Sedan hade han sagt att det var bråttom med bröllopet, att det måste ske i all hast. Och Flaminica hade protesterat och flutit ut i vällustiga beskrivningar av den stora festen och alla förberedelser som var så njutningsfulla och nödvändiga.

Och då hade han sagt det, att hans dagar var räknade, att

kejsarens soldater kunde klappa på hans port vilket ögonblick som helst.

Naturligtvis hade hon inte trott det, bara långsamt, barmhärtigt långsamt hade sanningen nått in i henne, förstenat och förminskat henne.

När Marcia kom in i rummet hade han frågat, rakt på sak:

– Jag antar att du stannade för att ge Cornelius Scipio alla fakta?

– Ja.

– Och vad sade han?

– Att han tar hand om mor och mig i huset i Albanus.

Flamen hade suckat ännu en gång av lättnad. Innan han lämnade rummet hade han sagt:

– Det var raskt handlat, Marcia, och mycket välbetänkt.

Hon var sin fars dotter även om hon inte tyckte om honom. Och hon orkade inte bråka och ville inte såra.

Modern sov på tunga sömnmedel när Flamen Dialis tidigt nästa morgon lät bära sig till Cornelius hus. De båda männen stängde in sig i arbetsrummet och vad som yttrades där fick ingen veta. När Marcus kallades in var det bara för att meddelas att bröllopet måste firas redan nästa helg.

– Min förmögenhet kommer att beslagtagas, sade Flamen. Men Flaminicas hemgift borde skonas, så helt lottlös lär du inte bli.

Marcus stirrade på den gamle.

– Jag hade inte tänkt gifta mig till pengar, sade han.

– Nej, du behöver ju inte det.

När Flamen hade lämnat dem frågade Cornelius:

– Du vill väl ha henne, Marcus?

Det var tyst länge innan svaret kom och lät som en fråga:

– Ja, jag vill väl det.

Men han gick inte på visit till Marcia innan han återvände till lägret, där andra legionen tränade sina officerare och soldater. Dag efter dag slogs han som en galning med träsvärd och korgflätad sköld och hans raseri var så stort att den gamle centurionen som övade dem fick hålla honom tillbaka:

– Det är inte allvar än, Scipio.

Marcus hade blivit mästare i ridning, hans förmåga att i tung rustning sitta upp och av en häst i full galopp vann allmän beundran. På kvällarna studerade man strategier för anfall och belägring och Marcus varnades gång på gång för den djärvhet med vilken han förde fram sina belägringstorn i det konstgjorda landskapet på bordet i tribunernas hus.

Han lyckades nästan glömma Marcia.

Men ryktet om bröllopet for snart runt lägret och det fanns en egendomlig skygghet och en motvillig beundran i de gratulationer som han fick ta emot.

Cornelius gick fram och tillbaka i det stora biblioteket i sitt hus på Palatinen, orolig. Inte för att han åter skulle höra till de utfrusna även om han beklagade det. Han hade tyckt bra om Tiberius, han hörde till de mycket få som uppskattade den nye kejsarens bisterhet och enkla vanor.

När Tiberius i bryska ordalag avvisat titeln Fäderneslandets Fader och förbjudit senaten att helga ett tempel åt honom, hade Cornelius känt sig belåten. Och när kejsaren avfärdade förslaget att månaden september skulle döpas om efter honom och frågade var senaten skulle få månader ifrån om Rom fick mer än tolv kejsare, ja då hade Cornelius skrattat högt i den ärevördiga församlingen. Senare försökte Tiberius ingripa mot prostitutionen i den allt skamlösare staden och Cornelius började hoppas på en ny tid för Rom.

Men det var ett hopp som slocknade efter bara några veckor när Cornelius satt där i senaten och iakttog Tiberius. Det fanns något underligt i kejsarens moraliska iver, i den lidelse som ständigt förde till nya påbud mot skörlevnad och överdåd.

Cornelius försökte förstå men förlorade sig i förundran. Han hade inte hört ryktena som for runt staden och viskade om Tiberius svarta skuggsida, hans dragning till barn och perversa grymheter.

Vad Cornelius såg var en skuldtyngd och knuten människa. Det fanns en ångest i den skarpa blicken och Cornelius mindes att det sagts under fälttågen i Illyricum att Tiberius kunde se i mörkret.

Men han var en skicklig fältherre. Scipio hade själv kämpat i pannoniernas land och kände svårigheterna. Och det var uppenbart att Rom var skyldig Tiberius stort tack för segern. Cornelius kunde väl föreställa sig vad som kunde ha hänt om pannonierna fått tillfälle att förena sig med de segerrusiga germanerna efter Varus nederlag i Teutoburgerskogen.

Cornelius försökte påminna sig vad han hört om kejsarens uppväxt, ett barn på ständig flykt tillsammans med föräldrarna.

I ständig skräck, kunde man förmoda.

Men pojken hade också blåsts upp till orimlighet av moderns vanvettiga ärelystnad. De märkvärdigaste järtecken hade visat sig för Livia medan hon väntade honom. Suckande påminde sig Cornelius astrologen Scribonius, en charlatan som eldat under Livias förväntningar med att spå sonen en lysande framtid.

Rädd blev Cornelius först när pretoriagardets chef och Tiberius vän, Aelius Sejanus, drog samman livgardet i Rom till en nyuppförd kasern.

Så kom den dagen när en inställsam pretor frågade Tiberius om domstolen för majestätsförbrytelser skulle sammankallas. Tiberius svar var ovanligt klart, för i allmänhet var han svårförstådd och ordrik. Men nu sade han bara, att lagar är till för att efterlevas, och de gamla männen i senaten visste att Rom stod inför en ny terror.

Den gamla lagen hade gällt förbrytelser mot det romerska folkets majestät, nu skulle den gälla kejsarens. Och minsta blunder skulle kallas majestätsförbrytelse, huvuden skulle rulla efter groteska rättegångar och bekännelser under tortyr.

De blodiga dramerna började spelas omedelbart, nästa alla var hotade och Sejanus, den avskyvärde, såg noga till att alla som stod i vägen för hans ärelystnad försvann.

Många i Rom begick självmord för att undslippa tortyr och förnedring.

Flamen Dialis var uppenbart hotad, alla visste att han ägde stora kunskaper om dolda ting vid Augustus hov. Och ryktet hade länge sagt att han var den ende som i grunden kände Augustus kluvna inställning till Tiberius.

Den gamle Jupiterprästen kunde inte få leva.

Cornelius beslut att hjälpa Flamens hustru skulle inte uppskattas men han trodde inte att Sejanus skulle gå till öppen förföljelse mot ätten Scipio. Inte ens Augustus hade vågat det. Själv skulle han dra sig tillbaka, han hade fyllt sjuttio år och kunde lämna senaten med hänvisning till sin ålder.

Utan vänner och med slavar som rapporterade allt skulle han kunna leva ett lugnt liv i sin villa.

Det som på djupet oroade den gamle romaren var som vanligt Marcus. Gång på gång hade han försäkrat pojken att giftermålet inte var nödvändigt även om det skulle förstärka skyddet för Flaminica och hennes dotter.

Men Marcus var lockad av den vackra flickan. Och han hade sagt att han beundrade henne för hennes öppenhet och klokhet.

Klok, jo det var hon.

Anjalis hade sagt att hon var överbegåvad.

Lik sin far.

Flamen hade alltid haft mycket mer hjärna än hjärta.

Han försökte tala med Salvia om sin oro:

– Hon är kanske en rätt kylig flicka?

Hon hade sagt, försiktigt:

– Marcus är ju inte heller någon varm natur så de passar kanske för varann.

Och sedan hade hon på kvinnors vis börjat tala om barn, om barnbarnsbarnen som skulle förgylla Cornelius ålderdom. Han tyckte att det var löjligt men det tröstade honom.

Han satte sig för att skriva ett långt brev till Eneides, som var kvar i Pireus och som inte skulle hinna hem till broderns bröllop. Som alltid gav tankarna på Eneides Cornelius lugn och glädje.

Flamen själv höll talet för de unga vid förmälningen och Marcia försökte tycka att det var tappert och rörande. Cornelius beundran för den gamle vännen kände inga gränser men Marcus fann talet pinsamt.

Flaminica rörde sig som en docka, det var oklart om hon alls var medveten om festens innehåll.

Någon glammande skara av ungdomar som kunde föra bruden till bröllopskammaren fanns inte och de få gästerna bröt upp tidigt.

Cornelius hade i all hast låtit inreda villans gästflygel som skulle bli Marcus och Marcias hem. Hon hade hoppats att ångesten skulle vika när föräldrarna lämnat henne men fann snart att den nu helt tog henne i sin makt.

– Skall du inte klä av dig, sade Marcus till flickan vars vidöppna ögon stirrade på honom utan att se.

Hon lydde som ett barn.

När hon naken kom in till honom darrade hon i hela kroppen.

– Marcus, sade hon. Snälla Marcus.

Hon var oändligt rörande och han miste all behärskning. Han kastade sig över henne och när hon skrek om förskoning lade han en kudde över hennes ansikte. I den stunden började Marcia frukta för sitt liv och gav upp sitt motstånd. Våldtäkten fullbordades, flickan grät tyst, det gjorde fruktansvärt ont i henne när han trängde in och hon blödde onaturligt mycket.

När Marcus uppslukades av sin egen orgasm var han helt säker på att han skulle dö, att han nått fram till den död han längtat efter i hela sitt liv.

Men han kom tillbaka till livet och hörde hennes gråt och försökte som förr en gång med kaldéern:

– Förlåt mig, sade han. Förlåt mig.

En stund senare sade han:

– Jag varnade dig.

– Jag förstod inte, sade hon.

– Du förstod alldeles förbannat bra, Marcia, du är inte den som har svårt att fatta. Men du köpte dig trygghet och får betala priset.

Marcia hade inte kraft att svara att Cornelius lovat henne och modern skydd utan något giftermål, hon gnydde som en hund.

En hynda som förlorat sina valpar, tänkte Marcus och kände hur den svarta sorgen tog hans kropp i besittning.

Hon lyckades somna en stund i gryningen och han låg vaken och såg på henne, på det fint skurna hårfästet över den höga pannan och den vackra munnen som darrade av gråt ända in i sömnen. Hon var hederlig, klok och vacker och mycket mer som han inte förtjänade.

Han var ett svin.

Hon vaknade av att han grät som ett barn.

Redan nästa kväll kom budet från Flamens palats. Flaminica bad dem komma för att ta farväl av Flamen, hon sände bärstolar att möta deras vagn vid Porta Appia.

En officer ur pretoriernas garde hade lämnat meddelandet om den förestående arresteringen. Vid det här laget visste alla i Rom att det betydde att Tiberius gav sitt offer möjlighet att begå självmord.

I full ornat väntade Jupiters överstepräst dem. Det varma badet hade gjorts i ordning i husets största badrum, Flamen lade sig värdigt i badkaret och skar upp sina pulsådror.

Flaminica satt närmast badet och såg utan att se på sin man, de övriga stod runt om och ingen sade ett ord när vattnet långsamt färgades rött och livet lämnade honom.

De båda kvinnorna fick inte ta med sig något från huset med undantag för de kläder de hade på sig. Allt i det stora palatset, möbler, speglar, tavlor, statyer och slavar var statens egendom.

Cornelius svepte en stor pälskappa om Flaminica som var oroväckande lugn när hon lydigt följde honom till bärstolen och vidare till vagnen som väntade vid stadsporten.

Inte heller Marcia grät, hon satt rak som en soldat i vagnen och såg noga till att hon inte kom för nära Marcus.

Nästa dag lämnade Marcus huset på berget, hans permission var slut.

Flamens död och plundringen av hans berömda skatter i palatset på Palatinen borde väckt uppståndelse även i det Rom som vant sig vid de mest otroliga grymheter. Men det kom helt i skymundan av det rykte som nu flög från mun till mun i staden, att Germanicus var död, mördad på Tiberius order.

Utan att någon tänkt eller planerat fick det bli så att Cornelius tog hand om Flaminica medan Salvia ägnade sig åt Marcia. Flickan kröp ihop som ett barn hos Salvia som gav henne den närhet som ett spädbarn behöver. Hon höll Marcia kvar i sängen, låg där själv med armarna runt flickan och kände stor lättnad när gråten kom.

Det var en gråt som snart växte till en väldig klagan, skrik som fick blodet att isas i ådrorna på de tjänare som kom med varma drycker och mat till de båda kvinnorna.

Marcia skrek ut sin förtvivlan, över faderns död och den hemska orättvisan.

Men mest klagade hon över sitt eget liv och sin rädsla för Marcus. Hon tappade all behärskning och kunde inget dölja för Salvia vars medlidande var oändligt som havet. Hon hade flera ord till tröst men inte ett enda till försvar för Marcus.

När Marcia en morgon kommit igenom den svåraste smärtan insåg hon att hon fått en vän och en sammansvuren i kampen mot Marcus.

— Det är inte Marcia som är kall, sade Salvia till Cornelius.

Men han hörde inte på henne, han var upptagen av sin oro för Flaminica som inte kom ur sin förstening.

I dessa dagar tänkte han ständigt på Anjalis, och på vad han, Cornelius, hade lärt av trollkarlen. Som Anjalis en gång hade gjort med Marcus gick Cornelius runt i trädgårdar och stall, beskrev och berättade om rosor och hästar, om märkvärdiga kryddor som han försökte odla.

Men hon var kvar i stenen och Cornelius förlorade tålamodet, blev bryskare, mer krävande och kortare i tonen än han ville vara.

Underligt nog var det hans ilska som slutligen trängde genom hennes pansar och en dag, som för att blidka honom, lade hon sig på knä och började rensa kring hans rosor.

Han skämdes, men Marcia som nu var på benen menade att moderns arbete i trädgården gjorde henne gott, att hon skulle få fortsätta.

Vid Cornelius middagsbord låg den eleganta Flaminica varje kväll med avbrutna naglar, brun av solen och smutsig. Marcia försökte överse och ta sig fram till sin mor med all ömhet hon var mäktig. Men det var förgäves.

Till slut ingrep Salvia, som förstått vad Flaminicas onaturligt stora pupiller betydde. Utan ett ord gick hon igenom den fina damens rum och fann snart det vita pulvret som gav Flaminica hennes lugn.

Hon gick till Marcia med det och tillsammans brände de upp giftet. När Flaminica insåg vad som hänt ställde hon till med ett uppträde så våldsamt att det skrämde både flickan och Salvia som vakade hos henne under de långa vårveckorna.

Flaminica kom aldrig fram till gråten men hon lärde sig att leva utan valeriana och hon återtog sin värdighet.

– Jag tyckte aldrig om honom, sade hon en kväll till Cornelius.

De satt på terrassen och såg dimmorna stiga från vulkansjön i dalen och han var glad för mörkret som dolde hans förvåning. Flamen Dialis äktenskap hade varit ett föredöme för romarna, harmoniskt och troget.

– Han var kall som en fisk, sade Flaminica. Jag fick lära mig att leva för barnen och för den glansfulla rollen som Flaminica.

Plötsligt började hon tala om Cornelia.

– Jag tänker ofta på när jag var här som barn och hälsade på henne, sade hon. Men hon var svår att komma nära och begripa.

– Ja, sade Cornelius tungt.

– Jag kunde ha hjälpt henne efter Marcus födelse, fortsatte hon. Då hade hon ett mål, hon ville invigas i Junos mysterier. Men Flamen förbjöd mig.

– Jag tror inte att någon kunde ha hjälpt Cornelia.

Den gamles röst var avvisande och Flaminica tystnade.

När sommaren stod som varmast runt dem kom Marcus hem på ny permission, helt överraskande.

Marcia darrade av rädsla och sade till Salvia:

– Jag tar en dolk med i sängen.

– Nej, sade Salvia. Så kan du inte löna Cornelius. Du får finna dig, Marcia, ge efter, var mjuk och foglig.

– Men han är galen, Salvia.

– Nej, jag tror att det är ditt motstånd som gör honom farlig.

– Du behöver inte vara rädd, sade Marcus när de blev ensamma första kvällen. Jag tänker inte röra dig, jag tänker aldrig mer röra dig.

Marcia var så lättad att hon inte hade ögon att se hur ledsen han var.

Det blev en regnig vecka, tunga skyar drev varje kväll in från havet och mötte bergens värme i dånande åskväder och skyfall. Sällskapet samlades i biblioteket efter middagen och kunde nästan alltid finna samtalsämnen.

Jag har fått en ny familj, tänkte Cornelius, men riktigt vågade han inte lita på sin glädje.

En kväll talade de om Anjalis och Marcia sade att hon var besviken på hans rapport, trots alla dess lysande slutledningar.

– Det var mycket han inte såg, sade hon. Hela den stora längtan hos det romerska folket efter djup och mening undgick honom. För att inte tala om alla dessa orientaliska religioner, judendomen, Mithraskulten.

– Han fick snäva förutsättningar och varenda rapport skulle godkännas av din far, sade Cornelius som inte tålde någon kritik av Anjalis.

Då skrattade Marcus, stort och överraskande.

– Du har fel Marcia, sade han. Anjalis såg allt.

Och han började berätta om de långa dagarna i öknen när kaldéern satt i de gamles torn med fyra skrivare och dikterade ur sina anteckningar, de som ingen romare någonsin sett.

– Jag var för liten för att riktigt förstå, sade han.

– Mest talade han om stoikerna på Forum. Och jag minns att han ständigt återkom till Roms behov av mystik, till den stora längtan som fanns i den romerska folksjälen. Han sade häpnadsväckande saker om Mithraskulten, som förflackats och skurit av banden med den store Zoroaster.

Marcus berättade livligt och färgstarkt och Marcia såg med förvåning på honom.

– Vad gjorde du medan han arbetade?

– Jag var tillsammans med hans mor, sade Marcus. Hon var, hon är underbar.

Det fanns en sorg och en längtan över honom och Marcia tänkte att hon skulle kunna älska honom nu.

Cornelius var illa berörd.

– Helt lojal var han alltså inte ...

Men då fick han alla emot sig och kunde tröstad inse att Rom ställt villkoren, att de begränsningar man lagt på Anjalis hade tvingat honom att handla som han gjorde.

– Han var ju i första hand lojal mot sina uppdragsgivare, sade Flaminica. Jag undrar var han är nu.

– Han är i Indien, sade Marcus till stor förvåning för alla. Men Marcus berättade lugnt om kaldéern som han och Eneides mött i Athen.

När de unga kom upp på sitt rum den kvällen smög sig Marcia in i Marcus famn och viskade:

– Kan vi inte försöka igen?

Men han fick inte stånd och grät förtvivlat i Marcias armar.

313

Och det skrämde henne nästan lika mycket som hans våldsamhet.

När de vaknade nästa morgon sade han:

— Det är ditt fel, du är mager som en svältfödd kviga och jag har alltid tyckt att du var ful.

Sedan våldtog han henne och lämnade henne ensam med fasan och gråten.

Nästa dag for han tillbaka till lägret.

En tid efteråt försökte Marcia tala med sin mor, men Flaminica sade bara att detta, flicka lilla, är vad kvinnor får stå ut med och Marcus är säkert inte värre än andra karlar.

— Du menar att du hade det . . . att du . . . fick finna dig.

— Ja, naturligtvis.

— Är du glad att han är död? Marcia viskade, frågan skrämde henne själv i all sin skamlöshet. Men modern mötte hennes blick utan att rodna och sade kort:

— Ja.

Och när Marcia teg tog hon det till sig, detta att hon trivdes på gården bland bergen och kände sig trygg med Cornelius.

Advokaterna hade gott hopp om att kunna rädda hennes hemgift. Det var ingen stor förmögenhet men tillräcklig för att ge henne självaktning. Nådehjon skulle hon inte behöva bli. Till Marcia sade hon avslutningsvis:

— Det är ju detta min oro har gällt genom åren, flicka. Att du skulle ha svårt att finna dig i ditt öde som kvinna.

— Finns det ingen glädje i det ödet? Marcia viskade fortfarande.

— Jo, sade Flaminica och log stort. Barnen, Marcia, barnen som också du kommer att få.

Men Marcia trodde inte på sin förmåga att få barn. Och när hon började må illa om mornarna drog hon inga slutsatser, inte förrän Salvia sade:

314

– Flicka lilla, du skall ha ett barn.

Marcias lättnad gällde i första hand Cornelius, hon var angelägen om att så snart som möjligt berätta för honom att hon gjorde rätt för sig. Redan samma kväll sökte hon upp honom där han satt med Flaminica på terrassen.

Moderns skratt var fyllt av glädje. Cornelius såg ut som om han fått ett kungadöme.

Han fann inga ord när han för första gången tog svärdottern i famn och han var så högtidlig att Marcia nästan blev rädd, när hon såg honom gå mot skåpet där larerna förvarades.

– Scipionerna har aldrig varit särskilt fruktsamma, sade Flaminica förklarande. Och hon var stolt när hon fortsatte: Men det är vi, flicka lilla.

Det fortsatte att vara en sval sommar, regnmolnen kom nästan dagligen från havet och löste sitt innehåll över berget.

En dag fick de bud att Eneides var i Rom i affärer, skulle komma hem och stanna en vecka på berget.

Både Flaminica och Marcia förvånades över Cornelius glädje. För att inte tala om Salvia, som for runt huset och fick allt som redan var städat städat och som tillbringade timmar i köket tillsammans med kocken.

Livet är egentligen ganska gott, tänkte Marcia.

Men det var innan Cornelius sände bud till Marcus förläggning med begäran om permission.

Redan tidigt nästa morgon kom Eneides och Marcia tänkte att hon glömt hur vacker han var och hur lättsam. Som en stormvind svepte han in i huset, lyfte Salvia mot taket och svängde runt med henne, gick rakt in i Cornelius famn och sade:

– Du skall bli förvånad, gamle romare. Och glad.

Det fanns ett litet avstånd i de blå ögonen när han hälsade på Marcia men han tog Flaminicas båda händer i sina:

– Jag kände aldrig Flamen, men jag har alltid tyckt om dig.

Och jag har varit ledsen för din skull.

Sedan, vänd till Cornelius igen:

– Stanna här, stanna här i vinter. Skräcken kryper längs gatorna i Rom, alla säger att allt kan hända.

Det är för mycket, tänkte Marcia, han är för mycket, han är osannolik. Det kan inte ha varit lätt för Marcus.

På kvällen efter den stora middagen som fick Marcia att må illa tog han henne med på en promenad i trädgården. Det var månsken och hon kunde se allvaret i den blå blicken när han sade:

– Har du det svårt med Marcus?

– Ja.

– Jag kan förstå det.

Hon kände att det var sant, att han var den första som riktigt förstod.

– Han är en gåta för mig, Eneides.

– Ja, han är en gåta. Även för sig själv, Marcia.

Men det fanns inget gåtfullt över den Marcus som nästa dag kom ridande uppför backarna, flög ur sadeln och in i broderns armar. De tumlade runt i gräset som när de var barn, två kroppar blev en med fyra ben och lika många armar.

Också den här gången vann Marcus brottningen men inte för att Eneides gav sig frivilligt.

Han är ju ett barn, tänkte Marcia och det fanns ömhet i tanken.

Men den hälsning som Marcus gav henne var nästan öppet fientlig och hon fick slå ner blicken för att inte visa sin rädsla.

Hon lade sig tidigt den kvällen, ville ge de båda bröderna tid tillsammans. När han kom upp till henne var natten långt liden och hon förstod att han hoppades att hon sov. Ändå måste hon ju berätta sin nyhet för honom.

Så hon tände en fladdrande oljelampa och sade:

– Vi skall ha ett barn, Marcus.

– Jag vet, sade han, Cornelius har sagt det. Och för hans skull hoppas jag att det är mitt barn.

316

Hon sjönk ihop mot kuddarna med händerna hårt tryckta mot sköte. För barnets skull, tänkte hon, för barnets skull måste jag försöka vara lugn.

Som Salvia lärt.

Marcus låg stilla på rygg i sängen och försökte fundera ut vilken av slavarna hon hade horat med. Men han visste hela tiden att han ljög för sig själv, att det var hans barn som skulle födas och att han var en ond människa.

Eneides tillbringade många timmar tillsammans med Cornelius som fick full redogörelse för det nya varvet i Pireus och för alla märkvärdigheterna på de stora skeppen. Den gamle var mer imponerad än han tyckte om:

– Flyg inte för högt, Eneides, sade han.

Men Eneides bara skrattade och sade:

– Det finns ingenting att oroa sig för, Cornelius Scipio.

Bröderna reste tillsammans till Rom, Marcus för att fortsätta till sitt läger och Eneides för att slutföra sina överläggningar med advokaterna. Men de fick en kväll i staden och den använde Eneides till att sammanföra Marcus med Imitri, den äldsta och mest moderliga av konkubinerna på ett av stadens bättre hus.

Marcus var generad men han påminde sig:

– Anjalis gick hit.

– Javisst, sade Eneides. Ägna dig nu åt Imitri, hon har mycket att lära dig.

När barnet kom var Marcus på väg ut i fält, genom passen i Alperna mot Germaniens skogar. Den romerska vägen som huggits med obändig kraft genom massiven, den vita snön, blåsten, de gyllene örnarna mot den blå skyn – alltsammans bidrog till att göra flykten full av glädje.

På den stora gårdsplanen framför Cornelius hus hade lindarna hunnit få musöron den morgon då hela huset kom på benen i gryningen. Både Flaminica och Cornelius var bleka av oro, men såväl läkaren som Salvia var fulla av förtröstan.

Marcia visade sig vara en god barnaföderska, hon arbetade målmedvetet och förstod att vila mellan värkarna.

Före middagstid hade han mött dagsljuset, en ny Scipio med de karaktäristiska släktdragen, men av ljusare sort, med blondare anstrykning.

Cornelius visste inte hur han skulle tacka flickan och hade tårar i ögonen när han stod där med barnet på armen.

Marcia själv togs av förundran inför den nästan häftiga glädjen, lyckan som gick som en smärta genom hjärtat när hon satt där i sängen och såg på sin pojke. Hennes glädje var sådan att Salvia ett slag var nästan orolig för henne.

Om något skulle hända.

Men ingenting hände, pojken sov och åt och växte och alla var rörande eniga om att det var ett ovanligt duktigt barn. Och Marcia blev den bästa av mödrar.

Marcus fick brevet under den långa marschen norröver. Det var Cornelius som skrev: En ny Scipio har fötts och alla säger att han är till alla delar lik dig.

I brännande skam mindes Marcus vad han sagt Marcia om faderskapet, ord som hon aldrig skulle glömma. Det hade han ju lärt om henne, att hon aldrig glömde.

Och hon hade mycket att minnas. Inte heller han skulle någonsin glömma den sista permissionen före avresan. Då hade hon varit gravid i långt framskridet stadium med en mage som ständigt var i vägen för henne.

– Du ser ut som en fågelskrämma, hade han sagt och hon hade vädjat med blanka ögon om förskoning.

– Marcus, var barmhärtig.

– Jag menade inte, hade han stammat, jag menade bara att ... bara att dina kläder är för trånga, de går sönder.

Då hade hon skrikit:

– Och var skulle jag få pengar ifrån att skaffa mig anständiga kläder?

Han hade känt det som om hon slagit honom och hans skam hade stegrats till outhärdlighet när hon fortsatt att skrika:

– Till och med husets slavar är bättre klädda än min mor och jag. De skrattar åt oss.

Också Cornelius hade skämts som en hund. Han hade låtit sin vrede gå ut över Flaminica:

– Men varför har du inte sagt något?

– Du har väl ögon själv, Cornelius. Och om inte du tycker det är pinsamt att Marcus hustru och modern till en ny Scipio är sämre klädd än en slav ...

Sedan hade hon börjat gråta och Cornelius hade flytt på sin häst utför berget för ett samtal med sina advokater.

Marcus försvann han också, i vagn till Rom med Salvia vid sin sida. Han kom tillbaka med sömmerskor och balar av siden och bomull. Allt Marcia behövde skulle beställas, till henne, barnet och till Flaminica.

Hon hade krympt efter grälet med Cornelius och sökt förklara för Marcus hur outhärdligt pinsamt det var att hennes hemgift fråndömts henne efter ett beslut av Setonius. Han hade i ett kort brev förklarat att hon delade skulden med sin make och att staten därför tagit all hennes egendom i beslag.

– Jag är säker på att han stoppar den i egna fickor, hade hon sagt.

Cornelius kom tillbaka vid middagstid nästa dag. Med sig hade han advokater och en hel rad dokument. Enligt det första överfördes en del av Marcus arv till honom redan nu. Så fanns där ett gåvobrev till Flaminica med ett belopp som motsvarade hennes förlorade hemgift.

Till sist presenterades en fullmakt enligt vilken Marcus gav sin hustru rätt att fritt disponera hans förmögenhet.

De satt runt bordet i biblioteket medan advokaten läste det ena dokumentet efter det andra. Marcus undertecknade utan tvekan fullmakten till Marcia.

Vid det laget hade Marcia börjat skämmas.

– Det är jag som har försatt oss alla i en pinsam situation, hade hon sagt. Jag ber om ursäkt för det, men det är så svårt att plötsligt bli fattig.

– Men nu är du inte det längre, hade Marcus sagt och försökt le mot henne.

Minnet värmde Marcus när de fortsatte ritten genom bergen och in i Helvetorium.

På kvällen bjöd han officerarna i sin kohort på vin.

– En skål för min son som just har fötts i Rom, sade han och alla jublade.

I tältet om kvällen letade minnet upp en del annat trösterikt. Han mindes plötsligt hur glad hon varit, hon och Flaminica, över alla de vackra vävnaderna, hur de fladdrat som fjärilar kring tyger och smycken och hur hon velat ha honom till smakråd.

– Marcus, skall jag ta det gröna sidenet eller tycker du jag blir för blek i det?

Hon hade koketterat lite, han kunde se det nu. Men han hade sagt, han hade lagt ner all sin kraft på att säga:

– Du är så vacker, Marcia, att allt blir vackert på dig.

De hade haft det bättre, inte bra men bättre.

Han hade lärt sig av Imitri, han hade gått till henne ofta och fått mycken tröst. Långsamt hade hon övat honom att anpassa sin takt till hennes, att dra ut på njutningen, att ge kvinnan en möjlighet.

– Du är läraktig, unge Scipio. Men du har liten begåvning för kärlekens konst.

Han mindes orden tydligt och visste vad han tänkt och sagt, att det var de förbannade händernas skull, de breda fyrkantiga händerna som han hatade.

Men Imitri hade inte trott honom.

– Händerna kan bara ge uttryck för det som hjärtat känner, hade hon sagt. Det är ömheten det är fel på Scipio, det är den du måste öva ...

Hon visste ingenting om Salvius och han kunde ju inte berätta.

320

Men han hade lärt sig att dämma upp dödsdriften i orgasmen, att hålla en del av huvudet medvetet om vad han gjorde. Han var inte längre farlig för sig själv och för Marcia.

Och hon hade blivit mjuk i hans händer och tacksam. Han kunde inte ge henne njutning men hon behövde inte längre vara rädd. Bara för grälen, för de hemska orden som for ut ur hans mun efteråt med en kraft som han inte kunde styra.

Han hade försökt förklara det för Marcia, men hon förstod det inte. Och han kunde inte klandra henne, han förstod det inte själv.

Varifrån kommer orden som man inte menar?

När han somnade försökte han tänka på barnet, se det. Men han kunde inte göra sig några bilder av ett nyfött barn.

I GRYNINGEN BRÖTS LÄGRET, tjugoförsta legionen skulle fortsätta mot gränsen vid Rhen. Man hade just formerat marschkolonn när den västra vaktens horn slet sönder tystnaden. I nästa stund sprängde en romersk ryttartrupp fram mot legionens fältherre, den gamle Visellius Varro.

Männen var lika trötta och smutsiga som hästarna men de bar sitt standar högt, sjätte legionens tecken.

Den galliska legionen.

Marcus var bara en av de sex tusen som plötsligt mindes ryktena i Rom, de upphetsade viskningarna man och man emellan att sextiofyra galliska stammar hade avfallit och att germanerna i gränsområdet gjorde gemensam sak med dem. Men han hade inte tagit det på allvar, Rom sjöd alltid av rykten som alla blev trodda och förstorade.

Cornelius hade kommenterat talet om det galliska upproret med en axelryckning. Så eländig som freden var i Rom fanns det gott om folk som önskade krig och handling, hade han sagt och påpekat att Tiberius varken ändrade vistelseort eller uppträdande. Kejsaren var som vanligt, innesluten i sig själv och onåbar.

– Och han är trots allt en stor strateg, hade Cornelius sagt.

Här i det iskalla gryningsljuset insåg Marcus att Cornelius haft fel. Och han själv och hans män var stilla som bildstoder.

En stund senare kallades alla officerare till Varro, där de fick ändrad marschorder och en kort information. Gajus Silius,

322

befälhavaren i Gallien, ryckte just in på heduernas områden efter långvariga strider i Arduennaskogen. Där hade de romerska legionerna lyckats spärra alla utvägar för treverna, vars anförare begått självmord. Nu återstod kampen mot de betydligt mångtaligare heduerna, vars hövding hade intagit huvudstaden Augustodunum med fyrtio tusen man, åtta tusen beväpnade som legionärer och resten försedda med jaktspjut och knivar.

Gamle Varros röst var torr som döda kvistar. Ändå stannade tiden, gryningsljuset ökade inte i styrka. Marcus kände hjärtat slå och måste blinka bort tårarna för att inte förråda sin vilda glädje.

Men när han såg sig om i skaran av unga tribuner och ärrade centurioner fann han samma känsla i deras ögon, samma hänförelse. I denna stund blev livet stort och enkelt. Här fanns inte längre ett antal individer med var sitt gåtfulla inre liv, sina hemliga tankar, sina dolda sorger och sin öppna självhävdelse. Här blev de en kropp förenade av en vilja.

Under ilmarscherna västerut skulle Marcus häpna över vad denna vilja förmådde. Dygn efter dygn ryckte de framåt med avbrott bara för måltider och sömn i tvåtimmarspass. Inte en man klagade trots att påfrestningarna var orimliga. De mötte andra budbärare på väg till andra legioner, den romerska krigsmaskinen arbetade, allt fungerade med självklar kraft som hjulen i ett vattenur.

På tredje dagen passerade de Arduennaskogen i obruten takt och slog ner alla trever som försökte finna rätt på sina döda och begrava dem. På eftermiddagen hann de ifatt Silius tross och fick besked att han ryckte fram med två legioner mot Augustodunum samt att han skickat hjälptrupper i förväg, trupper som härjade sekvarernas byar.

Några timmar senare anslöt sig tjugoförsta legionen till huvudarmén och hälsades med jubel. Undret skedde på nytt, de sextusen förenades med de tolv tusen till en kropp.

Genom leden gick ropen från fanbärare till fanbärare att

ingen rast skulle tas innan man mött fienden ansikte mot ansikte. Och de slog inget läger på natten, men sov ändå tungt och besynnerligt tryggt i mörkret under bar himmel. I soluppgången nästa morgon nådde de slätten och där, bortom tolfte milstenen, stod Sacrovirs armé.

Marcus såg den från hästryggen, en oöverskådlig samling.

I det ögonblicket visste han att han inte ville dö.

Sacrovirs galliska upprorshär höll god slagordning, i fronten stod hans järnklädda gladiatorer uppställda som en mur och på flyglarna fanns det väl beväpnade kavalleriet. De oräkneliga stamkrigarna med sina jaktspjut bildade eftertrupp, ett hav av män, breda, långa – större än någon romare.

En stund senare hörde Marcus Gajus Silius rop: Slå dem i grund och tag dem som flyr till fånga.

Romarnas stridstjut steg mot skyn, vilt och primitivt. Men disciplinen höll, infanteriet ryckte fram mot fiendens center i samma stund som kavalleriet omringade flankerna.

På några timmar hade de mejat ner all trupp som fanns och hejdade sig framför den spjutförsedda eftertruppen, rasande stamkrigare som bara kunde segra eller dö. Romarna måste byta taktik och förlorade mycket folk innan de gick vidare, nu med yxor och hackor.

Runt Marcus förvandlades levande människor till klibbig och illaluktande massa, hästarna slant i tarmar och blod, urin och avföring sprutade upp i legionärernas ansikten. Marcus som angrep med sitt kavalleri från högra flanken förlorade sin häst i gyttret av stridande men fann snart en annan och var på väg igen, jämsides med sin standarbärare. Händelserna grep in i varandra i sådan fart att nästan inga enskildheter kunde urskiljas, allt flöt samman i ett rus, en vanvettig fröjd som sprängde alla gränser.

Verkligheten förlorade fotfästet, försvann under hästarna bland exkrementer och inälvor. Bara några få bilder blev kvar i minnet. Han kom ihåg en segerviss blåögd galler och hans

oerhörda förvåning ögonblicket innan Marcus klöv hans hu-
vud. Han mindes en sekundsnabb tvekan när han strök svetten
ur pannan för att se bättre och fann att handen färgades röd av
blod och han hann känna en plötslig rädsla och en stark lust till
liv.

Och han skulle aldrig glömma kvällen efter slaget, då när
skeendet blev långsammare och de tusentals sårade skrek ut sin
smärta och sin rädsla för döden på det väldiga slagfältet. Han
gick som de andra officerarna för att söka sina döda män och
kände en häftig smärta när han fann den gamle centurionen
som tränat honom i lägret utanför Rom.

Augustodunum skulle dikta sorgesånger om natten när hon
plundrades och våldtogs av de segerrusiga romarna.

Först i gryningen stod det klart att Sacrovir undkommit och
Marcus ledde den trupp som med romersk tortyr fick några av
stadens matronor att avslöja hans gömställe.

I soluppgången red tre kohorter ut till den gård där Sacrovir
och hans närmaste män funnit en tillflykt. Men de var alla
döda för egen hand och romarna fick nöja sig med att bränna
liken.

Segern höll samman den romerska kroppen ytterligare några
dagar, sedan sönderföll den i gamla motsättningar. Fältherrar-
na Varros och Silius rivalitet kunde inte längre döljas. Tjugo-
första legionen som lidit stora förluster ville ha förstärkning
innan man återtog marschen mot Rhen, olika standarbärare
hade olika skildringar av vad som hänt under slaget och kom i
gräl och legionärerna kämpade om rovet.

Avunden skrek sina råa budskap, disciplinen sviktade. Mar-
cus ägnade mycken omsorg åt sin trupp, män som blivit griniga
som barn tydde sig till honom.

Och officerarnas ansikten slöts åter om de personliga hem-
ligheterna och livet blev mångtydigt och svårt att begripa.

Marcus Scipio fick medalj ur Gajus Silius hand och ett samtal där fältherren uttryckte sin belåtenhet med att de gamla ätternas söner inte alltid vansläktades. Talet var riktat till unge Cato, Marcus officerskamrat, som sårats tidigt under slaget och tagits ur striden.

Allt var som vanligt.

Marcus var tillbaka i den ensamhet som var hans öde.

De hann ända upp till gränslägret vid Rhen innan han kom att tänka på Marcia och barnet. I början var minnet oskarpt och svävande, overkligt som om de inte fanns, kvinnan och barnet.

Som om han drömt dem.

Men med tiden fick bilderna fastare konturer och med varje detalj som han erövrade ökade hans förtvivlan. Hon var lycklig nu, han kunde se det, trygg och lycklig med barnet som skänkte henne hemortsrätt hos Cornelius.

Marcus fanns bara i hennes värld som en ond skugga.

De hade säkerligen fått bud om slaget vid Augustodunum och visste att Marcus hedrat Scipios namn. Det hade glatt Cornelius, men Marcia? Han undrade om hon blivit besviken för att han inte stupat.

Efter en stund undrade han inte längre. Han visste och han sade rätt ut i nattens mörker:

– Jag kunde inte göra dig tjänsten att dö, Marcia. Jag lärde mig att också jag vill leva.

Det snöade, det snöade i veckor. Som många andra romare häpnade Marcus över vintern, den osannolika kylan i nordanvinden och det vita dunet som bäddade in allt i sin tystnad.

Här skulle det vara lätt att dö. Marcus lekte med tanken att lägga sig att sova i en driva medan snön långsamt bredde sitt dunlätta täcke över honom.

Han hade hört veteranerna tala om snödöden som den ljuvaste av alla dödar.

Innan han somnade om kvällarna försökte han tänka att han hatade Marcia, utvinna liv ur känslan. Men han hatade inte,

326

hans förtvivlan ägde ingen kraft.

Någon gång snuddade han vid tanken att han redan var död.

Året vände, ljuset ökade till bländning över snövidderna. En dag kom ordern om uppbrott.

I april passerade de Rubicon och red den gröna våren till mötes, Italiens vår som log mot sina hemvändande soldater och strödde anemoner i deras väg. På Poslätten snöade det från mandelträden, vit blom lade sig som dun över hästar och vapen. Och soldaterna skrattade av tacksamhet och glädje.

I lägret utanför Rom överlämnade Marcus sina rapporter, färdigställda sedan länge. En välförtjänt sommarledighet var hans, som gamle Varro uttryckte det när de tog farväl.

Marcus gjorde en omväg runt Rom och nådde Via Appia sent på eftermiddagen. Han hade inte sänt bud om hemkomsten.

I skymningen lösgjorde han sig långsamt ur skuggorna i skogs-brynet och såg dem sitta tillsammans i trädgården framför husen. Hans overklighet var så stark att han uppfattade dem som skådespelare på en scen och han blundade för att slippa se.

Dramat angick honom inte.

I nästa stund fick Marcia syn på honom och overkligheten växte till panik när han såg hennes glädje och hörde henne ropa hans namn medan hon sprang över gräsmattorna.

I det ögonblicket behövde han all sin kraft för att inte kasta om hästen och försvinna i skogen igen.

Han lyckades, han gled ur sadeln och tog henne i famn. Men hans kyss var hård av förtvivlan och han märkte att han skrämde henne.

Allt är som vanligt, tänkte han.

Länge stod han böjd över barnets vagga. Pojken sov och Marcus förundrades. Så otroligt välskapad den lilla människan var och så skön. Det gjorde ont när ömheten, smärtsam och full av liv, rörde vid hans väsen.

Han kände igen den.

Anjalis, tänkte han och plötsligt mindes han teckningslektionerna hos Nobenius, misslyckandet, modet som han inte ägde. I nästa stund slog barnet upp ögonen, den klaraste blick som finns i världen mötte hans och Marcus förstod att han måste undvika barnet.

Marcia hade gjort sig så många bilder av den här stunden att hon inte såg vad som skedde. Till det yttre stämde det ju alltsammans, Marcus som skulle komma hem, se sin son och älska honom, förstå att här skett ett under som skulle öppna dem för varandra och för kärleken.

Barmhärtigt långsamt gick det upp för henne att det som fanns i Marcus ögon var panik, en skräck av sådant slag att ingenting på denna jord kan hjälpa.

Allt är som vanligt, tänkte hon.

Ändå tog hon upp pojken och satte honom på Marcus arm, kittlade barnet i magen, fick honom att gurgla av glädje. Han var betagande, Marcus såg det och rädslan släppte, han skrattade han också. Tills Flaminica sade:

– Han är så lik dig. Just så där såg du ut när du var halvårsgammal.

– Jag är övertygad om att du har fel, sade Marcus.

Marcias ögon var fulla av tårar när hon tog barnet som Marcus räckte henne och gick för att byta på pojken. Marcus konstaterade lättad att Cornelius inte hört ordväxlingen, han hade försvunnit in i huset för att tillsammans med Salvia ordna för välkomstmiddagen.

Och för att offra vid förfädersaltaret.

Natten blev bättre än de vågat hoppas. Marcias kropp hade blivit modigare efter barnets födelse och kanske anade hon för första gången vad som rörde sig i Marcus själ. Efteråt for han inte ut i otidigheter utan kunde berätta om det stora slaget på slätten vid Augustodunum.

Hon lyssnade, mindre skrämd än Marcus fruktat och plötsligt hade han ord, inte bara för hemskheterna utan också för meningsfullheten, den stora enkelheten när livet drevs mot sin yttersta spets.

När han tystnat sade hon och hennes ögon var stora av förundran:

– Det är som att föda, Marcus, det är samma känsla av att allt kluvet och smått är bakom en och att livet är stort och skönt.

Han nickade, han kunde förstå det.

Plötsligt kände han hur trött han var:

– Jag tror inte jag har talat så mycket sedan . . . Anjalis for.

– Vi sover.

Han nickade tacksamt men sömnen ville inte komma. På något sätt måste han få sagt henne detta om barnet, att hon inte fick ställa krav och att hon måste skydda pojken för honom.

Så sade han det, grovt och ordknappt som alltid när hans känslor var för stora för honom. Och han hörde att hon grät när han äntligen gick in i sömnen.

När han vaknade nästa morgon satt hon redan i stolen vid fönstret och ammade barnet. Nästan genast blev han medveten om sin avund, den pinande svartsjukan mot pojken som hon så vällustigt höll mot sitt bröst.

Nu kunde han känna det, hatet.

Så såg hon upp, såg att han var vaken och log mot honom:

– Jag har tänkt på detta du sade i natt och jag tror att du har fel, Marcus. Barn får godta de föräldrar de fått. Och pojken behöver sin far.

– Så elak du är, så förbannat utstuderat elak!

Han skrek och i nästa stund var han ur sängen, rev med sig sina kläder och sprang utför trappan, ut ur huset, mot stallet till hästen som skulle ge honom några timmars flykt undan det ofrånkomliga.

Vid alla gudar vad han hatade henne och hennes unge och hennes äckliga lycka.

De fick det inte bättre tillsammans. Inte sämre heller, de fortsatte att angå varandra och behöll genom åren sin förmåga att göra varandra illa.

När Marcus bröt upp i början av augusti, stimulerad av ryktena om ett stort uppror i Nubien, var hon med barn igen.

Cornelius sade högtidligt farväl och kunde inte avhållas från att tala om Scipio Africanus, att Marcus nu skulle kämpa på samma mark som den store anfadern.

Det var hett i skogen när Marcus red förbi sjön och ner mot Via Appia. Det skulle bli olidligt varmt i träningslägret, tänkte han belåtet, det var bra förutsättningar för att öva ökenkrig.

I lägret fick han veta att upprorsmakaren och desertören Tacfarinas hade hämtat förstärkningar från det inre av Afrika och skickat bud till kejsaren att han krävde mark till fri bosättning för sig och sitt folk.

Det påstods att Tiberius sagt att detta var den grövsta skymf som drabbat Rom och att han aldrig tidigare varit så upprörd.

De skeppades över havet på ett av Eneides stora skepp, rekvirerat av krigsmakten, och Marcus log när han tänkte på hur arg hans bror måste ha blivit.

I kriget i Nubien blev Marcus legat, en anmärkningsvärd utnämning i förhållande till hans ålder. Han och hans kohorter avdelades för gerillakrigföring och det visade sig snart att uppdraget passade honom. Han var slug och djärv och hade en osviklig instinkt när det gällde att hitta Tacfarinas soldater i de många gömställena i ökenbergen.

Fältherren Junius Blaesus drog inte tillbaka sina trupper när sommaren gick mot sitt slut utan fortsatte kriget genom hela vintern och långt in i våren, då Tacfarinas bror togs till fånga. När Marcus kom hem var hans andre son redan tre månader gammal.

Den sommaren gjorde de den långa resan till Pireus, där Eneides gift sig och fått ett barn, en liten flicka.

Hustrun var grekiska, dotter i en rik köpmansfamilj från Korint. Hon hette Ariadne, var uppkallad efter sin mor som var änka och prästinna i den orfiska församlingen i Pireus. Redan förra hösten hade Eneides varit i Rom för att visa upp sin hustru.

Bara Marcus hade aldrig sett henne.

Ändå var allt hos henne välbekant. De första dagarna grubblade han oavbrutet på var han kunde ha mött henne. Men han hade ju träffat så få kvinnor.

Hon måste påminna om någon, tänkte han.

Hon var behaglig, kärleksfull och intensivt upptagen av moderskapet, sitt och Marcias. Trots att hon var en mycket mer okomplicerad människa än Marcia hade de två blivit vänner.

– Jag får kraft av hennes naturlighet, sade Marcia.

Och ingen skrattade så gott och så ofta åt Marcias kvicka slutledningar som Ariadne.

Men Marcus blev kvar med gåtan. Vem liknade hon och varför fanns det en smärta i igenkännandet?

En dag beslöt han sig för att ta upp frågan med Eneides själv. De var på hemväg efter att ha besökt de stora skeppsvarven och hälsat på hos Origenes.

– Din hustru påminner mig om någon.

– Vi sitter av ett slag.

De rastade på en hylla vid klippvägen upp mot det stora huset som Eneides byggt på bergen ovanför hamninloppet och som hade milsvid utsikt över den skimrande grekiska arkipelagen.

– Jag såg det inte själv, sade han. För mig var hon som att komma hem och jag trodde att det var så när man var kär. Sedan i höstas när vi hälsade på i Albanus, sade Cornelius ... att Ariadne är mycket lik ... min mor.

– Seleme, sade Marcus och blev själv överraskad av sorgen som vällde upp ur honom.

De satt kvar länge, så länge att hästarna blev oroliga och Eneides gav dem fria, lät dem löpa hemåt i skymningen.

Under åren som gick hann Marcia få fem barn, fyra söner som alla gavs scipionernas gamla förnamn. Men flickan som föddes samma år Marcus kämpade i Dacien uppkallades efter henne.

Marcus var hemma den hösten han och hans bror fyllde trettio år och man hade stor fest i Albanus. På natten efter middagen red bröderna den gamla vägen ner mot sjön och tände som förr ett bål vid stranden – för värmens skull och för att hålla gastar och vildkatter borta.

De talade om Cornelius som inte åldrades utan var sig lik, klar och spänstig trots sina åttio år.

– Det är lyckan som gör det, sade Eneides. Han fick allt som han drömt om, en hel härskara av pigga små scipioner.

– Jag tror inte han är lycklig, sade Marcus. Han är ständigt orolig för mig.

– Det har han alltid varit.

Marcus skratt skar sönder natten.

– Han får betala priset, sade han.

Mitt i vintern bröt friserna, folket på andra sidan Rhen, freden och korsfäste de romerska soldater som drev in skatterna. Lucius Apronius, som var propretor i Germanien förde fyra kohorter, fotfolk och ryttare, på båtar på floden, men friserna var stridsberedda och slog romarna på flykten. Mer än 900 man stupade och stamfolken jublade.

När Marcus och hans legion nådde fram var kriget redan avgjort, Rom hade satt in tillräckligt med trupper för att slå de upproriska i grunden. Marcus och hans folk fick uppdraget att genomföra straffexpeditionen.

Hela den långa vintern brände de byarna längs floden och dödade deras invånare. En av de första vårdagarna fick Marcus en pil i ryggen, den slant längs höger skulderblad och borrade sig genom revbenen upp mot halskotan.

Men den nådde inte fram.

Han lyckades hålla sig kvar i medvetslöshet medan läkarna skar ut pilen. Så tillbringade han en vecka i svåra smärtor och onda drömmar medan läkaren oroade sig för febern som inte ville släppa taget.

I veckor låg Marcus på magen i den bärstol som bar honom hemåt, vaggade honom genom passen i bergen och över den galliska slätten, fram till havet där skeppet väntade.

Under större delen av den svåra resan sov han, en lycklig sömn. Mycket ofta blev han förvånad när han väcktes, så säker hade han varit på döden.

I Ostia mötte Cornelius.

När kroppen kom i ro därhemma återvände krafterna. Motvilligt, för han ville bort. Men sömnens timmar blev obönhörligt färre och vakenhetens fler.

Och i vakenheten fanns alla hans tillkortakommanden, Marcia och barnen.

Först när rosorna knoppades i maj började Marcus röra sig ute igen, gå genom trädgårdarna, studera Cornelius hästar och hundar. Han kallades till Rom för att ta emot nya utmärkelser och möttes till sin förvåning av stora folkmassor som taktfast skanderade hans namn.

När han berättade det därhemma blev Cornelius rädd, ingenting oroade kejsaren mer än hopens hyllningar av krigshjältar som bar gamla och berömda namn.

Marcus ryckte på axlarna.

I september dog Sulpicius Quirinius av ålder. Det var en stor händelse i Rom där ingen patricier dött en naturlig död på många år. Tusentals människor följde honom till graven.

Marcia hade rustat upp den gamla salen i huset som ännu kallades Anjalis skola. Hon undervisade själv sina barn, med Anjalis metoder.

– Det verkade så enkelt, det var som en självklarhet för

honom att leka in kunskaper, minns du? Men det är svårt, Marcus.

Han försökte inte ens dela hennes intresse, men frågade:

— Du hittade inga teckningar när du lät städa huset?

— Jo, jag lade dem i det stora skåpet i hans sovrum.

Efter frukosten sökte sig Marcus dit, följd av femåringen Lucius. Det var den tredje pojken och den som mest enträget sökte kontakt med sin far. Och som irriterade Marcus mer än de andra barnen.

När pojken slank genom dörren till Anjalis rum blev Marcus rasande:

— Ut, skrek han. Låt mig vara i fred.

Pojken försvann som en vettskrämd hundvalp.

Marcus återfann teckningarna, några av de första han gjorde sedan han återfått synen. Han såg ansiktet som växt fram på papyrusen och mindes hur handen trots den stora rädslan fångat det ängsliga barnets drag och stora frågande ögon.

I nästa stund slog det honom att ansiktet var likt Lucius, den skrämde femåringen som han just kastat ut. Då kom en oro över Marcus, tvingade honom på fötter, ut, nerför trappan.

— Lucius, Lucius.

Han skrek när han mötte Marcia och smittade henne med sin oro.

— Jag trodde pojken var med dig?

— Han smet undan.

Marcus hann inte skämmas för lögnen, de sprang genom trädgårdarna, förbi stallarna genom slavarnas by och ropade.

Efter en stund tvingade Marcia honom att stanna:

— Lugna dig, Marcus. Barnen är vana att röra sig fritt.

Men Marcus lyssnade inte.

— Dammen, skrek han. Dammen.

Och så vände han på klacken och drog henne med sig, uppför berget, mot dammen.

Barnet låg stilla på botten på näckrosens plats, blomman som aldrig hade funnits. Och Marcus visste redan när han dök att pojken var död.

Genom nätterna hörde han Marcia yla som hyndan en gång.

Han förmådde inte räcka henne en hand till tröst och han steg inte ur sängen när pojken begravdes. Ännu efter fjorton dagar låg han kvar, oförmögen att tala med någon.

Cornelius kom och gick, försökte tränga genom muren. Men Marcus var inte nåbar.

Inte förrän Cornelius sade en dag:

– Jag tror att det är dags för dig att bege dig till Jerusalem.

De såg länge på varandra alltmedan de mindes avskedsorden över kajen i Ostia: Vi ses Marcus, vi ses i Jerusalem.

Marcus ben skälvde som en nyfödd kalvs när han steg upp ur sängen, gick i badet, blev rakad och klädd. I trappan mötte han Marcia och såg att hon åldrats. Men han förmådde inte möta hennes ögon när han sade:

– Det var mitt fel.

– Nej, Marcus. Det var ödet.

Han ville säga henne att hon snart skulle bli fri från honom, att han skulle resa sin väg. Men han orkade inte.

De slog sig ner i biblioteket, han och Cornelius, som noga stängde dörrarna och såg till att det inte fanns slavar inom hörhåll. De började med att slå fast att Marcus resa till Palestina krävde kejsarens tillstånd.

– Och om han vägrar?

– Då får vi hitta andra lösningar, sade den gamle.

En stund senare dikterade Cornelius ett brev för Marcus, där han i ödmjuka former bad om audiens på Capri.

– Är det nödvändigt? Varför kan jag inte begära tillstånd för resan i brevet?

Men Cornelius som kände Tiberius skakade på huvudet:

– Vi skall inte ge honom tid att inveckla sig i motstridiga

tankegångar, sade han.

Med på den långa sjukresan hem från Rhen hade Marcus haft sin personlige kock och en centurion, Pantagathus, också han lätt skadad. De hade blivit kvar i Albanus som familjen Scipios gäster, jagade i skogarna och njöt av tillvaron. Pantagathus var en äkta romare, son till en känd barberare, kvick i mun och tanke.

– Centurionen far redan i eftermiddag med brevet, sade Cornelius.

En stund senare infann sig Pantagathus, kortväxt och satt, med oanade krafter och spelande intelligenta ögon. Han hade varit en av Marcus närmaste män i gerillastriderna i Nubien, men deras vänskap berodde inte bara på att båda var sluga och hänsynslösa. Marcus hade fäst sig vid Pantagathus för hans goda humör och hans förmåga att hitta oväntade lösningar i de svåraste situationer. Pantagathus i sin tur älskade Marcus för hans högtidliga allvars skull. För honom var Marcus Cornelius Scipio den siste sanne romerske ädlingen i en ond tid.

Centurionen kom tillbaka redan efter fem dagar, Marcus hade fått en tid hos Tiberius.

På utsatt dag i glasklar höstsol for han till den blå klippön, som blivit kejsarens hem. Han fördes omedelbart genom rader av salar och kabinett i den största av de tolv villorna och tänkte att huset var som mannen, mörkt och invecklat.

Några spår av de mångomtalade lastbarheterna såg han inte.

När pretoriagardets officerare slog upp dörrarna till kejsarens mottagningsrum hade Marcus hjärtklappning. Men hans goda uppfostran svek honom inte, hans bugning var lagom djup och han väntade utan synbar oro på att bli tilltalad.

– Det var en överraskning, unge Scipio. Jag hoppas att din morfar mår bra trots sin höga ålder.

Marcus reste sig ur bugningen och mötte kejsarens blick, hann tänka att han aldrig sett en olyckligare människa och svarade hövligt att Cornelius var vid utmärkt hälsa.

Tiberius var anskrämligt ful, där hade ryktet talat sanning.

336

Som en maläten gammal uv satt han där med sitt svåra ansikts-eksem nödtorftigt dolt bakom plåsterlappar.

– Sitt, sade han.

Marcus slog sig ner i besöksstolen och kände att rummet luktade svagt av gammalt var och starka medikamenter.

– Du intar inte din plats i senaten?

– Nej, jag gör bättre nytta i fält.

Tiberius nickade, hans leende var omöjligt att tolka men det fanns hot i rösten när han mycket långsamt sade:

– Du gifte dig med Flamens dotter.

– Jag var förälskad, sade Marcus enkelt.

Kejsaren nickade igen, rösten var nästan munter när han fortsatte:

– Och det är du inte längre. Hon lär vara lik sin far, den stolta Marcia.

Marcus teg, det blev en lång tystnad medan kejsaren i min-net gick igenom den rapport om unge Scipio som han läst på morgonen. Utmärkta militära bedrifter, hängivenhet och mod, och en underlig brist på ärelystnad. Han rynkade pannan när han tänkte på att pöbeln hyllat Scipio i Rom, men mindes också att den unge generalen flytt staden och inte återvänt.

– Hur är det med din skada?

– Tack, den läker.

Nu var Tiberius tålamod slut:

– Ditt ärende?

Mycket kort redogjorde Marcus för den planerade resan till Palestina och sade som Cornelius hade instruerat honom att han hört rykten om att Anjalis, hans gamle lärare, skulle vara där.

– Varför skulle han vara där?

– Han studerar judisk religion.

Tiberius blev överraskande intresserad. Anjalis verk om den romerska religionen var betydelsefullt, sade han. Det hände att han, kejsaren, läste det på nytt när besvärliga religiösa spörs-mål dök upp.

– Vet du vart han tog vägen sedan han lämnat Rom?

– Ja, han for till Indien och gjorde en studie av buddismen.

– Har ni brevväxlat?

– Nej, jag har aldrig hört av honom.

Marcus berättade kort om mötet i Athen med kaldéern från Ur.

Sedan kom frågan som Marcus väntat och fruktat:

– Varför vill du träffa honom?

– Av personliga skäl. Han var min lärare och ... betydde mycket för mig.

– Av sentimentala skäl, rättade Tiberius.

– Ja.

– Om du hittar honom i Judéen skall du föra honom hit till mig. Jag vill träffa honom. Inte av känsloskäl men jag behöver få veta allt som finns att veta om judarna och deras gud.

Marcus bugade.

Ögonblicket efter fattade kejsaren pennan och skrev ett kort brev till Pontius Pilatus, prokuratorn i Judéen. Brevet förseglades av sekreteraren och försågs med det stora kejserliga sigillet.

Audiensen var slut, Tiberius viftade bort Scipios tacksägelser.

Först i båten tillbaka till fastlandet kom Marcus att tänka på att samtalet kunde skada Anjalis. Om han nu fanns i Jerusalem?

Även Cornelius blev orolig, det hela hade gått för fort, varit för lätt.

– Vad vet vi om vad som står i kejsarens brev till Pilatus, frågade han.

Om prokuratorn sade den gamle föraktfullt:

– Han är en grovhuggare från en gammal slaktarfamilj som fick riddarvärdighet under inbördeskriget.

Redan dagen efter for Marcus mot Brundisium där han skulle söka skeppslägenhet i första hand till Pireus. Han ville ta avsked av sin bror. Med i sitt följe hade han Pantagathus, kocken och sex noga utvalda slavar.

Till Marcia sade han att Cornelius skulle förklara avsikten
med hans resa.

DEL 5

"Låt mig höra, vad du har att säga,
och låt oss gå till rätta med varandra;"
"Jag har vävt mitt liv till slut såsom en vävare sin
väv,
och jag skäres nu ned från bommen;
innan dagen har gått över till natt
är du färdig med mig."

JESAJA

OM MARCUS ÄGT ett hopp, ett enkelt mänskligt hopp, skulle Eneides ha krossat det.

– Det är ju löjligt, skrek han. Som att jaga efter vind. Nog begriper du att Anjalis ropade de där orden bara för att trösta.

– Han tröstade aldrig.

– Men vid Zeus, hur skulle han efter tjugo år veta att du är förtvivlad och far till Jerusalem.

– Arton år, sade Marcus.

– Pilatus är en best och Tiberius en räv. Bara dödsrikets osaliga kan veta vad det står i brevet.

– Jag får ta risken.

– Men varför?

– Det finns ingen annan utväg, Eneides. Antingen gör jag resan eller ... så blir jag galen.

Eneides såg allvaret, förstod plötsligt men sade:

– Det mest troliga är att du blir mördad.

– Det är ju ingen dålig lösning det heller.

– Marcus ...

Det blev tyst länge mellan bröderna. Till slut gjorde Eneides som han brukade, sökte styrka i handling.

Marcus och hans folk skulle fara med ett av hans egna skepp, en snabbseglare som var nykonstruerad och lätt höll undan för romarnas fartyg. Hon skulle ligga kvar på redden i Caesarea under Marcus vistelse i landet, segelklar.

– Hur mycket vet din vän centurionen?

– Ingenting.

– Du tiger som vanligt, förstår jag. Jag tänker tala med honom.

– Javisst. Men först måste du lyssna på mig.

Fåordigt som alltid framförde Marcus sitt ärende: Han ville ha broderns löfte att ge Marcia och barnen beskydd till liv och egendom när Cornelius dog.

– Jag vet ingenting om hur mycket som finns kvar av släkten Scipios miljoner, sade han. Och för övrigt kan de konfiskeras i samma stund den gamle går bort.

– En tillräcklig del av förmögenheten finns här, det trodde jag du visste, sade Eneides förvånat. Marcia har investerat i mina rederier i åratal.

Marcus drog på mun, den alltid lika förståndiga Marcia.

– Jag vill att du går ett steg längre, sade han. Om det blir nödvändigt skall du föra min familj hit och adoptera barnen.

– Jag lovar, sade Eneides enkelt.

Det fanns underligt nog så lite att tillägga, så få ord att växla. De satt där bara på var sin sida om det stora bordet på Eneides kontor och teg. Till slut vågade de inte längre se på varandra.

Jag måste ta mig samman, tänkte Eneides och kallade in centurionen.

Så berättade han om resans ändamål och sin oro.

– Men vi har ju kejsarens tillstånd, sade Pantagathus.

– Vad ni har är ett brev försett med ett sigill som bara får brytas av Pilatus. Vad som står i det ...

Pantagathus satte sig tungt på närmaste stol och hann tänka på Germanicus innan Eneides nämnde hans namn.

– Vi kommer alla ihåg Tiberius brev till Piso, sade han. Det som aldrig fick läsas upp i domstolen och som troligen innehöll en order att döda Germanicus.

– Jag är inte Germanicus, jag hotar inte Tiberius ställning.

Marcus var närmast munter.

Men Pantagathus hade förstått.

344

– Vi har egen kock med oss, sade han. Med undantag för några middagar ...

– Ja, det är bra, Pilatus vågar inte förgifta Scipio vid sitt eget bord.

Sedan redogjorde Eneides för sin plan med det snabba skeppet som under hela resan skulle finnas på redden i Caesarea.

Pantagathus ville ha en budbärare mellan sig och skeppet, Eneides instämde. En gång i veckan skulle centurionen ha kontakt med en av styrmännen ombord.

– Jag har en man, sade han. En jude, ingen styrman men en människa som enkelt försvinner i den judiska mängden.

– Och jag kan lita på honom.

– Ja.

När de båda männen fördjupade sig i detaljer lämnade Marcus rummet för att hälsa på Origenes.

Ariadne var lika rogivande som alltid så de fick trots allt en bra kväll tillsammans. När de bröt bordet sade hon:

– Marcus, du skulle kunna göra mig en stor tjänst. Jag har en judisk pojke här som är blind, som blev det när romarna ... när hans far korsfästes. Jag har lovat honom att han skall föras hem till sina morföräldrar i en by utanför Jerusalem. Du skulle inte ...

Eneides hade hela tiden försökt avbryta sin hustru. Nu sade han:

– Marcus har inte tid, Ariadne.

Men Marcus frågade:

– Blev han blind när hans far dödades?

– Ja, är det inte egendomligt? Och jag tror att han får sin syn tillbaka om han kommer hem, förstår du?

– Hur gammal är han.

– Tolv år.

– Jag tar honom med.

Det där var onödigt, ännu en sak som krånglar till det för oss,

345

sade Pantagathus till Eneides när han fick höra talas om lille
Josef.

– Man vet inte, sade Eneides. Kanske pojken ger Scipio sys-
selsättning.

Och det gjorde han. Under överresan som blev besvärlig i de
hårda vårstormarna ägnade sig Marcus oavbrutet åt den blinde
pojken, beskrev skeppet och människorna, berättade de gamla
grekiska sagorna om Poseidon och alla hans havsväsenden –
allt med ett tålamod och en ömhet som fick Pantagathus att
häpna.

Han hade ju sett i Albanus hur lite uthållighet Scipio hade
med sina egna barn.

Josef fick sova i Marcus koj, på romarens arm. Det gav
anledning till en del sneda leenden ombord men de bekymrade
inte Pantagathus. Han använde resan till att lära känna juden
som skulle bli hans förbindelselänk med skeppet.

Han tyckte bra om mannen.

När de äntligen siktade Caesarea tog Marcus Josef med sig
upp på däck och beskrev landet som växte ur havet framför
dem, själv förvånad över hur stor och vit den nya hamnstaden
var. Och plötsligt skrek pojken: Jag ser, jag ser själv, åh Scipio,
jag ser!

Det var en händelse som alla ombord skulle tala om länge,
om pojkens rop som steg mot skyn och om den romerske
generalens glädje. Pantagathus tog det som ett gott omen.

De gick i land, Pantagathus för att köpa hästar och annan
utrustning för resan inåt landet och Marcus för att anmäla sig
hos prokuratorn.

Men Pontius Pilatus fanns inte i sitt residens, han hade så
sent som dagen innan rest till sitt hus på landet. Efter en kort
överläggning beslöt de att Marcus skulle sända ett brev med en
budbärare, en anhållan om företräde nästa morgon.

346

Pontius pilatus hade byggt sig en villa i bergen ovanför den nya staden, ett ljust och luftigt hus dit han kunde dra sig tillbaka för att vila och där hans hustru, som led av ständig huvudvärk, mådde bättre än i det blåsiga Caesarea. För att inte tala om Jerusalem som hon fruktade för den pinande ökenvindens skull.

Prokuratorn hade just kommit upp ur badet när han fick Scipios brev och kände hjärtat sjunka som sten i bröstet. En Scipio här. En general. Vid alla gudar, varför, vad kunde det innebära?

Han skrek så högt efter mer vin att hans hustru kom springande och hon, den alltid ängsliga, fick hålla handen mot hjärtat för att försöka lugna det när han riktade sina frågor till henne:

– Vad gör han här? Vad vill han? Vad är meningen?

– Du kan inte ha gjort något ... ?

– I Tiberius tjänst kan man alltid ha gjort något, vrålade han.

– Tetrarken Herodes?

Hon kunde bara viska.

– Jodå, den förbannade tetrarken skriver sina brev och fram kommer de.

Pilatus hade länge försökt stoppa brevväxlingen mellan Galiléens tetrark och kejsaren, budbärare hade på olika sätt förolyckats på sin väg till Rom och den store Herodes son hade aldrig vågat ta upp saken med prokuratorn.

Nu ropade Pilatus på mer vin och hustrun vågade inte protestera.

347

Mot sin vana åt han lite till middagen men var ostadig på benen och sluddrig i talet när han gick till sängs. Det första han sade nästa morgon var, att de var tvungna att bjuda på middag, och det var nog för att hustrun skulle få tillbaka sin huvudvärk.

Men när Pilatus på förmiddagen visade in Marcus Cornelius Scipio och Pantagathus var han lugn och vänlig, en oberörd romersk tjänsteman som tog emot en ärad gäst.

– Jag är hedrad, sade han. Men också förvånad. Det är inte ofta någon av Roms ädlingar och kejsarens vänner söker sig till detta oroliga hörn av världen.

– Mitt ärende är privat, sade Marcus.

Privat. Pilatus försökte förstå ordets innebörd men hindrades av den förödmjukande rädslan. Mannen i stolen framför honom representerade allt som han fruktade och avskydde mest, den förbannade patriciska överlägsenheten, bildningen, hela detta överläge som Scipio fötts till och tog för självklart.

Han var mycket stilig, Pilatus hade sett sin hustru rodna när hon sjönk ner i en hälsning som var alldeles för ödmjuk.

Marcus iakttog Pilatus underläge, road till en början men snart uttråkad. Med en gest lämnade han över ordet till Pantagathus, det var ännu en förolämpning men Pilatus blev ändå lättad när centurionen började tala.

De två kunde mötas.

– Vi söker en vetenskapsman, en kaldeisk forskare som var generalens lärare i Rom för en del år sedan, sade han. Du har säkert hört talas om den berömde Anjalis och hans böcker.

Det hade Pilatus inte, det var uppenbart för alla när han svarade:

– Naturligtvis. Skulle han finnas här?

– Vi vet inte med säkerhet, vi har bara ett rykte att gå efter. Och naturligtvis hoppas vi på bistånd och beskydd.

Långsamt gick det upp för Pilatus att centurionen inte ljög, att resan var privat och historien om den försvunne vetenskapsmannen sann. Hans lättnad var av sådana mått att den inte kunde döljas.

348

– Vi har ett ... rekommendationsbrev från kejsaren med oss, sade Scipio och vinkade fram en slav som överlämnade brevet. Pilatus tog det och hans iver var så stor att han inte märkte att Pantagathus bytte plats och kom att stå rakt framför prokuratorn, så nära som anständigheten tillät.

Han bröt det kejserliga sigillet och läste långsamt, nickade instämmande men slöt plötsligt ansiktet i fast beslutsamhet. Pantagathus kände oron stiga och visste, innan Pilatus ännu öppnat munnen, att brevet innehöll en hemlig order och att det inte skulle läsas upp.

Pilatus satte ögonen i Marcus, säkrare nu:

– Du träffade kejsaren personligen?

– Ja.

– På Capri?

– Ja.

– Jag hoppas att den gudomlige ... var vid god hälsa?

– Han såg ut att må bra, sade Marcus och skrattade högt vid tanken på hur föga gudomlig den illaluktande gubben var.

Skrattet ökade Pilatus osäkerhet men han fortsatte:

– Var skulle man kunna tänka sig att denne ... en titt i brevet ... Anjalis kan uppehålla sig om han nu finns i landet? Jag menar hur skall vi söka?

– Han är intresserad av religion, sade Marcus. Templet i Jerusalem kanske? Bland prästerskapet där?

– Mmmm, möjligt, men vi känner deras präster rätt väl. Har han några särskilda kännetecken?

– Ja, sade Marcus, han är ovanligt lång.

I nästa ögonblick ångrade han sig, han ville inte ha Pilatus hjälp med sökandet och var fast besluten att se till att Anjalis aldrig skulle föras till Rom och Tiberius.

– Jag har tänkt mig att gå runt till de olika heliga platserna i landet, se mig om och komma i samspråk med folk.

– Man kommer inte i samspråk med judar om man är romare, sade Pilatus och den här gången var det hans tur att skratta.

– Jag tänker ändå försöka, sade Marcus. Och jag är tacksam för ett tillstånd att röra mig fritt i landet. Och din hjälp om jag skulle komma i svårigheter.

– Naturligtvis, sade Pilatus och hans leende var alldeles äkta i sin lättnad när han frågade om han fick bjuda på vin även om det var tidigt på dagen.

Scipio accepterade och tackade också för inbjudningen till middag samma kväll.

Men prokuratorn lade märke till att ingen av hans gäster drack förrän han själv fört sin bägare till munnen.

– Jag trodde inte att den där oxen skulle hålla masken så bra som han gjorde, sade Pantagathus när de red nerför berget mot kajen i Caesarea.

– Så brevet kan innehålla en order att ... röja mig ur vägen?

– Nej, jag har ändå svårt att föreställa mig det. Han skulle ha slutit sig hårdare.

– Men där fanns en hemlighet?

– Ja, sade Pantagathus allvarligt, där fanns en hemlighet.

De fortsatte under tystnad men innan de nådde byggplatserna i den nya staden satt Pantagathus av. Marcus följde honom, de slog sig ner en stund i gräset som om de njöt av utsikten över havet.

– Han dricker för mycket, sade centurionen. Såg du att han hade svårt att hålla händerna stilla och att han drack sin bägare i botten.

– Jag tänkte på det.

– Ikväll, sade Pantagathus långsamt, skall jag supa Pontius Pilatus under bordet medan du vandrar i månskenet med den bräckliga lilla frun.

Middagen var överdådig, tröttsam och vräkig, och Marcus som alltid åt lite hade det svårt med de många rätterna. Och med Pilatus hustru, som var så ängslig att hon fladdrade från ämne till ämne. Det tog en lång stund innan han fann ett samtal som de kunde ägna sig åt med intresse.

Det rörde sig om huvudvärk och drömmar. Hon beskrev vältaligt värken som smög sig på henne bakifrån, började i nacken och så småningom tog hela hennes huvud i besittning.

Han uttryckte sitt deltagande och berättade om sin ryggskada och om hur han burits hela vägen från Rhen till Rom med det öppna såret som vägrade att läka.

Hon fick tårar i ögonen av medlidande. Sedan ville hon veta vad han drömt under sjukdomen.

Men Marcus mindes inte sina drömmar och lyssnade bara med ett halvt öra på hennes, upptagen som han var av Pantagathus allt högljuddare skrålande med Pilatus. Han insåg att det gick bra för centurionen, till vars många ovanliga egenskaper det hörde att han kunde dricka oavbrutet utan att bli berusad. Med Pilatus var det av allt att döma tvärtom.

De båda männen blev allt mer förtroliga.

När värdinnan plötsligt rynkade pannan tog Marcus tillfället:

– Jag ser att huvudvärken lurar, sade han. Kom, ta en promenad med mig i trädgården.

Hon blev rörande glad över hans omsorg och lyckades förklara för sin man att hon behövde luft och att generalen skulle följa henne ut. Pilatus nickade, men sände en slavinna att ledsaga hustrun.

– En underlig man, sade prokuratorn försiktigt när de båda lämnat matsalen.

– Ja, nog är Scipio egendomlig, instämde Pantagathus. Som bara denna konstiga idé att fara till ett vilt främmande land för att leta rätt på en gammal lärare.

– De är väl vana vid att ge efter för sina nycker, sade Pilatus.

– Jo, medel har aldrig saknats. Men han är en god soldat ...

– Han är högfärdig som kejsaren själv, jag menar som om han var kejsare av Rom.

– Nog är han lite dryg. Men han räddade mitt liv en gång i Nubien med fara för sitt eget.

Det var bara till hälften sant, Pantagathus ville ge skäl för sin lojalitet. Men främst ville han tillbaka till huvudspåret.

– Jag blev förvånad när han fick kejsarens tillstånd att resa hit och söka. Men Tiberius kanske ville visa unge Scipio en ynnest.

– Nej. Pilatus sluddrade nu och log hemlighetsfullt. Tiberius vill ha tag i den där Anjalis.

– Aha, sade Pantagathus, det förklarar saken. Vad skall han med kaldéern till?

– Det stod inte i brevet, sade Pilatus. De stora förklarar sig sällan.

– Det är sant, sade Pantagathus.

I trädgården berättade Pilatus hustru om profeten från Nasaret som predikade i byarna längs Gennesarets sjö.

– Det sägs att han får blinda att se och lama att gå, sade hon.

Marcus blev mycket stilla.

– Var var det du sade att man kunde söka honom?

– I en liten by vid sjöns nordspets. Den heter Kafarnaum.

När de red ut från Caesarea nästa morgon i hällande regn, var Pantagathus gladare än på länge.

– Jag vågar mitt huvud på att brevet inte innehöll några instruktioner att mörda dig. Det är den här Anjalis kejsaren vill ha tag i.

– Jag anade det, sade Marcus häftigt. Redan på båten från Capri med det där förbannade brevet förstod jag det. Det gör det ännu svårare för oss, Pantagathus. Aldrig i helvete skall Tiberius få tag i Anjalis.

– Jag förstår, sade centurionen. Men för närvarande bekymrar det mig mindre, vi har ju inte funnit honom.

– Men när?

– Om...

Efter en stund upptäckte de att de var förföljda, en hel romersk trupp var dem i hälarna.

– Vid Jupiter så klumpigt, sade Pantagathus och skrattade. De tog oväntad rast, satt där och hälsade hövligt på de romerska soldaterna som måste dra förbi.

– Han blir säkert slugare när han sovit ruset av sig, sade Marcus.

Josef satt framför Marcus på hästryggen, insvept i romarens mantel och glad som en nykläckt fågelunge. De red nordostut, över Sarons slätt upp mot Karmels sluttningar, där regnet upphörde och en överraskande sol slog blänk i den våta grönskan. Landet var skogklätt och ljuvligt till Marcus förvåning.

– Detta är inte Judéen och öknarna, sade Josef.

– Nej, jag förstår det, sade Marcus och rös när de höga terebinterna skakade av sig regnet över honom och hans häst.

När de passerade vadstället över Kison ljusnade landskapet, öppna betesmarker tog vid, lågväxande myrten, ginst och acanthus smög mellan kullarna på bergets sluttning. De mötte östanvinden som förde kall och kristallklar luft med sig.

När de såg den första skymten av Gennesarets blåa sjö i öster tog de rast, gjorde upp eld och torkade sina kläder. Hela sällskapet talade med förvåning om hur skönt det var, judarnas land, och Josef var stolt som om det varit hans förtjänst.

De hade träffat en del människor under resan och Marcus hade förstått att judarna hade annat sätt än andra folk att frysa ut romarna.

– De ser oss inte, sade han till Pantagathus.

– Nej, jag lade märke till det redan i går, sade centurionen. De ser tvärs igenom oss som om vi inte fanns.

– Det är ju så som romarna ser på alla andra, sade Josef och både Marcus och Pantagathus teg.

I skymningen nådde de Tiberias och badade förtjusta i de varma källorna i sjön. Marcus gick för att begära företräde hos tetrarken av Galiléen, men fick veta att han hade rest till Jerusalem.

Vid middagstid nästa dag kom de till Kafarnaum och slavarna gick för att söka ett värdshus som var villigt att ta emot dem. De kom tillbaka med det väntade beskedet att stadens alla härbärgen var upptagna. Centurionen tog lille Josef med sig, för att, som han sade, komma till tals med någon vettig människa. Han återvände med beskedet att rum ställdes i ordning i tullindrivaren Levis hus utanför staden.

Livet i Palestina skulle inte bli lätt.

Men rummen var rena i Levis hus och mannen själv av stort intresse för Marcus, som satt uppe halva natten och hörde honom berätta om undergöraren från Nasaret, som allt fler trodde var den väntade Messias.

"Han vandrade omkring i hela Galiléen och undervisade i synagogorna, förkunnade budskapet om riket och botade alla slags sjukdomar och krämpor bland folket. Ryktet om honom spred sig i hela Syrien och man förde till honom alla som led av olika sjukdomar och plågor, besatta, fallandesjuka och förlamade, och han botade dem. Och stora skaror följde honom, folk från Galiléen och Dekapolis, från Jerusalem och Judéen och från andra sidan Jordan."

Marcus lyssnade och kände hur stillheten fick allt större makt över honom. Även Pantagathus öron var vidöppna trots att han gjorde allt han förmådde för att sova.

Marcus tog stöd mot en cypress, ett ovanligt träd och en främling som han själv på den mjuka sluttningen ovanför Kafarnaum. De lågväxande grenarna kunde inte dölja honom men själv kände han samma trygghet som i ett gott gömställe.

Egentligen var det onödigt, ingen enda i den väldiga skaran av människor där på berget hade ögon för någon annan än mannen som talade.

Avståndet var stort. Marcus borde inte ha hört ett ord. Ändå nådde varje ljud i den kraftfulla arameiskan fram till honom, som om mannen talat direkt till honom.

"Saliga är de som är fattiga i anden, dem tillhör himmelriket. Saliga de som sörjer, de skall bli tröstade."

Stillheten inom Marcus fortplantade sig i landskapet, ingen vind gick genom trädens kronor och de många människorna hade slutat att andas. Tömd på allt var den, stillheten, inte en tanke, inte en känsla fanns i den. Men så återkom rösten:

"Saliga de som håller fred, de skall kallas Guds söner."

Och Marcus kände smärtan, den oändliga sorgen över sitt förspillda liv.

"Ni är jordens salt. Men om saltet mister sin kraft, hur skall man få det till salt igen. Det duger inte till annat än att kastas bort och trampas av människorna."

Äntligen, tänkte Marcus, äntligen en människa som inte ljuger.

"Ni är världens ljus. En stad uppe på ett berg kan inte döljas och när man tänder en lampa sätter man den inte under sädesmåttet ..."

Orden sjönk in i Marcus, en del förstod han inte, men det var som om det inte hade någon betydelse.

"... ni skall inte svärja någon ed alls. Inte vid himlen, ty den är Guds tron ... inte heller skall du svära vid ditt huvud, ty du kan inte göra ett enda hårstrå vitt eller svart. Vad ni säger skall vara ja eller nej. Allt därutöver kommer från det onda."

Detta har jag alltid vetat, tänkte Marcus men hans smärta växte när mannen fortsatte och Marcus insåg att också detta var sant:

"Älska era fiender och be för dem som förföljer er, då blir ni er himmelske faders söner."

En stund senare gick ännu ett ord igenom hans smärta: "Där din skatt är, där kommer ditt hjärta att vara."

Så blev det kalla solljuset gyllene:

"Se på himlens fåglar, de sår inte, skördar inte och samlar inte i lador, men er himmelske fader föder dem. Är ni inte värda mycket mer än de ... Döm inte, så blir ni inte dömda."

Efter några ögonblick? – en timma? – en dag? – såg han profeten gå nerför berget. Marcus iakttog utan förvåning hur mannen sträckte ut sin hand och gjorde en spetälsk ren.

Långsamt sökte sig Marcus Scipio tillbaka till Levis hus, full av sorg och lycklig. Men i dörren mötte han en av slavarna som oroligt berättade att lille Josef blivit sjuk, plötsligt och överraskande.

Marcus skyndade sig in till pojken som hade svåra plågor och vad värre var, en förlamning som gjorde det omöjligt för honom att ens vända på huvudet.

– Han dör, sade slaven och Marcus kämpade med samma slags förstening som drabbat honom när Lucius dog. Sedan vände han på klacken och sprang in mot staden, där han mötte profeten och hans lärjungar på väg till Simon Petrus hus.

Det fanns ingen betänksamhet i hans handlande när han gick rakt fram till mannen och sade:

– Herre, min tjänare ligger förlamad där hemma och har svåra plågor.

– Skall då jag komma och bota honom, sade Jesus och Marcus hörde det upprörda mumlandet i profetens följe.

– Jag är inte värd att du går in under mitt tak, sade han. Men säg bara ett ord, så blir pojken frisk. Jag är själv en som står under befäl och jag har soldater under mig, och säger jag till den ene: Gå, så går han och till den andre: Kom, så kommer han och säger jag till min tjänare: Gör det, så gör han det.

Marcus arameiska var flytande men ordvalet var mycket olikt hans vanliga och han såg att Jesus var förvånad när han vände sig till sitt följe med orden:

– Sannerligen, inte hos någon i Israel har jag funnit en så stark tro. Jag säger er att många skall komma från öster och väster och ligga till bords med Abraham och Isak och Jacob i himmelriket. Men rikets egna barn skall kastas ut i mörkret utanför. Där skall man gråta och skära tänder.

Marcus förstod inte talet, hans huvud var tomt nu som hans hjärta. Men när profeten vände sig till honom fungerade hans förstånd:

– Gå, du trodde och det skall ske.

Pantagathus som stått några steg bakom Marcus, vågade inte lita på profeten och ville fortsätta letandet efter en läkare. Men Marcus skrattade åt honom när han med lätta steg gick hemåt i skymningen och fann Josef frisk.

– Han är hungrig, sade kocken som inte vågade ge pojken att äta.

– Visst skall han ha mat. Bröd och frukt. Och fisk, sade Marcus, det sägs ju att fisken från Gennesaret är god.

Ingen i det romerska sällskapet sade ett ord när de bröt brödet vid måltiden och tog för sig av den runda fisken som de inte visste namnet på. Bara Josef som aldrig förstått hur sjuk han varit pratade och hans tal var som fågelkvitter, ljust och fyllt av hopp.

Men han var trött och somnade tidigt.

Nästa morgon var den lilla staden så full av människor att romarna var tacksamma för att de fått härbärge utanför murarna. Pantagathus kom tillbaka efter ett besök i Kafarnaum och kunde berätta att profeten och hans lärjungar rest i båt till sjöns andra strand. Underligt nog var Marcus tacksam för det. Han behövde ro för att besinna vad som hänt honom.

Han hade inte sovit på natten när stormen skakat husets tak, en kraftig vind som vrålat över bergen och plötsligt och överraskande stillnat som om någon hutat åt den. Men det var inte stormen som hållit Marcus Scipio vaken, det var det oerhörda som skett honom och som trots allt inte hade att göra med vare sig orden i predikan på berget eller med pojkens tillfrisknande.

Som andra hade Marcus bara minnet att ty sig till och han försökte återskapa mötet på vägen, bild för bild, ord för ord.

Men minnet slant undan.

Han kunde se Jesu ögon när de betraktat honom. Den blicken visste allt som Marcus tänkt och gjort i livet, även det mest förfärliga.

Hans förstånd sade honom att han inte var förlåten, att det inte var möjligt och att hans skuld skulle vara till tidens slut.

Ändå ...

Det var inte så att han förlät, tänkte Marcus. Men han förstod när han såg det alltsammans ända från begynnelsen.

Men inte heller detta var det mest avgörande som skett vid mötet, något annat var det, något egendomligt men ändå välbekant.

De beslöt sig för att stanna ännu några dagar i publikanens hus utanför Kafarnaum för att bli säkra på att pojken skulle orka med den fortsatta resan. Pantagathus ville att de skulle ta vägen längs Jordan och söderut mot Betania som var Josefs hemby i de judeiska bergen. Centurionen hade trots allt som hänt dem inte glömt sitt uppdrag och kunde berätta att han urskiljt

Pilatus spejare i folkmängden.

Ännu hade de ingenting att dölja, enades de om när Marcus mitt i samtalet blev överraskande trött, fick be om ursäkt och lägga sig en stund för att vila.

Han somnade genast och nådde snart in i en stor och klar dröm. Den handlade om Anjalis och började så välbekant att han tänkte att detta måste ha hänt honom en gång för länge sedan.

Anjalis stod mitt emot honom i det gamla biblioteket i Albanus, han var lång och bländande skön, men hans ögon var fulla av sorg när han vädjade till Marcus:

– Hör på mig. Vi har ju ofta talat om att det finns två verkligheter, en yttre och en inre. Minns du näckrosen när du var liten och blind?

Marcus kunde tydligt se blomman skimra genom vattenspegeln och där, i kalken, innesluten av de gyllene ståndarna, lyste Lucius ansikte emot honom, den lille sonen som måste dö för att hans far sökte ett annat barn.

Men Anjalis röst kallade honom tillbaka till biblioteket:

– Du vill inte lyssna nu och jag förstår det. Ändå vill jag ha sagt att det vi haft tillsammans kommer att leva sitt eget liv i ett rum i ditt hjärta. Du kommer alltid att kunna gå dit och hämta kraft.

Så stod Marcus åter framför profeten som skrattade åt honom, höjde handen och gjorde samma gest som när han botat den spetälske. Men den här gången rörde hans hand inte vid ansiktet utan vid hjärtat och plötsligt stod alltsammans klart för Marcus.

När han vaknade var han räddare än han någonsin hade varit, det han fruktat mest genom livet hade hänt. Dörren till hans hemliga rum hade öppnats, det var tomt, tyst och stilla och hans ömhet var gränslös och smärtan outhärdlig.

På resan söderut övernattade de i Jeriko, den urgamla staden vars väldiga källsprång välsignade marken. Här mötte sommaren dem, frodig och grön, och Josef berättade om oasen som drottningen av Saba älskat och krävt att få i gåva av kung Salomo.

I Jeriko fanns romerska trupper i en välbyggd förläggning så några svårigheter med övernattningen fick de inte. Centurionen som förde befälet var en gammal stridskamrat till Pantagathus och hans förtjusning var stor som hans förfäran när han fick veta Marcus namn och rang.

Men den unge Scipio var påfallande tystlåten och gick tidigt till sängs. Under kvällen i glada vänners lag övertalade Pantagathus sin vän att ta sig en närmare titt på spejarna, som utan orsak förföljde general Scipio.

– Så blev vi av med dem, sade Pantagathus med ett skratt när sällskapet bröt upp tidigt nästa morgon. Men Marcus tänkte med obehag på att centurionen i Jeriko skulle få svårigheter med Pilatus.

– Han är ju din vän, sade han.

– Äh, han är den sorten som alltid klarar sig.

De såg aldrig Döda Havet men hörde Josef berätta om sjön som var så fet att ingen kunde drunkna i den. Och de häpnade över de höga ökenbergen när de red österut in mellan höjderna mot Efraim, där vägen vände mot söder, till Betania och Jerusalem.

Den iskalla ökenvinden trängde genom kläderna, genom kött och ben.

De hade trott att Josef skulle bli muntrare ju närmare hemmet han kom. I stället slokade han där han satt i sadeln framför Marcus.

– Tror du inte du är välkommen?

– Jo. Pojken var alldeles trygg i sin förvissning men efter en stund viskade han:

– De kommer inte att ta emot er, de får inte.

– Jag vet det, sade Marcus lugnt. Jag till och med förstår det. Josef slappnade av.

Ett slag tänkte Marcus att det kanske skulle vara mest barmhärtigt om han tog rast utanför byn och lät pojken ta sig hem det sista stycket på egen hand. Men han ville se med egna ögon hur morföräldrarna tog emot hans skyddsling.

Så de fortsatte genom byn, där folket som vanligt såg rakt igenom dem och fram till ett hus i sluttningen mot söder, där Josef hoppade av hästen och försvann rakt in i famnen på en äldre kvinna. Marcus såg hennes ögon vidgas av glädje och hörde henne ropa på sin gud och på sin man.

Och den senare kom och var yngre och kraftfullare än Marcus trott och hans glädje var av samma förundrade slag som hustruns.

När de drog pojken in i huset ropade han högt:

– Vänta på mig Scipio, vänta, jag måste i alla fall ...

Sedan stängdes dörren.

Medan romarna gick till brunnen vid torget för att vattna hästarna och dricka sig otörstiga samlades folket, och det märkvärdiga var att de plötsligt såg på främlingarna, med stora och oförstående ögon ...

Marcus och hans män väntade tålmodigt och Pantagathus sade med ett skratt som rullade runt torget:

– Nu har de fått problem, osynliggörarna.

Också Marcus måste dra på munnen.

Sedan var Josef tillbaka, åtföljd av sin morfar och några av stadens äldste.

– Jag vet inte hur vi skall tacka, sade den gamle och bugade tafatt för Marcus, osäker också på om den förnäme främlingen skulle förstå språket.

– Du kan tacka genom att se till att pojken får det bra, sade Marcus. Han har kommit att stå mitt hjärta så nära som ...

Han ville säga: som om han varit min egen son, men hejdade sig när han insåg att det var lögn.

De gamla männen bugade igen. Och bugade. Och tystnaden var så plågsam att den gjorde ont.

Än värre blev det sedan Marcus sagt:

– Kanske kan jag få nattlogi i byn för mig och mitt folk.

Till slut bröt sig en yngre man ut ur gruppen, gick rakt fram till Marcus och sade:

– Vi är ett gästvänligt folk och vi borde göra en fest till din ära. Men nu är det som det är.

– Jag vet hur det är, sade Marcus som började tycka synd om byborna. Men trots allt behöver vi nattkvarter.

– Jag tror att jag kan ordna det, sade mannen som var spensligt byggd och blåögd. Den ljusa blicken var häpnadsväckande i sin klarhet, mannen ägde en stor självklarhet och ett lugn som var ovanligt.

– Mitt namn är Lasarus, sade han. Jag är byns krukmakare. Här finns ett hus som står öde. Det är ett stort och bra hus, nybyggt av en syrisk köpman, som aldrig bor där. Han lever i Jerusalem och vi kan lätt sända en budbärare dit för att fråga om ni kan hyra det.

Ett sorl av lättnad gick genom folket på torget, Marcus log och Pantagathus skrattade när de såg slugheten i den unge mannens plan. Ett hus byggt av en syrier var redan orent ...

– Låt oss få se det, sade Marcus.

Det var sista huset i byn, stort och påfallande väl utrustat, en rik mans hus. Men det bästa av allt var utsikten över de höga bergen, som brann guldgula nu i solnedgången.

Pantagathus nickade gång efter annan när de besåg huset. Sedan sade han på snabbt latin till Scipio:

– Bättre näste än det här kan vi inte få. Härifrån ser vi varenda sate som närmar sig och det kan inte vara mer än en halvtimmas väg till Jerusalem.

– Mindre om man har en bra häst, sade Marcus som också såg fördelarna. Rid med budbäraren till staden och försök köpa huset.

– Till vilket pris som helst?

– Ja. Bed honom möta mig hos bankiren Aristainos i Jerusalem i morgon.

Byn hade bara ett enda torftigt värdshus och Marcus och hans folk slog sig ner i trädgården där medan de väntade på

Pantagathus och budbäraren. De serverades ett gott vin och en stund senare kom Josef och hans mormor med knapriga lammkotletter och friska grönsaker. Efter henne följde byns andra kvinnor, alla med sina gåvor, ost, frukt och vitt bröd.

Marcus Scipio och hans män åt sig stinna av tacksamhet.

Det hann bli svart natt innan Pantagathus återkom, belåten och arg. Affären hade gått i lås men syriern hade krävt ett hutlöst pris för huset, som varit till salu länge.

Marcus skrattade högt av lycka, han hade fått ett hem i Palestina bland människor vars hat endast var formellt och vars vänlighet inte kunde döljas.

Lyckligast av alla var lille Josef.

Marcus sov gott som ett barn den natten och vaknade nästa morgon av Pantagathus skratt som slog eko mot bergen. Pilatus spejare hade hunnit ifatt dem och sett sitt underläge. Ingen i byn skulle ge husrum åt dem och på vägen mot Jerusalem var de synliga på långt håll, antingen de gick från eller till staden.

En stund senare red Marcus och Pantagathus, båda i full uniform och Scipio med bröstet täckt av gyllene utmärkelser, ner till Jerusalem, utmed Olivbergets sluttningar över Kidrondalen och in genom östra stadsporten.

De mötte syriern där Marcus utan att höja ett ögonbryn betalade det uppgjorda priset för huset. Pantagathus lämnade som överenskommet var ett förseglat brev hos bankiren, adresserat till den judiska styrmannen på Eneides skepp.

En stund senare ställde de stegen till Antoniaborgen för att avlägga visit hos tetrarken, som tog emot med överdriven vänlighet.

Herodes hade fått prokuratorns rapport om Scipios besök och om hans ärende i Palestina, sade han. Och liksom Pontius Pilatus var han ytterst förbryllad.

— Charlataner som utger sig för att vara kaldeiska mager är det ju gott om, här liksom i andra städer, sade han. Spåmän och stjärntydare, ni känner sorten. Men en äkta kaldéer från det sagoomspunna Ur har vi inte sett i landet på många år.

– Hur många år då? Marcus hade svårt att dölja ivern i sin röst.

– Det finns en historia, troligen en skröna, att tre av dem dök upp i Betlehem för ... ja säkert trettio år sedan, sade tetrarken och tillade:

– Ni förstår säkert hur ovanlig händelsen var eftersom gammalt folk ännu talar om den.

När de lämnade palatset sade Pantagathus oroligt:

– Varför var han så rädd?

– Han har varit vettskrämd från födseln, sade Marcus som tänkte på tetrarkens far, Herodes den Store. Och galne.

Men förklaringen tillfredsställde inte Pantagathus och när de nådde de branta gränderna i staden mötte de Pilatus spejare.

Pantagathus hälsade med överdriven vänlighet.

De tog sig förbi Hasmonéernas palats och fram till tempelgården där de blev stående i stum förvåning. Till slut sade centurionen:

– Vi har många gudar och om vi slog ihop alla deras tempel med varandra skulle vi kanske kunna tävla med det här. Har man bara en gud så ...

Marcus försökte skratta när han sade att judarnas ende gud måste ha en fruktansvärd makt. Men han hade svårt att skaka av sig den rädsla som den väldiga byggnaden ingav. Sedan kom han att tänka på profeten som kallat judarnas gud för fader.

Solen stod högt på himlen när de red hemåt. Marcus funderade hela tiden på tetrarkens historia om kaldéerna i Betlehem.

När de ätit satt de länge vid bordet i Marcus rum och försökte göra upp en plan. Men också Pantagathus infallsrika hjärna var som ett urblåst ägg, som han själv uttryckte det. Marcus ville resa till Betlehem, en stad som de snart fann på kartan och som inte låg långt från Betania.

– Det skulle finnas gamla människor där som minns, sade han.

– Scipio, hör på mig, det där hände för länge sedan, när din

364

Anjalis bara var ett barn. Om det överhuvudtaget hände.

– Det kan finnas ett samband.

– Och hur skall vi finna det? Vår största svårighet är som Pilatus sade, att vi inte kan komma i samspråk med folk.

– Josef, sade Marcus men visste att Pantagathus hade rätt när han svarade:

– Han är för liten.

Efter middagsvilan gjorde Marcus en teckning, trevande sökte handen minnas hur Anjalis sett ut. Han överdrev det faunlika, de sneda ögonen och den stora leende munnen men fann att det blev likt, förgrovat men likt. Hela sällskapet samlades runt bordet och Pantagathus sade:

– Vi skall finna den här mannen någonstans i Jerusalem. Han kan uppträda som månglare eller präst, han kan praktiskt taget ha vilken förklädnad som helst. Och han kan bo i ett palats eller i slummen, på ett värdshus, en bordell eller i översteprästens hus.

– Och om vi möter honom?

Det var Hyperides, den äldste bland slavarna, en man som mindes Anjalis från hans tid i Cornelius hus.

Marcus tänkte efter.

– Om ni finner honom måste ni utan att någon hör er säga honom att Marcus Scipio är i Jerusalem. På latin.

– Och sedan?

– Sedan, sade Marcus långsamt, måste nästa steg vara hans.

I nästan en hel vecka gick de stadens alla gator upp och ner, besökte varje marknad, väntade utanför varje synagoga, blandade sig med alla slags människor på värdshus och vinstugor. Till och med Marcus och Pantagathus som var vana vid legionernas långa marscher fick ont i fötterna av vandringarna i gränderna.

Och allt var förgäves.

På den trejde dagen tyckte de sig ha en smula tur, den judiske styrmannen från skeppet anlände sent om kvällen till huset i

Betania och Scipio insåg genast: Här hade de en man som kunde göra efterforskningarna i Betlehem.

Med noggranna instruktioner for juden till den lilla staden och kom tillbaka med en otrolig historia. För lite mer än trettio år sedan hade en ny, klart lysande stjärna visat sig över Judéen, den hade vandrat över himlen men stannat över ett stall i Betlehem. Änglar hade stigit ner från himlen ...

– Jag blir vansinnig, sade Pantagathus.

– Herdarna som vaktat sina får på ängarna utanför stallet hade hört en stor sång. Några dagar senare hade tre kaldeiska mager kommit ridande över bergen på sina kameler och frågat var den nye konungen fanns.

– Sade de hur de var klädda?

– Ja, de kunde beskriva varje detalj, de svarta sammetstunikorna och mantlarna fodrade med lila siden, de tunga guldkedjorna.

Kaldéerna hade suttit av vid stallet, där ett barn nyss hade fötts.

– Men det är ju orimligt, sade Pantagathus, inte föder judiska kvinnor sina barn i stall.

– De sade att staden var full av folk som kommit dit för att skattskrivas och att det inte funnits plats för barnaföderskan på värdshuset.

– Dumheter, sade Pantagathus, judar har släkt överallt som kan ta emot dem.

Även juden tappade tron på sin historia – åtminstone för en stund:

– Du har rätt, sade han. Det är orimligt.

– Fortsätt, sade Scipio.

– De kaldeiska magerna hade med sig gåvor till barnet, guld och dyrbara kryddor.

– Och sedan?

– Sedan försvann de. Och dagen efter hade även familjen med barnet flytt undan en massaker som Herodes beordrat. De gamla männen på platsen läste ur skrifterna: "Ett rop hörs i

Rama, gråt och högljudd klagan. Rakel begråter sina barn, hon låter inte trösta sig, ty de finns inte mer."

Romarna runt bordet såg på varandra, oförmögna att finna någon mening i den underliga historien. Men Marcus såg att den judiske mannen var djupt berörd och frågade:

– Vad betyder allt detta?

– Det stämmer överens med de gamla profetiorna om Messias födelse, sade mannen och Marcus tänkte på profeten i Kafarnaum.

Den natten som alla andra i huset i Betania drömde Marcus om Anjalis, såg honom komma emot sig i Jerusalems gränder med den lysande manteln fladdrande i vinden och det stora skrattet på lur bakom de tunga ögonlocken. Vacker som en gud var han och det hände att Marcus grät när han vaknade till en ny dag av tröstlöst letande.

En dag gick han till krukmakarverkstaden i Betania, väntade utanför på att Lasarus skulle upptäcka honom. När den blåögde kom ut såg han trött ut, nästan sjuk i all sin genomskinlighet.

– Jag ville gärna tala med dig, sade Marcus. Var...?

– Vi kan slå oss ner här vid ugnen, sade Lasarus och valde en plats som var väl dold från bygatan.

– Du ser inte ut att må bra?

– Jag har dåliga lungor, jag har haft det sedan barndomen.

Lasarus makade ryggen tätt mot den varma ugnsmuren, torkade svetten ur pannan och såg frågande på Marcus. Och romaren berättade hela historien, hela den långa historien om kaldéern som skänkt honom liv och syn och som lovat ett möte i Jerusalem när livet blev outhärdligt.

– Och det är det nu?

– Jag miste min son...

Replikerna föll som de skulle, passades in i varandra, Lasarus var vänlig och deltagande men plötsligt visste Marcus... att mannen förde honom bakom ljuset, att han hade kännedom, och att han skulle tiga om den.

Insikten varade bara ett ögonblick, ändå var Marcus säker och på den korta vägen hem bad han för första gången i sitt liv till den gud han inte kände.

Hans övertygelse var så stark att han berättade om den för Pantagathus och han blev inte utskrattad.

– Jag har samma känsla, sade centurionen, samma orubbliga känsla av att de vet något, hela den förbannade byn vet. Har du sett Lasarus systrar, den stolta Martha och den vackra Maria? Har du sett deras ögon?

– Nej.

– I den äldstas finns rädslan och i den yngstas ett stort medlidande, sade Pantagathus och Marcus tänkte att även centurionen hade förändrats efter mötet med profeten från Nasaret.

När de kom hem från Jerusalem på kvällen berättade kocken att en jude till häst hade kommit på besök till Lasarus. Och försvunnit igen efter en kort stund.

– Han red som om hästen hade eld i svansen, sade kocken.

Pantagathus blev orolig, den natten satte han ut vakter. På morgonen kom lille Josef med nybakat bröd till deras frukost. Och han sade:

– Det kommer snart att bli bra allting, Marcus Scipio.

Sedan ville han smita undan men Pantagathus satte näven i den smala pojknacken och höll honom kvar:

– Du står i stor tacksamhetsskuld till generalen, Josef. Är det inte dags att börja betala av den.

– Vi gör det, vi har just gjort det, sade Josef och Marcus röt:

– Släpp pojken.

De hörde honom skratta högt av glädje när han skuttade genom trädgården och båda kände hoppet, det plötsliga och omotiverade hoppet som fick luften att vibrera av förväntan.

Pantagathus drog undan fönsterluckorna i det stora rummet som Marcus gjort till sitt, den kalla solen flödade över de nakna bergen. Allt var som förut och efter en stund hade de svårt att tro på sin egen hoppfullhet.

Men den dagen inställde de vandringarna i staden.

Om kvällen när de sista solstrålarna strök efter bergen och förgyllde dem, ropade slaven som hade vakten:

– En romersk trupp är på väg hit.

Marcus och Pantagathus tog trappan upp på taket och såg tolv man ur vaktstyrkan i Jerusalem på väg rakt emot dem.

– De har hittat honom, sade Pantagathus tungt. De hann före oss.

Varenda människa var försvunnen från Betanias gator när soldaterna nådde fram, byn slöt sig om sina hemligheter.

Marcus mötte vaktstyrkans officer i dörren och såg genast att han var rädd och förvirrad. De hade tagit en man, en gammal judisk skomakare vid en rutinkontroll i Efraim för några timmar sedan, rapporterade han. Juden hade burit en stor ädelsten innesluten i en skinnpung under kläderna och förts till Jerusalem för förhör. Trots att man piskat honom hade han vägrat att uppge varifrån den dyrbara rubinen kommit, men när vakthavande officeren undersökt den närmare hade han funnit scipionernas vapen ristat i stenens undersida.

– Det är han, skrek Marcus.

– En judisk skomakare. I Pantagathus röst fanns tvivlet.

– Han fick rubinen av Cornelius Scipio när vi skildes i Ostia.

Marcus var redan i sadeln när han sade det, på väg i ursinnig fart utför bergen, tätt följd av Pantagathus och de romerska soldaterna.

Rubinen låg där, hotfullt röd och gnistrande, på vakthavande officerens bord, när Marcus och Pantagathus störtade in i de mörka källarrummen under Antoniaborgen. Officeren bleknade när Marcus skrek:

– Det är den, formad som en ros. Var är mannen?

– Jag är rädd att han inte är i så gott skick, sade officeren och Marcus skrek: Om det är Anjalis skall du få sota för detta med livet.

Medan Marcus sprang efter vakten genom källargångarna tänkte han underligt nog på Cornelius, på hur den gamle visat honom rosen en gång och sagt att den var gudarnas utvalda tecken till scipionernas ätt.

Varför i helvete gav han den till Anjalis?

Förhörsrummet stank av avföring och urin, en ensam olje-lampa hade fästs mellan de nakna stenarna i muren och kasta-de ett fladdrande ljus över källarhålan. Ändå tog det en stund för ögonen att vänja sig vid mörkret.

I hörnet på några halmstrån låg en gammal jude i svåra plågor, ett långt vitt skägg växte samman med ett kraftigt och överraskande svart hår.

– Inte lockigt, som hos judarna, tänkte Pantagathus och såg frågande på Marcus som sjönk samman av hopplöshet och långsamt skakade på huvudet. Och centurionen fick ju erkän-na att den gamle på golvet inte hade någon likhet med porträt-tet som Marcus tecknat.

– Han måste ändå veta något.

– Han har antagligen bara hittat rubinen, sade Marcus.

Hans röst var så öppet och barnsligt förtvivlad att den nådde in i judens mörker, det ryckte kring den stora munnen och glimtade till i ögonens springor när en förbluffande stor och vacker stämma sade på klingande latin:

– Så ses vi då, Marcus Scipio. Som uppgjort var i Jerusalem.

Marcus sjönk långsamt på knä och grep den smala handen. Han kände igen den nu, även om den var sliten och full av valkar som av hårt arbete, en slavs arbete.

I gångarna utanför hörde han Pantagathus ropa, på läkare först och främst, på varmt vatten och mediciner. Sedan följde centurionens förbannelser i jämn ström, inget straff kunde bli värre än det som väntade dem som misshandlat kejsarens vän, filosofen som Tiberius väntade på i Rom och som Marcus Scipio var här för att hämta.

Pantagathus hade tappat besinningen.

Så var läkaren där, en grek och hans medhjälpare. Anjalis lyftes på bår och bars upp till ett större och ljusare rum alldeles bakom vaktrummet. Där tvättades han över hela kroppen och vändes över på mage medan läkaren rengjorde de djupa såren efter piskan på hans rygg.

Det stank av outspädd ättikssprit och Anjalis jämrade sig när läkaren med vana händer började lägga förbandet runt kroppen.

– Han är yngre och starkare än han ser ut, sade läkaren till Marcus. Se bara till att hålla såren rena så här som jag har gjort. Och ge honom mycket att dricka.

– Kan han flyttas?

– Naturligtvis, han mår bättre ju längre bort från detta hus han kommer.

– Vill du besöka oss, vi bor i Betania.

– Jag vet, sade läkaren. Jag kommer i övermorgon. Men det är ingen fara med honom, han klarar sig.

Det fanns en vädjan eller en varning i de trötta ögonen som såg rakt in i romarens och i samma stund insåg Marcus att faran fanns här, nu i detta rum.

– Skaffa fram en bärstol, sade han och en av soldaterna försvann.

Men officeren sade:

– Det är vår fånge.

Marcus ögonbryn åkte upp mot hårfästet när han oerhört avmätt sade:

– Inser du vem du talar till.

Officeren sänkte blicken och lät dem passera.

Läkaren och hans medhjälpare följde med ut och överlämnade mediciner och förband till Pantagathus. Innan de skildes sade han mycket tyst:

– Se till att ni får iväg en budbärare till kejsaren, så fort som möjligt, Cornelius Scipio.

Marcus nickade, naturligtvis hade mannen rätt. Men lika uppenbart var att de inte kunde sända bud till Rom.

Marcus gick bredvid bärstolen och hans glädje var så stor att det knappast bekymrade honom när han i backen uppför Olivberget insåg hur hopplöst deras läge var. De enda de hade att sätta sin lit till nu var byns folk.

Pantagathus hade ridit i förväg, mycket oroligare än Marcus. Den förbannade officeren i Antoniaborgen kunde ta sitt förnuft till fånga vilket ögonblick som helst och då skulle legaten Scipio utsättas för ett enkelt och beklagligt överfall av rövare på vägen hem. Frågan var bara om officeren vågade handla utan Pilatus tillstånd.

Centurionen fick snart skaran av slavar på benen, i tät formering red de bärstolen till mötes. Men han var starkt medveten om att hans män var få och inga soldater.

Än oroligare blev han när han skymtade folk på bergen.

– Jag inbillar mig, tänkte han. De kan inte ha fått ut spejare redan.

Anjalis vaknade av den kalla nattluften och slog undan förhänget i bärstolen. Nu såg han på Marcus, de stora gäcksamma ögonen sökte sig till romarens ansikte.

– Jag har alltid tänkt på dig som en liten pojke, general, sade han.

Marcus log och hans röst var full av lyckligt skratt när han svarade:

– Jag hade också mina bilder, Anjalis. Och jag har svårt att beskriva min förvåning.

– Naturligtvis, Marcus, jag är skyldig dig en lång förklaring.

– I morgon, Anjalis.

– Ja.

Han tycktes sova igen men innan de nådde byn och huset kom hans röst tillbaka, förvånad denna gång.

– När en man blir torterad, Marcus, är det inte bödeln som är fienden. Det är det agg som han har begravt i djupet inom sig. Den dolda vreden.

– Hade du en stor vrede?
– En större än jag visste om.

Nu var Pantagathus där med husets folk.
– Jag tror det finns beväpnat folk i bergen.
– Det kan de inte ha hunnit.
– Ändå är de där, sade Pantagathus och hann börja en lång förbannelse innan han avbröts av rösten från bärstolen.
– Det är mitt folk, ni behöver inte vara oroliga.

Pantagathus växlade en blick med Marcus och båda drog djupt efter andan när de insåg att det måste vara sant.

De hann få Anjalis nedbäddad i Marcus säng innan det knackade på dörren, och en man steg in, utan uniform men ändå en soldat i varje tum, stridsvan, behärskad, övad att befalla.

Han kastade en blick på den sovande Anjalis innan han sade:
– Jag tänker inte presentera mig men jag vill ha ett enskilt samtal med Scipio och centurionen.

Hans grekiska var fulländad, en bildad mans.

De satte sig runt bordet i Pantagathus rum:
– Vi har hamnat i ett underligt läge, general. Innan jag går vidare vill jag veta vad ni har för planer för den man ni kallar Anjalis.
– Jag ville träffa honom, han var ...
– Jag vet.
– Min förhoppning var hela tiden att jag skulle finna honom före Pilatus män. Jag är förtvivlad för ...
– Ni ämnar inte föra honom till Rom?
– Aldrig, Marcus nästan skrek, aldrig i helvete skall Anjalis till Tiberius.
– Är ni beredd att gå ed på det.
– Ja.

Seloten, för nu hade både Marcus och Pantagathus förstått att de stod framför en selotisk anförare, förestavade eden och

373

Marcus svor vid sina förfäders andar, vid sin släkts ära, vid alla romerska gudar.

– Det blir ett underligt samarbete, sade seloten, men vi ger er beskydd så länge Johannes finns bland er.

– Johannes?

– Hans namn är Johannes och han är en lärjunge till Jesus av Nasaret, sade seloten och nickade mot rummet där Anjalis sov.

– Jag borde ha förstått det, viskade Marcus.

Men Pantagathus sade:

– Vid det här laget är romarna antagligen redan på väg uppför Olivberget.

– Jag tror inte det, sade seloten. De väntar till i morgon och då sätter de bara ut vakt.

Han skrattade:

– Det skulle förvåna mig mycket om de stormar huset. Men gör de det kommer ni att vara försvunna. Det viktigaste just nu är att vi får iväg en budbärare till skeppet i Caesarea.

Marcus orkade inte fråga hur mannen kunde veta något om Eneides skepp utan sade:

– Hur får vi fram en budbärare?

– Det får vi, sade seloten. Redan i gryningen kommer vi att ha en man på skeppet.

– Se till att det flyttas till Tyrus eller någon annan hamn som Pilatus inte har makt över.

Seloten nickade och tog med sig Pantagathus för att visa honom flyktvägarna i bergen. Centurionen var mycket nöjd när han kom tillbaka.

– Vi kan nå in i seloternas grottor på ett ögonblick, sade han. Sov nu, Scipio, vi är trygga som fågelungar i nästet. Och vi har haft en lång dag.

Innan han ännu slagit upp ögonen nästa morgon visste Marcus att allt var gott, att han var liten och omhändertagen och fullkomligt verklig.

Sedan såg han på Anjalis och sade:

– Kan du inte raka av dig skägget.

Och det stora skrattet, det som Marcus försökt minnas genom alla år, rullade genom rummet.

– Det kan vara ett bra förslag, sade Anjalis. Får jag frukost först.

Men hans ansikte drogs ihop av smärta när han reste sig och Marcus fick stödja honom på vägen till badrummet. Ändå kunde han äta, med god aptit.

– Herregud, sade han när han kom tillbaka. Jag har inte sett mig i en spegel på många år. Det ligger något i det där du säger om skägget.

Marcus var stolt över sin barberare, hans lätta handlag och hans stora skicklighet. Och barberaren i sin tur hade äntligen fått en uppgift värdig hans mästerskap.

Pantagathus häpnade när han kom någon timma senare:

– Du blir allt yngre, sade han. Och allt mer lik Scipios teckning.

– Får jag se den, sade Anjalis.

– Det är en karikatyr, sade Marcus men han såg nog att Anjalis förvåning gällde något annat när han studerade skissen.

– Bergen kryllar av romerska spejare nu, sade Pantagathus,

375

som inte var bekymrad men ändå ville att alla i huset skulle ha allt de behövde för snabb flykt tillgängligt på ett ögonblick.

– Det är bra att du har ändrat utseende, sade han till Anjalis. Om några dagar kommer ingen romersk bödel att känna igen dig.

– Du har bytt sida?

– Livet är ett ständigt sidbyte, sade Pantagathus. Åtminstone om man vill överleva.

Så var de äntligen ensamma.

– Orkar du berätta?

– Javisst, Marcus, frågan är bara var jag skall börja. Men jag tror att jag gör som när du var liten och går långt tillbaka i tiden.

– För tusen år sedan ... sade Marcus och Anjalis log när han rättade honom.

– För många tusen år sedan räknade de gamla sumererna ut att jorden gick in i ett nytt astrologiskt tecken med ungefär två tusens års mellanrum, sade han. Med varje tidsålder föddes en ny tanke bland jordens folk och en förändring kom till stånd, långsam men obeveklig. Jag tror inte jag hade lärt mig tala ens när jag visste att vi var på väg in i Fiskarnas eon och att Gud skulle födas i en mänsklig kropp.

– För att ge uttryck åt den nya tanken?

– Ja.

Anjalis berättade om Saturnus som sammanstrålade med Jupiter så nära jorden att en ny stjärna föddes för att lysa någon tid och sedan försvinna i rymderna.

– Vi hade all vår uppmärksamhet riktad mot den stjärnan, sade han. Där den stannade skulle Gud födas.

– Och den stannade över ett stall i Betlehem?

– Du vet det?

Marcus berättade om juden som han sänt till Betlehem och Anjalis log när han sade:

– En av de männen var Balzar.

– Åh, sade Marcus. Jag vet att han är död. Me Rete ... ?

– Hon levde ännu många år, mest i Egypten den sista tiden. Men det är fem år nu sedan hon dog.

De var båda tysta en stund innan Anjalis fortsatte:

– Jag var en av dem som utsågs till att följa gudabarnet, sade han. Och så berättade han om hur resorna till Grekland och Rom egentligen bara varit en träning inför det stora uppdraget, att leva i Nasaret nära barnet för att kunna berätta om allt.

– Men du for ju till Indien.

– Nej. Anjalis förvåning var stor när Marcus berättade om kaldéern han mött i Athen och vad han sagt.

– De var väl rädda för att romarna skulle göra efterforskningar, sade Anjalis. I planen ingick ju inte att jag skulle bli berömd i Rom, förstår du. Jag for direkt till Jerusalem, och jag var så ledsen som en människa kan bli.

– Jag vet.

– Ditt ansikte, Marcus, var slutet, som om det huggits i marmor när du stod där på kajen.

Marcus insåg att de måste lämna minnet av avskedet i Ostia och sade:

– Men vad hände sedan?

– Jag såg pojken på templets trappa och det var första gången jag tänkte på att han var jämngammal med dig. Ändå var det något annat som var viktigare. Jag insåg ...

– Vad ...?

– Att han var människa också, ett barn som behövde lång tid och mycket omsorg för att förstå, få det att gå ihop ...

– Han visste inte vem han var, menar du.

– Ja. Och han gjorde ju som andra barn, utgick från att alla var som han, att andra såg det han såg ... Åh, herregud, Marcus, han var så ... utlämnad ...

– Jag kan förstå det, på något vis förstår jag, sade Marcus.

– Alla barn har ett minne av Guds härlighet. Du hade det i rikt mått trots allt som hänt dig, Marcus. Men han hade bara detta, förstår du, och jag fylldes av oro för vad som skulle

377

hända när han förstod att människorna hade ont om kärlek.

– Jag förstår, sade Marcus igen.

– Det var väl barnets utsatthet som fick mig att godta det svåra uppdraget och bli judisk skomakare.

– Men inte är det så svårt att göra skor?

Anjalis väldiga skratt fyllde rummet, Marcus hörde fönsterluckorna skallra och slavarna fnittra i övervåningen.

– Inte att göra skor, Marcus, men att bli jude. Att lära sig att gå och stå, sitta, äta och tala som en jude. Och att tänka på judiskt vis. Jag tror inte någon kan begripa …

– Inte jag i varje fall. Hur bar du dig åt?

– Jag adopterades av en judisk hantverkarfamilj i Alexandria, fick deras namn och satt där mitt i familjen för att vävas in i det judiska mönstret som är mer komplicerat än någon kan drömma om.

– De visste …?

– Ja, de hörde till de få invigda. Det är hyggligt folk i min familj, Marcus, det är rent av på många sätt storslagna människor. Och det var på ett vis det värsta …

– Nu förstår jag inte.

– Nej, du hade nog aldrig förstått vidden av min högfärd, min enorma, omätbara högfärd.

Skrattet rullade genom rummet igen.

– Jag börjar begripa, sade Marcus. Där satt den högt bildade filosofen, den världsvane Anjalis som alltid hade de stora perspektiven, och de häpnadsväckande slutledningarna …

– Just det, Marcus. Där satt han i en liten värld, där problemen gällde vad man skulle äta till middag, om den fattige grannen skulle ha råd att betala för sandalerna som han beställt och vem som skulle bära ut slasken och in vattnet.

– Men det var ju … fromma människor?

– Ja, Anjalis röst åkte kana mot taket när han fortsatte:

– Och det, förstår du, var nästan det värsta. De hade inga problem med livets mening och dödens visshet. De hade Guds ord och där fanns ingenting att diskutera …

378

– Det låter ... avundsvärt.

– Jovisst, det är det som är det förfärliga.

– Jag hörde din ... profet säga, att de är saliga som är fattiga i anden.

– Jag hörde det också men jag tror inte att det var de här människorna han talade om. För saliga är de inte, de är ofta i gräl och trångsynta och fördomsfulla. För att inte tala om att de har så tråkigt, så fördömt tråkigt, Marcus. Det kan inte vara Guds mening att människan skall vara liten och uttråkad.

Han vädjade om medhåll, men Marcus tankar hade tagit en annan riktning:

– Du var där?

– Ja. Men jag såg dig inte. Och strax efteråt reste jag till Nasaret för att besöka hans mor. Jag var inte kvar i Kafarnaum när du sökte hjälp för pojken.

– Så underligt, sade Marcus och Anjalis nickade. Efter en stund fortsatte han:

– När jag kom tillbaka var det som om Han ville säga mig något. Men Han valde att vänta och jag gick med honom och de andra till Jordan. Först i morse kom budet från Lasarus och jag förstod med ens vem den romerske officeren i Kafarnaum var. Då bröt jag upp för att gå till Jerusalem. Och blev fasttagen i Efraim.

Nu såg Marcus att Anjalis var trött, blek, hade ont.

– Vi måste lägga om dina sår, sade han.

– Är det nödvändigt? Anjalis grimas var vältalig.

– Jag tror det. Men kanske vill du äta först.

– Jag gör fortfarande allt för att skjuta upp det som är obehagligt, sade Anjalis och de log mot varandra och deras känslor var så starka att båda blev generade.

– Vi skulle inte ha rakat av dig skägget, sade Marcus med grumlig röst. Du blir dig allt mer lik från förr.

Marcus hade lagt om sår förr på slagfälten i Germanien och i lägren i Nubien, hans händer var inte oskickliga men han oroades av inflammationen kring de djupa köttsåren.

Anjalis jämrade sig inte. Han vill göra det lätt för mig, tänkte Marcus och berättade om Eneides, om den stora skeppsredarverksamheten som fötts ur Anjalis gåva. Och han uppnådde sitt mål, Anjalis blev så intresserad att han glömde smärtan och ställde en lång rad frågor.

När de dragit för fönsterluckorna och lagt sig för middagsvilan frågade han efter Cornelius.

– Han måste vara mycket gammal nu.

– Nej, det underliga med honom är att han inte åldras. Han är sig lik, just som han var när du skildes från honom i Ostia.

– Det är ofta så med människor som åldras tidigt, sade Anjalis. De är gamla vid femtio, sedan åldras de inte längre.

Efter en stund förändrades hans andhämtning, blev långsam och tung och Marcus log belåtet när han förstod att kaldéern sov.

Själv var han klarvaken, låg på rygg med händerna bakom nacken, såg i taket och var besynnerligt glad. Det var Gud själv som hade behövt Anjalis.

I morgon är det min tur att berätta, tänkte han. Jag vet att han kommer att förstå mig.

Anjalis var tröttare under de långa eftermiddagstimmarna, hans berättelse flöt långsammare.

– Det är svårt att förklara det alltsammans, Marcus, alla de här åren sedan jag flyttat från Alexandria till Nasaret och bara kom hem till Ur någon månad om året. Jag satt där och sydde mina skor i Jonathans verkstad, han är bror till fiskaren Sebedaius och släkt med familjen i Alexandria. När livet stillnar blir det inte så mycket att berätta, jag levde för de tillfällen när barnet kom på besök.

Han försvann i sina minnen, det gick ju inte heller att beskriva detta, den mörka verkstaden, ryggen som kröktes och värkte, futtigheterna i Jonathans knarriga röst och så plötsligt, dörren som slogs upp, pojken som stod där med ett par skor som måste lagas eller med en hälsning från modern, rummet som ljusnade, glädjen som trängde in i varje vrå och varje

380

hjärta. Den stora självklara glädjen, vit som ljuset som utgick från barnet.

– Jag insåg snart, sade han, att pojken behövde mindre hjälp än jag trott. Du förstår, han har en stark mor.

Det blev en lång tystnad igen men rösten hade fylligare klang när han återtog:

– Jag skulle gärna vilja ge dig en bild av Maria.

– Är hon vacker?

– Ja, det är hon väl, men det är med henne som med Jesus att ingen kan komma ihåg hur de ser ut. Det är som om de utvalda människorna inte lämnar spår efter sig i den värld vi uppfattar med våra sinnen.

– Det är sant, sade Marcus. Jag har funderat mycket på hur han egentligen såg ut, mannen vars ögon öppnade mig i Kafarnaum.

– Vad hände, Marcus?

– Nej, det är din dag. I morgon skall jag berätta om mig och mitt.

Anjalis nickade och fortsatte att beskriva Maria.

– Hon måste vara född med sanningen och därför helt osårbar. Åh, Marcus, vilken tid det tog innan jag förstod det grundläggande, att det bara är lögnen som är sårbar. Sanningen kan inte såras eller förstöras.

För första gången kände Marcus sig illa till mods, i försvarsställning.

– Och vad är sanningen?

– Frågan kan inte ställas på det sättet. Det handlar mera om att vara sann.

– Och vem är sann?

Det var tyst länge innan Anjalis svar kom, men det var entydigt:

– Den som har förstått det oskyldiga och gjort det till den punkt från vilken han ser världen.

– Och det har Maria?

– Ja.

Marcus reste sig, gick mot fönsterväggen, öppnade de sista luckorna. Det blev varmare för var dag, den vår som marken drömde om var på väg och det fanns ett leende över det karga landskapet.

– Du har säkert rätt, Anjalis, sade han. Jag har aldrig varit i närheten av sanningen och vad oskuld är kan jag inte ens föreställa mig.

Han vände sig om och såg på Anjalis, ville krypa ner i hans säng, reda sig ett bo i armhålan och borra in näsan i kaldéerns halsgrop. Som förr en gång.

Det var när han insåg att det var omöjligt som hans glädje försvann.

– I morgon, Anjalis. I morgon får vi en mycket svår dag.

– Du förstår, jag mördade min mor.

Anjalis tunga ögonlock fälldes innan Marcus hann se blicken, ansiktet slätades ut och slöts som skådespelarens mask i det grekiska dramat.

– Det var enkelt, Anjalis, ingen stor sak när det hände. Och det försvagade mig inte, tvärtom. Genom alla år när jag måste skydda ... mitt särlingskap ... kunde jag hämta kraft ur det minnet. Det var som en dyrbar hemlighet, att jag haft styrka till en sådan oerhörd gärning.

– Du ångrade dig aldrig.

– Nej. Det finns ett blankt ljus över minnet ännu, en känsla av enkel och himmelsk rättvisa. Jag kan aldrig tänka på det utan att minnas Cornelia när hon överlämnade Seleme till slavhandlaren. Det är två händelser som får en djup mening när de förs samman. De utesluter dig, Anjalis, de drar ett streck över åren mellan femåringen som blev blind och fjortonåringen som tog hämnden i egna händer.

– Jag förstår. Vad hände med dig sedan?

– Sedan upphörde rädslan.

Marcus svar var ljust och enkelt, som glädjen är innan den skuggas av tanken. Anjalis hörde klangen och sade:

– Så all din skräck hade kommit från henne.

– Ja.

– Men det måste också ha haft andra följder?

Marcus var tyst länge medan han funderade.

– Jag sade ju att mordet uteslöt dig, ditt inflytande över mitt

383

liv. Dörren slöts till det inre rummet, så tungt och slutgiltigt att jag var säker på att den aldrig skulle öppnas igen. Så säker, upprepade han.

Nu öppnade Anjalis ögonen, den svarta blicken sänktes i Marcus. Som förr, tänkte romaren, alldeles som förr ser han rakt igenom mig och iakttar något som jag blundar för.

– Jag slutade teckna, sade han.

– Vet du varför?

– Det roade mig inte längre. Det var mycket tjat om det, Cornelius blev besviken men när han sade att han lovat dig att jag skulle få en konstnärs utbildning visste jag att mitt beslut var rätt. Så jag stod fast trots att jag skämdes ... mest inför konstnären som jag hade tagit lektioner hos.

Han kunde se det framför sig, rummet där han satt med Nobenius, de många stafflierna, människorna som rörde sig som skuggor, sysselsatta med uppgiften att bli av kött och blod, substantiella. Och ljuset som föll genom takfönstret i norr och oberoende av vädret gav ateljén ett jämnt pärlgrått ljus, stillastående som en skör evighet.

Nobenius var kort och kraftig, nästan tjock, med liten mun och stor köttig näsa. Han var så olik Anjalis som en människa kan vara och i början hade det tröstat Marcus.

Tröstat pojken som ingen mer skulle komma nära.

Sedan hade han ju fått erfara att Nobenius såg som Anjalis, tvärs igenom, och att han krävde samma utlämnande.

– En linje, sade han, skall gå från jordens gåtfulla medelpunkt, rakt genom människornas hjärtan och ut i kosmos. För att dra den behövs det mod och en stor ömhet.

Marcus linjer var drivna och exakta.

– Hör på, unge Scipio. Världen behöver inte dina teckningar för att se ut som den gör. Om du inte vågar språnget från ditt innersta ut i det okända har du inget här att göra.

Medan det grå eftermiddagsljuset bäddade in dem i stillheten fortsatte Marcus att teckna, med stor skicklighet och alldeles utan talang.

– Jag vet ju att du kan, skrek Nobenius, jag såg porträtten som kaldéern visade. Vid alla gudar, tog han kraften från dig när han försvann, trollkarlen?

Marcus var tretton år, en ålder när en pojke hellre dör än gråter. Han gjorde rösten stadig och svarade:

– Han gjorde kanske det.

I vagnen som förde honom hem genom skogen i mörkret, vågade han ge efter för den allomfattande känslan av övergivenhet.

Men han återvände till Nobenius nästa dag, och nästa igen.

Konstnären hade kanske sett pojkens förtvivlan för han slutade gräla. Och efter några veckor började han grymta över Marcus axel, över teckningarna som blev allt tafattare.

– Du är på väg, sade han.

Konstigt nog förstod Marcus honom.

Det tog honom hela vintern att rita sig ut ur skickligheten, in mot det ofullgångna, mot smärtans skärningspunkt där linjen blir full av tvekan. Nobenius grymtade allt oftare.

Plötsligt mindes Marcus pojken vid staffliet närmast, det sökande ansiktet och ögonen som brann av en lidelsefull förvåning ... vad hette han?

Han kunde ha blivit min vän.

Han hade det som Marcus saknade, modet, beredskapen för språnget. Men han var ingen skicklig tecknare.

– Jag skall dra själarna ur kroppen på er båda och blanda dem noga innan jag sätter tillbaka dem igen, sade Nobenius.

Då skrattade de åt honom och Marcus sade:

– Du är ju ingen gud, trots allt.

Också Nobenius fula ansikte hemsöktes av ett ovant leende.

– Det kanske vi skall vara tacksamma för alla tre, sade han.

Ljuset i den stora ateljén ökade med våren, det grå fick lyskraft och en dag drog Marcus djupt efter luft, uteslöt modellen framme på podiet och började teckna ett barnansikte. Han fann ömhetens linje, som Nobenius talat om, snabbt rakt ur hjärtat drogs den, genom handen och över till teckningen – i fruktansvärd rädsla. När det här är färdigt skall jag dö, tänkte han.

Barnets ögon var oseende.

Han är blind som jag var.

Marcus märkte inte att Nobenius stod bakom honom, tyst, i samma ångest som han själv. Barnet fäste den oseende blicken långt bort i evigheten.

Då sade Nobenius, så lågmält att orden nästan inte var hörbara:

– Vad är det han vägrar se?

Marcus vände sig om mot läraren och såg att han, den vildsinte, hade en stor ömhet i ögonen.

– Näckrosen, sade Marcus.

– Du kan inte heller se den?

– Nej.

– Det var den trollkarlen tog med sig?

– Nej, sade Marcus. Det var den han gav till mig och som jag har ... tappat bort.

Då gick det ovana leendet återigen över konstnärens ansikte:

– Var det inte värre, sade han. Då har vi bara att leta rätt på den.

Nästa dag låg en stor gyllene näckros i en skål med vatten på Marcus bord.

– Jag stal den i natt i en trädgård på Capitolium, sade Nobenius.

– Men du är inte klok, skrek Marcus som visste risken med varje enkel förseelse i detta Rom där den gamle kejsaren höll på att dö och skräcken vibrerade mellan husen.

– Naturligtvis inte, sade Nobenius. Jag trodde att du hade förstått det, att galenskapen är själva förutsättningen.

Marcus såg från det köttiga ansiktet mot den inre ateljén där Nobenius egna arbeten fanns, såg ömheten och det totala utgivandet i hans målningar.

– Du är försvarslös, sade han.

– Just det, Scipio. Det är bara den som själv är utan försvar som kan ta sig genom åskådarens murar ...

Hela den eftermiddagen satt Marcus med kolstiftet i handen och såg på näckrosen i skålen, hur den drog sig samman och beredde sig för döden i självklarhet och utan motstånd. Inte ett streck.

Han gav inte upp, minnesbilden av blomman, hennes själ, hennes väsen, fanns etsad på näthinnan nästa dag. Och nästa igen.

Men han lyckades aldrig fånga henne.

När skolan stängdes för sommaren sade Nobenius:

– Glöm henne för ett slag, Marcus. Låt henne leva sitt eget hemliga liv i ditt hjärta.

Kanske gjorde hon det, kanske fanns hon där ännu, tänkte Marcus och det gick en ljus förvåning över hans ansikte när han såg på Anjalis utan att se honom.

Den hösten gav han Cornelia dödsdrycken och först nu, här i huset i Judéen, kunde han återigen höra sin röst när den sade:

– Drick nu, mamma.

Det var första och enda gången han kallat henne mamma och kanske var det i tacksamhet för ordet som hon lytt honom.

Ännu en minnesbild fick han av pojken som satt i Cornelius hus på den blå hyllan i berget där det doftade av tunga rosor. Pojken såg på teckningen av barnet, den enda av värde han åstadkommit under alla de många lektionerna hos Nobenius. Nu efter Cornelias död och Salvius hemska sjukdom hade bilden något nytt att säga honom, att barnet som vägrade se hade klokskap och vett.

Långsamt rev han sönder teckningen alltmedan han fattade beslutet att aldrig mer gå tillbaka till lektionerna.

Marcus ögon hade vandrat långt bort, nu återtog han blicken och fäste den långsamt på Anjalis.

– Du har rätt som vanligt, sade han. Men en fjortonåring är

inte så total, han kan välja det delvisa seendet.

– Det yttre?

– Ja. När jag slutat teckna kunde jag bli det jag var född till, romersk soldat. Det inre rummet slutade att växa och jag tog plats i världen.

– Du ser det som en fördelning av ytor?

– Mer som fördelning av kraft. Att teckna var att tömma sig på styrka. Ingen begrep det, inte ens du.

– Vadå?

– Att jag inte hade så mycket kraft, att jag var född med en förlamning i viljan att ...

– I viljan att leva, sade Anjalis tungt.

– Jaså, du visste det.

Så ledsen som jag är nu har jag aldrig varit, tänkte Marcus. Det är underligt att jag inte dör av det. Men jag vet ju att det finns mycket kvar, att han inte kommer att låta mig slippa undan förrän allt är tömt.

Anjalis som alltid kunnat höra Marcus tankar sade:

– Du gifte dig?

– Ja, med Marcia.

– Den starkaste av Flamens döttrar, sade Anjalis och nickade. Fanns det en tid av lycka?

– I början, en osäker förväntan att hon skulle ... se mig.

– Stackars flicka.

– Ja, jag sårade henne, hennes kvinnlighet. Och den som såras i sitt kön har svårt att förlåta.

Sedan ställde Anjalis frågan som funnits i rummet hela den långa dagen.

– Varför for du till Jerusalem?

Marcus ville berätta om sonen som dog, men sade:

– Kanske för att bli kvitt min tacksamhet.

För första gången under samtalets gång hade han sårat Anjalis, ögonen slöts igen, det ryckte av smärta kring den gäcksamma munnen och rösten var grumlig när han sade:

– Du har ingen skuld till mig. Det jag fick av dig var dyrbarare än livet som barnens kärlek alltid är. Det är det Jesus menar när han säger att vi alla måste bli som barn.

Marcus stod vid fönstret och såg mörkret falla över Judéen. Den första stjärnan steg upp på himlen bortom bergen i öster och Marcus tänkte att allt han sade nu var viktigt, att han måste sluta att håna och bli sann.

Att sanningshalten i varje ord måste vägas:

— Jag kom för att dö, sade han. Jag har velat det länge, kanske alltid. Men du stod emellan och din kraft är stor.

— Ja.

— Du vet det?

— Det inre rummet är alltid starkare, särskilt om man gjort som du, stängt dörren om det och förnekat det. Men fortsätt.

— Det är som om du hade ett kontrakt med mig. Jag kom för att bryta det.

— Och om jag vägrar?

— Om du har någon kärlek kvar, Anjalis, så gör du inte det. Vi har några dagar på oss här i detta hus i Judéen. Om vi använder dem väl löser vi avtalet, paragraf för paragraf.

En stund senare var det åter dags att lägga om Anjalis sår. Marcus händer var ömma som om han skött ett barn och lätta som fågelvingar. Ändå jämrade sig Anjalis högt när varet torkades bort i de öppna såren.

— Det gör ovanligt ont i kväll, sade han och Marcus tänkte med hjärtat bultande av oro: Varför läker det så långsamt?

— Jag hatar de romerska bödlarna, sade han. Och jag är själv en av dem.

Nästa morgon återupptog Anjalis samtalet som om natten aldrig funnits och aldrig sömnen.

– Jag har sett många romerska soldater under åren i Nasaret. En del kom från gränskrigen vid Eufrat och såg lyckliga ut. Andra, de som hör till vaktstyrkorna här, är alltid rädda, de lever i en skräck som gör dem grymma.

– De lever farligt.

– Ja, jag kan förstå dem. Ändå finns där en gåta och jag frågade mig ofta vad som rör sig i krigarens själ.

– Och vad kom du fram till?

Marcus menade inte att håna och log för att skyla över. Anjalis skrattade.

– Men Marcus, mina frågor leder alltid till nya frågor, hade du glömt det? Det är inte iakttagaren som finner svaren.

– Vem gör det?

– Ibland har jag tänkt att den som lever mitt i handlingen som soldaten ...

– Nej, sade Marcus mycket bestämt. Det bästa med handlingen är att den utesluter frågorna. I strid ges ingen tid till eftertanke, till tanke över huvud taget. Och i tjänst i upproriska länder som det här har du bara en tanke och den är enkel.

– Men tankarna är ju bara en del av erfarenheten, en bearbetning av det som finns på djupet?

Marcus skakade på huvudet.

– Det krigaren möter innebär slutet på alla frågor.

– Närheten till döden?

– Ja, först där blir livet meningsfullt. Det är så starkt och så tydligt, Anjalis. På något oförklarligt vis blir livet heligt mitt i slakten. Jag har ju alltid velat dö och när jag red mot min första drabbning var jag vild av längtan.

– Men när jag såg fiendehären, väldig och skrämmande i perfekt slagordning, bad jag som alla andra: Låt mig överleva. Driften till liv var så överväldigande ... och så underbar ... att jag som alla andra dårar kände det som om jag fått ett löfte.

Han skrattade, skakade på huvudet och kunde plötsligt berätta om den unge gallern i slaget vid Augustodunum, den första han dödade, och om den oerhörda förvåningen i mannens blå ögon när han insåg att han skulle dö.

– Jag klöv hans huvud, sade han. Ändå hann jag uppfatta den, hans enorma häpenhet. Den lösgjorde det stora skrattet i mig, det som kommer från underjorden och tränger rätt genom kroppen. Har man sett det en gång vill man se det igen, man längtar hela tiden efter just det blixtkorta ögonblicket när den stora förvåningen breder ut sig över den döendes ansikte. Och efter skrattet, det egna avgrundsskrattet. Har man tid och lite tur kan man se hur häpenheten finns kvar in i döden.

Plötsligt kunde Marcus berätta om utplåningen, den oerhörda befrielsen när tusen individer, sex tusen, tolv tusen, blir en kropp förenade i en vilja. När allt som skiljer försvinner.

– Det är en överväldigande upplevelse, sade han längtansfullt och såg upp mot Anjalis ansikte.

Det var flammande rött. Av vrede?

– Vad du talar om är en befrielse från ansvaret att var människa.

– Ja, sade Marcus enkelt.

De blev avbrutna av kocken som kom med frukosten och Marcus tänkte på antiloperna i de nubiska ökenbergen, hur hundratals djur rörde sig som ett enda och på hur vackert det var, hur ändamålsenligt. Så log han mot Anjalis och sade:

– Du bad mig ju berätta.

Anjalis erkände genast:

– Ja, förlåt mig. Men nästan ingenting på denna jord skrämmer mig som hopen när den förenas till en själ och en kropp, beredd till vilka vidrigheter som helst.

– Men vad tror du att ett slagfält är?

De åt under tystnad, Anjalis med god aptit. Men han var förvånad och Marcus sade:

– Jag vet ju inte hur andra känner, man talar aldrig om det. Det finns väl soldater som får den stora idén att överleva mitt i vanvettet, Roms ära, Guds storhet, folkets frihet eller vad det nu kan vara. Judarna är ett bra exempel.

Anjalis nickade, hans tankar vandrade tillbaka genom åren.

– Ja, sade han, judarna är ett exempel. Det var först när jag blev jude som jag förstod vad en kultur är, att den innebär ett alldeles bestämt sätt att se på varje enskilt ting i varje vardagligt sammanhang.

– Flamen Dialis sade om min grekiska rapport att jag sett greken ur kaldeisk synvinkel. Jag försökte förstå vad han menade men när jag gick igenom vad jag skrivit tyckte jag att han hade fel. Det var först när jag hade bott i många år i en judisk skomakarfamilj som jag började inse hur världen förändras om du byter utgångspunkt.

– Jag lärde mig att tänka och tro som de men det var svårt med drömmarna, Marcus, svårt att drömma som en jude. Och ännu händer det att Athen lever i nattens drömmar, Korint och kvinnan som jag älskade. Och Rom och barnet som jag övergav.

Anjalis blundade, hans blekhet var skrämmande.

– Vi kanske måste vila ett slag, sade Marcus oroligt, men Anjalis fortsatte:

– Judarna söker alltid efter förnuftiga skäl att tro på det oförnuftiga, de kräver rimliga fakta för det orimliga. Detta fordrar lidelse, att bli jude är att bli en passionerad sökare efter de rätta svaren.

– De som inte finns.

– Den insikten, Marcus, är ett brott mot den judiska lagen

och får inte uttalas. Det var svårt för mig som alltid använt mina frågor till att minska min känslighet.

– Det där förstår jag inte, sade Marcus. Jag tycker mig ha levt hela livet i kraven som din känslighet ställde.

Anjalis såg förvånad ut.

– Jag väljer kanske fel ord, sade han. Jag menar att jag alltid höll avstånd, ett avstånd som gjorde det möjligt att omfördela verkligheten. Dela den i bitar, iaktta varje del för sig och alltid tala om hur komplicerad världen är, hur motsägelsefullt och klurigt den möter en i alla sina uppenbarelseformer.

– Ja, du sade alltid att vi inte kan få syn på verkligheten. Och nu har du insett att orsaken är att iakttagaren färgar det iakttagna.

– Ja. Men det är något annat Marcus, något mycket viktigare. En dag började Han tala, profeten som du kallar honom, och jag såg äntligen att verkligheten var enkel och odelbar. Att det är vi som komplicerar den för att vi inte står ut med att bara vara till.

– Det är ju omöjligt.

– Ja. Ändå är det det enda möjliga, att bejaka det som är. Det går inte att fatta med förståndet, men det går att omfatta. Det är som ömheten, som vindens lek med gräsen, den enkla hederligheten i ett arbete.

– Att göra skor!

Anjalis skrattade igen och nickade.

– Ja, som att göra skor eller skriva ett poem. Livet är ett ursprungligt förhållande som mellan regnet och jorden, fröet och träden.

– Mellan räven och hönan som han dödar.

– Javisst, det finns ingen komplikation i den handlingen. Kan du inte se det, Marcus, att livet i grunden är ett skede och att man kan vara stilla och erfara det. Och känna den ömhet som binder samman allt.

Marcus skakade på huvudet och vädjan i Anjalis röst var försvunnen när han sade:

– Du är kanske för allvarlig, för vuxen. Eller också beror det på mig, på att jag har för många ord där det egentligen inte finns några alls.

– Jag hörde honom predika, sade Marcus. Jag förstod inte allt men jag tänkte att aldrig har någon talat som han. Så på något vis förstår jag trots allt den här enkelheten. Hans tal om Fadern och himmelriket var som ett barns, så tillitsfullt.

– Marcus, vet du var Han säger att himmelriket finns? Inom dig, det inre rummet ...

Marcus ögon blev smala som strimlor i ansträngningen att dölja vreden.

– Han slog upp dörren till mitt rum på vid gavel och där fanns ingenting, ingenting, hör du. Bara ljuset som tvingade mig att se.

– Se vadå?

– Sanningen om mig, vad annars?

– Sanningen skall göra oss fria, säger han.

– Jag kan nog aldrig få del av er enkelhet men jag vet att han gav mig friheten att välja.

– Och du väljer döden.

– Ja. Hela denna morgon har du vädjat för mitt liv, allt du har sagt har haft den dolda avsikten att få mig att ändra mitt beslut. Varför vill du att jag skall leva?

– För att jag älskar dig.

– Du ljuger, det trodde jag inte att du skulle. Jag sade dig ju att du skulle ge mig fri för din kärleks skull.

– Du sade det. Men min kärlek har bara mänskliga mått och den vill se dig leva och vara lycklig. Det kan finnas en ny början, Marcus, en födelse.

Marcus skratt skar sönder luften i rummet.

– Ensam i öknen medan du följer din profet. Eller vad i helvete menar du?

– Jag är fri ... om några år. Fri för att börja det stora arbetet i någon avskild vrå av världen.

– Jag hade gjort mig föreställningar om hur du skulle ha

394

förändrats, Anjalis. Men aldrig trodde jag att du skulle ha blivit en naiv idiot. Du känner inte mig, och du vägrar att inse att du måste avsky allt som jag har gjort i livet.

Anjalis hade slutit ögonen, hans tankar vandrade tillbaka till stranden av vulkansjön i Albanus den dagen Marcus hade skurit halsen av hundvalparna. Och han mindes hur han tänkt på flykt undan barnet som inte hade något hjärta. Men som förr en gång kunde han höra Balzars ord att den kärlek som nu skulle födas på jorden skulle vara ovillkorlig.

Nu visste han det och kunde säga det till Marcus.

Men romaren skakade på huvudet, och för första gången tänkte Anjalis: jag känner honom inte.

– Du är ond och måste dö, sade han.

– Ja. Du hånar och får det att låta som en flykt och det är det väl. Men det gäller inte bara mig, det gäller Marcia och barnen. Om man har en längtan efter döden som är så stark som min blir allt man rör vid dött.

Åh, Marcia, dessa nätter. Minnena sköt genom Marcus sinne och han skrek.

– I kärlekens ögonblick, Anjalis, blir önskan om döden som starkast, i själva sammansmältningen bor utplåningen.

– Jag vet.

Marcus tänkte på ryktena om Anjalis kärleksaffärer men måste hålla kvar sin tankegång.

– Hur skulle en kvinna kunna förlåta en sådan sak, eller förstå den?

– Något var det väl också som du inte kunde förlåta henne?

Då såg Marcus det och fann ord:

– Ja, hennes livsvilja. För henne var varje samlag ett löfte om ett nytt barn. Jag hatade henne, åh Jupiter vad jag hatade henne och barnen hon födde. Men det fick jag ju inte för dig som alltid tvingade mig att se flickan som jag plågade.

Så skrek han:

– Jag måste ut, jag måste ha luft innan jag kvävs.

Hela den varma middagstimman hörde Anjalis hans steg på

taket, fram och tillbaka som ett instängt djur. När han kom ner var han het av sol och vrede.

– Vad menar du med ett liv tillsammans? Skall du överge dina heliga plikter för min skull nu när allt är för sent? Det kunde du ju inte när jag var tolv år och ännu utan skuld.

– Min uppgift här går mot sitt slut. Det som återstår är det stora arbetet med den sanna redogörelsen.

Han log åt orden som om han satt citationstecken runt dem.

– Varför tar uppgiften slut?

– Han skall dö.

– Guden?

Marcus viskade.

– Ja.

– Hur vet du det?

– Han har sagt det på olika sätt och vid flera tillfällen. Hans lärjungar vill inte förstå, men jag tror att det blir snart ... kanske nu, i vår. De kommer att döda honom, en långsam och grym död.

– Romarna?

– Vem som blir redskapet har ingen betydelse. Han kan inte dö på annat sätt än det han själv bestämt ...

– Och han väljer en lång och plågsam död? Varför?

– Jag tror kanske att med den döden skall medlidandet födas i världen.

Marcus var tyst, hans ögon vidöppna som om han förgäves försökte se och förstå.

– Dör han som ett offer åt Gud, för att blidka honom och få honom att förlåta vår ondska?

– Nej, det är en primitiv tanke från den gamla tidsåldern. Gud ser i det fördolda och behöver inga offer. Jag tror att Jesus väljer att dö för att försona människan med döden, visa henne att döden inte har makt över livet.

– Han kan inte dö, menar du.

– Liksom du inte kan det.

Det var tyst i rummet, så tyst att de hörde ökenvinden prass-

396

la i fikonträdets krona på den dammiga gården.

Till slut sade Marcus:

– Jag hade glömt hur stark du är, hur oövervinnelig. Ändå kommer du att förlora denna gång.

De var båda mycket trötta när lille Josef kom med nybakat bröd och de såg med ömhet på den judiska pojken. När han lämnat dem sade Anjalis:

– Jag glömde att berätta en sak om judarna. Det finns en stor kärlek mellan dem, en tät tillgivenhet som alltid är beredd att se till det säregna hos var och en. Det är allmänt känt att judarna var det första folket som visste att Gud är en. Men de var också de första som förstod att varje barn som föds är unikt och att de vuxna måste ta till vara barnets särart.

Som du gjorde med mig, tänkte Marcus men högt sade han:

– Nog visste man det även i din familj. Jag tänker på din mor.

– Det är sant, sade Anjalis.

Sedan lyckades de sova sig igenom den långa eftermiddagen.

Marcus drömde om Eneides, om hur han och brodern skar upp snitt i sina långfingrar och droppade blodet ner i den förgiftade bägaren. Sedan skrev de en försäkran i blod på ett stycke pergament, en helig ed att de aldrig skulle förråda vad som hänt när Cornelia dog.

Bägaren och dokumentet grävde de ner under sykomoren som Seleme älskat, det tysta trädet utanför Salvius sovrum.

Marcus vaknade mitt i drömmen och låg länge och funderade på om detta var ett minne, en bild av något som hänt. Men han kom inte till någon klarhet.

I skymningen kom den grekiska läkaren från Jerusalem, till Marcus stora lättnad. Han bytte Anjalis förband och sade att läkningen gick bra, att infektionen var obetydlig och snart skulle försvinna av sig själv.

Trots att han tvättade de djupa såren med en mycket bestämdare hand än Marcus och i outspädd ättika jämrade Anjalis sig inte. När läkaren lämnat dem sade han:

– Du ser glad ut.

– Ja, jag har varit orolig för att det läker så långsamt.

Då log Anjalis sitt gamla gäcksamma leende:

– Kan du se din orimlighet? Din kärlek till mig kräver att jag överlever medan min kärlek ... måste tillåta dig att dö.

Marcus lät sig inte påverkas:

– Det onda måste bort för att ge plats för det nya. Det sade din mästare, jag hörde det själv.

– Men så enkelt kan hans ord inte tolkas. Det är bara Gud som kan döma om vad som är ont och vad som är gott. Domen, mer än allt annat, hör till detta som vi talade om förut, det vi inte förstår och måste överlåta i tyst vördnad till den ende seende.

Marcus var oberörd av orden, han visste mycket mer om ondskan än Anjalis, om hur enkel den är, hur lätt den växer och breder ut sig, erövrar jord och människa.

– Vad du aldrig har begripit, Anjalis, är att ondskan inte är beroende av ond vilja. Den klarar sig så bra ändå. Men människan som en gång givit efter för den måste bort för det är genom henne ondskan får ny kraft.

– Du talar om det som en naturlag, som om människans vilja inte fanns. Har vi ingenting att sätta emot?

– Mycket lite. Vi har inte tillräckligt av vare sig kärlek eller ondska för att fatta beslut. För att inte tala om vår brist på klarsyn, på omdöme när vi tror att vi väljer.

– Då återstår endast ödet?

– Ja, Anjalis, det öde som du har förnekat i hela ditt liv.

Det blev tyst en stund innan Marcus återtog:

– Den senaste tiden har jag tänkt mycket på din profet och på hur många som är onda för den goda sakens skull. Men kan man göra åtskillnad när det gäller ondskan? Visst är profetens sak större än vår, som bara är Rom. Men jag funderar ändå på hur det skall gå, Anjalis. Han är jude som alla hans lärjungar. Jag menar inte att judarna är avskyvärdare än andra folk, de är bara aningen tokigare.

– Jag har grubblat över varför de är så avskydda och jag tror att jag har förstått det under denna vår i Jerusalem. Judarna plågar hela världen med att vara de enda som vet hur man skall leva, vad som är rätt och fel.

– Ja, de har ensamrätt till moralen, sade Anjalis och log.

Men Marcus var allvarlig och fortsatte:

– Din profet är ju trots allt en av dem och Gud allena vet hur mycket ont det kan komma av att alltid ha rätt, av själva den hemska rättfärdigheten.

Till sin förvåning såg han att hans ord gjort djupt intryck på Anjalis.

Marcus gick ut i köket, tog fram bröd och ost, värmde vatten och slog det över de torkade kryddorna. Rosmarin, tänkte han, rosmarin förstärker minnet.

När han återkom hade Anjalis stigit ur sängen och satt i stolen vid fönstret, lätt framåtböjd för att minska smärtan i såren på ryggen.

– Jag tänker på resan till Ur, den vi gjorde tillsammans en gång. Du var bara elva år, ändå tror jag att du minns?

Marcus hjärta slog så hårt att han var nära att tappa brickan. Men han satte ner den och serverade teet innan han svarade:

– Jag minns varje doft, varje vind, varje hand som smekte mig. Öknen, stjärnhimlen, Me Rete som hade så mycket ömhet, din fars ögon.

Det blev tyst ett ögonblick innan Marcus fortsatte:

– Jag tror Balzar är den enda helt igenom goda människa som jag har känt.

Anjalis såg förvånad ut, sedan nickade han och sade:

– Han levde ett enkelt liv, med ett enda mål och en stor tro.

– När jag ännu var barn hade jag en lek om minnena från

resan, sade Marcus. Jag såg vart och ett som en dyrbarhet som jag förvarade i ett kostbart skrin, en ask av guld som var osynlig och hemlig. Sedan tappade jag bort den, som näckrosen.

Nu grät Marcus öppet för första gången, inte högljutt som ett barn utan ljudlöst, stilla. Anjalis väntade. Som han alltid gjort, tänkte Marcus i tacksamhet och frågade till sist:

– Varför tänker du på den resan nu?

– För mig innebar den en sådan stor frestelse. Det hade varit så lätt att försvinna med dig den gången, Marcus, i öknen bortom Eufrat dit romarna inte når. Me Rete skulle ha hjälpt mig, hon sade det. Och Balzar gjorde som Me Rete ville. Vi skulle ha klarat det, jag visste det och under sömnlösa nätter drömde jag om att Cornelius skulle förstå. Men jag hade lovat honom.

Anjalis slöt ögonen och mindes Cornelius på terrassen i Albanus, hur han trängde in Anjalis i ett hörn och sade med ögonen fulla av ångest:

– Lova mig, svär vid allt du har heligt att komma tillbaka med pojken.

Anjalis hade svurit.

– Jag vet, sade Marcus och rösten var klar igen, han hade fått ner gråten i magen.

– Cornelius berättade det innan jag reste, sade han. Och om hur han ångrade sig genom åren.

– Ångrade han sig? Anjalis röst steg mot taket av förvåning.

– Ja. Jag blev ju inte till någon glädje för honom trots att jag gjorde allt vad han förväntade sig, gav det gamla namnet ny glans och fick barn.

Anjalis var ännu stum av sin förvåning så efter en stund fortsatte Marcus:

– Du ser det ju. Inte ens du hade kraft att gå mot ödet och fatta ett beslut. Ett löfte är ju bara ett sätt att slippa undan ansvaret. Nog kunde du ha sagt till Cornelius att du inte låter binda dig.

– Ja. Min kärlek räckte aldrig till.

– Nej, inte din klarsyn heller. För vem kan säga att du handlat rätt, om du hade handlat?

– Nej.

Marcus stod i fönstret och såg som kvällen före på stjärnan som började sin vandring över de nakna bergen.

– Jag tror ändå det, sade han. Jag hade kanske aldrig blivit en lyckad kaldeisk trollkarl men jag hade inte gjort så stor skada.

– Du hade blivit en stor konstnär, sade Anjalis och de såg länge på varandra, i samma förtvivlan.

– Vi måste sova, sade Marcus till slut.

DE FICK LUGNARE stunder tillsammans, fyllda av vemod. Nästa morgon regnade det och Marcus sade:

– Minns du nätterna i skogen, Anjalis?

De kunde båda se dem, den långa trollkarlen och den lille pojken under de stora träden, då när pojken började se i mörkret.

"Jag är en stjärnskådare från Moab, tränad genom årtusenden att se i mörkret i babyloniernas land."

– Nej, sade Anjalis, det kan jag inte ha sagt.

Men Marcus lät sig inte bekomma:

– Du sade något viktigare, att ljuset vi ser kommer inifrån.

– Det känns jag vid.

– Jag förstod det inte och jag hade glömt det, ända tills jag mötte din profet.

– Jag har funderat på det du berättade för mig i går, om kriget Marcus, om meningsfullheten i mötet på slagfältet. Kärleken hör samman med döden … där döden är finns alltid kärleken som om de var oskiljaktiga. Man måste kanske älska döden.

Marcus blev oerhört förvånad.

– Det har jag ju gjort alltid. Ändå har jag ingen kärlek.

– Det är fel, Marcus. Din brist är av annat slag och lika allvarlig. Det är en oförmåga att ta emot den.

– Det är sant, viskade Marcus och tänkte på dem alla, Cornelius, Eneides, Anjalis, Marcia, barnen.

– Jag saknar mod som Nobenius sade.

402

Men hans blick förlorade snart sitt förundrade uttryck, blev fast och hård:

– Nu skall jag berätta om min son, Anjalis. Han var lika gammal som jag, när jag var blind. Men han dog och vid hans sida fanns ingen trollkarl.

– Jag lyssnar.

Det blev svårt, svårare än Marcus anat. Ändå förmådde han lämna den ifrån sig, historien om de försummade barnen. Och om Lucius.

– I dammen där näckrosen fanns?

– Ja, på samma plats. Marcia skrek som hyndan en gång, men jag lade mig i en säng, låg där bara tills Cornelius kom med förslaget att jag skulle fara till Jerusalem.

De talade om guden.

– Han har en stor vrede, sade Marcus.

– Ja, det var svårt i början även om det inte var det värsta. Och snart förstod jag.

– Vad förstod du?

Anjalis fick leta efter orden men blev så småningom allt säkrare.

– Vi söker ständigt efter kärlek … Men den kan inte sökas. Redan orfikerna i Grekland försökte säga mig det, att man inte kan söka det som är närvarande alltid och överallt. Uppgiften är att avlägsna hindren, att slå sig fri, sparka sönder försvaren. På samma sätt är det med sanningen, Marcus. Det är inte nödvändigt att söka efter den. Det nödvändiga är att söka efter det som är falskt och förinta det.

Marcus satt tyst länge och försökte förstå men det var som när han hört profeten tala, han begrep inte men visste att något väsentligt sagts. Till slut frågade han:

– Du sade att detta inte var det värsta?

– Nej svårast för mig var … att Han också är en obildad jude, vidskeplig. Jag kunde lägga av min stolthet, plagg för plagg, jag stod ut med att bli fattig och förödmjukad men …

– Men du måste få ha kvar det intellektuella överläget?

– Ja, stoltheten, högfärden. Det var den som den röda rubinen var symbolen för.

Han sade det med förvåning som om han just insett det.

– Kunskap, sade han, är som ruset, framkallar beroende och berövar en skärpan i upplevelsen.

– Men det beror ju på hur vi använder den. Om du skall kämpa för det godas seger så måste du ha vapen.

– Jag tror att det bara är hatet som bryr sig om kärlekens seger.

Dörren stod öppen till Pantagathus rum, den hade gjort det i dagar nu. Det var som en tyst överenskommelse mellan de tre att centurionen skulle lyssna, att hans uppdrag skulle bli att försöka förklara.

Nu bultade det på dörren och de hörde honom gå för att öppna.

– Det är Martha, sade han när han kom tillbaka. Hon måste få tala med Johannes, säger hon.

Anjalis reste sig:

– Bed henne vänta på gården under fikonträdet.

Han suckade, han hade aldrig haft lätt för Martha och alla hennes goda gärningar. Men nu fann han henne i stor förtvivlan. Lasarus var sjuk, sjukare än någonsin förr.

– Det går mot döden, Johannes. Om inget görs.

– En läkare …?

Hon skakade i hela kroppen av förbittring.

– Ingen läkare kan hjälpa, bara Herren själv. Du måste gå till honom.

Han blundade, kände klyvnaden men visste att hon skulle bli ursinnig om han nämnde Marcus.

– Jag är ju inte så frisk själv, sade han.

Hon såg det, hon fick erkänna att han var blek. Men hon ville inte och skrek:

– Den där romaren är viktigare för dig.

– Martha!
– Vem är han?

Hans mörka ögon sänktes i hennes och fick henne tyst.

– Han är min son, sade han. Och jag försöker rädda hans liv.

Hon samlade sig, hela den bastanta kroppen knöt sig och hon viskade:

– Du ljuger. Han är den andre, den onde.
– Vem har sagt det?

Han fick inget svar, hon grät hejdlöst nu och han sade:

– Meddela seloterna att jag går. I morgon kväll.

När han kom tillbaka in i rummet hade Marcus lagt sig på sängen med armen över ögonen.

Himmelriket, vill människorna ha hans himmelrike?

– Jag är rädd att det bara är några få som vågar.

– Vågar?

– Släppa taget, gå sönder, överlämna sig i den tillit som skapar världen.

– Att låta ske, menar du?

– Att ha mod att låta ske, ja.

– Du måste ha fel, sade Marcus. Jag har levt så. Jag var aldrig rädd, jag lät ske. Men den som tog över var djävulen, som judarna säger.

– Du ljuger, sade Anjalis kort. Din rädsla var så stor att du aldrig såg den. Hade du vågat det Nobenius krävde av dig, linjen som gick från ditt innersta genom hjärtat och ut i kosmos ...

– Så hade Seleme försvunnit ännu en gång, som Anjalis.

– Nej Marcus, för första gången skyller du ifrån dig. Hade du vågat hade Cornelia fött dig på nytt.

– Det hade hon aldrig gjort, det vet du. Du försvarar dig, Anjalis. Ett odjur födde ett odjur och allt hade varit tämligen enkelt, om inte du kommit vandrande över bergen med din flöjt och allsmäktig som Gud själv bestämt dig för att skapa en människa. Om du hade varit barmhärtig, ryckt på axlarna och gått vidare så hade jag fått bli det jag blev och göra det jag gjorde utan smärta, kanske rent av med glädje.

– Du har glömt sexåringen, du minns inte vem han var?

Marcus hejdade sig, han tänkte på Josef. Men det var en kort tvekan:

– Din maktlystnad, Anjalis, är större än de flestas och av annat slag, mer utstuderad. Den gäller makten över själarna ... Jag kan tänka mig att Marcus, sex år gammal och blind, lockade dig.

– Det var inte den yttersta drivkraften och du vet det. Det fanns en stor ...

– Jag ville inte höra talas om kärlek, Anjalis.

Senare samma dag återkom de till profeten, till vad Marcus hört i Kafarnaum.

– Som jag sade förstod jag egentligen inte vad han menade. Ändå visste jag att det var sant, att någon äntligen talade sanning.

– Ja, sade Anjalis. Han har ordet som det var i begynnelsen, det som var avsett att vara länken mellan Gud och människa.

Marcus var tyst länge, tänkte på orden som brusat runt honom i hela hans liv, begränsat, stängt honom ute, avskilt, söndrat, förfört, ljugit, ljugit ... Alla dessa ord som förväxlas med verkligheten och gör alla till främligar i livet.

– Vi har förlorat de ursprungliga orden menar du?

– Jag tänker ibland att de finns kvar ännu i våra drömmar, att de lever där när ord och bild blir ett så som det var en gång.

– Men drömmar är ju så förvirrade ...

– Bara när du minns dem efteråt, när du är vaken och tänker på dem. Då ser du dem från mitten av ditt jag, ditt medvetande. Men drömmarna har många mittpunkter, flera perspektiv, flytande, skiftande. Det är därför de är sannare, det är endast i drömmen som du kan uppfatta att du inte bara är fisken som fångats i nätet utan också fiskaren, nätet och vattnet i floden, och floden som bär himlen till havet, som också är du.

De sov tungt den natten. I gryningen kom en dröm till Marcus.

Han vandrade över Judéens berg och genom Germaniens skogar på väg till mannen som ägde sanningen, förbi korsen på klipporna vid Rhen där de korsfästa dog sin långsamma död

medan deras kvinnor och barn våldtogs. Skogsdoft, blodstank
– åh Gud – han måste vidare, slippriga trädrötter, han föll,
blev liggande med ansiktet i en göl, länge, som om det ruttnan-
de vattnet skulle kunna utestänga skriken från de döende eller
hade förmågan att dränka honom. Men gölen räckte inte och
han reste sig och fortsatte vandringen och bergen blev åter kala
som i judarnas öken och nu såg han honom, profeten som satt
där och väntade och som skulle försäkra Marcus att Han var
Gud och ägde rätten att förlåta.

Medan han klättrade uppför den sista klippan gjorde han sin
fråga alldeles klar, formulerad, färdig:

Är du Guds son?

Men när han var framme, när han äntligen såg in i dessa
ögon som var oseende och därför såg allt, sade han:

– Jag har dödat.

Det fanns en gränslös ömhet och en kärlek större än himlens
i nasaréens röst när han svarade:

– Och därför skall du dö.

Han vaknade styrkt av drömmen. Han hade rätten på sin sida,
han skulle tvinga Anjalis att se det och upphäva kontraktet.
Redan vid frukosten började han, brutalt, utan många ord att
beskriva straffexpeditionen vid Rhen.

By efter by, korsen som restes på bergen synliga på milsvida
avstånd. Kvinnorna som våldtogs – till döds. Barnen ...

Centurionen som kom till Marcus med sitt sneda leende:

– Skall vi lyda Roms lagar att jungfrur inte får avrättas?

Marcus som svarade som Tiberius svarat när han släppte
loss terrorn i Rom:

– Lagar är till för att efterlevas.

Även mycket små flickor kunde våldtas – i fädernas åsyn, de
som hängde på korsen.

– Hur många.

Anjalis röst var tjock, grumlig.

Marcus log, sade:

– Har det någon betydelse?
– Nej, egentligen inte.
– Nog rörde det sig om åtskilliga tusen.

Anjalis satt mycket stilla i sin stol, hans ögon hade slutits redan när berättelsen började och han öppnade dem inte när Marcus lämnade rummet.

Han hade besegrat Anjalis, äntligen.

De sade egentligen aldrig adjö.

I SKYMNINGEN KOM SELOTEN och Anjalis gick med honom genom det gömda hålet i muren, över grannens trädgård där snåren var manshöga och in i seloternas tunnel, den som smög genom bergen till platser som romarna aldrig skulle finna.

– Jag kommer tillbaka i morgon och hämtar er andra, sade seloten. Vi för er till gränsen, sedan får ni klara er själva och i Tyrus väntar skeppet.

– Överenskommet, sade Pantagathus.

På avtalad tid nästa kväll var seloten tillbaka, det hade gått bra för Johannes som orkat mer än man egentligen kunde begära, sade han.

Romarna hade packat, alla utom Marcus.

– Jag stannar, sade han och mötte misstänksamheten i selotens ögon utan att blinka.

– Varför?

– För att gå till Jerusalem och äta middag med Pilatus, sade Scipio. Jag skall säga honom att jag aldrig skickade någon budbärare till Tiberius.

– Du vet priset?

– Jag känner romarna, kanske rent av lika bra som du.

Marcus Scipio skrattade, seloten log.

– Du lurar mig inte?

– Jag har svurit.

Pantagathus var mycket blek när han sade:

– Jag stannar jag också.

– Du lyder order, sade Scipio. Och dina order är att avlägga

410

rapport till Eneides, Cornelius och Marcia, att överlämna rubinen och försöka få dem att förstå.

Centurionens ögon var fulla av tårar och plötsligt och överraskande slog Marcus armarna om honom.

– Gå nu.

– Försök att få huset att se ut som om alla var kvar, sade seloten. Öppna och stäng luckorna ...

– Ja.

Juden vände i dörren, gick rakt fram mot Marcus:

– Om du lurar mig kommer jag att veta det. Och min hämnd skall drabba även dina barn.

Marcus blev rädd:

– Hur får du veta att jag inte sviker mitt löfte?

– Tecknet för sanning är silver mot sten, sade seloten, vände på klacken och gick.

Marcus förstod inte men hans rädsla försvann. Han litade på mannen.

När han äntligen blev ensam var hjärtat så lätt som om det inte fanns. Hela kroppen var lätt, tömd, och han tänkte att nu får jag äntligen stanna i tomheten som är mitt hem. Så lite återstod, de plikter som skulle fyllas var få.

I två dagar levde han i lättheten, utan tankar. Öppnade luckorna, stängde dem, promenerade på taket som han brukade, fullt synlig för de romerska vakterna. Utan känslor.

Inte ens sorgen fanns kvar.

Den tredje dagens morgon räknade han tryggt med att hans folk nått skeppet i Tyrus. Han packade sina tillhörigheter på hästen, drog på sig uniformen med alla medaljerna, stängde och låste huset.

Han sade inte farväl till någon, inte ens till Josef.

Långsamt red han utför berget och såg att anemonerna slagit ut under de gamla olivträden och att Kidrons bäck var full av vårens vatten.

Staden började fyllas av människor som kom från jordens alla hörn för att fira den stora högtiden i Jerusalem. Men överallt lämnade man plats för den romerske generalen och hans häst. Hos bankiren skrev han ett gåvobrev till Josef, skänkte honom huset och tiotusen denarer.

Sedan red han i maklig takt mot Antoniaborgen för att avlägga visit hos tetrarken som tog emot honom med värme och inte ställde några frågor.

Naturligtvis var det en stor ära för hans hus om Scipio ville bli gäst där.

Marcus tackade.

Pontius Pilatus väntades till staden till högtiden fick han veta.

Några dagar senare mötte han en man från Betania som berättade att Lasarus dött och efter ytterligare en tid nåddes han av det orimliga ryktet att profeten från Nasaret uppväckt den döde.

– De är galna, sade Pilatus som kommit till staden samma kväll.

– I år blir den judiska högtiden värre än någonsin, sade han, och Marcus som inbjudits till hans bord förstod hans oro.

Pilatus hustru hade onda drömmar, anförtrodde hon Marcus och han såg med viss förståelse på henne, såg att det var sant och kunde själv känna den, ångesten som fanns i hennes ögon.

Men den kom inte från kvinnan, den fanns i staden, hade tagit fäste i de gamla murarna, smög genom gränderna, pressade sig in i husen, in i människornas sinnen. Den fick kraft av ökenvinden, den torra vinden som spände alla nerver till bristningsgränsen med sitt budskap, det ödesmättade och slutgiltiga, att människan nu var redo för brottet som aldrig skulle glömmas.

– Unge Scipio drömmer säkert inte, sade Pilatus som skämdes för sin hustru och ville få henne tyst.

412

– Nej, sade Marcus och log så oväntat att Pilatus häpnade.
Jag har haft min sista dröm.

Avsikten med middagsbjudningen var uppenbar. Pilatus hade
många ord om det beklagliga misstaget som begåtts när man
grep Anjalis och ... förhörde honom. Officeren som lett ...
utredningen hade fått sitt straff, försäkrade han men Marcus
rörde inte en min när Pilatus sade, att misstaget ändå varit
förklarligt, att det inte varit lätt att upptäcka filosofen hos den
gamle juden som bar scipionernas rubin.

Den romerske ståthållaren var rädd. Marcus log när han
tänkte på bevakningen vid gränserna, där det gällt att till vilket
pris som helst stoppa rapporten från Scipio till kejsaren. Ett
brev hade säkerligen inte kommit igenom, men en man med ett
budskap ... omöjlig att upptäcka i den ständiga strömmen av
hemvändande romare, tribuner, centurioner, soldater – alla
dessa som älskade och lydde scipionerna.

Marcus log ännu bredare när Pontius Pilatus började svettas.
Men han lyssnade hövligt utan att säga ett ord, njöt av den
andres hat och läste hans tankar: dessa förbannade patricier,
högmodiga och utan hjärta i kroppen.

Till slut hade Pilatus inget val, han måste ställa frågan:
– Har du meddelat kejsaren?
– Nej, jag framlägger min rapport personligen när jag kom-
mer tillbaka till Rom.

Han visste att han undertecknade sin dödsdom och log ännu
bredare när han ännu en gång läste Pilatus tankar:
Unge Scipio är en idiot.

I samma ögonblick tappade en tjänare en silversked i det
hårda marmorgolvet. Pilatus svor men lugnade sig när han såg
att Scipio låtsades att han inte hört skrällen.

Marcus kände en stor beundran för seloterna.
Resten av middagen var Pilatus glad och avspänd.

Några dagar senare såg Marcus profeten rida in i staden på en

413

vit åsna omgiven av jublande människomassor: Hosianna, Davids son.

Sedan hörde han samma människor ropa sitt: korsfäst, korsfäst och på Golgata såg han Gud dö, den långsamma korsdöden. Bara några få var med honom till slutet, hans mor och Anjalis som stod där med blicken fäst på den döende och sin arm om kvinnan.

Som om hopp fanns.

Förvånad såg Marcus att Anjalis var lång och rak, lika lysande vacker som han varit i sin ungdom.

Så skakade berggrunden och ett egendomligt mörker föll över Jerusalem, ett grått dunkel, utan skuggor.

När Marcus lämnade platsen och tog sig upp till Antoniaborgen var han mindre ensam än han varit på länge.

Ljuset räckte, han gick med säkerhet och var snart inne i den stora pelarhallen.

Underligt nog hörde han kastvapnet, underligt nog hann han tänka att det skulle bli en lättare död än han förtjänat och att det skulle glädja Anjalis.

Och att judarna skulle få skulden, att slungan var deras vapen.

I nästa ögonblick drev snaran med våldsam kraft fast honom vid en av pelarna och knäckte hans halskota.